O ADÚLTERO AMERICANO

Jed Mercurio

O ADÚLTERO AMERICANO

Tradução de
MARCOS MAFFEI

1ª edição

EDITORA RECORD
RIO DE JANEIRO • SÃO PAULO
2014

CIP-BRASIL. CATALOGAÇÃO NA FONTE
SINDICATO NACIONAL DOS EDITORES DE LIVROS, RJ

Mercurio, Jed
M529a   O adúltero americano / Jed Mercurio; tradução de Marcos Maffei. — 1ª ed. —
Rio de Janeiro: Record, 2014.

Tradução de: American adulterer
ISBN 978-85-01-08723-2

1. Romance americano. I. Morais, Fabiano. II. Título.

12-2541

CDD: 813
CDU: 821.111(73)-3

TÍTULO ORIGINAL EM INGLÊS:
American adulterer

Copyright © Jed Mercurio 2009

Texto revisado segundo o novo Acordo Ortográfico da Língua Portuguesa.

Todos os direitos reservados. Proibida a reprodução, no todo ou em parte, através de quaisquer meios.

Proibida a venda em Portugal.

Direitos exclusivos de publicação em língua portuguesa somente para o Brasil adquiridos pela
EDITORA RECORD LTDA.
Rua Argentina, 171 – Rio de Janeiro, RJ – 20921-380 – Tel.: 2585-2000, que se reserva a propriedade literária desta tradução.

Impresso no Brasil

ISBN 978-85-01-08723-2

Seja um leitor preferencial Record.
Cadastre-se e receba informações sobre nossos lançamentos e nossas promoções.

Atendimento e venda direta ao leitor:
mdireto@record.com.br ou (21) 2585-2002.

Para minha mulher

SUMÁRIO

O SUJEITO 11

O GOLFO 23

A PRIMEIRA-DAMA 47

A LUA 59

A TRANSA 77

O BOTÃO 99

O MURO 127

OS TACOS 153

O VERGALHÃO 181

O GOLFO (2) 199

AS CARTAS 219

A SOBREMESA 241

O EMPURRÃO 263

A CÂMARA 287

O COLETE 303

NOTAS 315

BIBLIOGRAFIA 319

"Homens são uma combinação do bem e do mal."

— Jacqueline Bouvier Kennedy

O SUJEITO

O SUJEITO É UM CIDADÃO americano ocupando o mais alto cargo eletivo da nação. Casado, pai de uma jovem família, considera que a monogamia raramente moveu as vidas dos grandes homens. Ele sempre teve mulheres — numerosa, sequencial e simultaneamente; eram amigas da família, herdeiras, socialites, modelos, atrizes, colegas de trabalho, esposas de colegas, acompanhantes, atendentes de lojas e prostitutas — após ter descoberto, na juventude, que gostava delas e elas, dele.

Apenas quando envolvido em casos mais prolongados a questão do casamento surgiu; não era algo que ele levasse a sério até suas ambições políticas começarem a visar cargos elevados, quando então lhe foi alertado por diversos colegas que um bom casamento era não só uma vantagem como também uma necessidade. Um político deve manter-se publicamente fiel aos princípios e causas pelos quais optou; se ele mantém-se fiel ou não a sua esposa, é outro assunto.

Aos 36 anos, se casou com uma bela jovem 12 anos mais nova que ele. Ele não admitirá estar fraudando seus votos conjugais. Perante Deus, ele decidiu não ser demovido pela impossibilidade de fazer promessas baseadas na permanência do amor, quando é claro para qualquer pessoa sensata que garantir o mesmo estado de espírito dali a vinte ou mesmo trinta anos é ridículo. Fazer votos é mera etiqueta — assim como aparentar cumpri-los.

Sua noiva convenceu-se de que o casamento iria agir como uma varinha mágica sobre a libido católica dele. Naqueles dias, é claro, boa parte dessa mesma libido era dirigida a ela. Ele se recusa a assumir a culpa por sua equivocada ideia. Ela estava atraída por um homem que tinha mulheres à vontade. Se ela quisesse o tipo que precisa se esforçar para conseguir sexo, então deveria ter se casado com um assim — com certeza há deles de sobra para escolher.

Quando ele vê uma mulher bonita, quer fazer amor com ela. É um desejo natural, físico, que sente desde a juventude. Se o casamento tivesse feito esse impulso cessar, ninguém teria ficado mais satisfeito do que ele próprio — com a exceção, é claro, de sua mulher.

DEPOIS DE CASADO, OBVIAMENTE o sujeito teve de se tornar mais discreto. Ele sempre negava qualquer transgressão, exceto para inevitáveis cúmplices. O trabalho lhe ocupava os fins de semana e as noites, e durante muitos meses da fase inicial de seu casamento ele fez a esposa acreditar que estava na companhia de homens ou trabalhando com mulheres ali presentes... por coincidência. Com o tempo, suas negativas plausíveis deixaram de aplacar as suspeitas dela. Seus períodos longe de casa e as atividades sociais na presença de mulheres atraentes eram oportunidades de fornicação, mas desde que ele mantivesse o apetite necessário. A epifania dela foi provocada pelo que via, e não pelo que ele escondia: olhares roubados, apertos de mão demorados e sutis mudanças no foco de sua atenção enquanto contava uma anedota. Não importava quão enérgicas fossem suas negativas, a percepção que prevalecia era a de que seu interesse sexual por outras mulheres não acabara.

Mesmo com o passar do tempo, ele continuava convencido de que sua mulher havia sido uma escolha excelente, da qual ele certamente não se arrependia, exceto por ela não se acomodar à sua necessidade de uma vida pessoal independente; desse modo, ele adotou o estratagema de lembrar à esposa constantemente da posição que ela ocupava. Ele a considerava sua prioridade em todas as coisas, e o lugar dela em sua vida e em seu coração era exclusivo e seguro. Não é nenhuma surpresa que essas declarações não tenham encerrado o assunto.

APÓS TRÊS ANOS DE casamento, sua mulher deu à luz um bebê natimorto, a menina nasceu prematura, quando ele estava de férias no Mediterrâneo. Ele passou noites tórridas no iate e fez sexo com quatro mulheres, uma delas velejou com o grupo dele por um tempo e tornou-se uma amante de curto prazo. Ele relutou em voltar para casa, pois estava se divertindo muito e a amante era uma loura estonteante, mas ele fez o sacrifício pelo casamento.

Ainda assim, sua mulher ameaçou-o com o divórcio. Ela continuou brava e infeliz por tanto tempo que ele sentiu que ficaria esgotado com o esforço para convencê-la do contrário. Felizmente, o sujeito está convencido de que sua esposa nunca obteve prova irrefutável de seu adultério. Sua determinação obstinada de proteger a própria privacidade permitiu que o amor deles prevalecesse.

O obstetra aconselhou-os a tentar de novo o quanto antes, pelo bem-estar da esposa. Ambas as partes compartilham um compromisso com a elasticidade. Ambos desfrutaram de muitas bênçãos em suas vidas, de modo que não cabe ressentir-se quanto aos infortúnios; obstáculos devem ser superados, e tragédias, suportadas sem reclamações. Portanto, era imperativo deixar o rancor de lado, embora tenha esperado alguns meses antes que sua vida pessoal voltasse a ser objeto de um exame racional. A essa altura, eles não só tinham uma bela filha de 3 anos, como sua mulher estava grávida de novo, esperando o próximo.

A paternidade foi a grande bênção que o casamento lhe trouxe. Ele dá valor ao companheirismo estável de uma esposa, e também às vantagens sociais e profissionais que advêm do fato de se ter uma consorte e uma anfitriã, mas o núcleo emocional da sua vida está em seu relacionamento com a filha. Pode-se argumentar que o casamento propicia um meio para que homens assim tenham filhos responsavelmente. Reis deixavam filhos bastardos espalhados por seus reinos, tendo negado o amparo do pai, da mesma forma que homens comuns de caráter fraco deixam à deriva as vidas de seus filhos por razões egoístas.

O sujeito pretende dar a seus filhos o lar seguro e afetuoso que só um casamento pode oferecer. Nessa afirmação, ele considera a própria experiência: seu pai viajava muito, como seria de se esperar de um homem de negócios e político bem-sucedido, e em sua juventude ele descobriu que o pai estava longe de ser um marido fiel. A mãe parecia ser completamente fiel; uma dedicada seguidora de seus votos conjugais. No entanto, a mãe não é uma genitora que demonstre afeição: quando ele era criança, ficava muito doente com frequência, enquanto ela fazia viagens regulares, ficando fora por semanas. Ao refletir brevemente sobre sua criação, ele conclui que sua opinião sobre os pais não é marcada pela fidelidade.

O pai de sua mulher também era um conquistador. Ele era um constrangimento público para sua sogra, tanto que se divorciaram. Os pais do sujeito permanecem casados. No entanto, sua mãe negava sexo a seu pai desde o nascimento de seu irmão mais novo; as amantes do pai serviam como substitutas, embora o sujeito nunca tenha tido a impressão de que era um curso de ação que ele seguisse com muitos escrúpulos. Já a mulher do sujeito não lhe nega sexo; se isso fosse suficiente para satisfazê-lo, a vida seria simples.

Praticamente todos os homens possuem impulso sexual, essencial à perpetuação da espécie, embora o possuam em maior ou menor grau, e em alguns casos não seja direcionado para o modelo convencional de beleza feminina, ou mesmo para mulher alguma. O sujeito não acredita que tais homens sejam moralmente desviados. Seus desejos são gerados por hormônios corporais. Cada um de nós deve assumir uma posição moral quanto às repercussões de satisfazermos nossos desejos naturais, e ele costumava refletir sobre seu próprio caso. Resiste a utilizar os termos "condição" ou "patologia" para descrever seu comportamento, pois acredita que sua libido está dentro das variações do normal e não seria inaceitável, como por exemplo, uma atração sexual por menores ou animais. Suas antigas reflexões apenas reafirmaram sua convicção de que relações sexuais promíscuas e consensuais com parceiras que não sua esposa não são motivo para recriminações morais. Ele não mais examina a própria conduta, prosseguindo com consciência limpa.

Esse ponto de vista é reforçado por sua observação de que o desejo constante por mulheres parece tão natural quanto normal. Ele não é um animal dominado por um impulso bestial. Ele não arranca as roupas do corpo de uma mulher e a violenta em público. Ele pergunta sobre a vida dela. Ele se esforça por interessar ou diverti-la. Quando conclui que há uma atração mútua, ele emprega métodos diretos, mas delicados, de sugerir sexo.

Isso não quer dizer que ele nunca tenha refreado seus impulsos. Ele desejou mulheres que já estavam com outros homens de que ele gostava, ou que respeitava ou temia, ou que eram confidentes de sua mulher, ou que ele encontrava apenas na companhia de sua mulher. Nesses casos, ele se resignava à infelicidade da continência.

É preciso entender que sua compulsão é mais complexa do que simples alívio sexual. Ele obtém satisfação muito maior com a busca e a conquista de uma nova e desejável mulher do que com o sexo com sua esposa, desejável e familiar. Não é nem mesmo a natureza do ato sexual em si: na maior parte dos casos ele não age com parceiras extraconjugais de forma diferente de como age com sua mulher, e na maior parte dos casos elas não desempenham o ato com maior alegria ou aptidão (ou, conforme o caso, notavelmente menor), nem a intimidade do "amor" torna a experiência mais (ou menos) prazerosa para ele. A novidade é o mais intenso excitante sexual: a novidade da parceira. Ele compara a experiência com o momento de desembrulhar um presente. A antecipação pode nos deixar sem fôlego.

SUA MULHER TEM horror à possibilidade de que o círculo social deles suponha que ela não o excita sexualmente. Imagine uma situação: ela está com um gim na mão, os olhos ardendo de fúria, e grita para ele "Melhor que ela seja linda!" antes de sair do quarto. Ele nunca solicitou à sua mulher que elucidasse essa observação. A conclusão a que chegou, formando a base para a primeira regra de seu adultério, é que a ajudaria saber que a amante era tão bonita que qualquer marido, por mais apaixonado que fosse, ficaria tentado a ser infiel. Quantos homens casados rejeitariam a chance de ir para a cama com uma beleza estonteante se achassem que ficariam impunes? A observação de sua mulher reflete também a importância que ela dá, mesmo na traição, a questões de bom gosto.

Quando ela suspeita de alguma traição, ele deliberadamente reduz o período de tempo que o caso poderia ter durado. Embora ele sempre negue a acusação, sua segunda regra reconhece e respeita as suscetibilidades dela ao presumir que certa amante é alguém com quem ele só possa ter estado uma única vez. Quanto mais o sujeito cria um hábito com uma amante, maior é o desafio colocado à exclusividade da posição de sua mulher, coisa que ambos desaprovariam.

Ao fim de muitas negações, ou simplesmente após uma recusa em discutir as acusações dela, ele concluirá que atender aos critérios das duas primeiras regras a consolará se ela permanecer com suspeitas, mas a realidade mantém-se tácita entre eles: ela não tem prova de seus adultérios, nem ele tem prova de que ela não tem prova. Ele nunca irá magoá-la ou constrangê-la confirmando sua libertinagem, não só para ela como para ninguém mais, o que leva à terceira regra.

Assim que sua mulher se cansa de tentar arrancar dele uma confissão, ela diz: "Se eu acho que alguma coisa está acontecendo, quem mais acha?", ou "Se eu sei" (levando-se em conta que ela não sabe, com certeza), "quem mais sabe?". Para sua mulher, não basta ela não saber; ninguém pode saber. Nos velhos tempos, ele se contentaria perfeitamente com mulheres que fossem o mais distante possível de seu trabalho, sua família ou sua esposa. Quanto menos soubessem sobre ele, melhor. Ele mantinha muitas namoradas em outras cidades que tinham só uma vaga noção de sua identidade, que não conheciam ninguém capaz de começar uma cadeia de fofocas que pudesse chegar até sua mulher. Mesmo se ele fosse franco e aberto com uma namorada, podia reduzir a zero a probabilidade de encontrá-la em algum compromisso social em companhia da esposa. Essa era a regra do "ninguém sabe", e ele se sentia mais seguro do que nunca em sua licenciosidade quando uma amante presumia que ele fosse solteiro e sem filhos e mal sabia seu nome, não tendo, portanto, detalhes notáveis para contar a outras pessoas. Agora, porém, sua nova posição torna extremamente improvável que uma mulher não tenha conhecimento de seus principais dados biográficos.

Sendo assim, pela primeira vez em sua vida adulta, ele precisa considerar a ideia de deixar de lado suas aventuras sexuais, embora tente convencer a si mesmo de que deve haver esperanças. Talvez em viagens ao exterior ele encontre momentos de privacidade com uma secretária bem-disposta, ou em campanha, com uma discreta ex-namorada. Mas as maquinações do adultério têm suas consequências sobre a concentração. Embora ele encare a perspectiva da monogamia como alguém encararia uma sentença de prisão, um homem com uma elasticidade como a dele deve admitir que será necessário encarar os próximos anos com a serenidade de alguém que enfrenta o encarceramento, e talvez encontre algum consolo em ser poupado do estresse da sedução, da fornicação e da dissimulação sob o que com certeza serão circunstâncias das mais desafiantes. Embora ele tenha certeza que a questão da tentação surgirá em algum momento, não é de forma alguma previsível como ele reagirá a ela.

O SUJEITO ERA um expert em dissimulação, mas ele não é um conquistador hipócrita: não diz às mulheres que sua esposa não o compreende, ou que ela lhe nega sexo, ou que ele é uma figura infeliz no limiar do suicídio por estar preso em um casamento sem amor e que apenas a ternura e aceitação de outra alma feminina o salvarão. Em vez disso, ele diz simplesmente que tem o melhor casamento possível para um homem como ele, mas que a monogamia é totalmente impossível: ele precisa de sexo com mais frequência, mais intensidade e mais rapidez do que décadas com a mesma mulher podem propiciar, e, para a mulher em questão, a que está à sua frente como objeto de sua sedução, ele revela que a escolheu entre todas as outras no jantar ou na festa ou na convenção porque é aquela cuja sensualidade o atrai.

"*Altiora peto*", ele sussurra, "busco coisas mais elevadas." Mas não existe nenhum lugar em sua sedução para a promessa de um caso amoroso prolongado, a posição de uma amante ou a perspectiva de que ele vá se apaixonar e se divorciar de sua mulher. Certamente todas as indicações devem por si só apontar o contrário. Ainda assim, para sua perturbação, com frequência a mulher não consegue suportar ver suas ilusões românticas quebradas. Ela ameaça contar para a mulher dele; ela pode ameaçar vender sua história para a imprensa, mas os jornais não têm interesse na vida privada de uma figura pública.

Quando o sujeito manteve um caso com uma assessora em seu cargo político anterior, o relacionamento dos dois foi descoberto pela senhoria dela, que era uma beata, e que, subsequentemente, disparou uma rajada de cartas sobre o assunto para a imprensa, até mesmo tirando uma fotografia dele saindo do apartamento da amante no meio da noite. A senhoria adotou a opinião de que a aparência dele como marido e pai devotado era uma fraude. Dela era a falácia simplista do monogamista moral, mas os cavalheiros da imprensa nunca publicaram a notícia, demonstrando a compreensão, mais sofisticada, de que não há contradição inerente entre amar a esposa e os filhos e ter uma amante.

Fazer amor com Pamela, a assessora, duas noites por semana não o desencorajava de tratar a esposa e a filha com amor e ternura. Na verdade, como seus impulsos irreprimíveis contavam com um alívio, sua esposa e filha eram poupadas do mau humor do macho frustrado, e certamente a namorada não sofria nem de longe com isso, a não ser o inconveniente de ter de se mudar quando ela sabiamente procurou outro apartamento, e de quando, subsequentemente, ele arranjou um novo emprego para ela (como assessora de imprensa de sua mulher).

O caso ocorreu na época em que ele e a esposa estavam tentando começar uma família, logo depois de terem se instalado sua primeira casa, em Georgetown. O sexo reduzia-se a um procedimento médico: algo que tinha de ser feito, por assim dizer; como arrancar um dente. Em comparação, a experiência bem-sucedida da lascívia era abundantemente revigorante, embora ele tenha recebido suas porções terapêuticas com extrema circunspecção devido à frágil condição emocional da esposa, e eles tiveram sucesso em conceber a filha no fim do ano seguinte. Ela foi entregue a ele envolta num cobertor, e ele ficou com ela no colo ao lado da cama da esposa, essa minúscula coisinha chorando, mais animal que humana.

Em mar tranquilo, ele atravessara um equador invisível, e só iria perceber isso no momento em que mudasse de curso: só então sua bússola iria girar, só então ele se daria conta de que estava perdido. Ele terminou com Pamela e resistiu a outras tentações. Seu medo residia na incerteza quanto à forma como sua mulher, agora mãe, agora o ápice do pequeno triângulo deles, iria encarar suas aventuras pessoais independentes, e se essa bem-sucedida passagem para a vida de família iria estimulá-la a adotar uma postura menos submissa. Havia momentos em que ele tinha a sensação de que sua vida tinha sido tomada por uma criatura que só se comunicava através do choro. E havia também o bebê. Ele tinha resignadamente se acostumado aos momentos ocasionais em que as suspeitas dela se materializavam numa crise de angústia e insegurança, mas agora ele temia a perspectiva de a filha deles ser envolvida nesses melodramas. No entanto, ele não precisava ter se preocupado, porque no fim essas ansiedades agiam mais fortemente em sua esposa, que percebeu que, embora a necessidade de proteger e prover a filha deles coubesse a ambos, era ela quem em maior grau abdicara de sua independência. Depois do divórcio de seus pais, a mãe dela se viu sem alternativa a não ser casar de novo, como o único meio de restaurar a estabilidade doméstica nas vidas de seus filhos. Ela apenas seria forçada a procurar em outro lugar o conforto e a segurança que o sujeito proporciona (além da posição social e da companhia), com a possibilidade de que o novo homem fosse um pai menos afetuoso para a filha deles e talvez até mesmo tivesse os mesmos vícios que o sujeito, se não outros piores.

Esse raciocínio não o livrou inteiramente do medo. Ele ficou mais tenso que de hábito, e convenceu a esposa de que estava sofrendo uma recaída do problema nas costas que lhe rendera sérias cirurgias três anos antes e prenunciava incapacidade, além do abrupto encerramento de suas ambições para a presidência. Embora a verdadeira causa de sua irritabilidade fosse a pausa forçada em suas aventuras, ele consideraria a perspectiva de perder a possibilidade de descarregar seu impulso sexual com o mesmo desespero que a de perder a capacidade de andar.

Embora sua filha o encantasse, ele estava ficando ressentido com o fato de sua vida estar se condensando numa matriz sufocante. A fidelidade estava fazendo dele um marido e pai pior do que era quando mantinha seus casos, ao ponto de ele recear tornar-se tão austero com a filha quanto sua mãe tinha sido com ele, e, portanto alguns meses após a chegada da filha, ele retomou a costumeira busca de parceiras sexuais adicionais, descobrindo, para seu extremo alívio, que podia perseverar nessa linha sob as mesmas condições que as anteriores ao nascimento de sua filha. Ele podia ser o objeto de maior constância na vida de sua filha em virtude de ter a liberdade de não ser uma presença constante no lar deles todas as noites e todos os fins de semana, e um apoio maior para a esposa porque não mais a via como se fosse um carcereiro. A monogamia e a paternidade foram inventadas por autoridades morais para sublimar o impulso sexual masculino, mas em seu caso o efeito era similar ao de pressurizar um tanque de gasolina.

Hoje ele consideraria sua família excepcionalmente feliz. A filha desfruta do amor dos pais, do conforto de um lar seguro e da atenção constante de um pai devotado. Quando ele olha para aqueles primeiros momentos em que a segurou, percebe que o que sentiu foi impotência, na forma de uma repressão à sua liberdade de fornicar, mas a elasticidade venceu no fim: ele não abandonou suas responsabilidades em relação à família, tampouco destruiu a si mesmo na lenta e debilitante amargura da monogamia. Livre da apreensão e do ressentimento de três anos antes, ele está agora em condições de acolher o nascimento do segundo filho.

SUA MULHER ENTRA em trabalho de parto três semanas antes do previsto. Em função de seu histórico obstétrico, os médicos não se arriscam a esperar o parto natural e fazem nascer o bebê, um menino, numa cesariana de emergência. Batizado John em homenagem ao pai, o filho deles parece saudável, mas como precaução, por ter nascido prematuro, é posto numa incubadora. A mãe permanece na sala de operações enquanto o pai segue os pediatras, o bebê no colo de uma enfermeira, e então fita o filho enquanto é colocado dentro de uma caixa de vidro aquecida, onde se contorce e berra, uma trepidação rosa de vida. Quando o sujeito retorna à esposa, eles compartilham lágrimas de alegria; as famílias chegam, e logo o hospital é inundado com presentes para o filho deles — brinquedos e roupas, buquês para a mãe —, de amigos, celebridades e dignitários.

As visitas do sujeito ao hospital representam os primeiros encontros sociais normais desde a eleição, duas semanas atrás. Alguns meses antes, ele teria parecido um homem de certa distinção, mas ninguém saberia seu nome, mesmo se seu rosto parecesse um tanto familiar. Agora a reação das pessoas é bem diferente. Ficam nervosas; tropeçam nas palavras; coram quando ele as olha; algumas, ele teme, saem do caminho para evitá-lo, enquanto outras esgueiram-se pelos cantos para vê-lo passar com seu séquito de guarda-costas de cabelo aparado rente.

Naturalmente, ele fica curioso quanto às mulheres. Um ano atrás ele teria antecipado certa reação. Chegou à agradável conclusão de que tem o porte de um macho alfa. Mede quase 1,80 metro, tem um semblante bronzeado que indica muita saúde, e seus ternos de corte elegante realçam seu físico em forma. É abençoado com cabelos castanho-claros abundantes, em contraste com as cabeças grisalhas e quase calvas de muitos homens de sua idade. Não é uma vã pretensão, mas um fato evidente, que ele é um homem fisicamente atraente para sua idade, e excepcionalmente atraente por sua posição.

Antigamente, ele poderia ter esperado que alguma enfermeira desse um relance de admiração ao vê-lo passar, ou sorrisse se cruzassem o olhar, ou mesmo flertasse um pouco se eles começassem uma conversa, mas hoje nenhuma delas demonstra nada parecido; em vez disso, baixam os olhos como criadas vitorianas se ele dá um mínimo relance que seja na direção delas. Um golfo se abriu. Ele se tornou inacessível para as mulheres, uma figura austera com quem o sexo é impossível, e nesses primeiros encontros na mais nova fase de sua carreira como adúltero ele vivencia um profundo desespero, não só porque nunca está sem ser observado, como também pela percepção de que as enfermeiras do hospital da Universidade de Georgetown devem representar todas as mulheres da nação no que diz respeito ao fato de que nenhuma delas ousaria abandonar sua deferência para ir para a cama com o recém-eleito presidente dos Estados Unidos.

O GOLFO

EM FUNÇÃO DA CESARIANA, os médicos aconselham à futura primeira-dama que evite qualquer atividade que force seu abdome, e, embora o presidente eleito esteja profundamente grato pelo bem-estar de sua mulher e de seu filho recém-nascido, a retomada das relações sexuais conjugais lhe é negada. Durante toda a sua vida adulta, o sujeito ficou acostumado com sexo regular, interrompido apenas por doença ou períodos de serviço à Marinha. Embora possa ser discutida a definição de atividade "normal", não há como ter dúvida quanto à habitual promiscuidade sexual do sujeito, portanto a abstinência constitui uma mudança dramática em sua rotina sexual.

Desde os últimos anos de sua adolescência, o sujeito tem sofrido acúmulos que se tornam tóxicos se não forem expelidos. Obviamente é algo cuja solução mais simples se tem à mão, mas ele não obtém muita gratificação de tal prática. Em seguida a ela, seu ânimo é exaurido pela vergonha de um homem de sua idade e posição condescendendo nesses atos melancólicos em vez de seduzir uma mulher viva, de verdade. A sedução é uma experiência muito mais estimulante e, portanto, um ato de liberação mais profundo.

Enquanto a convalescença de sua mulher continua, a negação de um escape sexual ameaça o bem-estar emocional e psicológico do sujeito. Em poucas semanas ele fica deprimido. Primeiro sua próstata, já cronicamente inflamada como sequela de múltiplas infecções venéreas na juventude, fica flácida pela acumulação de fluidos. Ele se sente fraco, e dia após dia uma dor de cabeça se intensifica. Seu endocrinologista percebe um tremor e uma perda de energia, de modo que ele sugere aumentar sua dose de cortisona e ajustar a prescrição de tiroxina. É importante que o presidente eleito mostre-se enérgico e vigoroso o tempo todo, portanto ele segue as instruções do médico, tomando comprimidos de manhã e de noite, num esforço de substituir o fluxo natural de hormônios que seu corpo é incapaz de produzir como consequência da doença de Addison e do hipotireoidismo. Esteroides compensatórios causam retenção de líquidos, fazendo que seu rosto inche, de modo que ele recorre ao Dr. J., um médico que sua esposa apelidou de "Doutor Bem-Estar", que eles vêm consultando desde o ano passado, e o bom doutor prescreve anfetaminas, que dão alento à energia do sujeito sem os efeitos colaterais causados pela cortisona, convenientemente deixando um suprimento de seringas e frascos para que possa se autoadministrar injeções a fim de contrabalançar os episódios de apatia que o assolam nas tardes após longas e extenuantes reuniões.

As sessões fechadas em tais reuniões permitem que ele se concentre no trabalho, mas há mulheres por toda parte. Hoje ele vê uma secretária bonita, sentada à mesa dela, segurando um telefone ao ouvido, e lhe vem a ideia de voltar no fim da reunião e descobrir uma tirada que a faça sorrir, passar a mão pelo cabelo, um tanto desconcertada, enquanto ele observa o movimento de seus seios; ela reconheceria sua necessidade, e talvez eventualmente se submeteria num closet em algum lugar, deixando as mãos dele abrirem os botões da blusa branca e engomada. Mas ela permanece em seu posto, perdida nas salas dos escritórios da transição, o presidente eleito fitando-a do outro lado de um golfo intransponível. E, embora esteja sozinho, ele nunca está sozinho, nem um minuto sequer, pois mesmo em seu escritório está sob a vigilância dos agentes do Serviço Secreto, e puxar conversa casualmente com alguma pessoa, quanto mais com uma jovem atraente, está reservado ao seu passado. Sua secretária costumava deixar espaço em sua agenda para encontros, mas agora seus dias estão completamente atulhados apenas de compromissos políticos.

A reunião de hoje concerne uma ilha-nação e seu ditador antiamericano contra o qual seu antecessor lutou mas nunca triunfou, tendo então aprovado um esquema de derrubar o novo regime através de uma invasão, embora neste momento ele não tenha como influenciar o curso de ação em qualquer grau significativo, um poder que ele só adquirirá ao tomar posse, no mês seguinte.

Enquanto o presidente eleito considera o dia à sua frente com expectativa, sua filha está agitada, como normalmente ficam as crianças de 3 anos, e seus pais enfatizam que ajudar o irmãozinho a se sentir em casa será um papel de importância nacional, com a esperança de que esse desavergonhado favoritismo de alguma forma compense o fato de que a chegada dele vai ofuscar o aniversário dela, daqui a apenas dois dias, e desde então ela vem oscilando entre a curiosidade e o ciúme de seu irmão bebê. Ela tem medo, por exemplo, de que o pai não mais leia uma história para ela na hora de dormir, o que ele assegura que não vai acontecer, embora seu novo trabalho implique que ele não poderá fazê-lo todas as noites, mas nas noites em que puder ela ouvirá duas histórias para compensar a que perdeu. Mais tarde as perguntas dela, que ele considera um questionamento mais desafiador do que os da imprensa, abordam outras áreas de preocupação imediata em relação à mudança deles, tal como: "Onde eu vou brincar?"

O presidente eleito declara, "Posso garantir a esta jovem dama que sob minha administração as brincadeiras vão melhorar", porém, mais receoso de quebrar essa promessa de campanha do que qualquer outra, ele instrui assessores para que façam contato com as pessoas relevantes na Casa Branca de modo a garantir que uma sala seja transformada num quarto de brincar, e que seja construída, com o custo pago por ele, alguma espécie de parquinho. Quando ele recebe confirmação de que isso vai acontecer conforme o previsto, ele dá a notícia para a filha com grande orgulho, antes de contar a história de dormir.

Ao receber seus beijos de boa noite, ela espia curiosa o rosto dele e passa os dedos na bochecha do pai, que recua embaraçado. Ele ainda sente o toque curioso da filha ao ir conferir, com a esposa, que o filho deles dorme profundamente no quarto ao lado. O presidente eleito fica parado junto ao berço de John Jr., contemplando-o, tocando a própria bochecha como sua filha fez, para explorar o edema e rezando para que seus filhos não herdem essa maldição.

Os efeitos colaterais da dose maior de cortisona incluem retenção de líquido, que incha as bochechas do sujeito, fazendo-o parecer "as caricaturas feitas por Philipon do rei Luís Filipe metamorfoseando-se numa pera". Ele se sente feio, mas consegue brincar com sua secretária, a Sra. Lincoln, uma senhora de meia-idade que trabalha para ele desde a época em que era senador, perguntando-se se o rosto gordo do presidente pode ser um motivo para adiar a cerimônia da posse. "Dizem que uma câmera engorda 6 quilos", ele diz, "e, com a quantidade delas apontada para mim no dia, eu vou ficar parecendo o Graf Zeppelin."

A Sra. Lincoln ri. "Desde que não seja o *Hindenburg*, Sr. presidente..."

Tempos atrás o sujeito poderia ter optado por fazer de suas enfermidades um álibi para a ambição, mas em vez disso optou por ocultá-las, pois ao superá-las sem requerer tratamento especial ele obteve o direito de ser considerado o homem em forma, saudável e vigoroso que parece ser, pois a verdade seria explorada por seus oponentes e aqueles que duvidam dele para impedir que assumisse o cargo, revertendo-o à situação do menininho solitário lendo livros de história em seu leito de hospital enquanto as outras crianças ficavam correndo e brincando ao ar livre.

Ele presume que não é desses homens destinados a chegar a uma velhice ativa, já que sua saúde continua a se deteriorar; suas costas ficam cada vez mais rijas e inflexíveis, seus ataques de dores abdominais e diarreia com sangue e seu corpo em geral exibe sinais cada vez mais evidentes da doença de Addison, como o seu bronzeado de Palm Beach, que sob certa iluminação não fica suficientemente cor de bronze para esconder o tom amarelado. A razão pela qual visou à presidência aos 40 anos, quando sua juventude seria uma desvantagem, é que seus médicos não podem prever seu estado físico daqui a quatro ou oito anos.

Desde os resultados insatisfatórios da cirurgia espinhal, a perspectiva de uma deterioração inexorável paira sobre ele, e nos dias em que a situação é grave a ponto de ele precisar de uma injeção de analgésicos de seis em seis horas para evitar que a dor o imobilize ele reconhece a possibilidade de que talvez não demore muitos anos para se ver confinado a uma cadeira de rodas, paralisado, incontinente e impotente, e, como não pode alterar o futuro, precisa aproveitar o máximo possível os prazeres físicos.

Mas, em vez de sua denegação da enfermidade significar uma licença para aproveitar os prazeres da vida, ele se dedica a uma série de reuniões, que se estendem da manhã até a noite. O presidente eleito tem como objetivo reunir uma corte dos melhores e mais brilhantes homens do país; diminuir o ritmo, ter um almoço demorado e então passar a tarde numa banheira quente relaxando as costas pode significar a perda de um desses homens, tanto para ele como para o país, de modo que, com essa causa em vista, ele convida intelectuais, historiadores, economistas e outros profissionais para seus escritórios provisórios ou liga ele mesmo para esses homens, fazendo soar o mesmo toque de clarim para cada um, afirmando que pretende usar seu tempo na presidência com o fim de estabelecer uma parceria entre o poder e o mundo do pensamento, pois os homens que criam o poder trazem uma contribuição inegavelmente importante à grandeza do país, mas os intelectuais que o questionam podem dar uma contribuição igualmente importante, podem determinar como esse poder será usado. Logo a mensagem se espalha: os dias cinzentos e sombrios estão ficando para trás e a primavera está chegando, uma primavera em que as flores mais coloridas podem florescer; e mesmo os mais cínicos nas universidades e corporações sentem o impulso para o serviço público, uma sensação que nunca experimentaram antes, mas que vem movendo o presidente eleito durante toda a sua vida adulta, ascendendo agora ao seu zênite. Um após outro, esses homens sentem o impulso e se juntam à causa.

HÁ MULHERES NO LOCAL de trabalho, e as mais inteligentes percebem que o seu sexo pode derrotar até o homem mais poderoso, de fato os dois atributos, beleza feminina e poder masculino, com frequência fazem uma boa combinação. Ele imaginaria que deve haver algumas dessas secretárias que acreditam ter o bastante para tentá-lo a ir para a cama, se ao menos ele conseguisse passar pela falange de guarda-costas e mandar um sinal secreto de que não é um monogamista tedioso.

Ele aceita de bom grado que a mulher tome a iniciativa; de fato, ele considera o momento de contato entre os olhos, um sorriso ou um cumprimento uma "iniciação". Da mesma forma, o sujeito não é nem um pouco reticente quanto a ser o primeiro a sugerir sexo; normalmente é o seu *modus operandi*. Mas ele se sente aprisionado. Toxinas sexuais circulam em abundância crescente, causando dores de cabeça, náusea e espasmos musculares, e a visão ocasional de uma mulher atraente abre uma torneira em algum lugar dentro dele que despeja mais do efluente no seu organismo, inflamando ainda mais o já inflamado encanamento genital, de modo que seu cirurgião da próstata prescreve antibióticos para debelar uma infecção do trato urinário, enquanto o Dr. Bem-Estar aconselha que o melhor remédio é a ejaculação, não através da fácil masturbação, mas através do processo completo de relação sexual, com uma parceira estimulante, como o único método efetivo de liberar os fluidos que vêm se acumulando há semanas.

O Dr. Bem-Estar é o único entre seus médicos que compreende que o sujeito está vivenciando sintomas de abstinência, uma observação que é o diagnóstico de um vício.

O PRESIDENTE ELEITO e a futura primeira-dama retomam as relações sexuais, mas o que para ele é um tônico medicinal, para ela é um tormento, com a cicatriz da cesariana ainda dolorida e o útero sensível, fazendo com que a experiência para ela seja desconfortável demais, ao ponto do insuportável, de modo que ele precisa se desculpar e beijá-la no rosto, enquanto ela lhe garante que não se machucou, apenas sentiu um desconforto passageiro, e ele se levanta e vai cambaleante até o banheiro, onde descarrega a supuração antes de dar a descarga com um amargo e pouco gratificante puxão da corrente.

Por que a esposa não investiga delicadamente as práticas do sujeito? Isso denota que os jornais não estão sozinhos em manter o decoro. Mesmo entre marido e mulher, persistem áreas que não se deve ultrapassar: o sujeito nunca fez um voto, conjugal ou não, de abrir mão da privacidade. Do mesmo modo que crianças invariavelmente se comportam mal, homens e mulheres invariavelmente têm casos: o importante é não dar atenção a eles. Um cônjuge não precisa saber o que acontece no banheiro, portanto ele ou ela não abre a porta e ignora os ruídos.

Ele volta para a cama e não consegue dormir, porque as toxinas já estão se reacumulando, fazendo sua cabeça latejar e inflamando suas costas, seus intestinos e vasos sanguíneos. É a véspera da posse, e a neve cai fortemente, uma desculpa para não mostrar em parada sua face esteroidal para o mundo, mas ele não quer um escape; ele está pronto para tomar posse e começar a grande obra de sua vida. No entanto, antes que pegue no sono, sua mente, mergulhando na inconsciência, imagina um campo de luzes a escurecer, e então, em seu estado de devaneio, ele percebe que frases do discurso final de seu antecessor se confundem, e ao mesmo tempo ele visualiza o Velho Canalha relembrando sua visão do país como mil pontos de luz. O Velho Canalha flutua num pódio, em alguma espécie de auditório cheio de homens de uniforme, dizendo: "Pretendo continuar com o resto da minha vida". Mas então a imagem muda, como uma TV mudando de canal, e ele está sentado no Salão Oval, seus olhos sondando uma câmera de TV, dizendo: "Temos de nos manter em guarda contra a aquisição de influência indevida, seja voluntária ou não..." antes de desaparecer numa névoa de interferência, enquanto o presidente eleito se pergunta a quem ele dirige este aviso, se a alguém ou se é apenas uma mensagem que imaginou. Então ele dorme, como os mísseis nos silos.

A MANHÃ ESTÁ CLARA e gelada, com a neve cobrindo a capital, e na colina do Capitólio o sol baixo de inverno ofusca as massas, enquanto o novo presidente faz seu juramento:

"Eu, John Fitzgerald Kennedy, juro solenemente que desempenharei fielmente o serviço de presidente dos Estados Unidos, e farei o melhor que posso para preservar, proteger e defender a Constituição dos Estados Unidos."

Sem casaco, ele parece incólume ao clima, em contraste aos ossos gelados dos homens velhos que o cercam, mas na verdade sua fornalha tem como combustível injeções de analgésicos, esteroides e anfetaminas. Ele se dirige à multidão sob o Capitólio:

"Que a mensagem se espalhe deste lugar e deste momento, para amigos e inimigos, dizendo que a tocha foi passada para uma nova geração. No passado, aqueles que tolamente buscaram o poder cavalgando no dorso de um tigre acabaram engolidos por ele. O mundo está muito diferente hoje. Pois o homem agora tem em suas mãos mortais o poder de abolir todas as formas de pobreza humana e todas as formas de vida humana. E, no entanto, as mesmas crenças revolucionárias pelas quais nossos ancestrais se bateram ainda estão em questão por todo o globo. Que todas as nações saibam, tanto as que querem o nosso bem quanto o nosso mal, que pagaremos qualquer preço, suportaremos qualquer fardo, enfrentaremos qualquer obstáculo, apoiaremos todos os amigos, nos oporemos a todos os inimigos, para assegurar a sobrevivência e o sucesso da liberdade.

Para aquelas nações que gostariam de se fazer nossos adversários, nós oferecemos não uma sina, mas uma solicitação: que ambos os lados comecem uma nova busca pela paz, antes que os poderes sombrios da destruição engolfem toda a humanidade. Que jamais negociemos por medo. Mas que não tenhamos medo de negociar. Que ambos os lados procurem invocar as maravilhas da ciência em vez de seus terrores. Juntos exploraremos as estrelas, conquistaremos os desertos, erradicaremos as doenças, sondaremos as profundezas do oceano e encorajaremos as artes e o comércio. Tudo isso não estará concluído nos primeiros cem dias. Nem nos primeiros mil dias, nem durante a vida dos que compõem esta administração, nem mesmo talvez em nosso tempo de vida neste planeta. Mas que comecemos.

A energia, a fé, a devoção que trazemos para este esforço iluminarão nosso país e todos os que o servem — e o fulgor desse fogo pode verdadeiramente iluminar o mundo. Assim, meus compatriotas americanos, não perguntem o que o seu país pode fazer por vocês — perguntem o que vocês podem fazer pelo seu país."

A multidão aplaude e o novo presidente é atacado por apertos de mão. Um deles deve ser do Velho Canalha — ele estava a poucos metros no pódio —, mas, quando o presidente esquadrinha os rostos, não consegue ver o velho cinzento em lugar algum, de modo que ele deu sua última palavra e se dissolveu na história, uma cobertura de neve caindo sobre ele como caiu sobre sua imagem obliterada pela interferência na tela de TV no delírio da noite passada, e o presidente é escoltado de volta para o cortejo automobilístico, sua permanência ao ar livre tendo sido breve demais. Ele teria gostado de voltar a pé para a Casa Branca, mas a dor volta a dominar suas costas agora que o efeito das injeções anestésicas está passando. Ultimamente tem podido andar uns 100 metros no máximo, de modo que ele entra na limusine e o agente fecha a porta no ar límpido e frio, que agora transforma-se em cheiro de couro.

O presidente ocupa uma caixa, acenando através do vidro, mas ele tem uma grande sensação de esperança para seu país e para si mesmo. Acredita que o trabalho realizado nos próximos anos vai mudar o mundo inteiro para melhor. Tem a ideia de criar uma organização chamada Peace Corps, que dará a jovens idealistas, sejam homens ou mulheres, a chance de empregar suas habilidades no exterior, levar aos pobres e desvalidos do mundo sua mensagem: as grandes potências precisam estender-lhes a mão e não empunhar uma arma. Talvez devesse ter mencionado isso em seu discurso, mas ele está apenas ansioso, porque sabe que o discurso foi bom, e a primeira-dama sorri orgulhosa enquanto percorrem a Constitution Avenue rumo ao novo lar dos dois.

Mais tarde, no Salão Oval, secretárias esvaziam caixas enquanto trabalhadores manobram sua mesa para colocá-la no lugar. Sua esposa traz as crianças para vê-lo, e ele brinca com a filha num jogo que é um híbrido de esconde-esconde e *peekaboo*, pois Caroline é muito nova para seguir as regras do primeiro e muito velha para entreter-se com o segundo, e então, quando sua mulher diz que ela precisa levá-los de volta, ele pede aos filhos que prometam retornar logo, porque seu escritório parece uma cela, e ele quer que fiquem à vontade lá para que não se sinta tão isolado. Ele coloca o braço em volta dos ombros da esposa, beijando-a nos cabelos escuros e espessos, cheirando-os, e fitando o filho, que está no colo dela.

O primeiro decreto executivo do presidente dobra o bônus alimentar para os pobres, uma promessa secreta que fez a si mesmo quando em campanha em West Virginia, onde ele e a esposa ficaram chocados ao ver compatriotas que pareciam viver no século anterior ou num continente não desenvolvido, cujos filhos levavam comida da escola para casa a fim de dividir com suas famílias famintas. Ao final do primeiro dia, ele sofre com a secura dos olhos, o nariz escorrendo e uma dor de garganta, provocados por sua alergia ao pó doméstico, que em geral o ataca severamente durante a fase inicial em uma nova casa ou um novo escritório, sendo uma providência indiscutível tomar anti-histamínicos até seu sistema imunológico criar tolerância.

Quando o trabalho começa de verdade, o presidente descobre que o país realmente *está* uma bagunça tão grande quanto ele alegou em sua campanha, então manda sua equipe de assessores mais próximos compilar uma lista de todos os idiotas, obstrucionistas e pesos mortos em todas as divisões do governo, que o presidente apelida de "lista dos merdas", mas logo os mandarins da inteligência e das Forças Armadas o distraem com informes sobre sua força de 1.500 combatentes da liberdade exilados treinando para realizar um desembarque anfíbio a partir do qual deflagrariam um levante contra o ditador de certo país estrangeiro. Naturalmente o presidente gostaria de ver a queda de todos os tiranos, e ele possui uma afeição não obstrutiva por essa república em particular, tendo há muito ficado para trás seus dias de férias na ilha com o propósito de jogar, comer prostitutas e transar com a mulher do embaixador italiano (ou era do espanhol?), mas ele igualmente se opõe à ideia de nossas forças militares participando da operação, dado que sua busca para ganhar o respeito dos povos de ideologia contrária apenas começou, e não ajudaria nem um pouco em sua causa ser visto interferindo com a autodeterminação de um Estado soberano com a violência odiosa de um imperialista, ainda mais quando é visível para o mundo que esse ditador em particular é mais bem descrito como um espinho na carne da América do que como uma adaga em nosso coração.

Mas a Central Intelligence Agency e os Chefes do Estado-Maior estão convencidos de que a operação será uma decapitação cirúrgica, depois da qual os cidadãos receberão de bom grado a liberdade que ganharão de presente.

Sentado em sua cadeira de balanço com o rosto tenso devido ao esforço para ocultar os espasmos agonizantes nas costas, ele pergunta: "Como sabemos que o povo vai acolher o regime pós-invasão?"

O diretor da CIA simplesmente diz: "Por que não iriam, senhor presidente?"

Mais tarde, o presidente levanta-se com dificuldade e pressiona as palmas das mãos na parte inferior de seu colete ortopédico enquanto tenta arquear-se para trás, mas não há alívio, apenas dor incessante, portanto ele pede à Sra. Lincoln para chamar a primeira-dama urgentemente, enquanto cambaleia até o pequeno escritório privativo adjacente ao Salão Oval, onde sua mulher chega alguns minutos depois para encontrá-lo prostrado no chão tentando desamarrar o colete.

Ela o ajuda na tarefa, e então ele baixa as calças, também com a ajuda dela, para uma injeção analgésica em cada nádega, depois do que ela usa os joelhos para pressionar a região da lombar, tentando aliviar o travamento produzido pela contração muscular, enquanto ele espera o anestésico fazer efeito.

E então ele volta ao trabalho.

Naquela noite, na Residência, sua mulher insiste que ele receba a visita de um médico. Em vez disso, ele convoca dois. O almirante B. defende a cirurgia como o único tratamento definitivo, seguido, uma hora depois, pelo Dr. T., cuja declaração é de que a cirurgia quase certamente o deixará aleijado. Caso se colocassem todos os médicos do mundo juntos, eles jamais chegariam a uma conclusão, razão pela qual o sujeito é tão promíscuo com médicos quanto com mulheres. Ele vai para a cama com analgésicos, mas acorda no meio da noite, suas costas de novo contraídas, de modo que ele desliza para o chão, tentando não fazer nenhum ruído que possa incomodar as crianças, que dormem no quarto ao lado, mas os gemidos de dor ao se movimentar acordam a esposa, que põe na velha vitrola o disco preferido dele, a música no volume de um sussurro, enquanto esfrega seus músculos, que estão tão duros quanto o gélido piso que há sob o carpete do quarto.

O SUJEITO CONHECEU aquela que seria sua esposa num jantar oferecido por um amigo em comum quando ele era senador e ela trabalhava como repórter, ocupação que envolvia abordar desconhecidos nas ruas e nos locais mais frequentados da capital com o propósito de capturar suas reações às matérias mais leves do dia, o que ele declarou achar admirável, algo simplesmente sensato ao conhecer alguém que por acaso é também uma bela mulher, ao que ela respondeu que era uma atividade temporária, pois queria fazer carreira no jornalismo sério, mas sua juventude e boa aparência eram obstáculos. "Então tenho certeza de que vou longe", ele brincou.

Seu nome, Jacqueline, ela pronunciava da maneira francesa. Era inteligente mas tímida, uma presença luminosa que ofuscou todo mundo no jantar aquela noite, tanto que ele primeiro pediu para lhe passar os aspargos e então pediu um encontro. Viram-se constantemente nos dois anos seguintes, durante os quais ele com frequência trabalhou noites e fins de semana quando a sede de viagem dela a levou para a Europa por um tempo, a corte foi intermitente, com semanas, às vezes, se passando entre um e outro encontro, embora, quando ficava tarde num bar em algum lugar qualquer, ele catava um punhado de moedas do bolso e, apesar de frequentemente ir para casa com alguma garota que conquistara, só havia uma mulher para a qual ele continuava ligando, e só uma que ele seriamente já considerara para o posto de permanente.

Ele está deitado de barriga para baixo, sentindo as mãos da esposa apertando sua carne, mas sem poder ver a expressão dela, e lembra que nunca pôde ter certeza nos primeiros meses do relacionamento se ela compreendia até onde ia a compulsão dele, mas mesmo naquele estágio ela devia ter atentado para o fato, quase como se o esperasse num homem como ele, o que era resultante do comportamento do pai dela, e possivelmente do fato de se sentir inconscientemente atraída por um tipo similar ao progenitor. Quaisquer que tenham sido as razões, ela decidiu que o casamento valia o risco de ter o coração partido, assim como o cargo que ambicionou agora o deixa em agonia.

Ela é a única mulher que ele deixou testemunhar sua vulnerabilidade. Por ter sofrido com doenças durante toda a vida, já passou mal na presença de namoradas antes, e houve vezes em que o problema nas suas costas interrompeu o sexo, às vezes com consequências cômicas, mas nessas ocasiões, em vez de admitir sua enfermidade, ele preferia deixar a garota acreditando que a culpa era dela, a menos que por acaso ela fosse de um tipo particularmente decente, e nesse caso a história das costas arruinadas por um ferimento de guerra podia ser admitida de um modo superficial, um tanto como aquele personagem de *O sol também se levanta*. Apenas a mulher do sujeito está inteiramente a par do total alcance de suas enfermidades, o que não ocorre nem mesmo com os vários membros da família dele que testemunharam seus episódios ao longo dos anos, mas não mais partilham de sua intimidade, nem mesmo com os vários profissionais da medicina que vinham, coçavam as cabeças, discutiam entre si e faziam ridiculamente pouco, nunca compreendendo inteiramente a história de seu corpo, que se arrasta para uma decrepitude prematura. Embora sem dúvida ela tivesse preferido um marido abençoado com plena saúde, a esposa aprendeu a aceitar sua sina, como ele. No que eles talvez possam discordar é que ele incluiria suas inclinações sexuais dentro do espectro de seus estigmas físicos.

Para ele é tão impossível apaziguar sua libido compulsivamente ativa quanto querer que suas glândulas adrenais produzam hormônios.

De manhã, entretanto, ele deve agir como se suas glândulas funcionassem, seus intestinos propiciassem uma digestão livre de dores e suas costas fornecessem sólido apoio. O sujeito continua a sofrer uma leve reação alérgica à poeira de seus novos aposentos, provocando uma tosse seca que o incomoda em especial à noite.

Às 7 horas ele entra na sala de jantar, onde a família toma café da manhã junta; ele explica para a filha que não pôde ler para ela na hora de dormir na noite anterior por causa do trabalho, mas ele compensa a falta andando de mãos dadas com ela ao longo da Colunata Oeste, onde ela passa alguns minutos explorando o Jardim das Rosas, deixando, com entusiasmo, minúsculas pegadas com o sapato no gramado congelado, e então eles continuam até o escritório dele, onde os atos de dissimulação começam, com os esteroides, analgésicos e anfetaminas que inundam seu organismo, permitindo que ele projete a imagem de uma saúde vigorosa. Ele deixa que Caroline fique à vontade no Salão Oval enquanto termina de ler os jornais, e depois a levanta e lhe dá um beijo de despedida. Então a babá a leva de volta para a Residência, para que ele possa estudar os últimos documentos relacionados à invasão.

Os chefes do Estado-Maior do Exército, da Marinha, da Força Aérea e Fuzileiros Navais marcham Salão Oval adentro, seguidos pelo diretor da CIA e seu chefe de operações, para fazer um relato dos progressos.

O presidente diz:

— O codinome Estrada Acidentada soa inadvertidamente profético, senhores. Eu me pergunto se isso é alguma forma de psicologia reversa da parte da CIA, e se no futuro poderei contar com ser aconselhado sobre a operação Fracasso Abjeto e a operação Suicídio Político.

Eles dão risadinhas, e então continuam a persuadir o presidente de que a excisão cirúrgica do ditador será um grande sucesso.

O presidente pergunta:

— Quantos homens os senhores estimam que ele pode reunir para um contra-ataque?

— Vinte e cinco mil, senhor presidente — responde o diretor da CIA.

— Sr. Dulles, não é necessário a Price Waterhouse para concluir que 25 mil contra 1.500 significam ótimas perspectivas para ele e péssimas para nós.

O diretor descreve como a invasão conduzirá a um levante popular, e no entanto o presidente recebe o argumento com a mesma desconfiança com que encara o termo "inteligência militar", o mais mordaz oximoro no idioma do governo, porque a CIA e os Chefes do Estado-Maior são feitos do mesmo material que os homens que mataram seu irmão mais velho — um piloto que foi explodido em estilhaços enquanto voava numa missão levando uma carga explosiva dotada de um detonador sensível que podia ser disparado por uma leve turbulência —, homens parecidos com os generais e almirantes que comandaram a guerra no Pacífico, a salvo em terra, seguindo estratégias que causaram milhares e milhares de baixas desnecessárias, entre elas as que ocorreram na tripulação do próprio comando do presidente, um barco contratorpedeiro que foi cortado ao meio por um destróier, arruinando as costas do presidente e afogando dois de seus homens. Agora os generais começam uma discussão sobre os números exatos e sobre como o levante se desenrolará, enquanto o presidente se pergunta se algum desses homens, apesar da salada de frutas das condecorações que carregam esparramadas no peito, passou noites no oceano negro escutando o ruído de navios cem vezes o tamanho do seu, se algum deles viu companheiros sendo consumidos pelo fogo. A conversa cessa abruptamente, e o presidente desperta de seu devaneio ao ouvir os próprios dedos tamborilando indevidamente no braço da cadeira de balanço.

Mais tarde, novamente sozinho, o presidente cambaleia até a janela e estica as costas, olhando o Gramado Sul que se estende até o Monumento a Washington, observando os veículos que passam pela Constitution Avenue, mas ele não ouve nenhum som através do vidro à prova de balas, nem sente o sopro do vento que coreografa as folhas caídas num aceno de milhares de mãos mortas.

No fim de cada dia de trabalho, o presidente deixa entreaberta a porta do escritório de sua secretária como uma indicação de que está disponível para a equipe, e através da abertura observa seu secretário de imprensa falando com uma atraente jovem no hall do lado de fora. A Sra. Lincoln submete à aprovação do presidente a agenda dos compromissos do dia seguinte e por fim ela entrega algumas cartas pessoais, uma delas com um remetente que ambos reconhecem, embora a Sra. Lincoln discretamente deixe o envelope na mesa dele como se não significasse nada, o envelope permanecendo fechado, ao contrário do restante da correspondência dele, da qual ela faz a triagem apropriada, e então se retira para seu escritório, dando ao presidente privacidade para fazer o que quiser com a carta, o que, após um momento de hesitação, é abrir o envelope, de dentro do qual desliza um cartão colorido de "Boa sorte em seu novo lar!" com uma breve saudação no verso que parece ter sido escrita com batom, e com o nome dela assinado no canto inferior direito.

O presidente não vê Marilyn desde algumas semanas antes da eleição. Inicialmente ele lhe deu a desculpa de que tinha ficado muito ocupado com a campanha, e depois mostrou-se indiferente quando ela telegrafou um PARABÉNS! seguido de um telefonema para o número de seus escritórios provisórios, embora não tenha jamais ficado claro para ele como ela o obteve, mas obviamente naquela época ele não estava tão ocupado a ponto de ser impossível providenciar um encontro, fosse em Palm Beach ou na costa oeste, o problema, em vez disso, era a magnitude da celebridade de Marilyn e os concomitantes desafios para um *affair* discreto agora que ele havia sido eleito, a ironia amarga era que, se tivesse ele perdido, poderia ter passado quantos dias de êxtase quisesse em Beverly Hills trepando à vontade com ela e ninguém teria dado a mínima.

Na verdade, ele estava procurando uma saída, porque ela estava começando a se ressentir de seu papel coadjuvante no coro das trepadas casuais e queria fazer um teste para o papel principal, e os cutucões, insinuações e carências disso estavam começando a se tornar um aborrecimento, tendo como ápice o encontro deles na noite em que ele lhe garantiu a indicação, de tal modo que estava se tornando um verdadeiro desafio para ele não parecer que não se importava nem um pouco com ela, o que poderia soar inacreditável dado o status dela como o maior símbolo sexual do país, mas uma das lições que ele aprendera em sua carreira de fornicação é que não se deve ficar intimidado pela beleza de uma mulher, e certamente não por sua sexualidade escancarada, já que isso é uma clara indicação de insegurança. Uma mulher como Marilyn está tão acostumada a ter todos os homens numa sala querendo dormir com ela que fica desequilibrada quando não querem, tornando-se ansiosa e achando que seu rosto não mais demonstra frescor nem seu corpo se mostra firme, ao ponto de ser preciso manter o equilíbrio entre demonstrar a vontade de dormir com ela e também não demonstrar muito desespero por isso.

No caso de Marilyn, ele conseguiu alcançar o equilíbrio, pois vem sendo sua prática já há muitos anos tratar todas as mulheres do mesmo jeito — com a óbvia e magnificente exceção de sua esposa. Além disso, é como se, ao dormir com uma atriz ou modelo, isso assegurasse o passe para encontros similares com outras atrizes e modelos. Essas mulheres recebem tantos avanços ao longo de sua semana normal que a metodologia delas para selecionar o pretendente adequado parece ser modelada pela mentalidade de rebanho, segundo a qual o que é bom para uma é bom para todas, e é também possível que, uma vez que um homem garantiu um caso com uma dessas *starlets*, as outras o encarem como o meio de legitimar o seu status dentro do rebanho. A estrita aderência à política de tratar todas as mulheres do mesmo jeito, por mais belas que sejam, necessita do corolário de não parecer indevidamente diminuído pelo fato de uma *starlet* ou outra se mostrar incólume ao seu charme — ou uma assessora política ou uma dona de casa, aliás, porque as engrenagens bem lubrificadas da prevaricação giram com a graxa dos encontros sem maiores consequências, e travam quando se dá indevida importância à rejeição. Em vez disso, cada dente deve se mover numa rotação suave, para a próxima modelo ou assessora ou dona de casa, e a atriz, que, embora mantendo uma conversa com ele, ficou esquadrinhando por cima do ombro se não haveria um partido ainda melhor para a vaga de seu próximo benfeitor.

Nada dessa invectiva deve ser necessariamente compreendido como uma descrição de Marilyn, certamente não em sua atual encarnação, tendo sido uma estrelinha dez anos atrás, mas há muito tendo ultrapassado o diminutivo (em qualquer sentido da palavra) e, naquela noite em Los Angeles em julho passado, quando, tendo assegurado a indicação democrática para se candidatar à presidência, o sujeito, falando para 80 mil partidários no Coliseu, estava abundantemente claro que não havia melhor partido disponível na cidade. A esposa dele não pudera comparecer à convenção, em função de precauções médicas com sua gravidez. Estar desacompanhado usualmente lhe oferece a oportunidade de ligar para antigas namoradas e encontrar algumas novas, mas como a intensa e contínua carga de trabalho — barganhar velhos votos e fazer campanha por novos — tinha precedência, ele se viu naquele estado perigosamente vulnerável de estar sozinho num quarto de hotel tarde da noite, ingerindo analgésicos com doses de uísque, ficando mais cansado e excitado a cada dia, até que por sorte encontrou uma voluntária acessível: mais tarde, em particular, pegando-a pela mão, ela respondeu avidamente ao sinal, depois do quê ele abriu a braguilha e pediu desculpas por, dado o cronograma da convenção, não haver tempo para preliminares.

O efeito revigorante da companhia dela durou pouco, no entanto, e ele continuou a se cansar, a ponto de ficar menos competente em seu desempenho na convenção. Essa fadiga intratável, anterior aos serviços do Dr. Bem-Estar, era um problema insolúvel pela aclamação da multidão ou pela emoção da ocasião, já que as descargas de adrenalina que seus rivais vivenciam nunca ocorrem com ele, de modo que em vez disso ele dependia do lento empurrão metabólico dos comprimidos de cortisona, e na vitória ele estava tão exaurido quanto inebriado, a subida ao pódio gastando suas reservas finais e então, numa comemoração orquestrada por amigos em comum, Marilyn apareceu de surpresa e na possessividade de seu primeiro beijo ele compreendeu que ela encarava a vitória dele como dela também, e, embora fosse o caso de ser mais prudente, o sujeito não estava em condições de resistir. Quando um homem acostuma-se sexualmente a uma mulher, passa a tê-la como garantida, bonita ou não, símbolo sexual ou não, e, em virtude de sua estrita aderência à política de não se deixar embasbacar por ela, ele não poderia ficar cego à razão a ponto de esquecer que, no caso de Marilyn, se tratava da mulher mais fotografada na terra em que ele procurava se eleger para o mais alto cargo.

Mas agora, ao ler o cartão dela, ele se esforça para relembrar aquele corpo, aquele rosto, aqueles lábios, sentindo um ímpeto de desejo e curiosidade como o que vem ao encontrar tesouros enterrados. Embora ele em geral não esqueça o butim que descobriu, com o passar do tempo a memória se torna menos vívida — visualmente, mas não semioticamente —, portanto ele pode ainda descrever o atributo mas não consegue visualizá-lo precisamente: a nitidez de suas maçãs do rosto, digamos, quando ele as associa à beleza dela, ou a firmeza de seu abdome quando ele evoca seu corpo atlético, talvez porque essas memórias residam nos pontos primitivos de seu cérebro, onde deixaram sua primeira impressão, e depois de um período de ausência da mulher ocorre uma reversão na direção do primeiro encontro com ela, quando, ao perceber seus seios ou seu traseiro, ele sentiu aquele primeiro ímpeto de desejo ou curiosidade. Com Marilyn, embora ele não negue ter sido em parte levado pelo desafio de levar para a cama um símbolo sexual — um item a ser sublinhado no curriculum vitae de qualquer conquistador, independente de quão boa foi a trepada *per se* —, o ímpeto que ele sentiu naquele momento do primeiro encontro e depois, nas primeiras intimidades, ainda era o desejo tão comum de explorar o que fica sob a superfície, e agora, ao segurar na mão o cartão com sua saudação em batom, essas assombrosas descobertas desbotaram, tornando-se uma obscura biblioteca de volumes que ele está ansioso para reabrir, uma vez mais banhado por um impulso que excita seu encanamento inflamado.

NO HALL, ELE VÊ A BELA e jovem assessora de novo, carregando uma pasta de papéis, vindo dos escritórios da assessoria de imprensa. Ele sorri e diz: "Pierre está fazendo você trabalhar duro", ao que ela cora e para, com o constrangimento de alguém pega pelo bedel; ao mesmo tempo, presumivelmente por ter ouvido a voz do presidente, o agente postado do lado de fora do escritório dele vira-se para verificar com quem ele está falando e, tendo ouvido seu nome dito pelo presidente, o secretário de Imprensa sai de seu escritório, isso tudo fazendo com que o presidente reaja com um embaraço que o impele rapidamente para a saída mais próxima, a Sala dos Peixes (assim nomeada porque o presidente Roosevelt mantinha um aquário nela, e o presidente mantém a tradição com um marlim-azul de 3 metros que ele pescou em alto-mar em Acapulco — em sua lua de mel, um auspício de que a vida de casado não colocaria entraves a pescarias abundantes), onde ele se descobre mais uma vez sufocado, com outra ereção, contemplando como ele decaiu de um homem que dormia com deusas a alguém proibido de trocar duas palavras com uma funcionária.

O sujeito não sofre tal grau de abstinência sexual há vinte anos, o que lhe causa dores de cabeça, náusea, diarreia e inflamação urinária. À noite ele é o anfitrião de uma recepção diplomática, com a primeira-dama resplandecente num vestido de noite novo, charmosa como sempre com os convidados, depois do que ela o ajuda com o colete para as costas no quarto de dormir. Ele toma dois analgésicos, mais sua poderosa dose de cortisona, um antibiótico e um comprimido para dormir, este último prescrito pelo Dr. T., por ter também propriedades de relaxante muscular. Ele roça a barriga dela mas ela recua, e então lhe dá um beijo de boa noite e se vira para o lado para dormir, enquanto ele fica acordado, tossindo.

De manhã ele está desesperado por ar fresco, suas roupas cheirando a álcool e fumaça de charuto da recepção da noite anterior, mas é penosamente que caminha pela Colunata Oeste de mãos dadas com a filha, que lhe pergunta por que o lago no fim do Gramado Sul, que apareceu sob a neve que derrete, não é o lar de nenhum pato, porque ela se lembra de alimentar os patos quando moravam em Georgetown, mas o que ela não gosta na nova casa é que os patos foram embora, de modo que, depois que ele lhe dá um beijo de despedida, pede à Sra. Lincoln se não seria possível providenciar alguns patos para o lago, ao que ela responde: "Que espécie de patos, senhor presidente?"

— Patos que fazem "qué-qué", ele diz, antes de entrar na Sala do Gabinete.

De acordo com a CIA, os chefes do Estado-Maior e alguns membros do Gabinete, uma ameaça à segurança nacional está surgindo no exterior, na forma de ideologia perigosa e extremista. Eles parecem tão decididamente convictos que o presidente começa a se perguntar se sua toxemia não o aprisionou num delírio em que a racionalidade do governo foi usurpada e os ratos tomaram conta da experiência.

Aquela noite, na Residência, o presidente lê uma história para Caroline na hora de dormir, enquanto a primeira-dama cuida de John Jr., que não se acalma, e, ao terminar a história, o presidente vai até seu menino, grato por ele estar acordado, pois assim pode segurá-lo um pouco enquanto a esposa dá um beijo de boa noite em Caroline e apaga a luz. O presidente carrega John Jr. para o Salão Oval, onde sua mulher senta num dos sofás centrais e ele se acomoda devagar numa das cadeiras com um encosto rígido e ereto, ninando o bebê no colo e deixando-o chupar seu dedo até ele dormir, depois do que o presidente e a primeira-dama fazem a refeição na sala de jantar, a primeira-dama desfrutando de um copo de sauvignon com a refeição, e então um cigarro.

Depois do jantar, a assessora de imprensa retorna ao pensamento do presidente, levando-o a fantasiar que está de volta à sua vida anterior, quando questões assim podiam ser encaradas com simplicidade. Ele enviaria por meio do secretário de Imprensa um convite para a equipe ir tomar um drinque num bar confortável por perto, onde ele se familiarizaria igualmente com todos, em seguida se juntando aos homens mais velhos, visando projetar para seu alvo uma imagem com humor exuberante de um homem entre homens, ao mesmo tempo vividamente comparando os atributos físicos superiores — altura, forma física, cabelos abundantes — do macho alfa; só tarde na noite ele se envolveria numa conversa direta com ela, primeiro comentando sobre algum trabalho que ela fez bem, então perguntando sobre a vida dela, em seguida fazendo contato físico para avaliar se ela pode ser receptiva a um avanço, e finalmente, como ele bebe pouco em ocasiões assim (o álcool inflama as mucosas do estômago, causando azia e úlcera péptica), ele ofereceria para levá-la de carro para casa. Como lhe é habitual, para evitar o constrangimento mútuo de terminar a noite com uma rejeição, ele sinalizaria seu interesse sexual antes de entrarem no carro ou, o mais tardar, antes de acompanhá-la até seu apartamento, com a cláusula final sendo que em diálogos anteriores ele informou-se sobre os arranjos domésticos dela para o caso de precisar pedir emprestado o apartamento de um colega ou ir para um hotel. Mas uma noite assim não lhe é permitida — o cortejo presidencial, ao ir para um prédio residencial em Georgetown à meia-noite, dificilmente permitiria um encontro discreto —, de modo que o sujeito suprime da mente a bela e jovem assessora de imprensa e se retira num delírio de frustração.

DE MANHÃ, QUANDO Caroline acorda, há uma surpresa à sua espera: em vez da costumeira caminhada ao longo da colunata para a Ala Oeste, eles passeiam pelo Gramado Sul até o lago. Caroline segue à frente da mãe, que traz seu irmão num carrinho, e ela se delicia ao descobrir uma pequena colônia de patos, e, para aumentar seu deleite, o presidente tira do bolso um saco com pedacinhos de pão. Ela alimenta os patos enquanto John se agita confortável em seu carrinho, e, quando o presidente retorna à Sala do Gabinete, alguns dos membros já estão discutindo como a terra invadida poderá ser trinchada e transformada em contratos lucrativos para as corporações americanas.

A toxemia continua borbulhando na cabeça, nas entranhas, nas costas e na bexiga do presidente. A tosse seca faz com que ele fique acordado de noite. Ele abre um arco-íris de comprimidos e ingere medicamentos para acabar com as dores de cabeça e debelar a inflamação, mas não obtém alívio algum. Na manhã seguinte, o delírio enevoa sua percepção dos generais; ele não consegue distinguir o elefante da análise do tigre da advocacia. Uma mulher cruza o hall quando ele sai da Sala do Gabinete com seus conselheiros, e por um momento ele contempla o que poderia lhe custar segui-la até um escritório e fechar as persianas. Em vez disso, ele passa a tarde em reuniões fechadas com os oficiais mais graduados, mas ninguém se opõe à ideia da invasão, ninguém acha que vá ser nada além de um sucesso retumbante, de modo que ele dá a ordem para as tropas cruzarem o golfo.

A PRIMEIRA-DAMA

QUASE QUE DE IMEDIATO as notícias sobre Cuba são ruins. O levante popular não ocorre e, apesar de seu delírio, o presidente é o primeiro a compreender por quê. Ele é muito viajado, assim como os comandantes militares, mas eles sempre viram o mundo de seus bunkers, firmemente imunes à curiosidade quanto a culturas estrangeiras e ignorantes das ideologias contrárias. Culturas não se curvam sem resistência, e o americanismo, ao contrário da Coca-Cola, não pode ser exportado.

Aviões cubanos começam a bombardear as praias, destruindo o navio que transporta a munição, enquanto tanques e infantaria cercam os combatentes da liberdade, de modo que o presidente ordena mais um ataque aéreo da Nicarágua sob a cobertura de jatos sem insígnia da Marinha dos EUA, mas ninguém que coordena a operação se dá conta de que os jatos saem de um fuso horário diferente do que o dos bombardeiros do ataque, e, assim, esses são abatidos, pois atravessam o golfo do México uma hora antes que os da cobertura.

Durante todo esse tempo, em que o dia penetra noite adentro e amanhece de novo, o presidente não consegue ficar parado, não consegue dormir, porque aqueles homens estão encurralados na praia, sendo explodidos. O presidente cancela a invasão, ordenando que os homens se salvem dispersando-se nas montanhas, que sobrevivam para lutar outro dia.

Um silêncio profundo cai sobre o Salão Oval.

— Qual é o problema de vocês? — diz o presidente. — Mandem aqueles homens para as montanhas!

O Sr. Dulles limpa a garganta nervosamente. Ele diz:

— As montanhas ficam muito longe.

— Quão longe? — o presidente pergunta.

O diretor diz:

— A brigada teria de atravessar pântanos, estão sob fogo...

— *Quão longe?*

— Cento e vinte quilômetros.

O presidente mal consegue falar, mal consegue olhar para a CIA ou para os chefes de Estado-Maior ou qualquer um deles. Engolindo uma ânsia de vômito que sobe em sua garganta, ele acena para que saiam da sala para que ele possa se apoiar na mesa, caso caia, porque esses calhordas insanos e incompetentes fizeram o que sempre fizeram, só que dessa vez foi ele quem deu a ordem, foi ele quem condenou à morte homens corajosos numa aventura malconcebida e malplanejada, e ele está com tanto medo de sufocar que vai até o Jardim das Rosas.

Ele sente as costas latejarem. Sua tosse o atacou à meia-noite e agora suas costelas doem devido ao esforço. Agentes o observam da colunata enquanto ele anda para lá e para cá pelo jardim, dando a impressão de estar espairecendo e se exercitando, quando na verdade ele está lutando para respirar, engasgado com os vapores do assassinato em escala industrial, que envenenam seus rins e glândulas e intestino e bexiga, e ele sente o travo desses vapores nas lágrimas.

Ele não consegue dormir. Pretende explorar todas as opções que existem para salvar aqueles homens. Seus assessores e conselheiros dizem todos a mesma coisa que a CIA e os chefes do Estado-Maior: "Uma escalada." Ele se recusa. Uma invasão não salvará aqueles homens agora; apenas custará mais vidas.

Por fim ele retorna à Residência, onde sua família dorme. Ele fica parado junto às camas dos filhos, estendendo a mão para tocar a pele e o cabelo deles mas detendo-se, contendo a tosse, por medo de acordá-los, grato por estarem vivos, em segurança, e não sendo bombardeados como aqueles filhos e irmãos cubanos, na praia, condenados à morte ou à prisão. Então ele ingere mais analgésicos, esteroides, anti-histamínicos e sedativos, prometendo a si mesmo que todos aqueles chefes loucos e assassinos perderão seus cargos nas semanas e meses seguintes.

Depois de três horas de sono irrequieto, ele acorda quase sem conseguir se mexer. Suas costas estão tão rígidas que é necessário sua esposa e uma enfermeira para fazê-lo levantar da cama, e ainda assim, na entrevista coletiva daquela manhã ele fica de pé e declara: "Sou o responsável por este governo. A vitória tem centenas de pais, mas a derrota é órfã. Eu assumo inteira responsabilidade. Oponho-me firmemente a que qualquer um de dentro ou de fora da administração tente reivindicar essa responsabilidade."

O presidente retorna para seu escritório, onde olha para além, na direção do Monumento a Washington, acima do qual densas nuvens brancas avançam pelo céu azul de primavera. Ele tenta abrir os fechos das portas do pátio, mas parecem emperrados. A tentativa de soltá-los faz aproximarem-se dois agentes postados na colunata; ele faz sinal para que se afastem, sai da janela em vez de ir para o Jardim das Rosas, onde seria um espetáculo.

Mais tarde, fica chocado ao saber que membros do Conselho Revolucionário Cubano, um comitê de exilados que teria formado o novo governo, alguns deles tendo filhos na Brigada 2506, estão sendo mantidos em prisão domiciliar pela CIA, tendo como razão tratar-se de um "problema de manejo". O presidente ordena a libertação e transferência imediata deles para Washington, onde os encontra no Salão Oval. A essa altura já é tarde da noite seguinte; eles estão sentados nos sofás e ele em sua cadeira de balanço, em movimento constante para aliviar as costas e com o punho na boca para conter a tosse.

O presidente diz:

— A operação foi decisão minha. Lamento muito que tenha fracassado, mas a brigada combateu bravamente. Seus filhos tiveram orgulho de lutar por seu país. Sei que os senhores querem saber por que não convocamos nossas forças para atuar como apoio, e a razão é que, na luta contra a tirania, não posso ser hipócrita: não posso condenar nossos inimigos quando interferem na autodeterminação de um outro Estado e ao mesmo tempo esperar que o mundo faça vista grossa quando fazemos o mesmo. Não foi uma decisão fácil de tomar. Eu já lutei numa guerra, e vi homens corajosos morrendo. Meu próprio irmão morreu. Compreendo a dor de vocês. É por isso que enviarei navios e aviões para resgatar os sobreviventes, mas a última coisa que tenho para dizer aos senhores é esta: vocês são todos homens livres neste país — livres para ir aonde quiserem, livres para dizerem o que quiserem, livres para falarem com quem quiserem. Foi por isso que seus filhos combateram, e vocês têm esses direitos aqui, e num dia não muito distante espero que voltem a tê-los em sua terra natal.

Eles partem, quietos, em luto, e logo ele está sozinho de novo, se balançando na cadeira, com o sol nascendo para um novo dia e sua expectativa de que muita coisa deve ter mudado, muita boa vontade gasta, e sua reputação estará no fundo do poço; mas a cidade parece igual, as faces nos corredores, as mesmas, os patos de sua filhinha e os ursinhos de pelúcia de seu filho. Ele passa pela assessora de imprensa em sua primeira hora de trabalho e pergunta o nome dela, e quando ela responde, soa quase embaraçada por ele, o que o faz sair dali rapidamente, doente com esse veneno que se infiltra profundamente, embora as críticas à operação, domesticamente ao menos, sejam mais brandas do que ele temia, algumas até laudatórias, o que o faz pensar que ele já é como seu antecessor, nesse aspecto, de que por pior que faça mais popular fica. O ciclo do governo continua — reuniões são marcadas, coletivas, aparições públicas, prós e contras ponderados e decisões tomadas —, mas o presidente não consegue se livrar das imagens daqueles homens na praia, o barulho, os gritos, o sangue e o horror daquilo tudo, e então o cair da noite, escura e sufocante de terror, antes que tudo comece de novo. Ele percebe que seus assessores estão olhando fixamente para ele; é uma reunião, apenas alguns deles no Salão Oval, e ele enfrenta o que parece ser um silêncio constrangido.

— O senhor disse algo, senhor presidente — um deles se dirige a ele.

— Disse? — ele pergunta.

O presidente não se recorda de ter pronunciado palavra alguma, mas depois que todos os outros saem o secretário de Defesa diz:

— O senhor estava pensando alto, senhor presidente.

— O que eu disse, Bob?

— O senhor disse: "Como pude ser tão estúpido?"

Apenas alguns dias se passaram desde o fiasco, mas, já ficam evidentes as pistas de que haveria fracasso. O presidente ouve rumores de que alguns lobistas estavam contando com um butim ilimitado para seus interesses corporativos numa Cuba recém-anexada (depois de eles ganharem os primeiros contratos para limpar os entulhos e os cadáveres). Enquanto alguns grupos parecem realmente lamentar o fato de o presidente ter destruído a chance de uma vitória lucrativa, outros permanecem otimistas de que nova oportunidade não demorará a aparecer.

Enquanto isso, o presidente perambula pelos salões entre uma reunião e outra, de seu escritório para a Sala do Gabinete e a Sala dos Peixes. A Sra. Lincoln fica preocupada com esses interlúdios solitários em sua agenda, e providencia para que as reuniões sejam agendadas uma em seguida à outra, para que a mente dele não tenha tempo de se perder em seu envergonhado autoquestionamento. Não demora muito para que o único tempo que o presidente tenha sozinho seja ao meio-dia, quando vai nadar, a água aquecida a 32 graus num esforço para aliviar a dor nas costas, e quando vai ao banheiro, o que está se tornando uma fonte de embaraço considerável. O presidente andou ingerindo altas doses de Lomotil para controlar a diarreia que o afetou gravemente durante a invasão, e como resultado, agora que retomou horários e níveis de estresse mais normais, ficou seriamente constipado, problema para o qual o Dr. T. prescreveu Metamucil, que lhe causou dolorosas cólicas abdominais, e para isso o almirante B. lhe dá Bentyl, mas, apesar das frequentes e longas visitas ao vaso sanitário, que não passam despercebidas para a Sra. Lincoln e o Serviço Secreto, o presidente não consegue eliminar o bloqueio, situação agravada por uma recente exacerbação da uretrite e da prostatite, ambas responsáveis por tornar a urinação excruciantemente dolorosa (ao sujeito foi receitada penicilina, pelo Dr. T., e Furadantin, pelo almirante), de modo que ele se alivia com a menor frequência possível, resultando num grande desconforto, particularmente quando sentado, pois sua bexiga cheia lhe pressiona a próstata inflamada e também seus intestinos cheios, que por sua vez pressionam a sensível região lombar.

Quando o Dr. Bem-Estar faz uma visita, ele prescreve variados tônicos para as costas e os intestinos do presidente, depois faz uma inquirição direta sobre sexo:

— O senhor está desfrutando de atividade normal, senhor presidente? — pergunta com seu sotaque.

— Quem define o que é normal? — o presidente responde.

O médico diz:

— Um sujeito acostumado a atividade sexual frequente pode sofrer abstinência psicológica drástica. A concentração e a capacidade de julgamento podem ser seriamente prejudicados.

A sensação de sufocamento persegue o sujeito como uma nuvem invisível quando ele está com a esposa, com os filhos, quando joga golfe; é incapaz de se concentrar, de modo que ele faz lances que arranham a grama, ameaçando os ratos do campo. Quando vai para a cama com a esposa, a abraça, e a tristeza por aqueles homens umedece seus olhos; ele diz que vai ficar tudo bem, mas ela não pode compartilhar seus pesadelos porque nunca viu um homem morrer, nunca viu uma cabeça explodir bem a seu lado.

De manhã ele ingere uma refeição sem graça com alto teor de fibras, mas ainda assim suporta uma dolorosa e improdutiva meia hora no banheiro antes de ver a agenda do dia, a pressão em sua pélvis aumentando até o meio-dia, quando lhe são prescritos alguns comprimidos adicionais para movimentar seus intestinos, essa nova medicação não fazendo efeito, de modo que de noite, após outra refeição insossa e alto teor de fibras, ele fuma um charuto e sorve três copos de Bloody Mary, que não têm outro efeito a não ser lhe aumentar a azia.

Sua pior queixa torna-se a dor de cabeça. Quando perturbado pela tosse, a pressão em seu crânio fica insuportável. Ele sente as raízes dos cabelos sendo empurradas de dentro para fora. A condição do sujeito não melhora no dia seguinte, e no entanto, como é seu invariável hábito, ele não deixa ninguém saber de seu desconforto, de modo que nem mesmo seus médicos recebem uma imagem completa de sua constelação de dificuldades, embora a Sra. Lincoln note a tensão em suas mandíbulas e o franzido em volta dos seus olhos, o que a maioria dos assessores supõe que resulte da invasão fracassada.

A Sra. L. gentilmente pergunta se o presidente se sente em condições de pegar o avião, como planejado, para um jantar na costa oeste à noite, mas é uma ocasião importante, a primeira visita oficial à Califórnia desde a eleição. Quando ela deixa o escritório dele, o sujeito encontra o cartão de Marilyn, guardado na gaveta, e o coloca no bolso interno do paletó.

O presidente dá beijos de despedida em sua família, assegurando à esposa que está bem o bastante para fazer a viagem. Então o helicóptero dos Fuzileiros Navais o leva para a Andrews Air Force Base, onde ele embarca no Special Air Mission Boeing para o oeste. O discurso da noite é após um jantar, e o presidente não quer ser visto em público mantendo uma dieta restrita, de modo que consome a carne como todos os outros, mas ele sofre de intolerância a carne vermelha, o que piora seu desconforto abdominal. O discurso corre bem, e ele tenta, com um charuto e um uísque, relaxar o bastante para cumprir a costumeira maratona sorridente de apertos de mão e abraços, e então o Serviço Secreto o conduz para seu hotel, dois agentes se posicionando do lado de fora de sua suíte, enquanto ele sofre no banheiro por 45 minutos. Mais tarde o presidente senta na cama e ingere seu regimento noturno de repositores de hormônio, analgésicos, relaxantes musculares, antibióticos, movedores de intestino e pacificadores de estômago, até seu sangue fervilhar com tantos produtos químicos.

Já se aproxima da meia-noite, mas ele não consegue dormir. Sente os sínus entupidos, algo que ocorre frequentemente quando dorme num lugar novo, mesmo sendo obrigatório que a suíte presidencial tenha sido intensamente limpa com aspirador de pó e quaisquer travesseiros ou colchões contendo penas substituídos, a sinusite, tosse e congestão no peito simplesmente resultam da poeira do ambiente. Ele acende de novo as luzes e ouve sons indicando que os agentes ficaram alertas do outro lado da porta. O presidente cambaleia até o banheiro, onde teme que vá regurgitar a carne do jantar, mas nada vem a não ser um gosto nauseante. Ele prepara um banho de banheira escaldante, o vapor embaçando os espelhos e o cromo do banheiro, e então desliza para dentro da água, que deixa sua pele rosada e ardendo, e ali ele fica por quase uma hora, regularmente reaquecendo a água com um jorro da torneira quente, todavia sentindo só um ligeiro alívio, de modo que no fim ele sai da água e se enxuga, retornando para a cama de onde estuda os movimentos dos agentes que cobrem a faixa de luz ao pé da porta. Ele sai usando um suéter e calças esporte e diz a eles:

— Preciso tomar um pouco de ar.

— Por favor, espere um pouco, senhor presidente, enquanto eu informo isso.

— Só um pouco de ar fresco — ele insiste.

— Claro, senhor presidente, mas o senhor compreende que nossas ordens são para informar os movimentos do senhor.

— Mudei de ideia — ele diz.

— Sinto muito, senhor presidente, mas serão necessários só alguns minutos para a notificação.

— Por favor, não é preciso.

O presidente fecha a porta e volta para uma das camas, onde sente a cabeça prestes a explodir. Ele toma uma decisão e disca um número. O telefone toca seis ou sete vezes até que ela atende, com a voz sonolenta. Então, ele diz:

— Sou eu.

— Jack?

— Estou na cidade.

— Meu Deus! Onde?

— Beverly Hills.

— Vou até aí?

— É tarde.

— Amanhã, então?

— Eu volto para Washington amanhã.

Ela diz:

— Não é tão tarde para ir até aí agora. Faz tanto tempo, Jack.

Do outro lado da linha, ele ouve a respiração dela. Imagina sua boca e se pergunta o que ela estará vestindo.

— Venha — ele murmura.

O presidente caminha de um lado para outro em sua suíte. Cambaleia entre os dois quartos de dormir e então para o banheiro, mas ainda está incapaz de decidir algo. Põe uma camisa limpa, e então, alguns minutos depois, chama o agente e diz:

— Um velho amigo vem me fazer uma visita.

— Sem problema, senhor presidente. Só preciso do nome e endereço dele para podermos fazer as verificações necessárias. Tudo estará pronto até a hora do café da manhã.

O presidente hesita.

— Meu amigo quer vir esta noite.

— Esta noite, senhor presidente?

— Logo mais, na verdade.

O agente se mexe com desconforto.

— Tenho de informar ao meu superior, senhor presidente. Visitantes à suíte presidencial precisam ser autorizados pela segurança antes de chegarem, e isso leva tempo, como o senhor sabe.

— Bem, não há tempo.

O agente observa o presidente. O presidente morde o lábio, tenso.

— O que gostaria que eu fizesse, senhor presidente?

— Eu ficaria muito grato se você apenas a deixasse subir — responde o presidente.

O agente nota o pronome feminino, mas, assim como faria ante a explosão de um escapamento de carro, está treinado para não reagir.

O presidente volta a andar de um lado a outro na suíte. Ele começou a ter um leve tremor nas mãos. Está tentado a cancelar a coisa toda, mas respira fundo e afirma:

— Sim. Por favor, trate de fazê-la subir.

Agora o agente olha de relance para a porta, onde seu colega mantém-se no posto. Os dois homens trocam um olhar, e então o agente junto à porta dá de ombros e volta a olhar sem expressão o corredor.

— Senhor presidente, com todo o respeito, seguimos um protocolo de segurança com todos os visitantes. Isso é extremamente irregular.

— Eu quero vê-la — o presidente diz simplesmente, com uma nota de desespero na voz.

O agente adota a posição de sentido.

— Sim, senhor presidente, verei o que posso fazer.

— Relaxe — o presidente diz. — Eu pretendo revistá-la completamente.

Os agentes não relaxam, mas Marilyn chega cerca de uma hora depois — cinquenta minutos para a maquiagem, dez minutos para o táxi. O presidente ouve a voz dela do lado de fora, sendo cumprimentada cortesmente pelos agentes, com os quais ela flerta, e, quando abre a porta, o presidente vê os agentes imediatamente retornarem ao seu olhar desinteressado.

O presidente ajuda Marilyn a tirar seu mink e então prepara drinques.

— É ótimo vê-la — ele diz.

— É ótimo vê-lo, senhor pre-si-den-te — ela diz, com uma risadinha.

— E você é a minha primeira-dama — ele diz, embora ela não repare na ironia.

Ele olha de relance os cabelos louros e o contorno de seus seios, e pouco depois expele seu veneno dentro dela.

A LUA

Em sua típica atitude carente, Marilyn insiste em ir ao aeroporto para se despedir do presidente, seus polidos esforços de dissuadi-la têm pouco efeito, já que ela aperfeiçoou a pose de diva do cinema que só ouve o que quer, mesmo se algo for gritado para ela com um megafone. Como presidente dela, ele lhe ordena que não vá ao aeroporto em hipótese alguma — na verdade, ela deve sair imediatamente do hotel por uma saída dos fundos. Mas ela ri, pondo o dedo nos lábios dele antes de dar o nó em sua gravata, prometendo que, se ele conseguir uma vez mais convencer o Serviço Secreto a levá-la sob camuflagem para o SAM, ela lhe fará uma despedida memorável.

Ele hesita. Então diz:

— Quão memorável?

— Inesquecível! — ela diz.

O presidente providencia para que ela vá num outro veículo e seja levada até o avião dissimuladamente. Ela deve se comportar como se eles não tivessem passado a noite juntos, alegando que foi até o aeroporto apenas para discutir um assunto importante com o presidente antes que ele parta para Washington. Numa cabine privativa, com acesso negado à equipe e à tripulação, o presidente confronta a perspectiva de um retorno à constipação em suas muitas formas excruciantes, e sucumbe uma vez mais à permeabilidade traiçoeira de sua libido, tendo como resultado a perda do horário de decolagem do avião, atrasando o tráfego aéreo, até Marilyn emergir da cabine e fazer sua saída, depois do que o comandante em chefe fica sabendo que seus assessores atribuíram o atraso a um corte de cabelo presidencial.

— Ao menos não disseram que era uma transa de última hora — ele murmura.

Assim que as portas são fechadas e o SAM decola, o presidente saboreia a cabeça e os sínus limpos e o estômago e a tubulação livres de dor. Ele toma um suco de laranja em sua costumeira poltrona junto à janela e se dedica a relatórios sobre a economia com renovado vigor. As tensas rugas em volta dos seus olhos relaxaram-se, fazendo-o parecer cinco anos mais novo. Ele dá um sorriso para a comissária de bordo que já voou no SAM muitas vezes antes, mas nunca com o novo presidente, e ela cora impressionada com os olhos brilhantes, o cabelo esplêndido e o bronzeado dele. Quando se levanta para se juntar a seus assessores numa reunião de planejamento a bordo, ela se oferece para alisar os amassados no paletó dele.

— Você poderia pendurá-lo? — ele diz, e ela o ajuda a tirá-lo, chegando perto o bastante das costas dele para que o presidente sinta um pouco do perfume Chanel.

Na noite anterior ele teve medo de que, ao se inclinar para beijar o pescoço de Marilyn, ela fosse detê-lo, exclamando: "Mas não posso! Você é o *presidente!*" Quando ela de fato disse isso, foi depois, com um arrulho de orgulho. E agora, ao observar a comissária de bordo em seu andar pelo corredor para ir pendurar seu paletó, ele vê o próprio cargo como afrodisíaco.

Depois da reunião ele se retira para sua cabine, para um breve cochilo. O presidente encara a perspectiva de Marilyn ficar aparecendo e desaparecendo de sua vida com uma espécie de pânico mortal. O sexo da noite passada transformou-o: de um homem que cambaleava no deserto morto de sede, ele tornou-se um que tivera a sorte de haver encontrado um bar completo, mas ele está profundamente preocupado com as fissuras em sua privacidade que são necessárias para obter um encontro inteiramente gratificante, tendo apenas conseguido cumprir duas das suas três regras do conquistador: a primeira, que Marilyn é bonita o bastante para valer a pena correr o risco, e a segunda, que o caso deles não se desenvolva em algo prolongado (sua definição de "prolongado" é que ambas as partes tenham a expectativa de se encontrarem sempre que houver oportunidade). A terceira, e possivelmente a regra mais importante — e a que ele falhou em cumprir — é a de que ninguém deve saber. Antigamente, ele podia desfrutar de um encontro num quarto de hotel e ninguém iria observar quando ela entrasse ou saísse, mas sua posição como presidente pôs fim ao anonimato do sexo ao estilo caixeiro-viajante.

Já que Marilyn é possivelmente a mais familiar face feminina no planeta, é evidentemente impossível ir a qualquer lugar sem que ela seja reconhecida, de modo que quando eles se encontraram durante a Convenção Democrática Nacional no verão passado, parecia não haver a probabilidade de dissimulação — na verdade, isso teria despertado suspeitas maiores. Assim, eles jantaram juntos abertamente no Puccini's como se ela estivesse fazendo lobby por algum interesse especial de Hollywood (o bem-estar dos animais, digamos) e ele mostrando-se disposto a ouvi-la. Mesmo quando ele a levou em sua limusine, poderia ser dito que ele estava apenas agindo como um cavalheiro, levando a dama para o apartamento dela.

Todavia, o encontro da noite passada revela que uma mulher desacompanhada foi admitida na suíte presidencial no meio da noite e de lá só saiu de manhã, e as suspeitas seriam igualmente desconfortáveis fosse a dama em questão uma secretária qualquer ou, como foi o caso, a mais estupenda deusa do sexo do mundo.

A conversa extremamente constrangedora na noite passada com o agente postado em sua porta lhe trouxe de volta lembranças de quando infiltrava garotas em seu quarto em Harvard, ou no porto, onde sempre se corria o risco de encontrar um sentinela sério e tendo de decidir entre um suborno amigável ou o confiante uso da patente mais alta. Mas naquela época ele era um caçador em meio a um bando de caçadores, enquanto que na noite passada, quando Marilyn se apresentou em sua suíte pronta para ser desembrulhada de seu mink, o presidente viu na expressão do agente, embora cuidadosamente oculta sob o pátio de pedra que é a indiferença profissional, a sensação de ter a família, os colegas e os eleitores traídos. Foi uma coincidência infeliz o fato de que o homem de plantão era um monogamista moral, mas, por outro lado, o presidente tem certeza de que sua pequena aventura poderia ter desiludido igualmente terceiros que cressem na falácia de que ele também era um desses moralistas. Quando a comissária de bordo traz seu paletó, ela o ajuda a vesti-lo e lhe ajeita o colarinho, supondo que ele vá gostar da intimidade física com uma mulher atraente. Ele diz:

— Até o próximo voo, espero.

E ela responde:

— Também espero, senhor presidente.

Quaisquer que sejam as consequências de seu encontro ilícito, o presidente sente a cabeça desanuviada e desintoxicada devido à experiência, o que permite que ele seja lúcido e decidido com seus assessores, a maioria deles se portando em relação ao presidente precisamente da mesma maneira que ontem, o que interpreta como uma prova de que um homem tem direito a recreação, seja ele um estivador de Boston ou o presidente dos Estados Unidos.

O SUJEITO E SUA esposa estão juntos de novo à noite. Eles procedem ao ritual da hora de dormir dos filhos antes de se sentarem para jantar juntos. Durante a refeição, ela observa que ele está com boa aparência, e mais tarde, na sobremesa, a mesma coisa:

— Você parece bem, Jack.

Ele sorri mas não responde, e em vez de procurar nos olhos dela uma sombra de suspeita, ele é esperto o bastante para fitar o halo de seu St. Émilion, enquanto gira a taça e pede aos criados um petit corona. A primeira-dama acende para si um cigarro com filtro, dizendo:

— Você deve ter superado Cuba.

— É verdade — ele diz, soprando uma nuvem de fumaça —, mas jamais superarei os charutos deles.

O sujeito tem consciência de que às vezes o adúltero não consegue deixar de ser presunçoso quanto a suas conquistas. Ele gosta da história apócrifa do homem naufragado que vai parar numa ilha deserta onde fica desfrutando a companhia de uma bela mulher, com a qual, dia após dia, faz amor apaixonadamente, até que por fim o homem fica chateado, quando então pede à mulher para vestir as roupas dele e encontrá-lo na manhã seguinte do outro lado da ilha. Na manhã seguinte ela o vê correndo em sua direção, acenando feliz e gritando: "Ei, amigo, eu preciso contar a você sobre a gata que eu estou comendo!"

Os filósofos discutem se uma árvore que cai numa floresta isolada faz algum som, e o conquistador barato fica ansioso, temendo que sua proeza sexual seja diminuída pelo fato de as pessoas não ficarem sabendo; como resultado, seu comportamento redunda na sinalização presunçosa da proeza secreta. Quando a primeira-dama solta o colete ortopédico do marido, antes de se deitarem, até ele sente a tentação passageira de proclamar que passou a noite anterior com o símbolo sexual número um da nação, na pressuposição de que sua mulher ficará orgulhosa dele.

Ela lhe massageia a cicatriz e ele sente a respiração dela no ombro. Ele se vira e a beija, e ela se deixa ser levada para a cama.

— Você está pronta? — ele diz.

— Estou — responde ela.

— Porque se você estiver fazendo isso só por mim...

Ela balança a cabeça em negação e o beija.

— Estou fazendo por mim — diz ela.

Um elemento crucial da psicologia sexual do sujeito é que seus sintomas de abstinência parecem refratários a obter alívio por meio de sua esposa, devido à excitação singular associada a uma parceira nova ou não frequente. Esse relativismo seria difícil de ser compreendido por sua mulher. Ao menos o pai dela tinha a desculpa de uma esposa que lhe negava sexo. E o que é pior: o sujeito considera a disponibilidade sexual da esposa tão garantida que, perversamente, ele com frequência se vê pouco inclinado a se valer dela.

Na manhã seguinte ele acorda revigorado e livre da tosse e da congestão no peito. Embora ele tenha se aclimatado repentinamente ao novo lar deles, a primeira-dama parece muito menos jovial do que de hábito, mas, em vez de inquirir mais sobre a viagem do marido à costa oeste, ela lhe confidencia uma depressão geral ante a perspectiva de ter de viver os quatro ou oito anos seguintes em salas velhas com pintura descascada, heranças cafonas e arte de mau gosto — um mobiliário, ela se queixa, que parece ter se originado de uma loja em liquidação —, e para ele não é nenhuma surpresa quando, durante o café da manhã, ela resolve lidar com a situação precisamente da mesma maneira como lidou com cada período de desencantamento no casamento deles: com gastos perdulários em redecoração.

EMBORA SUAS OUTRAS enfermidades crônicas pareçam estar temporariamente em remissão, o mesmo não pode ser dito quanto às costas do sujeito, que parecem estar se deteriorando, como resultado da enorme carga horária e das intensas pressões de seu trabalho, uma situação para a qual não colabora o fato de o Dr. T. e o almirante B. discordarem quanto ao tratamento do problema. Está sendo agora proposto que o presidente consulte outro especialista, o Dr. K. A consulta ocorre na Casa Branca, como seria o caso se o Dr. K. fosse um acadêmico especializado convocado para uma preleção sobre algum campo específico da política externa, e o arranjo deixa o bom médico tanto honrado quanto irritado. Ele estudou o histórico médico do presidente — na realidade, apenas os que selecionou como relevantes para as costas — e recapitula a evolução com uma espécie de brevidade seca que o presidente aprecia: a ruptura de um disco lombar jogando futebol americano na universidade, exacerbada por um severo impacto contra a amurada de seu barco contratorpedeiro quando abalroado por um destróier japonês, seguido por osteoporose como o efeito colateral da ingestão de esteroides, levando ao colapso da quinta vértebra lombar, que necessitou de fixação interna por meio de uma placa de metal, o pós-operatório tendo sido complicado por septicemia — o futuro presidente entrou em coma e recebeu a extrema-unção —, após o quê ele se recuperou e foi diagnosticado com uma infecção na placa interna de fixação, que teve de ser extraída numa segunda operação, danificando o osso e a cartilagem onde a placa tinha sido colocada, danos esses só parcialmente reparados com enxertos ósseos.

O Dr. K. examina o presidente na Residência, parecendo tão chocado quanto diante da visão de um monstro, porque, como qualquer cidadão comum, ele não fazia a menor ideia de que o vigoroso jovem líder no qual ele possivelmente votou não consegue dobrar nem endireitar as costas, não consegue levantar a perna esquerda mais do que os poucos graus necessários para andar, não consegue colocar os próprios sapatos e meias, não consegue se virar na cama e não consegue sentar-se numa cadeira baixa ou reclinável, depois do que o bom médico declara que os músculos das costas, abdome e pélvis do presidente estão perigosamente fracos e que ele precisa se dedicar a um regime diário de exercícios para evitar uma imobilidade permanente.

O presidente reage à ansiedade dele dizendo:

— O senhor talvez tenha interesse em saber, doutor, que o presidente Eisenhower teve um ataque do coração e um derrame durante o mandato.

— O mesmo aconteceu com o país — o médico responde.

O presidente emite uma sonora gargalhada que ecoa pelo hall para todo mundo ouvir, mas, da mesma forma que o diagnóstico ocorre a portas fechadas, os exercícios são conduzidos na privacidade de seus aposentos, seu escritório e na piscina, onde a água quente aumenta a flexibilidade — ou, mais precisamente, reduz a falta dela.

Ele passa a convidar assessores próximos para se juntar a ele nos exercícios. Ocasionalmente eles nadam, mas na maior parte das vezes ficam na beira da piscina com as gravatas afrouxadas e suor brilhando no rosto.

Toda semana o presidente interroga o Departamento de Estado e o Departamento de Justiça sobre o destino dos prisioneiros cubanos, os sobreviventes da Brigada atirados à prisão, cuja libertação ele ordenou que negociassem com o governo cubano. Mas hoje na piscina é a vez de o Departamento de Justiça incomodar o presidente, pois um oficial graduado revela que o FBI suspeita que um consultor importante do Departamento de Estado seja homossexual, assunto que veio à luz numa reunião de rotina (i.e., rotineiramente tensa) com o diretor do FBI. De acordo com relatórios do FBI, o funcionário do Departamento de Estado adquiriu o hábito de frequentar certos bares, e agentes federais testemunharam que conhecidos do sexo masculino passam a noite com ele num apartamento alugado situado no lado oposto da cidade, bem distante do lar em que ele mora com a mulher e os filhos.

— Ele precisa ser demitido, senhor presidente — diz o homem do Departamento de Justiça. — É um risco à segurança.

O presidente sai da piscina, com esforço, e enxuga os olhos. O agente postado no chuveiro é o mesmo da noite com Marilyn, e o presidente o cumprimenta calorosamente:

— Como está hoje, Dwight?

— Muito bem, obrigado, senhor presidente. E o senhor?

— Bem, obrigado. Como vão Peggy e as crianças?

— Também vão bem, obrigado, senhor presidente.

Para poder agir com sucesso como fornicador, o presidente foi forçado a obter a cumplicidade de outros, mas, embora ele preferisse agir sozinho, essa situação não é incomum. Às vezes é preciso contar com certa mentalidade de clube de cavalheiros, o que propicia oportunidades para caçar em bando, conseguir álibis quando necessário e, sobretudo, engendrar uma moral de aceitação da infidelidade.

O agente mantém os olhos fixos numa distância não existente enquanto o presidente se lava e seca, o que faz sem embaraço, como seria de se esperar depois de anos de colégio interno e Marinha, sem embaraço até mesmo quanto às duas cicatrizes de 30 centímetros ao longo de sua espinha. O presidente não sente nenhuma vergonha de seu corpo prematuramente decrépito, nem de seus pecadilhos sexuais; só do fracasso da nova era que prometeu, uma era que naufragou junto com a criminosa invasão a Cuba.

Os soviéticos puseram em órbita um de seus cosmonautas, um jovem piloto chamado Gagarin, à frente dos planos norte-americanos de lançar um homem ao espaço. O prestígio nacional sofreu um fulminante golpe simbólico, porque os simplórios do mundo são capazes de ficar convencidos das realizações superiores tornadas possíveis pelo sistema comunista, e os simplórios de nosso próprio país, sempre um grupo a que se pode recorrer com sucesso em tempos de crise, da inferioridade de nossos mísseis nucleares, um aspecto que o presidente abordou repetidamente durante a campanha para despertar desconfiança em relação à chocante complacência da administração anterior, capitalizando no constrangimento de seu antecessor quando, no campo de golfe (onde mais?), ele foi forçado a responder a sua contraparte soviética banhado no fulgor do *Sputnik*.

"Bip-bip", fazia o pequeno satélite, ao que o Velho Canalha respondeu que arremessar bolas de cromo no espaço era irrelevante.

Mas agora o presidente tem de enfrentar uma derrisão mais poderosa, porque, enquanto um piloto soviético orbitou o globo, nós tivemos de nos contentar com chimpanzés

Por fim, chega o momento em que nosso próprio homem está pronto para voar, e o presidente decide que o lançamento tem de ser transmitido ao vivo na televisão, para que a nação possa compartilhar a tensão e a emoção do evento, embora lhe advirtam da possibilidade de que a nação poderá também compartilhar o improvisado *son et lumière* de uma explosão, mas ele mantém sua decisão, confiante de que isso ajudará as mentes dos engenheiros a se concentrarem e de que, como ele mesmo disse ao astronauta, não vai fazer nem um pouquinho de diferença se ele for desintegrado em segredo ou em público, o efeito na pessoa dele sendo igualmente embaraçoso.

A primeira-dama se junta ao presidente e alguns assessores próximos, aos chefes do Estado-Maior e vice-presidente, para assistir ao lançamento numa TV instalada no Salão Oval. O coração do presidente, não insuflado com adrenalina, bate normalmente, enquanto os outros batimentos disparam. A contagem regressiva chega ao zero, ao que o pequeno foguete decola para o céu e se reduz a um ponto no topo de uma pluma de vapor. Assim que nosso homem sobe em segurança e desce em segurança, o que leva apenas um quarto de hora, o presidente vai ao encontro dos sorrisos e apertos de mão no salão. O vice-presidente soca o ar, deliciado, encantado com o sucesso, e o presidente pede ao VP para, com ele, dar um telefonema de congratulações ao Sr. Webb, na NASA, e então, assim que o grupo se dispersa, o presidente fica sozinho com a esposa por alguns minutos.

A primeira-dama está usando chapéu e casaco novos espetaculares, o que lembra ao presidente que ele recentemente recebeu uma conta referente a compras de roupas para ela no total de 40 mil dólares.

Ela diz:

— As galinhas da imprensa nunca param de cacarejar sobre o que estou vestindo, como está o meu cabelo... Todo mundo está me observando, Jack.

— Eu sei, Jacqueline.

— Talvez eu não precisasse ter gastado tanto. Vou gastar menos.

— É tudo o que eu peço — ele diz. — Sei que não é fácil ser a primeira-dama.

— Eu abomino esse título — ela diz. — Faz com que eu pareça uma égua.

Ele ri alto e lhe dá um beijo na boca. Nenhuma mulher o faz rir como ela.

NA SEMANA SEGUINTE, o presidente faz uma viagem para a Flórida, a fim de visitar o Centro Espacial e parabenizar em pessoa a equipe de voo e, naturalmente, o próprio astronauta. Nesse dia, ele desfila com o vice-presidente e o astronauta numa limusine sem capota, acenando para a multidão, que os ovaciona, a certa altura comentando com Nosso Primeiro Homem no Espaço que não muitos de nossos cidadãos têm noção de que o vice-presidente é o presidente do Comitê Espacial, mas acrescentando, com um brilho nos olhos, que se o voo tivesse sido uma catástrofe, ele com certeza teria feito com que pouquíssima gente não soubesse.

O presidente tem pouca simpatia pelo VP, sobretudo por pequenas questões de gosto e higiene pessoal, tendo repetidamente testemunhado ele usando um de seus dedos gigantescos e gorduchos para escavar muco nasal enquanto falava em altos brados ao telefone com a porta de seu escritório escancarada, e tendo ouvido de fontes independentes que ele urina na pia, às vezes durante reuniões. O presidente raramente usa um urinol público, para evitar que sua próstata inflamada o traia com um respingar pouco viril, e ele se pergunta se talvez seja essa a razão para o vice-presidente aparentemente rejubilar-se com a ideia de que cada parábola dourada de xixi proclama-o como o mais vigoroso e poderoso político.

Antes de tomarem posse, o VP fez tantas súplicas para o presidente eleito socializar com ele que, no fim, o sujeito consentiu com um fim de semana de caça no rancho dele, embora o elemento "caça" tenha sido um tanto artificial, dado que eles simplesmente ficaram agachados no mato, armados até os dentes, até que um grupo de peões do rancho guiou uma manada de cervos direto para a emboscada deles. A experiência simboliza a visão do presidente de que o VP, apesar de sua astúcia e lealdade política, tende a julgar equivocadamente uma situação social, fazendo com que o presidente tenha certa pena dele. Mas até hoje ele lembra com um arrepio o estrondo cruel dos disparos, o terror cego dos animais, e em seguida os jorros de sangue antes de as patas cederem. Ele não consegue tirar da cabeça a cisma com a surpreendente afinidade do vice-presidente com carnificinas.

A família do presidente é dona de uma grande propriedade em Palm Beach, na qual costumam passar fins de semana de inverno, e é para lá que ele parte, depois de se despedir do VP e de Nosso Primeiro Homem no Espaço, para discussões informais durante jantares com seus assessores, o tópico da conversa nesta ocasião sendo os objetivos do programa espacial. Mais uma vez o presidente está em vantagem em relação a seus assessores, em virtude de sua habilidade, adquirida durante infindáveis dias de convalescença em sua juventude, de ler 1.500 palavras por minuto com aproximadamente noventa por cento de retenção, sendo o primeiro a identificar nos extenuantes documentos o par de fatores decisivos, a saber: (1) que muitos dos objetivos da exploração espacial não são da natureza certa para capturar a imaginação do país e, portanto, que nossa meta última parece ser um facilmente percebido triunfo sobre os soviéticos, e (2) que, devido à liderança dos soviéticos em certos aspectos da tecnologia espacial, a meta escolhida tem de estar tão fora do alcance de nossas capacidades atuais que possa dar a nossa Agência Espacial o tempo de ultrapassar a rival dela.

Ao tomar posse, o presidente convocou os melhores homens que o país tem a oferecer para se devotarem ao serviço público, como ele mesmo fez apesar da sorte de ter fortuna e educação, que lhe abririam as portas das diretorias de todas as empresas do país, e agora ele precisa estimular o povo num esforço similar, para evitar que todo mundo olhe para cima. "Nós devíamos colocar um homem na Lua", o presidente propõe, como a mais imediatamente clara afirmação de sua crença na ausência de limites da ambição americana.

A MULHER E OS FILHOS do sujeito não foram encontrá-lo em Palm Beach, em vez disso permaneceram em Washington e depois passaram alguns dias no rancho que a família alugou na Virgínia, sua esposa se desculpando por ser muito quente para as crianças nessa época do ano na Flórida e por Caroline estar ansiosa pelo pônei dela.

Com o sol se pondo, o presidente e seu grupo sentam-se à beira da piscina. Ele colocou uma bolsa de água quente dentro do colete e toma um daiquiri. Seu intestino atravessou a gama de constipação, diarreia e cólica, agora se encontrando numa espécie de equilíbrio temporário antes de sua próxima disfunção. Terminou o tratamento de antibióticos prescrito para a infecção do trato urinário, portanto agora o presidente é capaz de urinar com um mínimo de desconforto. Marilyn pode ter chupado o veneno de sua picada de cobra, mas a cobra continua lá, instilando veneno por meio de uma osmose sutil que envolve suas glândulas adrenais atrofiadas e sua próstata inflamada. A intensidade constipatória de suas necessidades sexuais passou, mas essas necessidades ficaram mais agudas desde o seu primeiro adultério no cargo, portanto a questão que se coloca é se ele poderá voltar aos seus níveis de fornicação pré-eleição, mais pertinente ainda nessa cálida noite na Flórida, porque o grupo que o acompanha inclui a bela e jovem assessora de imprensa; ela veio com o chefe — o secretário de Imprensa do presidente —, que achou que seria uma boa experiência para ela ter um pequeno papel na viagem, em particular porque desde nosso primeiro voo espacial tripulado bem-sucedido há atualmente uma disposição de ânimo muito mais favorável ao governo entre a mídia.

A moça se dirige diretamente ao presidente, a primeira vez que ela fala sem terem lhe dirigido a palavra antes, dizendo:

— Senhor presidente, o senhor se importa se usarmos a piscina?

Ele diz:

— Veja se vocês conseguem dar um mergulho tão grande quanto o comandante Sheppard.

Ela ri, ela e alguns outros assessores vão para a piscina enquanto ele faz a leitura dinâmica de alguns informes. Ele desliza a bolsa de água quente para o outro lado de sua coluna. Através do diafragma que fazem os informes que folheia, ele vislumbra o grupo na piscina nadando e mergulhando, seus relances focalizando repetidamente a moça, que nada até o lado mais raso da piscina e então fica de pé, água pingando de seu cabelo, seu maiô reluzindo bem justo junto à forma de seu corpo, mas, quando ela se vira para nadar de volta, ele baixa o olhar um segundo tarde demais.

Ela tem 22 anos. Enquanto mergulha na piscina com os colegas, ele pondera que seu recente encontro com Marilyn pode já ter sido racionalizado pela sua equipe como um encontro único entre ex-amantes, de modo que ele trata de garantir que na vez seguinte que ela olha da água seja para vê-lo saindo dali, arrastando-se para dentro com um conselheiro mais velho, envolvido numa discussão à qual ela não pode ter acesso, devido a sua posição inferior.

Antes de ir para a cama, ele fala com a esposa pelo telefone, que o põe a par das aventuras de seus filhos no rancho, em particular sua filha andando no pônei, que ele lamenta perder, mesmo que a exposição a crina de cavalo possa fazê-lo espirrar por 24 horas ou mais. Depois ele faz os exercícios para as costas recomendados pelo Dr. K., e então é ajudado a tirar o colete e vestir os pijamas por um criado pessoal. Os remédios do sujeito foram colocados sobre o criado-mudo junto ao telefone e ao bloco de anotações, e ele toma cada dose com um gole d'água, verificando cada remédio na farmacopeia preparada pelo almirante B., um deles um sedativo que o faz cair no sono antes que os reflexos do maiô reluzente da assessora de imprensa fiquem vívidos demais em sua mente.

Na manhã seguinte, o grupo retorna a Washington, onde o presidente cumpre um dia inteiro de atividades na Casa Branca, antes de vestir um smoking para uma recepção no Smithsonian dada em honra de Nosso Primeiro Homem no Espaço, durante a qual há um entusiasmo genuíno pelo empreendimento proposto de fazer um homem desembarcar na Lua. Críticos acreditam que o objetivo está além de nosso alcance, mas o presidente quer o povo imaginando que não há nada que nós como nação não consigamos realizar quando nos decidimos a fazê-lo, e só iremos provar essa crença se nos aplicarmos a tarefas que são difíceis, em vez de fáceis, e ao voltar nossas mentes mais brilhantes para esforços grandiosos em vez da acumulação venal de riquezas ou armamentos.

O presidente percebe o VP grudar-se ao Nosso Primeiro Homem no Espaço com insinuantes ofertas de participação em endossos de produtos e esquemas corporativos. O capital político fez dele um improvável tripulante. O presidente se intromete, mal notando o ar desconsolado do vice-presidente ao ser atirado para fora do navio.

— Naturalmente, comandante — diz o presidente —, você terá seu posto numa segunda viagem à Lua.

— Por que na segunda, senhor presidente? — o astronauta pergunta.

— Reservei a primeira para o vice-presidente.

O astronauta ri, e um garçom desliza uma bandeja de flutes de champanhe na direção deles. O presidente mal toca o champanhe pois é péssimo para sua azia e lhe dá diarreia por dias, mas esconde sua enfermidade dizendo:

— Se eu beber muito, comandante, espiões soviéticos poderão passar a mensagem de que esta noite poderá ser boa para um ataque-surpresa.

— Quem ficaria com o seu cargo, senhor presidente? — o astronauta diz.

— Espero que já não haja postulantes — ele responde.

Então o presidente percebe o olhar do astronauta indo para a assessora de imprensa, que exibe uma aparência jovem e adorável num vestido de noite e que tenta disfarçar aborrecimento com as atenções de um dos altos administradores da Agência Espacial, e, mais tarde, após o jantar e discursos, sentado à mesa principal, o presidente arrisca um charuto, sentindo apenas uma pontada menor nas entranhas ao olhar para ela. Os homens em sua mesa têm copos de uísque nas mãos e soltam fumaça uns nos outros, enquanto o presidente e o astronauta embarcam numa conversa sobre a Marinha. O presidente gravitou para junto do Nosso Primeiro Homem no Espaço por admiração masculina, e o astronauta percebe isso, porque uma deferência inicial deixou de se manifestar em sua atitude em relação ao comandante em chefe, e agora eles conversam em pé de igualdade como machos alfa.

Nosso Primeiro Homem no Espaço tem o cabelo cortado à escovinha, é um homem com aparência acima da média, embora não tão alto quanto o presidente, mas claramente, após meses de rigorosos controles médicos, em perfeitas condições físicas. O olhar do astronauta volta para a garota, e dessa vez os olhos do presidente seguem abertamente os dele. O astronauta diz:

— Não fazem garotas como essa em Pensacola.

O presidente diz:

— Vá lá falar com ela. — Então mede uma pausa, antes de acrescentar: — Esqueci, comandante. Você é casado.

Nosso Primeiro Homem no Espaço sorri.

— Ela casou com um marinheiro. Com licença, senhor presidente.

Ele desliza casualmente a mão esquerda para o bolso da calça, a bebida na direita, e atravessa o salão. O presidente observa o delirante maravilhamento dela com o fato de o Nosso Primeiro Homem no Espaço estar regalando-a com histórias de sua viagem de 15 minutos pelos céus, e então o presidente vira as costas, satisfeito por todos os homens serem como ele, ou ao menos os que têm a oportunidade de ser.

E no entanto o sujeito nunca se sentiu mais singular do que durante esses poucos meses no cargo. Ele poderia até descrever seu atual déficit emocional como "solidão", embora não possa dizer solidão em seu sentido convencional. Ele busca companhia como outros anseiam por companheirismo; ele busca intimidade sexual como outros anseiam por amor; ainda assim, ele não é muito diferente de outros homens de sua geração com educação e situação profissional similares, nem dos homens que existiram através dos tempos, de qualquer classe ou raça, já que todos eles compartilham a mesma biologia, ainda que com substâncias químicas de abundância e potência ligeiramente variáveis. O que os faz diferentes entre si é a disposição para aceitar e agir em função de suas próprias inclinações físicas e, naturalmente, uma ampla variação quanto a oportunidades, todos esses argumentos encontrando prova concreta na conduta de Nosso Primeiro Homem no Espaço — oficial, cavalheiro, frequentador da igreja, marido e pai —, avidamente envolvido em acertar a mira para disparar o míssil em seu alvo aparentemente receptivo, uma jovem mulher que desfrutou da atenção masculina (em sua maioria de homens casados) toda a noite, e agora se descobre sendo seduzida por um ícone nacional e herói da Última Fronteira.

O presidente dos Estados Unidos atravessa a sala para se juntar ao astronauta e à assessora de imprensa bem quando Nosso Primeiro Homem no Espaço está em vias de sugerir uma manobra de acoplamento em seu módulo. O presidente muda a conversa para o desembarque na Lua, o que desvia a atenção da garota em sua direção, o alfa dos alfas, mais alto (a administração anterior chegou a considerar seriamente recrutar anões de circo como astronautas), com cabelo bem melhor, o que a leva a perguntar:

— O senhor acha que isso é possível, senhor presidente?

— Eu realmente acredito. E nós todos devemos acreditar. Para citar Anatole France, "para realizar grandes feitos, não devemos apenas agir, mas também sonhar". E parafraseando George Bernard Shaw, "há quem veja o que existe e pergunte, 'por quê?', mas há outros que sonham coisas que não existem e perguntam 'por que não?'"

"Eu realmente acredito. E nós todos devemos acreditar. Pois os Estados Unidos da América poderão mostrar ao mundo, e à História, nosso poder, nossa inclinação, nossa coragem e nossa engenhosidade de uma forma que não envolva armas e guerras."

Os olhos dela se arregalam diante de um futuro de possibilidades ilimitadas. Músculos se contraem na expressão pétrea do astronauta, mas ele sabe que não há nada que possa fazer para impedir que a garota seja do presidente esta noite.

A TRANSA

MULHERES JOVENS E BONITAS às vezes recompensam as posições ou realizações dos homens com sexo, o que o sujeito considera um tributo apropriado, recebido com mais gratidão do que a medalha cívica padrão. É um costume que ele questiona apenas ocasionalmente, pois quando se vê como o beneficiário, considera a transação natural, apropriada e comensurável. Homens em posições de destaque no comércio ou nas artes com frequência recebem as benesses de uma jovem admiradora, e esses homens não foram todos abençoados com a boa aparência do sujeito, embora com frequência se iludam com ideias de um carisma físico ou espiritual, como se sua fortuna e/ou poder fossem irrelevantes para a transa.

No entanto, embora ele aceite que poderia atrair as mulheres se fosse um publicitário da Madison Avenue ou um mecânico na linha de montagem da Ford Motor Company, ele com certeza não é tolo o bastante para achar que pudesse atrair *tantas* nem tão facilmente, provavelmente nem chegaria perto do que consegue. Um homem de status elevado faz bem em adotar a filosofia do comerciante chinês que, ao negociar uma noiva, não separa a própria posição do complemento de seu negócio, em vez disso abraçando-o como parte integral de sua elegibilidade da mesma forma que um rosto atraente ou um físico atlético podem ser (ou qualquer outro complemento que se queira imaginar).

Essas divagações raramente levam o sujeito a examinar a transa do ponto de vista da mulher. Quando ele o faz, conclui que a mulher deve ser de alguma forma biologicamente programada para ser seduzida por caudas de pavão e, além disso, que ela deve considerar sua beleza sexual uma franquia preciosa de que deriva uma sensação de poder e influência ao se entregar ao homem de sua escolha da mesma maneira que poderia dar a ele seu voto (se ela tem idade o bastante). Numa eleição, um político busca seu mandato, mas está à mercê do eleitor, que, paradoxalmente, dispõe de um enorme poder potencial em sua dádiva, e essa situação se espelha no encontro entre o homem de alta posição no estado, comércio ou arte e a jovem mulher sexualmente atraente, que possui o corpo capaz de desarmar o mais potente adversário, e no momento em que ambas as partes tomam consciência dessa realidade tantalizadora, e da possibilidade de recompensa a ela associada, instala-se um equilíbrio de poder com a possibilidade de pender para a jovem mulher — ela que, em outra situação, é impotente. O sujeito imagina a mulher não como uma calculista *femme fatale* tentando obter favor ou influência, mas como alguém descobrindo uma confusa expressão de sua admiração na linguagem do sexo, embora ele considere que parte dessa expectativa se origina no homem, que está acostumado ao respeito vindo de muitos quadrantes, a ponto de tais elogios tornarem-se redundantes, enquanto o tributo excepcional que há na dádiva de uma bela jovem lhe parece o mais sincero ato de aprovação possível. Quando esses dois sujeitos dissimilares se encontram, o homem dotado de poder e a mulher dotada de beleza, existem em alguns círculos tais convenções de tributo sexual que o homem vem a encará-la como algo a que tem direito, e com certeza o sujeito se vê um tanto irritado se, tendo gasto não pouco tempo e esforço dando atenção a uma jovem mulher sem influência política ou social, ele descobre que ela não está nem disposta nem é capaz de presenteá-lo com a sua "medalha cívica". Felizmente, nenhum desses mal-entendidos contratuais ocorre na transa desta noite, pois a jovem dama em questão parece estar extremamente familiarizada com seus detalhes.

Os obstáculos práticos envolvidos em dormir com ela mostraram-se bem menos complicados do que pareciam. Na recepção, o presidente a instruiu a voltar para a Casa Branca sob o pretexto de que haveria uma reunião tardia envolvendo o chefe dela — o secretário de Imprensa —, na qual ela teria a responsabilidade de tomar notas; esse arranjo um assessor transmitiu em nome do presidente para o Serviço Secreto, e, quando a jovem chegou sozinha à Casa Branca, ela foi até a Residência, onde esperaria o secretário de Imprensa, que viria junto com o presidente. No entanto, o presidente deliberadamente omitiu as instruções do secretário de Imprensa, deixando-o voltar do jantar direto para casa. A primeira-dama tendo levado as crianças para Cape Cod, o presidente e sua convidada tinham o Quarto de Lincoln só para eles, onde ele passa alguns momentos mostrando a ela os entalhes na gigantesca cama de dossel.

A transa requer apenas alguns minutos. Ele passou décadas puxando o saco de chefões, de modo que certamente a fortuna, o status e o poder resultantes o eximem do aborrecimento das preliminares. Que egoísta, pois a garota deve querer ainda mais. No entanto, a treinada indiferença do presidente não nos deve fazer esquecer seu coração de caçador. Bate tão forte que ele ouve o sangue pulsar na cabeça. Esse homem sem adrenalina vivencia o ímpeto agora, encarando os olhos de uma mulher prontos a lutar e seus músculos prontos para correr, só agora, só na hora do bote final. Ela é um rato entregue a uma cobra.

Talvez porque o presidente se deu ao trabalho de oferecer um copo de vinho à garota como um auxílio na sedução, ela imagina que ele queira conversar, de modo que começa a contar nervosamente a ele sobre sua escola, sua faculdade, o que significa trabalhar na Casa Branca — era uma voluntária na campanha dele, aparentemente, e aqueles que trabalharam muito foram recompensados com algum tipo de cargo, mesmo que pequeno, no caso dela pelo assessor de imprensa, que achou para ela em seu escritório o serviço de atender telefones e fazer clippings, um serviço que quer discutir com o presidente agora. Ela e as outras garotas como ela (uma logo estará trabalhando para a Sra. Lincoln, outra no Departamento de Estado) frequentaram as mesmas escolas e faculdades exclusivas da Nova Inglaterra que a primeira-dama, um fato que o presidente reconhece na dicção e nos maneirismos dela. Essas garotas não precisam trabalhar por dinheiro; sendo assim, estão deliciadas de aceitar um serviço sem importância de baixa remuneração como um passaporte para a alta sociedade; e elas parecem ter sido criadas para favorecer cavalheiros mais velhos, mais ricos e mais poderosos.

Mas o presidente não está interessado na educação ou na família dela, coisa de que ela possivelmente lança mão como um meio de suscitar revelações similares dele; ele tampouco está interessado em discutir política a não ser do modo mais superficial, pois ele com certeza não tem intenção de confessar seus sentimentos mais profundos sobre seu cargo para ninguém exceto sua esposa. Talvez ele fique pouco à vontade frente à disposição de ânimo de uma mulher, quando percebe que ela não é passiva à sedução dele mas fez os mesmos cálculos que ele. Ele não fez, por exemplo, um único comentário para Marilyn sobre o assunto da invasão, mesmo naquele momento ele estando perturbado por visões terríveis das trágicas mortes daqueles homens. Esta noite o presidente só está preocupado com o corpo desta garota, portanto ele diz bastante diretamente:

— Eu ainda tenho documentos a ler, de modo que receio que temos de ir logo ao assunto.

Depois de tudo feito, ela quer conversar de novo, mas ele não tem desejo por tais intimidades, então liga para a recepção:

— Parece que o Sr. Salinger não recebeu o recado — ele diz para o recepcionista de plantão. — Não, não ligue para ele. Estou cansado e prefiro adiar a reunião para outra hora. Você poderia mandar um carro para o Pórtico Norte para...?

— Jill — ela repete, mas ele vai esquecer de novo instantaneamente.

Pondo o casaco, ela diz:

— É verdade? Poderemos ir mesmo à Lua?

Ele diz:

— Eu acredito que esta geração pode mudar coisas e realizar o que não foi feito antes. É o nosso mundo agora.

Ela sorri e o beija no rosto, mas ele mantém a mais completa indiferença emocional, como seria de se esperar tendo aliviado sua necessidade sexual, e às vezes é um esforço de simples cortesia para o sujeito não encarar as circunstâncias depois da consumação da mesma forma que as que seguem um movimento produtivo dos intestinos. Para o sujeito, até hoje, o maior desafio da transação sexual é o momento que ele agora confronta, o costume da despedida pós-coito, quando ele sente um desejo urgente de dar a descarga no que já foi feito. Ele fica grato pela saída imediata dela, seu tempo sendo mais bem empregado fazendo os exercícios para as costas, ingerindo seus remédios e indo dormir mais cedo para de manhã pegar seu voo até Cape Cod e juntar-se a sua família.

O criado parece indiferente à desarrumação das roupas de cama, ao trazer ao presidente água para tomar seus comprimidos, e o ajuda a vestir o pijama. O presidente não precisa se preocupar com a condição do quarto de dormir, pois os lençóis serão lavados durante o fim de semana e substituídos por outros, limpos, para o retorno de sua família, domingo de manhã.

Antes de dormir ele calcula que, fora o Nosso Primeiro Homem no Espaço, ninguém mais tenha observado com atenção a intimidade momentânea que ocorreu durante a recepção quando ele informou à garota o esquema pelo qual iriam se encontrar depois, nem quando ela retornou à Residência, sob o pretexto de uma reunião tardia. Ela passou não mais do que vinte minutos na Residência antes de ser acompanhada até a saída pelo Serviço Secreto, quando a reunião foi cancelada. Todas as conjecturas serão certamente inocentes, mesmo as do criado, que provavelmente concluiu que apenas o presidente é responsável pelos lençóis desarrumados, muito provavelmente por um ou outro exercício de alongamento, deixando o sujeito confiante de nada ter feito para criar a impressão de que será vulnerável a distrações sexuais durante a administração, que é a preocupação principal de sua equipe em relação a sua fornicação.

O sujeito vem praticando adultério há tanto tempo que dificilmente constitui uma pressão intelectual ou emocional — o contrário, na verdade, conforme demonstrado pelos problemas físicos que o afligem quando sofre continência forçada; e, além disso, ele argumentaria que é menos um desvio em termos de tempo e esforço do que um set de tênis ou uma partida de golfe. O sexo é o golfe do sujeito: alguns buracos rápidos, preenchidos o mais rápido possível.

A GAROTA É A IMAGEM da discrição na vez seguinte em que encontra com o presidente, e ele não detecta olhares desconfiados de seus assessores. Mesmo o secretário de imprensa, que serviu como cobertura involuntária, parece despreocupado quanto à reunião que nunca houve. De modo que se cumpre o trabalho, como sempre, seguido por um fim de semana com a mulher e os filhos na casa alugada em Cape Cod, durante o qual ele decide prosseguir com um breve caso com a garota da assessoria de imprensa. Naturalmente sua principal preocupação é a dissimulação. Sua esposa ocasionalmente visita a Ala Oeste, embora a equipe dela tenha escritórios na Ala Leste, e a equipe da assessoria de imprensa usualmente esteja presente nas atividades da Casa Branca. O sujeito receia que um momento de excessiva familiaridade, ou descuidada discrepância em relação a onde estão, possa despertar as suspeitas de sua mulher.

Embora ele pense na garota durante o fim de semana, há tempos aprendeu que o conquistador bem-sucedido precisa ser capaz de uma compartimentalização estrita. Sendo assim, ele se mostra o dedicado pai de família — o que, claro, ele é —, desfrutando de uma estada agradável brincando com os filhos. Caroline, em particular, parece ter uma fascinação ilimitada por fazer buracos na areia da praia; Jackie e John Jr. vão e vêm, mas as lembranças mais nítidas do fim de semana são os simples momentos físicos entre eles como uma família, Jackie junto a ele enquanto os dois leem — ela, um livro sobre antiguidades; ele, relatórios econômicos — com John no colo, ajudando-o a se sentar, sentindo sua cabeça quentinha contra o peito, e a mão de Caroline na sua enquanto passeiam ao longo do praia, em particular o momento um segundo antes, quando ela se solta para explorar em volta, e lá fica ele com a mão estendida, seu coração quase partindo, até ela voltar a dar a mão a ele.

Todavia, o presidente é assediado pela quantidade habitual de informes e ligações de trabalho. Na casa, ele recebe um telefonema do Departamento de Justiça; estão de novo levantando a questão do funcionário do Departamento de Estado, e o presidente decide considerar o assunto, o que ele faz num momento vago na segunda-feira, depois de a Sra. Lincoln lhe entregar o dossiê, que sumariza os informes da vigilância do FBI e os depoimentos de testemunhas que deixam claro que o funcionário é sem dúvida alguma culpado, com a opinião sucintamente enunciada na conclusão do relatório de que é política do governo considerar homossexuais ativos como inadequados ao serviço público.

O presidente e a primeira-dama jantaram com a família dele no fim de semana, e as duas primeiras noites desta semana estão ocupadas por jantares na Residência, que a esta altura já se tornaram um costume social, geralmente tomando a forma do primeiro-casal recebendo seis convidados na Sala de Jantar Presidencial, na maioria das vezes amigos que conhecem desde antes de ele se tornar presidente, possivelmente um jornalista proeminente e sua esposa, ou um embaixador, e ocasionalmente alguém de fora do mundo político, como um artista ou poeta. Esses jantares são descontraídos, na maior parte do tempo, com duas exceções: a primeira — o começo da noite, quando ninguém, nem mesmo um dos amigos mais próximos, ousa entrar na sala antes do presidente, este sendo o protocolo apropriado ao seu cargo, e a segunda que, com exceção da primeira-dama, ninguém se dirige a ele pelo primeiro nome. Em vez disso, para não ter de passar pelo constrangimento de chamar o velho amigo de "senhor presidente", eles simplesmente não usam nome algum, embora quando se referindo a ele na terceira pessoa quase todos encontram uma maneira de enunciar "o presidente" que soa simultaneamente respeitosa e zombeteira, o que, para falar a verdade, é uma combinação que ele sem dúvida aprova.

Os convidados também se acostumaram ao presidente trocar uma cadeira de jantar comum por sua cadeira de balanço e ao fato de que em muitas noites ele é forçado a comer uma refeição insossa sem carne, vegetais ou tempero e a abster-se de álcool e charutos, embora a primeira-dama despreocupadamente sopre fumaça de seus cigarros na direção dele. Às vezes eles projetam um filme (em que ocasionalmente aparecem rostos que ele precisa fingir que não reconhece, e às vezes uma novata atrai sua atenção, cujo nome ele poderá passar vis-à-vis para seu cunhado que vive em Hollywood na próxima festa que tiver na costa oeste), mas, já que ficar sentado parado por duas horas nunca é uma boa ideia para suas costas, ele com frequência pede licença para ler relatórios e fazer ligações telefônicas.

Finalmente, ele e a esposa têm uma noite sozinhos. Depois de porem as crianças na cama, ela bebe vinho branco e fuma sem parar seus L&Ms, enquanto a abstinência forçada dele continua, pois seu estômago foi apenas um problema menor esses últimos dias, com apenas um ataque de cólica seguido de diarreia com sangue. O ambiente está bastante relaxado, com risadas dos dois sobre colunistas de jornal e chefes de Estado pomposos. Sua mulher dá um animado informe de seu programa de restauração, durante o qual ele mostra o devido interesse. Ocasionalmente ele se pergunta como os diálogos deles devem soar para alguém de fora, que ouviria sua solene avaliação da situação em Berlim seguida pela descrição de sua mulher de uma cadeira antiga particularmente notável que ela descobriu num dos porões.

Longe da diversão ruidosa de um jantar para convidados ou uma recepção, o presidente e a primeira-dama se transformam num casal comum jantando em seu lar. Conversam bastante e riem, mas o presidente mantém-se alerta a quaisquer tensões que sugiram que sua mulher está acalentando suspeitas. Ele reflete sobre seu encontro inofensivo com a garota da imprensa e fica ressentido que tenha de se sentir vigiado por sua mulher quando ele provê tanto amor e segurança para ela e os filhos, de modo que ele passa à ofensiva, como sempre se referindo a seus gastos com moda, que subiram ainda mais, em vez de abaixar, desde a última vez que discutiram o assunto.

— Eu gasto — ela diz. — É o meu vício. Qual é o seu, Jack?

No ato, ele responde:

— Acho que são as ilusões de grandeza.

Ao que ela dá a sua bela risada, uma risada de menina, inclina a cabeça, e eles se beijam.

DE MANHÃ, HÁ uma ligação do Departamento de Justiça. O procurador geral quer saber o que dizer ao FBI porque o diretor quer saber o que está sendo feito em relação ao funcionário do Departamento de Justiça, ao que o presidente responde que, tendo lido os relatórios, o funcionário é mais valioso do que imaginara, baseado nos informes, e ele precisa de mais tempo para chegar a uma decisão. Após desligar o telefone, o presidente tamborila com os dedos na mesa por alguns segundos, e então fala com a Sra. Lincoln pelo interfone perguntando para quando está marcada a próxima reunião com o Departamento de Estado. Como a resposta é daqui a alguns dias, ele acrescenta que gostaria que esse funcionário participasse, embora obviamente não dê à secretária suas razões.

Mais tarde, a Sra. Lincoln recebe uma ligação para o presidente que, por sorte, já que é de Marilyn, vem quando ele está numa reunião. Ele deu o número de sua linha direta num momento de fraqueza (os quais foram muitos) na suíte do hotel em Los Angeles, e desde então recebe boletins elípticos quase que diariamente. Ela deixa recados perguntando se deve mudar de agente, ou para informar que viu um cachorrinho fofo que teve de comprar mas que agora está preocupada com as alergias dele. A Sra. Lincoln registra devidamente as chamadas como vindo de "Mac", pois o sujeito inventa para suas amantes codinomes que soem masculinos. Ele tem problemas já para se lembrar de seus nomes, de modo que com frequência o nome cifrado da pessoa tem de servir como um *aide-memoire*, uma mulher peituda, digamos, sendo batizada Tim Todd Smith. E assim a Sra. Lincoln anota o recado e o telefone, devidamente os registra sob o pseudônimo, e os lista sem ênfase entre suas muitas outras ligações na sessão de atualizações que fazem no meio da tarde.

A Sra. Lincoln é secretária do sujeito desde o começo de sua carreira no Senado, e ela provavelmente sabe mais do que qualquer outra pessoa sobre a vida pessoal independente dele, embora apenas os nomes das mulheres com que ele socializa e possivelmente um vago conhecimento da duração do relacionamento, e certamente nenhuma consideração mais profunda, tanto quanto ele saiba, do que na realidade ele faz com essas mulheres. Eles têm uma relação reciprocamente distorcida, Sra. L.

e senhor presidente, embora não sem mútua afeição e lealdade, o que é adequado para ambos, muito como o casamento dele é o casamento de duas figuras distantes e austeras que são ambas, apesar de serem atraentes socialmente, no fundo tímidas, e figuras de quem as pessoas de fora raramente ficam próximas. Sendo assim, a Sra. Lincoln acha graça em ouvir a relação de trabalho deles sendo descrita como um casamento profissional bem-sucedido, em particular por ela ser uma mulher um tanto matronal no fim da meia-idade a quem ele nunca se dirige como Evelyn. O presidente genuinamente não faz ideia do que ela pressupõe sobre sua atividade extraconjugal. O assunto jamais foi abordado, como por exemplo no caso de Pamela, agora a secretária de imprensa da primeira-dama, com quem ele teve um caso na época em que ela trabalhava no seu escritório no Senado como recepcionista numa equipe bastante reduzida, e a campanha da senhoria de Pamela para constranger publicamente o sujeito dificilmente teria escapado à atenção da Sra. Lincoln.

O sujeito tem a impressão de que a impecável discrição da Sra. Lincoln está para ser testada mais uma vez, pois agora se juntou a ela em seu escritório adjacente ao dele uma nova assistente que vai ficar responsável por uma pilha de coisas a serem datilografadas, bem como ajudá-la em outras tarefas administrativas menores. Essa nova garota parece, para o presidente, ser do mesmo molde de Jill, uma voluntária da campanha e ex-aluna de Farmington (a escola de sua esposa), atraente, vivaz, solteira e bem-criada. Ela faz o tipo dele, se é que há algo assim, o tipo sendo forçosamente uma mulher com os atributos de sua mulher — boa aparência, refinamento, educação, espirituosidade e inteligência —, embora nenhuma mulher possua esses atributos exatamente no mesmo grau que a primeira-dama. O sujeito logo se cansa do tipo de mulher cabeça-oca; Marilyn, por exemplo, que tenta comovedoramente parecer séria e bem-informada, sem nunca chegar a ser nem de longe convincente. Ela desenvolveu a ilusão de que possui ambas as qualidades devido aos numerosos homens que fingem concordar com isso como um caminho para a cama dela, e ele se descobre com frequência esforçando-se para conter sua opinião discordante, porque sabe o quanto isso iria chateá-la, embora se algum de seus amantes tem direito a alegar superioridade intelectual só pode ser ele, e não a sua ávida entourage de cafajestes de Hollywood e gângsteres de Las Vegas.

O sujeito distrai-se por um ou dois minutos enquanto a Sra. Lincoln informa à nova garota seus deveres. Ao mesmo tempo ele dobra o papel contendo o recado de Marilyn e o deixa cair no lixo. Quando ele se lembra da última vez em que estiveram juntos, sua visão de Marilyn é matizada por uma cortina de delírio. Ele compara sua condição semanas atrás a uma toxemia física e psicológica, e agora precisa se recuperar: precisa aprender com seu erro em relação a Cuba e restabelecer sua autoridade política.

Enquanto a Sra. Lincoln e a equipe estão em horário de almoço, ele nada na piscina superaquecida — o presidente aderindo rigorosamente ao programa de exercícios do Dr. K. O presidente tem uma consulta com o almirante B. uma vez por semana, mas ele decide chamá-lo no fim do dia para uma consulta extraordinária, na qual o almirante fica satisfeito em saber que o presidente está ansioso para que o tratamento de seus outros problemas seja revisto. O almirante B. aconselha que a prioridade seja moderar as crises digestivas do presidente, já que causam distúrbios imprevisíveis na absorção de medicamentos orais, embora não fique tão satisfeito assim quando o presidente busca uma segunda opinião junto ao Dr. T., cujo argumento é de que a prioridade deve ser controlar a doença de Addison, já que o tratamento com corticoesteroides causa um efeito nocivo no sistema digestivo do presidente. Um endocrinologista, o Dr. C., é convocado de Nova York para uma consulta particular na Casa Branca, e logo fica desconcertado com o catálogo completo das enfermidades do presidente: doença de Addison, hipotireoidismo, refluxo gástrico, gastrite, úlcera péptica, colite ulcerativa, prostatite, uretrite, infecção crônica do trato urinário, infecções de pele, febres de origem desconhecida, colapso de vértebra lombar, osteoporose da coluna lombar, osteoartrite do pescoço e do ombro, colesterol alto, rinite e sinusite alérgicas e asma.

A doença de Addison é uma insuficiência das glândulas que ficam sobre os rins, que secretam hormônios que juntos governam uma variada gama de funções corporais. O presidente tem uma compreensão de leigo dessa doença complexa, cujos efeitos se acumularam nesses últimos 15 anos: fadiga, perda de peso, dores abdominais, dores musculares, dores de cabeça, pigmentação anormal da pele, baixa pressão arterial, náusea, diarreia, vômitos, fraqueza, constipação, câimbras musculares e dores nas articulações.

O sujeito foi diagnosticado com a doença pela primeira vez na Inglaterra, em seguida a um colapso, mas ficou claro que já fazia algum tempo que ele a tinha, pois sofria havia muito de perda de peso, fadiga, febre, problemas digestivos e tez amarelada, mas sucessivos médicos erraram o diagnóstico, provavelmente por anos, atribuindo seus sintomas a um problema inflamatório do intestino. Na viagem para casa a bordo do *Queen Mary*, ele de novo teve um colapso e recebeu a extrema-unção. O Dr. C., como todos os membros dessa fraternidade, defende corporativamente seus colegas anônimos de outrora e se esforça para convencer o presidente que os esteroides empregados no tratamento de seus problemas digestivos teriam confundido a imagem do diagnóstico para qualquer médico respeitável, e ao mesmo tempo possivelmente contribuído para a atrofia das glândulas adrenais. O presidente não faz nenhum comentário, dada a sua exaustão em discutir a incompetência da profissão médica. As mistificações dos doutores em interesse próprio foram-lhe úteis apenas uma vez, quando boatos sobre sua saúde vieram à tona antes da eleição, e foram repudiados pela declaração de um médico de que o senador não sofria de "uma enfermidade classicamente descrita como doença de Addison", o truque verbal consistindo no advérbio "classicamente" — a Addison clássica sendo primariamente um colapso das adrenais, quando é cientificamente insustentável excluir a possibilidade de que a condição do sujeito tenha se originado como efeito dos tratamentos prolongados com esteroides.

Poder-se-ia também considerar pertinente para o sujeito perguntar ao especialista se sua disfunção hormonal poderia ser responsável por sua libido notável. Antes de se casar, o sujeito fez precisamente essa pergunta, apenas para ser informado de que não havia provas médicas de que doenças endócrinas causassem satiríase. Desnecessário dizer que nenhuma dessas considerações entra no âmbito da consulta de hoje; se tivessem, um endocrinologista respeitável como o Dr. C. iria formar a opinião de que a dependência de sexo do sujeito era puramente psicológica e seus sintomas de abstinência, inteiramente psicossomáticos.

O Dr. C. repassa o histórico do presidente e faz as perguntas apropriadas, embora o presidente esconda os detalhes irrelevantes, tais como seu uso diário de analgésicos e o quase diário de anfetaminas. O médico pretende balancear a prescrição de hidrocortisona, fludrocortisona e prednisolone, e fazer o mesmo para os remédios para a tireoide, advogando um monitoramento contínuo do estado do presidente. Em resposta, o presidente quer saber como essas mudanças poderão alterar seus outros problemas de saúde, mas o médico é evasivo, alegando que não pode ter certeza quanto ao prognóstico em relação às costas e ao sistema digestivo do presidente, ou mesmo quanto ao trato urinário, mas ele se mostra inflexível quanto à chave para o bem-estar do presidente residir num controle adequado da doença de Addison. Com isso, o bom doutor retorna a Nova York, e o presidente retorna a seus preparativos para um discurso ao Congresso a fim de persuadir os deputados das necessidades urgentes a serem enfrentadas pelo país.

Ele procura, sempre que possível, tomar o café da manhã com a família e então caminhar com a filha até o Salão Oval, ou às vezes todos os visitam quando há um espaço em sua agenda. Sua filha costuma esperá-lo no escritório da Sra. Lincoln, espiando pela porta enquanto ele brinca de estar falando ao telefone sobre ela.

— Aí é o Departamento Federal do Jardim de Infância? É mesmo? Caroline tem sido tão travessa assim?

Ou fingindo ler um relatório oficial:

— Aparentemente o Serviço Secreto viu a primeira-filha com o dedo no nariz...

— Papai! — ela protesta.

Ele olha para ela firmemente com uma gargalhada e bate palmas três vezes, o sinal para ela entrar no escritório para um abraço e um papinho. Ele arranja tempo para se exercitar na piscina enquanto sua equipe almoça, e então volta ao trabalho até de noite, na esperança de conseguir terminar em tempo para ver as crianças indo para a cama e ler uma história antes de ele e a esposa participarem de um compromisso noturno, seja uma recepção formal no térreo ou um jantar particular na Residência. Mas o tempo todo o presidente tem consciência de um franzir em volta dos olhos, um sutil morder dos lábios, que apenas aqueles mais próximos reconhecem como o seu sofrimento, os múscu-los espásticos sobre a placa de metal em suas costas, o sufocantemente apertado colete pressionando suas entranhas tempestuosas, seu corpo inteiro sendo espremido e a pressão subindo até a cabeça, de onde não pode escapar.

Às vezes, enquanto trabalha ou se movimenta para reuniões na Sala do Gabinete ou na Sala dos Peixes, ele vislumbra a nova assistente da Sra. Lincoln datilografando ou grampeando documentos. Ela está ali, a poucos metros de distância, um presente aguardando ser desembru-lhado, mas por ora ele tira da cabeça tais possibilidades e se concentra nas obrigações políticas.

Uma das reuniões do presidente esta semana tem como foco as últi-mas informações do Departamento de Estado sobre a situação no Sudoes-te Asiático, na qual o conselheiro graduado que está sendo acusado de ser homossexual toma parte. A reunião prossegue de maneira rotineira, mas o presidente faz questão de observar o desempenho do homem. O conselheiro externamente nada tem de notável, mas ele responde a pontos específicos com inteligência e oferece conselhos sólidos sobre um tópico em particular, as táticas de guerrilha dos exércitos locais. No fim da reunião, o presidente dispensa todos com agradecimentos iguais, mas faz uma pausa antes da próxima reunião para decidir o destino do conselheiro.

EMBORA A FALTA DE hormônios dê ao sujeito a vantagem de manter uma disposição tranquila, até esperançosa, ele nunca pode se beneficiar de um súbito ímpeto na potência física e mental, como outros homens poderiam numa situação similar. Com seus redatores de discurso, o presidente se dedica ao que dirá no Congresso, quando delineará as necessidades nacionais urgentes; ele se cansa e enfraquece, só ganhando novas energias por meio do sono. Em tais ocasiões, seu motor metabólico tem como combustível anfetaminas e seu descanso, sedativos, mas o discurso toma forma, suas ideias centrais expressas em frases-chave de invenção dele e de ninguém mais. Ele tem um único objetivo: mostrar ao mundo que vai reparar o fiasco da invasão.

No dia, uma limusine fechada leva o presidente até o Capitólio, onde precisa confrontar o Congresso com a negligência herdada das políticas de seu antecessor e comandar uma nova visão para esta nova década, com nenhuma adrenalina para impulsioná-lo adiante ao encarar as fileiras de faces críticas, embora sua voz se mantenha firme perante as centenas de pessoas ali, as palmas de suas mãos sem suar, e ele diz:

"Esta é uma época extraordinária. E temos à nossa frente um desafio extraordinário. Nossa força, bem como nossas convicções, impuseram a esta nação o papel de líder na causa da liberdade. O grande campo de batalha para a defesa e expansão da liberdade são hoje as terras dos povos em ascensão. Eles buscam um fim para a injustiça, a tirania e a exploração. Mas os adversários da liberdade planejam explorar, controlar e finalmente destruir as esperanças das nações mais novas do mundo; é um embate de vontade e propósito bem como de força e violência, uma batalha por mentes e almas bem como por vidas e território. E nesse embate, não podemos deixar de nos envolver.

Não há uma política única e simples que responda a esse desafio. A experiência nos ensinou que nenhuma nação tem o poder e a sabedoria para resolver todos os problemas do mundo. Estaríamos seriamente equivocados se considerássemos esses problemas apenas em termos militares. Pactos militares não podem ajudar nações cuja injustiça social e caos econômico incitam à insurgência e ao extremismo. Estamos prontos agora para prover generosamente nossas habilidades, nosso capital e nossos alimentos para ajudar os povos das nações menos desenvolvidas antes que sejam engolfadas pela crise.

Mas enquanto falamos de compartilhar e construir e da competição de ideias, outros falam de armas e ameaçam guerra. Por isso aprendemos a manter nossas defesas fortes. Nós poderemos dissuadir um inimigo de um ataque nuclear apenas se nosso poder de retaliação for tão forte e tão invulnerável que ele saiba que seria destruído por nossa reação. Mas esse conceito de dissuasão pressupõe ponderações racionais de homens racionais. A história deste planeta, e em particular a história deste século, é suficiente para nos lembrar das possibilidades de um ataque irracional, um erro de cálculo, uma guerra desnecessária ou a exacerbação de um conflito em que as apostas de cada lado aumentam gradualmente até o ponto de perigo máximo, que não pode ser nem previsto nem evitado. Não posso terminar esta discussão sobre defesa e armamentos sem enfatizar nossa esperança maior: a criação de um mundo pacífico onde o desarmamento seja possível. Estou determinado a desenvolver alternativas políticas e técnicas aceitáveis para a atual corrida armamentista.

Por fim, se for para ganharmos a batalha que agora ocorre mundo afora entre a liberdade e a tirania, as tremendas realizações no espaço que ocorreram nas semanas recentes devem ter deixado claro para todos o impacto dessa aventura nas mentes dos homens que em toda parte estão tentando tomar uma decisão quanto a qual caminho seguir. Agora é o momento para um grandioso novo empreendimento americano — o momento para esta nação tomar claramente a liderança nos feitos espaciais, que de muitas formas detêm a chave para o nosso futuro na Terra. Embora não possamos garantir que um dia seremos os primeiros, podemos garantir que qualquer falha em fazer esse esforço nos deixará em último. Eu acredito que esta nação deve se comprometer a atingir a meta, antes do fim desta década, de fazer pousar um homem na Lua e trazê-lo de volta em segurança à Terra. Nenhum outro projeto espacial neste período será mais impressionante para a humanidade, ou mais importante para exploração de longo alcance do espaço; e nenhum será tão difícil ou custoso de realizar. Se for para irmos apenas até o meio do caminho, ou reduzir nossos objetivos face à dificuldade, no meu entender será melhor nem ir, a menos que estejamos preparados para fazer o trabalho e carregar os fardos necessários para obter o sucesso.

Em meu juízo, este é o momento mais sério na vida de nosso país e na vida da liberdade no globo como um todo. Para concluir, deixem-me enfatizar um aspecto: o nosso desejo de paz. Buscamos não as conquistas, não os satélites, não as riquezas — nós buscamos apenas o dia em que 'nação não erguerá espada contra nação, e não mais a guerra aprenderão'."

Depois vêm os aplausos, com congratulações por parte daqueles que estão por perto, mas ainda assim o sujeito não pode sentir os sinais viscerais de ter sobrevivido a uma prova, já que jamais houve um pulso acelerado para agora desacelerar, nem palmas da mão úmidas para secar, sua disposição química constante independendo de triunfo ou desastre, e a primeira indicação física de seu desempenho vem na forma de sua mulher, em seu abraço e beijo, nos quais ele sente o orgulho dela.

Com a autoridade política reconquistada, espera-se que o presidente tome uma decisão quanto ao nosso curso de ação no Sudeste Asiático. O líder dos chefes de Estado-Maior representa a visão da maioria quando diz: "Precisamos de uma demonstração." Uma ação secreta e dissimulada fracassou em Cuba, mas uma ação grande e aberta vai demonstrar que nosso poder em nada diminuiu. Em vez disso, o presidente informa ao Gabinete que não sancionará a ação militar, pretendendo, pelo contrário, abrir negociações visando obter um cessar-fogo na região. Faces mostram desapontamento, em particular entre os generais, um deles murmurando um palavrão.

Mais tarde seus assessores trazem reações da imprensa e de membros do Congresso, e ele percebe que sua aposta deu certo, que sua grande visão para um país melhor e um mundo melhor está ganhando admiração. E no entanto em ocasiões como essa ele acha a aprovação de seus colegas insuficiente, e mesmo o amor de sua mulher, talvez momentaneamente intensificado por sua ascendência, parece cotidiano. Em vez disso, ele se acredita muito seriamente necessitando de um tributo sexual de uma jovem impressionável, levada tanto por sua habilidade política que chega ao ponto de votar com o corpo. Ele sustenta que o tipo de líder necessário para atingir essas metas em tempo tão curto precisa ser capaz de magnetizar o coração humano; para mover uma nação inteira e uma geração inteira, ele precisa ser capaz de virar suas bússolas na direção do serviço público com a mesma gravidade que o fez mudar de sua vida anterior de rarefação acadêmica e privilégio material, e a prova de eletrizar os corações dos jovens se obtém na moeda honesta de uma transação sexual.

93

Jill é a escolha óbvia, e ele trama seduzi-la de novo esta noite, já que sua esposa e seus filhos partirão para seu habitual fim de semana prolongado fora da cidade, desta vez para o rancho em Middleburg, na Virgínia, onde fica o pônei de sua filha. Após se despedir deles à tarde, com um abraço em sua mulher e, com os filhos, um lento soltar de mãos dadas, a babá com John Jr. no colo enquanto Caroline segura a barra do vestido da mãe, o presidente trabalha até o começo da noite, sobretudo em reuniões, mas sozinho ao pôr do sol, depois sugere que alguns membros da equipe se juntem a ele na piscina, sabendo que Jill se esforçará por estar entre eles, e em seguida lá está ela, num traje de banho emprestado, junto com a nova assistente da Sra. Lincoln, com a qual ela estabeleceu certo vínculo.

O presidente desliza pela água quente, ocasionalmente parando para conversas casuais com assessores, mas ninguém fala com ele a menos que ele fale primeiro, de modo que ele pode completar seu programa de exercícios sub-repticiamente enquanto eles se banham em grupos pequenos, os rostos das garotas quentes, suados e brilhando — as únicas mulheres sendo Jill e a garota nova —, até ele por fim nadar até o canto da piscina em que elas estão e perguntar casualmente sobre o trabalho.

— Não tive o prazer — ele diz para a garota nova — de saber o seu nome.

Ela ri e estende a mão formalmente.

— Priscilla, senhor presidente — ela responde.

Gotas de suor escorrem em seu pescoço e seus cabelos pendem escuros e escorridos. O presidente esperava ter de extrair respostas lentas e nervosas das garotas, mas elas transbordam confiança, apenas sendo deferentes a ele com o ocasional "senhor" no fim das frases mais curtas, Jill em particular tendo dispensado o obrigatório "senhor presidente" em favor de uma familiaridade à qual o presidente nem faz objeções nem aprecia. Ela se oferece sutilmente a ele, observando seus colegas despedindo-se do presidente até que os três ficam sozinhos — Jill, Priscilla e o presidente — e o olhar dela se fixa no dele.

O presidente escolhe Priscilla. Ele prefere uma droga nova o suficiente para seu corpo que ainda não desenvolveu tolerância. A execução é simples, bastando o presidente dar por encerrada a sessão na piscina e dizer-lhe que ela precisa dar uma passada no escritório da Sra. Lincoln antes de ir embora porque alguns papéis precisam ser arquivados, e, ainda que ele em parte espere vê-la chegando com Jill, quando a encontra no escritório agora vazio (pois ele já mandou a Sra. Lincoln para casa), ela não faz menção de sua colega, deixando-o livre para observar que a Sra. Lincoln não mais está disponível para o arquivamento e talvez ela queira ficar com ele na Residência para um drinque. Eles passam sob o olhar do Serviço Secreto e voltam sob o mesmo olhar menos de meia hora depois, a imagem da inocência, mas uma transação foi realizada, seus venenos expelidos e o tributo dela avidamente recebido.

O PRESIDENTE VAI AO encontro de sua família para o breve fim de semana, voltando para as águas da vida familiar sem marola alguma, a serenidade da disposição de sua mulher talvez se devendo a sua certeza quanto aos obstáculos práticos alinhados contra as oportunidades de fornicação do marido. O fim de semana transcorre feliz entre os quatro com a exceção de um leve chiado que o sujeito adquire, quase com certeza devido aos pelos de cavalo nas roupas da filha, o que o afeta gravemente em ambientes fechados, um fato com frequência ignorado por sua esposa, que pode prometer o comparecimento deles a algum show de cavalos ou coisa do tipo sem se assegurar que é um evento ao ar livre, colocando-o, assim, entre o Scilla de comparecer asmático e o Caribdes de confessar sua sensibilidade alérgica. Economistas brincam que quando os Estados Unidos espirram o mundo pega um resfriado, e é igualmente verdadeiro que quando um presidente espirra a imprensa o retrata expirando de pneumonia dupla.

Em seguida ao retorno da primeira-família a Washington, o presidente dá uma perfeita aparência de falta de curiosidade em relação a suas duas concubinas, os assuntos de Estado naturalmente tendo precedência sobre tais insignificâncias (ele está em vias de partir para uma série de reuniões de cúpula na Europa) a ponto de tornar a denegação plausível quando ele ignora ambas, e, para o crédito delas, ele não detecta nenhuma reação de qualquer das partes por acharem que estão recebendo um tratamento insatisfatório.

O sujeito aprendeu a tratar suas amantes mais jovens com uma combinação de paternalismo e desdém, mas em ambos os casos a mensagem central é a mesma: os sentimentos delas são irrelevantes, e nenhuma influência têm sobre seu bem-estar emocional elas continuarem sexualmente atraídas por ele ou preferirem nada menos que se atire num lago.

Essa filosofia desenvolveu-se com suas primeiras aventuras na arte de seduzir garotas, quando ele observou egos de companheiros sendo arrasados pela rejeição, a ponto de ficarem incapacitados de abordar uma nova garota. O sujeito decidiu enfrentar a rejeição com completa indiferença, prosseguir para a garota seguinte sem desvio ou desaceleração, e fazê-lo na mesma festa ou com a melhor amiga dela ou quem quer que se apresentasse, logo aprendendo que isso pode ser mais bem realizado sem medo, vergonha ou constrangimento e, além disso, que o levaria com frequência a obter das mandíbulas da derrota os lábios da vitória.

Tendo em vista sua viagem à Europa, o presidente fica esperançoso de que seu novo regime de tratamento para a doença de Addison afine seu rosto. Com o passar dos anos, ele aprendeu a disfarçar suas limitações físicas, andando veloz no plano para dar a impressão de vigor, falando rapidamente, mas em escadas adotando um ar de langor para ocultar sua incapacidade de descer ou subir em velocidade normal, e passando os fins de semana ao ar livre no sol, em Palm Beach no inverno e em Cape Cod, frequentemente velejando, no verão, para manter o "bronzeado".

O presidente aprendeu a coragem física quando jovem. Embora não tenha passado nos exames médicos nem do Exército nem da Marinha, como originário de uma família rica ele poderia ter garantido uma sinecura confortável bem longe do perigo, mas em vez disso explorou seus contatos a fim de obter um posto na linha de frente. O presidente sente-se inspirado pela coragem física do senador James Grimes, paralisado dois dias antes de votar contra o impeachment do presidente

Johnson, e pela do senador Thomas Benton, que se mantinha em silêncio por dias antes de discursos devido a um câncer que fazia sua garganta sangrar. É fato bastante comum o presidente solicitar analgésicos em reuniões, quando descarta as preocupações de sua equipe diminuindo seu desconforto, a mensagem indo para a Sra. Lincoln de que o presidente está com dor de cabeça ou que o presidente sentiu uma pontada nas costas, e ela vem com alguns comprimidos e um copo d'água; mas alguns dias depois de seu encontro com a assistente dela, ele recebe uma terapia bem incomum, quando a Sra. Lincoln passa a informação de que sua nova assistente leu numa revista que dores de cabeça provocadas por tensão podem ser aliviadas ou evitadas com massagens no couro cabeludo.

Ao convite do presidente, a garota adentra o Salão Oval, cheia da confiança que sua criação confere, e demonstra a técnica na pessoa dele.

No dia seguinte, a Sra. Lincoln pergunta ao presidente se ele gostaria de receber outra massagem no couro cabeludo, e Priscilla uma vez mais se dispõe à tarefa, dessa vez sugerindo que usem um gel tanto como lubrificante quanto como tônico capilar, o cabelo dele sendo na opinião dela um tesouro nacional, e quando essa substância é aplicada no dia seguinte o é por Jill, que se juntou a Priscilla no que se torna uma sessão de dez minutos diária para aliviá-lo do estresse, objetivo que é cumprido com bastante sucesso, mesmo que durante os primeiros dias pareça bom demais para ser verdade que essas duas concubinas tenham desenvolvido tão altruísta camaradagem, de modo que o presidente brinca que ele suspeita que as duas são espiãs soviéticas com a missão de deixá-lo tão careca quanto o Camarada Kruschev.

Ele teme que a intimidade entre eles esteja se tornando visível demais, mas, após o devido exame de consciência, o presidente decide que não há problema com massagens no couro cabeludo. De fato, são tão benéficas para seu nível de estresse que ele emprega essa desculpa para incluir as duas jovens na viagem presidencial à Europa.

POR FIM, ANTES DE ele partir, o Departamento de Justiça o pressiona quanto ao destino do conselheiro do Departamento de Estado identificado como homossexual ativo, ao que o presidente responde que o homem deve ser mantido em seu cargo, já que sua contribuição profissional é valiosa e o que ele faz em sua vida particular é problema dele.

O BOTÃO

OS RELACIONAMENTOS DO SUJEITO com homens são bem mais importantes do que suas relações com mulheres, que, com exceção de seu casamento, foram irrelevantes para o progresso de sua carreira e, desejo sexual à parte, não exercem nenhuma influência significativa em sua vida cotidiana, embora crescer com irmãs tenha tido um profundo efeito em seu desenvolvimento, inculcando-lhe a impressão de que ter garotas em volta é a norma, algo que de outra forma seria uma noção tão exótica como era para muitos de seus colegas no colégio interno, na faculdade e na Marinha.

Embora naturalmente tímido, ele não ficava mais nervoso junto a garotas do que em outras situações, e certamente nunca ficou nervoso ou intimidado pela presença delas. Como as mulheres vinham a ele sem muito esforço de sua parte, ele se viu liberado para se concentrar nas relações com homens.

O sujeito estudou num exclusivo colégio interno para rapazes em Connecticut, embora tenha perdido muitas semanas e ocasionalmente meses do ano por causa de suas doenças, seus problemas de saúde repetidamente impedindo a participação em esportes, de modo que ele era considerado como um dos espécimes físicos mais fracos, mas por fim sua florescente facilidade com mulheres superou o estigma de ser a resposta de Boston para Tiny Tim Cratchit.*

---

*Personagem de "Um conto de Natal", de Charles Dickens. Tiny Tim é o filho pequeno de Bob Cratchit, muito doente e frágil. (N. do E.)

Embora ele seja envaidecido pela atenção feminina, e certamente uma visível falta disso põe limite claro ao status de um homem (mas não à popularidade) dentro de seu grupo de amigos, ele descarta o capricho das mulheres em favor do lógico desinteresse da companhia masculina. Quando se candidatou pela primeira vez a um cargo público, o sujeito não poderia se eleger por meio do flerte; a juventude e a riqueza material que atraíam certas mulheres eram fatores que o faziam perder votos junto a uma considerável parcela do eleitorado, exigindo que ele promovesse a substância de seu caráter e seu idealismo.

É possível argumentar que as relações do presidente com os homens em sua administração são mais complexas do que aquelas com mulheres; de todas, a mais curiosa é a com o vice-presidente. Ao também concorrer para obter a indicação do partido, o VP conduziu uma campanha a meia-voz contra o presidente baseada em sua saúde física, sabendo que o eleitorado teria dúvidas quanto à adequação de um candidato indiscutivelmente enfermo assumir o Executivo e, embora as dúvidas tenham sido rápida e decisivamente esmagadas pela equipe de campanha do presidente, a questão voltou à baila quando o VP regateou quanto ao seu papel numa potencial nova administração, e por isso, acrescentando-se a sua popularidade no Sul, o presidente foi persuadido a aceitá-lo como vice. Mas, tendo reconhecido a importância eleitoral do VP, o sujeito agora faz o melhor que pode para ignorá-la.

Um dia o VP aparece à beira da piscina sem paletó, gravata afrouxada, descalço e com as pernas das calças dobradas, para discutir o custo do programa espacial. Ele observa atentamente o presidente fazer flexões e alongamento, com um olhar invejoso ao percorrer as enormes cicatrizes nas costas e as marcas de injeções e exames de sangue. Antes de o presidente partir para a Europa, ele brinca:

— Se alguma coisa acontecer enquanto eu estiver fora, Lyndon, as chaves do Salão Oval estão sob o capacho.

O SUJEITO É UM HOMEM entre homens; ele acredita que há algo decididamente peculiar quanto a homens que não preferem a companhia de seus pares masculinos. Ele gosta de conversas masculinas, humor masculino e assim por diante, e, embora as mulheres tenham seu singular apelo sexual, há uma grande quantidade delas que ele considera um tédio completo. Suas irmãs eram todas garotas vigorosas, do tipo físico de quem gosta do empurra-empurra do futebol americano, em contraste com sua mulher, uma delicada debutante que quebrou o tornozelo quando relutantemente cooptada a participar de um jogo, a fragilidade física oculta sendo outro atributo que os dois têm em comum.

A fragilidade de sua irmã mais velha era mais mental do que física, levando o pai deles a providenciar uma lobotomia enquanto a mãe estava de férias. O sujeito não culpa a si mesmo, claro, mas ocasionalmente se pergunta se deveria ter feito mais para se opor à operação, em particular porque o procedimento fracassou e sua irmã está agora permanentemente internada. Tal é o preço que se paga por não se adaptar.

Apesar de suas vantagens quando criança, o sujeito estava acostumado a não se adaptar, já que lhe faltava a personalidade exuberante que a princípio é privilegiada no vestiário. Ele aprendeu que é preciso ser esperto o suficiente para liderar mas não esperto demais a ponto de não se fazer ser seguido. Porém mais tarde, na época em que era candidato à presidência, o sujeito se tornou inclinado a cortejar o favor de partidários em potencial, e através desses esforços, com a ajuda de seu cunhado ator de cinema, ele ampliou sua rede de contatos em Hollywood, que inicialmente tinha sido conquistada durante o breve flerte de seu pai com a indústria cinematográfica e seu um tanto mais longo flerte com atrizes de cinema.

Em Hollywood, o sujeito encontrou homens que pareciam ter tudo que queriam: dinheiro, sucesso, boa aparência e, o mais importante naquela época, mulheres. Eram playboys, e divertir-se com eles provou-lhe que ele não era mais o solitário enfermiço e livresco do colégio caro, mas um tipo diferente, mais magnético, de solitário, um que vive de acordo com seus próprios termos, conforme exemplificado por Frank.

O sujeito conheceu Frank alguns anos atrás, o contato estratégico feito inicialmente por seu pai, com o objetivo de conseguir apoio da comunidade ítalo-americana, e por intermédio de seu cunhado, Peter, que aproveitou a oportunidade para se imiscuir de volta no círculo social de Frank, do qual tinha sido exilado pelo crime de ter se encontrado para almoçar com uma das garotas de Frank. O pai do sujeito foi o primeiro a aceitar a hospitalidade da corte devassa em Palm Springs, o que naturalmente atiçou a curiosidade do sujeito, de modo que suas próprias visitas começaram logo depois. Frank se destacava como um macho alfa, em contraste ao cunhado do sujeito, um inveterado seguidor, que não tinha recebido educação formal na juventude, em vez disso viajando o mundo com seus perdulários pais aristocráticos que por fim foram dar em Palm Beach, de onde ele se lançou para Hollywood e se tornou o principal ator em filmes românticos e comédias, usurpando os papéis de seus rivais que durante a guerra estavam no exterior cumprindo seu dever.

Originalmente, Peter apresentou o sujeito para o círculo social dos filmes B de Hollywood, e tornou-se uma prerrogativa do cargo, depois de ser eleito para o Senado dos Estados Unidos, pilhar um pomar de novas estrelas, muitas das quais tiveram desempenhos pouco memoráveis dentro e fora da tela, a partir do quê ele deduziu que não havia categoria de mulheres mais complacentes com o princípio do sexo como uma transação social do que a aspirante a atriz/modelo. No entanto, foi a inesperada ligação do sujeito com Frank que abriu a porta principal, pela qual entraram Marilyn, Jayne, Angie et al.

Para Frank, o sujeito oferecia o ingresso a uma forma rarefeita de poder que até então não tinha vivenciado, e em troca Frank oferecia acesso às mais glamourosas mulheres imagináveis. Seu cunhado podia ter sido capaz de lhe fornecer a atriz eventual, mas Frank podia prover qualquer tipo de mulher que ele quisesse, fosse uma estrela de cinema, uma modelo, uma bailarina ou uma prostituta. Logo o sujeito estava fazendo viagens regulares a Palm Springs, ou a Las Vegas, onde bebiam e contavam piadas, e Frank mencionava uma ou outra garota, perguntando se por acaso o sujeito gostaria de conhecê-la, e então um de seus asseclas dava um telefonema e a garota ia se juntar a eles mais tarde para o jantar ou para uns drinques, ou às vezes ela simplesmente estava a sua espera no quarto do hotel quando ele subisse. Parecia que não havia mulher disponível em Hollywood para a qual Frank não pudesse ligar. É bem provável que Frank as tivesse primeiro, mas isso jamais incomodava o sujeito, já que no geral acreditava que ele criava a impressão mais favorável, e, uma vez com uma garota, cabia a ele e ela decidirem se era o caso de se verem de novo, não a Frank.

Em relação ao sujeito, ele agia respeitosamente, mas, com sua entourage, Frank frequentemente soltava desdenhosos comentários aos quais a vítima não retorquia por medo de se ver exilada. O sujeito não incorre nos excessos monárquicos de Frank, embora num fim de semana em Palm Beach depois da eleição ele tenha obrigado os caras a fazerem flexões, um espetáculo que achou hilariante, deitado em sua espreguiçadeira com um colete para as costas, o agente de uma vingança bizarra contra os atléticos atormentadores de sua juventude. O sujeito atingiu o pináculo de seu poder social, mas é o poder que ele exerce sobre homens que fornece o significado mais profundo, algo que ele observou repetidamente em Frank, que ficaria mal-humorado com uma garota que não sucumbisse a suas investidas, mas sua vingança ficaria nisso, enquanto no caso de um homem que o desagradasse, o ostracismo não era o bastante: Frank tinha de ver o rival arruinado.

Esses fins de semana em Palm Springs foram o primeiro insight do sujeito quanto ao comportamento de um rei. Frank não era então, nem nunca foi, a maior estrela de cinema de Hollywood; cantores mais jovens e mais atraentes eram provavelmente mais populares, mas ele assumiu o manto de um rei porque se comporta como um: reina numa corte, concede e toma de volta favores, e as pessoas temem que ele possa convocar um exército particular. Mas, sobretudo, ele explora o excesso como se as regras que constrangem os homens comuns não se aplicassem a ele. Assim como o sujeito, ele exibe um exuberante apetite por mulheres. Podia ter duas ou três num dia, ou simultaneamente, e, como o líder de um bando de leões, rugiria contra qualquer outro macho que invadisse seu território. As mulheres tinham mais do que um pouco de medo dele e com frequência se submetiam por receio de causar desprazer, mas elas sabiam o que as esperava quando recebiam os convites, de modo que a sensação que ficava era que não tinham razões para reclamar. Quando o sujeito começou a frequentar essas reuniões, em particular aquelas a portas fechadas em Palm Springs, deve ter sido encarado com uma espécie de curiosidade — um jovem senador dos Estados Unidos, um herói de guerra, um ex-aluno de Harvard —, mas Frank e o senador logo desenvolveram a língua franca dos companheiros de fornicação. Possivelmente, Frank achou que um jovem e ambicioso político iria desaprovar as ilimitadas oportunidades sexuais oferecidas, mas claramente o sujeito não fez nada disso, nem se comportou como alguém que não tivesse familiaridade com tais práticas. Esses fins de semana no deserto, onde o ar era terrivelmente seco e as piscinas, espelhos espetaculares sob o céu imaculadamente azul, provavam que os homens seguem um caminho comum e previsível quando livres para fazê-lo: a via da predação sexual irrestrita. Por trás dos portões de segurança e dos altos muros, Frank e seus convidados estavam em liberdade para pegar a mão de uma bela desconhecida e andar com ela pelos jardins exuberantes, para a piscina, para a banheira quente, ou para a vila, e lá tirar o que a cobria, se ainda houvesse algo, e fartar-se no prazer. Perto de tal comportamento exuberante, a monogamia parecia um estado lúgubre. A prodigalidade sexual à vista na propriedade de Frank não era nem antinatural nem imoral, e tampouco infligia os efeitos deletérios de se exceder no álcool, em narcóticos ou mesmo na comida. O sujeito deliciava-se. Ele escolhia uma garota diferente para cada parte do dia. Fazia amor como um rei.

Em Hollywood, há uma nova garota sexy a cada mês, e quando ele sugeria a Frank seu interesse por alguma atriz em particular de um filme qualquer, podia contar com que seu companheiro de fornicação conhecesse alguém suficientemente próximo para oferecer avaliações claras quanto à disponibilidade dela para o sexo. Uma noite, na casa dele, o sujeito listou uma dúzia de garotas sobre as quais Frank instantaneamente respondia com avaliações secas: "casada", "apaixonada", "doida", até a sala inteira estar gargalhando, o epíteto final: "Ela é um homem!" Apesar da bonomia, sempre houve uma distância entre os dois, ainda que a distância confortável de dois solitários não dispostos a compartilhar sua intimidade um com o outro.

Na corte de Frank, ele era o rei, mas era aparente para qualquer observador que o sujeito era o mais inteligente, e, quando começou sua campanha para a presidência, surgiu a possibilidade de que um dia ele fosse o mais poderoso, acrescentando-se a isso as deficiências de Frank nos dois departamentos em que os homens se comparam à primeira vista: altura e cabelo. As entradas de Frank avançavam a ponto de ele ter começado a experimentar penteados e topetes que aumentassem a cobertura do couro cabeludo; meninas que, desde os anos 1940, guardam mechas de seus cabelo com ardor poderiam vendê-las de volta para ele por milhares de dólares; além disso, ele parece ter estatura mediana, exceto quando é visto na piscina sem seus sapatos feitos sob encomenda, quando encolhe drasticamente. Mas uma área de competição é muito delicada para que eles se tornem rivais. Frank evitava competir por mulheres, com o sujeito apresentando-as como contribuições para a campanha, e o sujeito evitava competir com Frank ao jamais cantar abertamente uma das concubinas dele. Não valeria a pena colocar em risco uma aliança unificada publicamente pela política e privadamente pela incessante predação sexual.

Frank recebeu o crédito por ter aplicado um verniz hollywoodiano à campanha do senador, seu apoio atraindo celebridades importantes para eventos de arrecadação de fundos, embora o senador sempre achasse que esse benefício precisava ser posto na balança contra o potencial embaraço de sua suposta associação a certa subcultura ítalo-americana. Enquanto as longas noites de jogo, prostitutas, bebidas e fornicação continuavam, era um risco que valia absorver, e foi Frank quem apresentou o sujeito a Judy, com a irresistível indicação de "que ela se parece muito com Elizabeth Taylor". (O sujeito uma vez sugeriu Taylor como um entretenimento em potencial em Palm Springs, mas Frank achava que ela não estaria disponível devido a uma observância zelosa demais de seus votos conjugais, um estado de ânimo fácil de ser descartado quando se está acostumado a socializar com pessoas mais iluminadas.)

Judy é uma antiga namorada que o presidente gosta de manter ativa, de modo que quando ele fica sabendo, via Frank, que ela vai estar na cidade numa noite em que coincidentemente sua mulher está hospedada com amigos em Nova York, o presidente não hesita em convidá-la à Casa Branca para jantar com um casal de assessores presidenciais, para manter as aparências; quando os assessores se retiram, o presidente pode acompanhá-la até o Quarto de Lincoln, onde eles continuam praticamente de onde tinham parado em Vegas, alguns meses antes da eleição.

Frank telefona, na manhã seguinte, para o escritório da Sra. Lincoln, e os dois homens concordam que faz muito tempo desde a última vez que se encontraram (o Baile da Posse), e então Frank brinca com o que aconteceu naquela noite, quando, a caminho de uma celebração para a seguinte, com a primeira-dama em casa dormindo, cansada das várias comemorações, o presidente deu a Angie e outra starlet uma carona na limusine presidencial, apenas para em seguida perceber a imprudência de ser visto cruzando a cidade com duas atraentes jovens atrizes na sua primeira noite no cargo, portanto discretamente fazendo-as descer e mandando o motorista dar duas voltas no quarteirão antes de fazer sua entrada desacompanhado. O presidente ri quando Frank lembra a ele do desconcerto das duas garotas ao verem negada a entrada em grande estilo — e Frank perdendo a oportunidade de testemunhar o sujeito entrando na festa com uma beldade em cada braço, numa imitação passável de Hugh Hefner —, e então ele passa as próximas datas em que sua agenda o enviará para Washington, que o presidente promete passar para a Sra. Lincoln com a firme intenção de fazer-lhe um convite para ir visitá-lo, mas depois do telefonema o presidente ouve um eco da risada de Frank e reage de uma forma bem peculiar, sentindo um ímpeto de antagonismo, para o qual não há motivo, pois Frank prestou-lhe o cumprimento de dirigir-se a ele como "senhor presidente" e o humor dos dois durante a conversa não foi mais irreverente do que com qualquer outro velho amigo.

Quando a campanha presidencial ganhou impulso, o equilíbrio de poder entre eles começou a se deslocar. Embora o senador constantemente reconhecesse a contribuição de Frank para a campanha, ele era um entre muitos, e o senador começou a suspeitar de motivos ocultos para Frank lhe oferecer mulheres. Talvez Frank fosse sensível à situação, que ambos sabiam que chegaria a um ponto de inflexão em Los Angeles naquele verão, onde o senador por Massachusetts ia ou receber a indicação de seu partido ou mergulhar de volta em sua obscuridade anterior. Qualquer dos resultados teria um efeito específico na aliança deles, um assunto sobre o qual ambos brincaram mas nunca discutiram seriamente, pois nenhum dos dois queria explorar cirurgicamente sua anatomia.

Frank ligou algumas semanas antes da convenção, convidando o senador para o jantar que estava oferecendo no Romanoff's, evento para o qual usou a instigação de que compareceria uma bela atriz que estava ansiosa por conhecê-lo. "É uma garota nova, Jack", ele disse, "mas não ouso dizer quem." Ele riu. O senador riu também e concordou em pegar um voo até lá.

Ele possuía uma lista da qual Frank tinha conhecimento, não uma lista formal, escrita em algum lugar, mas um plantel de atrizes para quem a conversa entre os dois geralmente voltava, tal como Angie, que o senador admirara em *Onde começa o inferno*, e Jayne, cujos filmes esquecíveis ele nunca se dera a oportunidade de esquecer, mas ele já tinha tido as duas a essa altura, de modo que a excitação se devia ao fato de a misteriosa convidada do jantar ser uma das outras damas da lista. Sendo Frank, ele jamais diria; assim, fantasias tomaram a imaginação do sujeito, e então, nesse jantar que se deu no Romanoff's, Frank o apresentou a Marilyn.

Ela era uma estrela luminosa que professava um fascínio pela política. Frank contara a ela tudo sobre a campanha, e ela queria dar seu apoio. O senador prestou uma atenção cortês às opiniões e aos interesses dela, mas a noite toda Frank deve ter observado os dois de uma plataforma de informação privilegiada, sabendo que o sujeito estaria imediatamente calculando como poderia atrair a deusa para a cama. Embora ela tenha confessado certo distanciamento do marido, o sujeito calculadamente pouco revelou sobre sua vida pessoal.

Depois que ela partiu, Frank disse:

— Essa garota é daquelas que nunca transam só pela transa. Sempre se trata de alguma outra coisa.

Assim, quando o senador ligou para ela na manhã seguinte, ele explicou o quanto tinha gostado de terem se conhecido, o quanto estava lisonjeado pelo interesse dela na campanha, e o quanto achara inteligente e produtiva a discussão entre eles. Ela aceitou de bom grado um convite para estreitar a relação entre eles quando ele voltou para a convenção, na qual, quando as atividades começaram de fato, ele logo se viu dividindo-se entre reuniões particulares e o plenário, todas as horas consumidas no esforço de assegurar os votos do Partido. Com uma garota qualquer, o sujeito a teria instalado em sua suíte no hotel, onde ele poderia lançar um panfleto erótico, mas ele estava ciente do status extraordinário de Marilyn e da necessidade de convencê-la de que era respeitada, além de adorada. Ele conseguiu falar com ela por telefone no primeiro dia, explicando: "estou um tanto ocupado com a tarefa de me tornar o próximo presidente, mas levá-la para jantar me parece uma questão de importância nacional de mesmas proporções." Eles concordaram que ele ligaria de novo quando achasse uma brecha em sua agenda, mas, embora a liderança estabelecida sobre os outros candidatos nas primárias parecesse se manter no plenário da convenção, criando uma probabilidade de ser indicado, esse otimismo não criava uma atmosfera de relaxamento, em vez disso fomentando um *ethos* de que a campanha deveria pisar fundo no acelerador a fim de deixar para trás a oposição. Logo ficou aparente que, se ele não escapasse aquela noite, a seguinte — em que ocorreria a votação final para a indicação — seria a sua última em Los Angeles e portanto a última chance de levar Marilyn para a cama, pois os imperativos da política iriam sem dúvida esmagar suas exigências sexuais. O senador digladiou-se com o dilema por algum tempo, depois informou à sua equipe, para o pasmo deles, que ele pretendia deixar a convenção em função de um jantar particular.

O senador entreteve seu alvo no Puccini's, um exclusivo restaurante italiano em Beverly Hills, onde ele conseguiu consumir um prato de macarrão e um copo de vinho sem precipitar uma embaraçosa retirada augeana para o banheiro masculino. Ela lhe confidenciou que tinha sofrido com uma criação desprovida de amor, nunca tendo conhecido o pai, enquanto a mãe sofria de doença mental, de modo que ela passou a infância em lares adotivos e orfanatos. O sujeito ficou tentado a responder revelando os problemas psiquiátricos de sua irmã, mas não podia discutir a lobotomia sem revelar sua tristeza em relação à condição resultante, de modo que desistiu. Ele acreditava que ela reagiria melhor à força de uma figura paterna, então ofereceu uma paráfrase de Lawrence: "É preciso amar para poder encontrar o amor, mas pessoas demais insistem em ser amadas sem ter amor para dar."

Ela estava ansiosa para falar de política.

— Você vai ser o próximo presidente?

— Até agora, é o que parece — ele disse.

— Jack, isso é maravilhoso. Vamos comemorar.

E assim a transa se apresentou por si mesma, para um homem em vias de assumir o mais alto cargo público, com o mais desejado símbolo sexual do país.

Marilyn batalhou como modelo e fazendo pontas por quase uma década antes de se tornar uma estrela, de modo que se pode imaginar que a situação no jantar tinha algo de familiar, mas o sujeito achava que sua posição era bem mais elevada do que a de um empresário do cinema, o que lhe renderia um tributo de uma personagem mesmo que da altura dela. Oferecendo-se para levá-la em casa, ele mandou o motorista seguir para o apartamento dela, o céu ainda com luz suficiente para deixar visíveis as silhuetas dos telhados, preto sobre índigo, quando suas formas passavam pelas janelas da limusine. Ela brilhava, mesmo no crepúsculo, seu cabelo sabiamente tingido no brilho de ouro branco, seu rosto e seu pescoço de alabastro, sobre o expressivo volume de seu busto. Um homem qualquer poderia ter um ataque de nervos. Mas o sujeito tem experiência o bastante para saber que não se pode fazer amor com uma deusa.

Naquele momento crucial, ele chegou a se perguntar se Frank tinha algum motivo ulterior para apresentá-lo a Marilyn. Certamente ele compreenderia a delicadeza da relação deles, tanto entre os dois homens como entre ele e ela, se o candidato se desse bem com ela. Mas naquela noite tais considerações eram de importância secundária. Como ele faria com qualquer linda mulher que estivesse no banco traseiro de uma limusine a deslizar por uma cidade numa límpida noite de verão, ele pousou a mão sobre a dela, e sentiu-a estremecer e apertar a dele em resposta.

O PRESIDENTE E A primeira-dama atravessam o Atlântico a bordo do Special Air Mission Boeing, decolando de Idlewild, e durante o voo eles tentam passar algum tempo juntos e em particular. Viajar faz um estrago em suas costas, causando um formigamento e um entorpecimento que descem por sua nádega esquerda até a coxa. Agora apoiado em quatro travesseiros, como resultado do acidente canadense, o presidente mexe com a colher um mingau insosso que lhe serve de refeição enquanto a primeira-dama saboreia uma taça de vinho francês e fuma sem parar os cigarros de seu maço de L&M. Ela não está comendo porque a balança apontou que estava 1 quilo mais pesada essa manhã e não teve tempo para queimar o excesso na cama elástica. A seu modo, ela está tão nervosa com essa excursão europeia quanto o presidente.

Eles jantam na cabine privativa onde ele realizou seu procedimento com Marilyn, mas ele está inabalável, tendo já passado tanto da época de contar amantes que agora as desconta.

O sujeito simboliza bem o quanto um homem necessita ter uma personalidade própria para ser um conquistador bem-sucedido. Ele precisa ter baixos níveis de culpa em relação a sua conduta — idealmente nenhum, como no caso dele; afinal, um homem torturado pela angústia pós-coito mal consegue aproveitar a relação, o que quase inutiliza seu propósito; ele de forma alguma pode ser um mau mentiroso, a melhor mentira consistindo em um fato que se adota como verdade; e ele deve ter em mente que, embora o amor verdadeiro exija certa firmeza de caráter para ignorar suas falhas e falta de lógica, o adultério requer ainda mais.

Ele não está sozinho na posse desses atributos. Depois do primeiro encontro deles num jantar social, dez anos antes, ele acompanhou sua futura noiva até o carro dela apenas para se deparar com o noivo dela esperando ao volante. Ela teve a firmeza para deixar o homem errado e agarrar o certo. Ocasionalmente, em particular durante discussões no começo do casamento deles, ela ameaçou procurar amantes, mas, sendo um político, ele teve o cuidado de nem endossar nem se opor a tal curso de ação, sabendo que sua resposta no calor da hora poderia voltar a assombrá-lo. Sua opinião não revelada era que, se ela desfrutasse de ocasionais aventuras independentes, não teria consequência alguma desde que ele não soubesse, condição que ele decididamente preferiria a uma confissão chorosa, em particular se o caso beneficiasse o humor dela em algum aspecto e se o homem fosse alguém que ele não desaprovasse — não um ditador comunista, ou um republicano.

A primeira-dama se curva para espiar pela janela, o sol poente fornecendo só o bastante de luz para distinguir o céu escuro do mar mais claro, e ele se espreguiça, atravessa a cabine e se junta a ela, deslizando seu braço por sobre os ombros estreitos dela. Ela diz:

— Toda vez que eu vejo o tamanho do oceano, não consigo imaginar como você conseguiu.

Naquela primeira noite quando ele a acompanhou até o carro, ele apertou a mão dela e observou seus olhares nervosos para o noivo, mas o sujeito sabia que ela tinha pesado a experiência dele comandando um minúsculo barco contratorpedeiro no maior oceano do planeta e sabia que estava em vantagem em relação ao outro homem, mesmo que esse outro tivesse uma idade mais próxima à dela e fosse companhia mais fácil de se obter, o que provavelmente era. Ela percebera que ele tinha a firmeza de que ela necessitava, para ficar à altura da dela, a firmeza para o casamento e a paternidade e o sucesso. Mas então, quando eles se casaram, descobriram-se no meio do oceano num barco pequeno, e às vezes ela parecia querer se jogar ao mar.

O problema naqueles dias foi a terrível descoberta de que nunca conseguiria fazer sexo pré-conjugal o bastante, do mesmo modo que ninguém jamais pode comer uma refeição grande o bastante para depois jejuar sem chegar a ter fome. Ele tinha se acostumado com tanto que, paradoxalmente, talvez tivesse se ajustado melhor se tivesse ocorrido o contrário, já que não sentiria tanta falta assim. Homens casados que não sentem falta de outras parceiras provavelmente já não deviam ser, antes, tão interessados assim em mulheres.

Mas, claro, na realidade não era essa a questão. Do mesmo modo que ela não compreendia como um jovem podia ficar num barco minúsculo na vastidão do oceano e engolir seu medo, sua esposa, que não ansiava por outros parceiros, não compreendia por que os impulsos dele não podiam ter sido extintos pela ligação conjugal. Depois de algumas semanas de casamento, após as refeições gourmet da lua de mel terem se reduzido aos pratos congelados da monogamia, a atração do sujeito por outras mulheres retornou visivelmente e ela reagiu com um ultraje frio e possessivo que o enfureceu tanto que tornou ainda mais manifestas suas necessidades naturais, flertando com outras mulheres nas festas, numa ocasião dando uma saída com uma garota para uma rapidinha que por pouco não escapou de ser descoberta por sua mulher. Ele manteve essa estratégia de humilhação insidiosa até a reação dela não mais ser controlada e possessiva, mas abalada e derrotada. Essa foi a punição por ela ter falhado em compreender a necessidade de seus impulsos. Ele fez questão de deixar isso claro para estabelecer o *modus vivendi* do casamento deles. Um teria de vencer o outro, ou então eles teriam se separado. E ele nunca se sentiu culpado; uma vez que um homem começa a enveredar por esse caminho, quem sabe aonde vai parar?

ELE VOLTA MANCANDO para a cama e ela o ajuda com os travesseiros. O colchão é rígido, com enchimento de pelo de rabo de boi para não inflamar as alergias dele. Ela o ajuda a tirar o colete e então injeta um analgésico em suas costas, depois do quê ele ingere vários comprimidos de esteroides para a tiroide, outro para prevenir a diarreia, mais um antibiótico e um sedativo. Ela se deita ao lado dele. Ele a beija e a abraça, e ficam ouvindo o ruído das turbinas.

O presidente decidiu incluir seu par de concubinas da Casa Branca na viagem, mesmo elas tendo pouca ou nenhuma contribuição a dar no assunto política externa. Mas elas vão ajudá-lo a se concentrar. Ele adota o contrário do dictum de Flaubert: "Seja regular e organizado em sua vida para que você possa ser violento e original em seu trabalho." Perdeu um tempo considerável pensando como faria para dar esse pequeno golpe, mas no fim limitou-se simplesmente a passar a um assessor uma ordem com a indiferença de quem estivesse reservando convites para clubes de golfe presidenciais. Ele seguiu o exemplo de Frank de ter a conduta de um rei, e o assessor reagiu como alguém da entourage de Frank reagiria a um pedido de uma dúzia de prostitutas divididas entre números iguais de louras, morenas e ruivas. Da mesma forma que um dos assessores de Frank não ousaria objetar que seu chefe estava exagerando no pedido de ruivas, o assessor simplesmente assentiu e se retirou para lidar com sua consciência em algum outro lugar. Sem dúvida foi assunto de fofocas na equipe, e mais tarde as suspeitas do presidente foram confirmadas quando viu um impresso do Serviço Secreto em que as garotas eram tratadas pelos codinomes Fiddle e Faddle,* embora ele não lembre quem era quem.

Um nome que nunca aparece nos impressos é o do Dr. Bem-Estar, que o presidente instruiu a viajar num jato particular e deixar o custo por sua conta.

Embora o programa de exercícios tenha melhorado a condição dos músculos em volta de sua lombar, o presidente sofreu uma agonizante recaída numa visita oficial ao Canadá duas semanas antes, onde participou de uma cerimônia de plantar árvores com o governador-geral. Tendo recebido uma pá, e estando na frente de uma multidão de repórteres e fotógrafos, o presidente confrontou-se com um desafio a seu vigor. Era impensável ele permitir um constrangimento nacional similar a descobrirem que ele arremessa como uma menina ou que é incapaz de urinar na frente de outros homens. O governador-geral começou, deslocando volumes continentais de terra, e em seguida o presidente pegou o cabo e firmou os pés, mergulhando depois a pá no solo e levantando. No ato sentiu um relâmpago atingindo-lhe a parte de baixo

---

*Respectivamente, "remexer" e "brincar" Há também, em inglês, a expressão fiddle-faddle, que significa divertir-se com banalidades. (N. do E.)

das costas. Ele se endireitou lentamente, mantendo um sorriso frente ao aplauso que ecoava, mas nos minutos seguintes suas juntas travaram, e ao anoitecer ele estava à base de uma dose tripla de analgésicos e de muletas. Longe do olhar público, o presidente vem usando muletas desde então e recrutou o Dr. Bem-Estaar para acompanhar a comitiva presidencial e garantir que as enfermidades atuais não subvertam a impressão global do presidente como a encarnação do vigor americano.

O bom doutor aterrissa num campo de pouso particular nos arredores de Paris, alegando ser o médico pessoal da primeira-dama. Enquanto isso, a primeira escala do presidente é uma banheira quente, em que ainda está imerso quando Dr. Bem-Estar chega. Um rápido histórico precede a preparação de poções, e então a primeira-dama e uma enfermeira ajudam o presidente a sair da banheira, deixando-o deitado nu de bruços numa esteira no banheiro, que se mantém úmido com o vapor do banho quente. O Dr. Bem-Estar começa com alguma manipulação suave, mas ele tem mãos fracas e pouco jeito para isso, depois passa a preparar a região lombar para uma série de injeções. Seus dedos invadem os contornos e reentrâncias, todos tão singularmente sensíveis que o presidente grita, e a cada vez o Dr. Bem-Estar diz cortesmente com seu sotaque: "Desculpe, senhor presidente", enquanto a primeira-dama segura firme ambas as mãos de seu marido, aparentemente surpresa com o choro descontrolado dele; então o procedimento começa de fato, uma agulha finíssima sendo repetidamente inserida nos espaços entre os discos e os ligamentos, depois do quê o Velho Nazista lhe dá uma injeção final de poção mágica nas nádegas.

Quando chega o momento de enfrentar as multidões, o presidente está vigoroso. Os franceses foram às ruas aos milhares para um vislumbre do primeiro-casal percorrendo os Champs Élysées em seu cortejo motorizado, acenando à miríade de carinhas gaulesas. A primeira-dama vestiu-se com uma elegância ainda mais requintada que a habitual, tendo passado dias com estilistas assegurando-se de que iria viajar com o mais espetacular sortimento de roupas. Dessa vez, ele foi bastante permissivo quanto aos gastos. Nos EUA, existe uma corrente de pensamento, em particular aquilo que é chamado de Middle America, segundo a qual a primeira-dama é exibicionista, mimada, distante e uma *bon viveur* (eufemismo para esnobe), essas críticas injustas se originando principalmente de observadores que se colocam na confortável média de nosso conjunto de cidadãos, ainda que a maioria dos indicadores demográficos os colocasse bem abaixo, seu conservadorismo intelectual compartilhando um banco de igreja com sua beatice, embora seja curioso que as pessoas que menos têm a agradecer a Deus pareçam ser sempre as que mais creem nele.

No entanto, nesse corredor de rostos que se viram em admiração, em vez de se contorcerem com o contumaz desdém do Velho Mundo, a postura de realeza da primeira-dama compensa no mesmo instante; os anos de casamento, de monogamia assumida, de agonia oculta em nome das aparências, geram abundante fruto político. O presidente aterrissou nesta terra metida da *haute couture* não em companhia de uma pudica cozinheira de doces do Centro-Oeste, mas de braços dados com uma princesa americana, que não só encanta o proletariado como também, na recepção da noite, o próprio presidente da República, ao conversar com ele fluentemente em seu francês nativo.

De acordo com a maneira francesa, *le président* precisa manter muitas amantes. Talvez enquanto seu companheiro americano esteja lá, ele lhe doará uma, assim como fizeram com a Estátua da Liberdade. Ele é um rei, esse aristocrata francês com a corpulência marcial de um tanque, um lembrete de que grandes homens podem mudar a História, dentro de certas limitações óbvias, e muitos deles são dados a pilhar mulheres, e que mundo pálido e patético habitaríamos se apenas aos monógamos fosse permitido dirigir nossas indústrias e governar nossas instituições, um mundo herdado por homens sem vigor e sem tutano acordados de seu sono sem sonhos pelo estrondo da colisão de amantes, corredores, *gourmands* e guerreiros, quando os homens com apetites e o ímpeto por mudança caem sob a nêmesis da moralidade convencional.

Le président deve perceber que o presidente é um homem de apetites iguais, ou mesmo substancialmente mais intensos. Ele precisa ver isso. Precisa. Seu focinho crispa-se diante do perfume da primeira-dama como o de um cão ao farejar uma pista, e então seus olhos reluzem de admiração, assim como — para a surpresa do presidente — os dele. E no entanto é o presidente americano quem possui a rainha, de quem muito de seu status de rei deriva, embora para alguns chefes de Estado a escolha deles faça o casamento se assemelhar a cavalgar um tigre.

Os homens fazem par não com as mulheres que conseguem obter, mas com aquelas que eles conseguem manter. Um homem em algum momento de sua vida dormirá com uma mulher bem mais atraente do que suas presas usuais, por alguma razão qualquer (ela é ingênua, ela é masoquista, ela está mais bêbada do que um gambá), e se apaixonará instantaneamente. Mas então virá a epifania da mulher, que pode ocorrer na manhã seguinte ou depois do casamento, e ela terá um vislumbre do poder de sua beleza, ponto segundo o qual ele não pode evitar perdê-la, e os homens compreendem esse fato ao longo de suas carreiras sexuais. Um homem faz o melhor que pode para levar para a cama mulheres bonitas, e o pior que se pode fazer é se apaixonar por elas. E no entanto, o sujeito parece ter conseguido o impossível, fato sugerido pelos olhares de admiração de homens tão augustos quanto le président, e quando eles voltam para a embaixada naquela noite, o sujeito lembra como olhava para a sua futura noiva antes de ela ter embarcado na vida doméstica e na maternidade e em sua terrivelmente sufocante adoração da monogamia.

Enquanto está imerso na imensa banheira dourada, o vapor daqueles dias paira em volta, quando ela era o tipo de mulher que um homem podia ter mas não podia manter, conforme comprovado no caso do noivo, que estava no carro esperando ela sair do restaurante naquela noite de quando se conheceram, a percepção atingindo o noivo através do vidro respingado de chuva do para-brisa quando a viu caminhando acompanhada do então senador tão desafiadoramente quanto uma cadela marcando uma árvore.

Antes do casamento, o sujeito teve um caso um pouco mais prolongado com uma atriz de cinema, uma beleza estonteante separada do marido. (O marido acabou depois se tornando o estilista da primeira-dama, posição que carrega pressões e responsabilidades no mínimo iguais às dos engenheiros que constroem nossos foguetes espaciais.)

Gene, a atriz, era na realidade alguém com quem ele seriamente considerou se casar desde a primeira noite que passou com ela. Ela fazia cabeças se virarem aonde quer que fosse. Ele se utilizou da carreira como a razão para romper com ela, mas a verdade era que qualquer homem seria capaz de matar por Gene, e ela sabia disso. Ele não podia chegar atrasado dez minutos num restaurante sem encontrar um aventureiro na mesa, a mão dela na dele enquanto o fitava, avaliando se era ou não um partido melhor, e durante os coquetéis ela lhe daria um olhar sereno que advertia: "Não se atrase, não me deixe na mão achando que vai me encontrar aqui na volta." Para uma esposa, ele precisava de uma mulher que capitularia por medo de perdê-lo. Dado o tipo de figura lamentável que isso poderia ser, ele até que se deu muito bem.

Ela desliza para dentro da banheira com um daiquiri que pediu ao criado da embaixada. Em seu rosto o vapor se condensa, fazendo a pele brilhar. O presidente pode ver que ela está entusiasmada com o que se passou neste dia que se acaba, e ele está orgulhoso dela.

— Eles a amam — ele diz — quase tanto quanto eu.

A PRIMEIRA-DAMA participa de certo número de compromissos culturais solo enquanto o presidente segue uma agenda repleta de reuniões políticas. O Dr. Bem-Estar trata suas costas em segredo antes de o presidente competir com sua contraparte francesa em discussões sobre as relações franco-americanas. O presidente recebe um respeito maior do que seus assessores previram. Ele suspeita de que o Gal. de Gaulle decidiu que ele deve ter algo de positivo se conseguiu manter uma esposa tão adorável.

À tarde, enquanto a primeira-dama visita a casa de Maria Antonieta acompanhada pelo ministro da Cultura, o sujeito cava um tempinho entre uma reunião e outra na embaixada para Fiddle e Faddle lhe fazerem uma massagem no couro cabeludo nos aposentos privados. Agora faz quase uma semana desde que o sujeito teve sua última relação extraconjugal. Ele se queixa de dor de cabeça tensional, incômodos nos testículos e toxemia incipiente.

Seus assessores e o Serviço Secreto parecem não notar quando as garotas vão até o quarto. As muletas do presidente estão apoiadas contra a parede discretamente; talvez ele espere que essas jovens descartem suas enfermidades crônicas como fariam com o ombro dolorido de um arremessador ou o joelho contundido de um corredor, problemas menores que se curariam até o fim de semana. O presidente pergunta o que estão achando da viagem, e elas se mostram curiosas, com perguntas sobre sua cúpula com o chefe de Estado francês.

O presidente diz:

— Ele quer a Lousiana de volta, mas eu ofereci o Canadá em troca.

Priscilla ri, e é a ela que ele pede para ficar mais alguns minutos quando Jill sai. Ele assume com esforço uma posição supina, dizendo:

— Meu próximo compromisso é daqui a dez minutos.

Quando a primeira-dama volta, ela está muito inspirada para a reforma da Casa Branca, e no compromisso deles à noite ela de novo brilha num vestido espetacular. O presidente abre seu discurso com uma brincadeira, dizendo que, embora ninguém tenha percebido, ele é o homem que acompanha a primeira-dama na visita.

No dia seguinte a comitiva vai a Viena, a viagem fazendo as costas do presidente contraírem-se de novo. Assim que estão escondidos dentro do prédio da embaixada, ele pede suas muletas e as usa para chegar aos aposentos deles; uma mensagem vai na frente, solicitando uma banheira quente. Felizmente, o voo do Dr. Bem-Estar aterrissa num campo de pouso particular uma hora depois do SAM. São necessárias três pessoas para erguer o presidente da banheira e deitá-lo num colchãozinho fino, e então o Velho Nazista lhe injeta analgésicos, relaxantes musculares e anfetamina, seu coquetel predileto depois do daiquiri.

Na manhã seguinte, as costas do presidente estão tão travadas que ele não consegue dar dois passos. Mas, graças ao lote seguinte de injeções do Dr. Bem-Estar, o Líder do Mundo Livre desce atlético os degraus da embaixada para cumprimentar o premier soviético.

O premier prefere um chapéu, o grande nivelador para os baixos e carecas, razão pela qual o sujeito deliberadamente os descarta, para melhor demonstrar a excelência de sua estatura e a magnificência de sua juba. Para o aperto de mão cerimonial, o presidente fica ereto, de modo que o Sr. Kruschev bate apenas ao ombro dele. O russo aperta a mão do americano com tanta força que o sujeito sente um estalido na base da coluna, mas seu sorriso nunca se perturba graças aos elixires que circulam em seu organismo.

Na reunião particular o premier borrifa virulência sobre o presidente em relação a Berlim, armas nucleares e Cuba. Ele se aproveita da suscetibilidade do presidente quanto ao último assunto e parte para o ataque. No fim, o presidente confessa que a invasão foi um erro, mas ainda assim seus esforços de iniciar negociações significativas para um desarmamento nuclear e a cooperação na governança de Berlim são massacrados por um longo discurso sobre os méritos do comunismo e os crimes do imperialismo ocidental. Quando a reunião termina, o presidente pergunta sobre as medalhas que o premier exibe no paletó, e o Sr. Kruschev revela serem medalhas pela paz. O presidente diz: "Bom, eu espero que consiga mantê-las!" O premier dá uma risadinha e, num banquete no palácio de Schönbrunn, ele continua a metamorfose, até contando piadas para a primeira-dama. Sua corpulenta esposa é aparentemente a terceira, a primeira tendo morrido durante a fome, de modo que ele deve se consolar com o fato de ser improvável que esta de agora pereça pela mesma razão.

Como sempre, o Dr. Bem-Estar chega cedo à embaixada, no dia seguinte, para efetuar a transformação farmacológica do presidente — de aleijado em vigoroso Líder do Mundo Livre —, enquanto o jocoso fazendeiro do banquete da noite passada voltou a ser o comunista intransigente, que desdenha sugestões de uma proibição dos testes de armas nucleares como um passo inicial para o desarmamento. O presidente se empenha em deixar claro seu medo de que uma guerra nuclear possa resultar de uma escalada incessante, ou até mesmo de um erro, e que, como as duas grandes potências que detêm o destino da humanidade nas mãos, devem colaborar na busca pela paz, mas o premier volta ao assunto de Berlim, declarando a certeza de um tratado com a Alemanha Oriental que levará as tropas soviéticas a tomarem controle da parte ocidental da cidade.

O presidente diz:

— Os Estados Unidos têm e irão honrar seu compromisso com a população de Berlim Ocidental.

O premier diz:

— Nós vamos assinar o tratado quer vocês queiram quer não. Se o senhor usar força, senhor presidente, então eu usarei força. Se o senhor quer uma guerra, o problema é seu.

As palavras dele perseguem o presidente enquanto a comitiva vai, de avião, até a Grã-Bretanha. O camponês gordo e baixinho que não tem nem mesmo o ensino médio é o urso russo que imagina triunfar na rinha por ter farejado fraqueza. Ele está errado, mas não sabe que está errado, e acredita que o confronto vai intimidar o presidente dos Estados Unidos, fazê-lo cometer erros.

ENQUANTO PERCORREM LONDRES DE CARRO, o presidente vê ruas cheias de gente; não saudando-os como em Paris, mas agitando bandeiras que gritam PROÍBAM A BOMBA, tão cinzentas quanto lápides.

Duas limusines atrás no cortejo carregam dois assessores militares, um deles com a Mala do Presidente* algemada ao pulso. Eles acompanham o presidente para todos os lugares, geralmente a um minuto de distância, nunca mais do que a noventa segundos. Eles vieram no SAM em poltronas separadas, em seus uniformes escuros e impecáveis, bebendo água mineral, a Mala do Presidente preta merecendo uma poltrona só para ela. Às vezes o presidente pode jurar que a ouve fazendo tique-taque.

Sobre o canal da Mancha, sozinho na cabine privativa deles, ele espiou o mar liso lá embaixo; nunca antes sentiu medo igual, nem mesmo no Pacífico. Nós possuímos em nossos arsenais nucleares o poder de obliterar um ao outro, e suas esperanças para o futuro

---

*A Mala do Presidente, em inglês nuclear football, é uma pasta preta que acompanha o Presidente dos EUA quando longe dos centros de comando, capaz de autorizar um ataque nuclear. A mala vem do governo de Eisenhower, mas passou a ser usada após a crise de mísseis em Cuba. Kennedy preocupava-se com uma possível ordem de ataque enquanto estivesse fora, sem sua devida permissão. (N. do. E.)

desaparecerão desta terra do mesmo modo que os rastros dos navios lá embaixo se dissolvem em águas imemoriais. Ele imagina dardos prateados subindo em cardumes detrás do Cáucaso, pontos nas telas de radar e telefones tocando, homens uniformizados e sem expressão confirmando códigos e, então, nossos próprios mísseis rosnando em seus silos, tornando-se feras ascendendo do mundo subterrâneo. Ele os vê se juntarem, acima do oceano, formando 10 mil cruzes de metal no céu, cada uma indo marcar a sepultura de 1 milhão de mortos. Sua mão está no botão e treme.

No Palácio de Buckingham, o presidente é recebido pela rainha, que é impecavelmente acolhedora, mas, apesar de ser uma mulher relativamente jovem e de aparência agradável, ela é tão aristocraticamente empertigada que ele não consegue imaginar ir para a cama com ela — sua contraparte monegasca, no entanto, sendo já uma questão inteiramente diferente. Fontes sugerem que o consorte tem sentido o mesmo desde que eles se casaram, e vem tendo casos com uma sutileza tão cirúrgica que o presidente tem vontade de levá-lo a um canto e ter uma conversa regada a conhaque e charutos, pois até ele pode ter alguma coisa para aprender.

O presidente percebe que Jill está em um lugar de destaque quando ele volta à embaixada, e antes do almoço agendado com o primeiro-ministro há um hiato suficiente para ela acompanhá-lo a seus aposentos por vinte minutos, depois do quê ele ordena a um assessor que obrigue o Serviço Secreto a providenciar medidas de segurança para um arranjo social privativo à noite.

Mais tarde, ele vê que a cama foi arrumada, não há nada amarfanhado nas cobertas que o possa trair, mas quando a primeira-dama retorna do V&A ele percebe um botão sobre a mobília que há ao lado da cama que não é nem dela nem dele. Ele pergunta sobre a visita dela, mas o tempo todo está tentando distraí-la. Ela perambula pelo quarto, tirando o casaco e o cachecol, até parar bem perto do botão. Ela fica ali, contando sua visita ao museu Victoria & Albert, e enquanto isso ele estaria suando se tivesse glândulas adrenais que funcionassem.

Ela dá um relance para baixo, seu olhar bem na direção de onde o botão está. Ela hesita em meio a uma frase, e então continua mesmo assim, por fim entrando no banheiro.

O pequeno e pálido botão é da blusa de Jill, e ele rapidamente o joga no lixo, em seguida passando um minuto a esquadrinhar o quarto atrás de alguma outra prova que possa incriminá-lo. Ainda assim, espera que sua esposa imagine, como ele próprio no começo, que a presidência dá a seu titular tanta chance de fornicar quanto a cadeia dá a seus prisioneiros, e bem menos de ser sodomizado, mas mesmo com todas suas indiscrições passadas ele detesta a perspectiva de se ver acusado, já que parece fazer tanto tempo desde que eles tiveram uma dessas conversas que ele não possui uma ideia exata de como iria transcorrer, se a primeira-dama requer um índice mais alto de suspeita dado o cargo dele hoje, ou se vai considerar que a posição dela infla a ignomínia da traição. Ele ainda não consegue decifrá-la. O mistério dela intrigou-o desde o começo de sua corte. Talvez não fosse amor, no fim das contas. Talvez ele estivesse apenas muito, muito interessado. Se achou que casar com ela seria a melhor maneira de conhecê-la, ele estava errado.

Os jornais de Londres contêm mais fotografias da primeira-dama que do presidente, e ela está mais elegante que nunca na limusine que leva o casal para a Downing Street. O presidente tem familiaridade com essa paisagem desde sua infância, quando seu pai era embaixador, e ele retornou depois da guerra. Mas a lembrança de ter recebido seu diagnóstico ali amarga sua afeição pela cidade.

Ele teve enfermidades a vida toda, mas chegou à idade adulta com a expectativa de se ver livre de suas alergias e seus problemas respiratórios, aceitando que não poderia mais jogar futebol mas acreditando que suas costas acabariam se curando e sabendo que talvez não pudesse comer ou beber à vontade, mas crendo que os remédios manteriam suas anomalias digestivas sob controle. Tudo isso mudou no dia em que ele desmaiou e, quando voltou a si, foi informado de que sofria de uma doença incurável das glândulas adrenais que iria requerer tratamento para o resto da vida. Ele se lembra da sensação que teve assim que o tratamento restaurou um mínimo de bem-estar, enquanto guiava pelas ruas onde ele outrora tinha sido o privilegiado filho do embaixador com um futuro ilimitado à frente, a sensação de que todo mundo que ele via andando ou correndo ou sorrindo desfrutava da extraordinária dádiva de uma boa saúde que lhe tinha sido perversamente negada. A essa altura, seu irmão mais velho já tinha sido morto e sua irmã mais velha, lobotomizada. Como a deles, sua vida não mais era ilimitada, e, como que para provar isso, sua outra irmã desapareceu em um acidente aéreo no ano seguinte. Nos anos que se sucederam, suas costas não melhoraram, claro, nem o intestino ou a próstata ou a tiroide — na verdade, todos ficaram mortalmente piores, ao ponto de ele se resignar a uma vida inacabada, mas foi ali que aconteceu, a epifania devastadora de que ele jamais desfrutaria do outono de um septuagenário ágil jogando tênis e cantando garçonetes num country clube.

Há mais calor humano nos primeiros cinco minutos com o primeiro-ministro britânico do que em todas as suas horas de reunião em Paris e Viena. O PM é um Velho Etoniano na casa dos 60 anos, um veterano condecorado da Primeira Guerra Mundial, e companhia das mais agradáveis. A primeira reunião entre eles inclui funcionários do Departamento de Estado e do Ministério das Relações Exteriores, mas ele diz:

— Não seria menos aborrecido se fôssemos apenas nós dois?

Eles dispensam suas equipes e o primeiro-ministro acrescenta:

— Perdoe-me a sugestão, mas você parece exausto, Jack. Vou pedir que mandem uma cadeira de balanço. — O PM sorri. — Suas costas, minhas pernas. — Ele abriga 200 gramas de estilhaços alemães nas pernas que se movem a intervalos regulares, causando-lhe um intenso desconforto.

O presidente se instala na cadeira de balanço e sente suas costas se aliviarem. Um mordomo serve a ambos um uísque, e a conversa passa de questões mundiais para fofocas de sociedade. Mais tarde, suas esposas se juntam a eles para o almoço. A dele é muito divertida, e ele parece devotado a ela. Antes de o presidente partir, ele confidencia ao PM que o premier soviético saiu-se melhor que ele em Viena. O PM diz:

— Vou lhe dar o benefício de minha longa experiência, e revelar o maior desafio que os estadistas de hoje enfrentam: eventos. Eventos, meu caro Jack, eventos. — O presidente ri, e, ao apertarem as mãos, o PM acrescenta:

— Ligue para mim a qualquer hora do dia ou da noite. Tenho o sono leve.

Após uma semana em viagem, a primeira-dama está ávida por descansar. O presidente verifica com um assessor quanto ao progresso do plano de escapar para um *rendez-vous* particular, e fica satisfeito ao saber que o Serviço Secreto concordou — relutantemente — com o esquema. A vacilação deles resulta da ordem do presidente de que eles devem permanecer invisíveis e permitir que sua companhia e ele ajam confortável e espontaneamente.

Por fim, o Dr. Bem-Estar faz sua costumeira entrada secreta, dessa vez pelo jardim, tendo tropeçado nas plantas e chegando com folhas grudadas nas solas dos sapatos, e instila suas poções nas costas presidenciais.

Em momentos diferentes, tanto Fiddle quanto Faddle passam pelos salões, tentando atrair o olhar dele. Ele faz sua escolha e diz a ela para se arrumar.

— Por quê? — ela pergunta.

— Vamos sair — ele diz.

— Aonde vamos? — ela diz.

— Eu a estou convidando para um encontro — ele diz.

Ela o fita com incredulidade por dois segundos antes de irromper num sorriso glorioso.

Quando eles saem no ar de verão, os fragmentos do céu visíveis por entre os prédios estão escurecendo, tornando-se noite. Ela veste um casaco belíssimo, mas a noite está fresca e seca, portanto ele usa um paletó esporte.

— Onde está a limusine? — ela pergunta.

— Vamos a pé. Não é longe.

Ela fica olhando em volta, atrás do Serviço Secreto. Estão a pé e em carros que avançam lentamente, mas, conforme as instruções, mantêm-se discretos enquanto o casal anda uns dois quarteirões até o

Claridge's. Os olhos do porteiro se arregalam quando o presidente se aproxima, mas, na clássica tradição britânica com que ele está contando, o porteiro toca o chapéu e diz a eles "Boa noite" como se fossem qualquer outro casal aristocrático.

A companhia do presidente deixa seu chapéu e casaco na entrada, e então ele a conduz para o The Fumoir. O presidente percebe um homem corpulento com cabelo à escovinha na entrada, e outro os segue até o bar, mas os agentes estão fazendo o melhor que podem para não darem na vista, até mesmo pedindo bebidas, e, embora cabeças inevitavelmente se virem quando o casal se senta, o impecável recato social britânico impede que fiquem olhando.

Um garçom pega o pedido deles com tanta afetação de indiferença que, quando ele vai embora, a primeira-dama explode numa risada:

— Jack, isso é loucura!

Mas ele diz:

— O que há de loucura em querer ter uma noite a sós com o símbolo sexual número um do mundo?

O MURO

QUANDO O PRESIDENTE RETORNA aos Estados Unidos, as crianças são trazidas para recebê-lo no Aeroporto Nacional. Caroline corre pela pista e abraça as coxas dele, a babá vindo atrás com John Jr. Com o filho no colo na limusine, eles voltam para a Casa Branca, e Caroline se espreme ao lado dele, deitando a cabeça em seu braço. Ele se dá conta do quanto sentiu falta deles fisicamente. Com frequência pensamos em nossos filhos como pequenos fragmentos de nós mesmos, ignorando o aspecto físico de nosso amor por eles, mas quando sua filha se aperta junto a ele o presidente sente a pressão de sua bochecha macia e de seus cabelos em seu braço, como se ele estivesse marcado por uma atadura firmemente presa, e seu filho diz "gu" quando o pai acaricia seu rosto.

A primeira-dama ficou na Europa para um curto período de férias com a irmã. Ela parece muito satisfeita com o status de realeza de que desfruta lá, levando o presidente a dizer, brincando, que ela quer ficar por lá para fisgar um príncipe.

Nos confins da Ala Oeste, o presidente pula com suas muletas. O Dr. T. especula que o estresse da viagem europeia agravou o dano canadense, mas o presidente mantém em segredo que os elixires do Dr. Bem-Estar o impulsionaram nessas reuniões de cúpula com um custo espantoso para o osso e cartilagem que já estavam num estado de trauma grave. Dessa vez, o almirante B. concorda, mas quer investigar melhor com raios X, perguntando-se se algo ficou errado com as placas metálicas. Mesmo o Dr. Bem-Estar faz uma visita domiciliar, contrabandeado pelo Serviço Secreto para evitar o ressentimento do Dr. T. ou do almirante B.

O velho charlatão pergunta sobre a primeira-dama, de cujo estado de ânimo ele ocasionalmente trata.

— O senhor vai sentir falta dela, senhor presidente — ele diz —, e o perigo será de uma crítica acumulação da energia orgônica. Precisa ser liberada através do orgasmo, ou então um endoplasma destrutivo se infiltra nos processos mentais e corporais do homem.

Muito enfermo para comparecer a compromissos sociais, o presidente se torna um recluso, dependendo das crianças para ter companhia. Na ausência da primeira-dama, ele as deixa à vontade na Ala Oeste; assim, Caroline pode ser encontrada com frequência sentada numa cadeira no escritório da Sra. Lincoln, seus pés não alcançando o chão, brincando de datilografar e, ocasionalmente — mas só quando ela é muito, muito boazinha —, tendo permissão de selar envelopes. O presidente deixa John Jr. trazer seus caminhõezinhos, aviõezinhos e barquinhos de brinquedo para o Salão Oval e fica contente com o menino brincando quieto por perto, até mesmo sob a sua mesa, enquanto lê relatórios e cartas.

O presidente acostuma-se a ter os filhos por perto. Ele sabe dos perigos do mundo melhor do que a maioria dos pais, e teme pelo futuro deles. Eles o acompanham na ida e na volta da Residência todas as manhãs, na hora do almoço e à noite. Quando o trabalho o prende à mesa, ele olha pela janela para vê-los brincando no parquinho com a babá. Como qualquer pai apaixonado pelos filhos, ele os ama mais do que à esposa.

Na manhã do terceiro dia após a volta, o sujeito acorda com uma leve dor de cabeça tensional, para a qual ele toma aspirina, o que irrita o seu estômago, para o qual ele toma antiácidos, que lhe dão gases. Ao anoitecer, a dor de cabeça está quase intolerável. Não é do seu caráter prestar muita atenção a seus problemas de saúde, mas neste caso o sujeito abre uma exceção, pois suspeita ser um sintoma de abstinência. Fiddle (ou Faddle — ele desistiu de tentar distinguir uma da outra) o visita na Residência aquela noite.

Mas as costas do presidente não estão melhores, ao que o Dr. T. e o almirante B. recomendam uma convalescença em Palm Beach. A propriedade fica estranhamente deserta esta época do ano, pois precede a migração do inverno, com espreguiçadeiras dobradas e guarda-sóis fechados nas casas vizinhas quando ele nada na piscina de água quente e salgada.

Uma equipe reduzida acompanha o presidente: o chef francês, o criado pessoal, alguns assessores próximos, além dos serviços de Fiddle e Faddle, as duas sendo as que menos farão falta em Washington, dada sua extrema inutilidade.

Na segunda noite, o chef se supera ao preparar peixe para o jantar, e, enquanto os comensais bebem Chablis gelado na varanda, o presidente recebe um jornalista. Em momentos tranquilos, o presidente reflete sobre as ameaças do premier soviético, e a perda de confiança passageira permite que a dor em suas costas se manifeste em volta dos olhos.

— O senhor está gostando da presidência? — o jornalista pergunta.

— Eu não recomendaria o serviço a ninguém — o presidente diz. E, quando o jornalista está em vias de tomar uma nota, acrescenta: — Não pelos próximos quatro ou oito anos!

O jornalista ri, mas há um momento embaraçoso depois do jantar, quando os assessores do presidente se preparam para ir de carro para o hotel em que estão, e o jornalista oferece uma carona a Fiddle e Faddle. Elas se desculpam, primeiro dizendo que estão de carro e, quando ele espera que elas sigam o grupo que se dispersa para os veículos, que ainda têm trabalho a fazer ali à noite. O olhar volta de relance até o presidente, mas ele está casualmente acenando para a equipe e se apoiando nas muletas para voltar para dentro. Tendo sido ou não atiçada a curiosidade do jornalista, fica entendido que o assunto é extraoficial.

As duas estão à espera, como garotas num baile de formatura aguardando serem tiradas para dançar. Elas fizeram o mesmo na noite anterior, quando ele quis evitar favoritismo mas não conseguiu lembrar com qual ficara por último, e de novo esta noite ele não se lembra de quem é a vez. Fiddle (ou Faddle) diz:

— Com todas as suas responsabilidades, o senhor não deveria ter de tomar mais uma decisão.

E então Faddle (ou Fiddle) diz:

— Não quando não precisa escolher.

O presidente sorri:

— Acredito ter declarado que sou a favor da igualdade de oportunidades nos serviços federais.

— Vamos preparar o seu banho — elas dizem.

— Que seja quente — ele diz, e então, quando elas correm para dentro: — E isso vale também para o banho.

NA MANHÃ SEGUINTE o presidente levanta cedo para nadar, outro pequeno compartimento em sua mente liberado por não ter de distinguir entre as garotas — ele agora as considera a dualidade Fiddle-Faddle, mas as diversões da noite passada puseram outra área em espasmo, apesar de elas serem escrupulosamente cuidadosas. Dois agentes o tiram da piscina, um dentro da água empurrando as pernas e outro na beira segurando-o pelas axilas, e então ele fica apoiado enquanto eles lhe passam as muletas.

Ocorre de ele ver uma mulher passando em frente à propriedade. É uma morena voluptuosa de uns 35 anos. A presença do Serviço Secreto a intriga, e ela observa a casa. O presidente grita:

— Bom dia!

Ela sorri, um tanto surpresa.

— Bom dia... senhor presidente!

Ele diz:

— Espero que você seja uma democrata. — E pede a um dos agentes que vá pegar o número de telefone dela.

O EMBARQUE DO PRESIDENTE em Palm Beach é envolto em segredo, pois ele não está em condições de subir os degraus até o avião, em vez disso sendo erguido numa empilhadeira, como um item de bagagem complicado, grande demais. A primeira-dama retorna a Washington uma semana depois, e ele está tão ansioso por vê-la que faz o Serviço Secreto levá-lo ao Aeroporto Nacional, onde, numa rara demonstração pública de afeto, eles se mostram tão indecorosos quanto um casal adolescente de namorados. O sujeito sentiu saudades terríveis de sua mulher. Não havia ninguém com quem ele pudesse confidenciar sua dor e desespero, muito menos as mulheres que vem usando para sexo.

Até mesmo na limusine, voltando para a Casa Branca, o presidente percebe que uma transformação ocorreu na atração sexual que sente pela esposa, já que o dilúvio de adoração pela sua aparência e estilo em se vestir revela como outros homens devem vê-la. No jantar em Londres, após o Claridge's, eles se comportaram como um casal apaixonado normal, ignorando os agentes que estavam discretamente postados num carro do lado de fora, os de dentro do bar e os da cozinha, que lá estavam para evitar assassinato por envenenamento, embora ele tenha chegado a brincar com ela dizendo que a qualquer momento eles seriam perturbados por uma comoção nos fundos seguida por um dos agentes gritando: "Mantenha distância dos *manges-touts!*"

A primeira-dama estava radiante aquela noite, uma das razões era a gratidão pela consideração que ali se demonstrava, pois ela passara dia após dia e noite após noite sob os holofotes, onde tudo o que ela vestia era fotografado e analisado, e tudo o que ela fazia era noticiado e opinado por colunistas, sempre sob a constante pressão de entreter sem ofender. Naquele restaurante exclusivo, eles eram os beneficiários da reserva aristocrática britânica, podendo jantar sem intrusões, o único momento em que fizeram cabeças se voltarem na direção deles foi quando o garçom ofereceu ao presidente um charuto cubano e ele explodiu numa gargalhada, e, se alguém se deu ao trabalho de comentar que a primeira-dama fumava sem parar, ou sobre o tom agudo de sua risada, foi algo feito na privacidade de suas mansões.

O relacionamento sexual deles seguiu a tendência natural de diminuir, mas sua esposa mantém uma duradoura capacidade de atração que garante que o sujeito continue interessado, e talvez, para um casal como eles, o amor possa ser definido como um estado de constante curiosidade.

Ela disse:

— Jack, isso é tão romântico.

— Achei que você tinha dito que era loucura.

— Talvez as duas palavras queiram dizer mais ou menos a mesma coisa.

— Então mais uma taça deste Beaujaulais e estaremos dançando em cima da mesa.

— Isso sim chamaria atenção.

— Eu poderia beijá-la aqui e agora e ninguém ia dar a mínima.

— E de onde foi que você tirou a ideia de que uma mulher podia ficar caidinha por essa sua conversa?

Fora do restaurante, no escuro, ele tomou-a nos braços e beijou-a. Uma limusine os levou rapidamente de volta à embaixada, onde eles se desculparam com o embaixador e se retiraram para a cama. Ele queria ter corrido escada acima aos risos, mas nem mesmo conseguiu subir de muletas, e aquela noite não se encerrou com um concerto ginástico de molas de colchão rangendo e cabeceira sendo percutida. A esposa do sujeito sempre tem medo de machucar as costas dele, embora ainda assim sinta que, como sua parceira pelo resto da vida, ela mereça alguma gratificação sexual.

O sujeito raramente considera o prazer da mulher, preferindo fazer tudo rápido e dormir logo. No início ela sempre brincava com isso, ao que ele respondia que ela deveria tomar o fato como um elogio. Uma parcela considerável das relações dos dois teve como fim a procriação mais do que a recreação, mas recentemente ela abriu uma discussão concernente à questão do prazer sexual dela, de modo que aquela noite em Londres o sujeito se esforçou em fornecer o que pôde, apesar de estar *hors de combat*. O casamento deles é descrito como "político", mas quando marido e mulher vão para a cama todo casamento se torna político.

O DR. BEM-ESTAR FOI gentil o bastante para relatar sua opinião médica ao presidente em relação à história natural da "energia orgônica", observando: "Conforme descrita por Wilhelm Reich, sua liberação é

132

essencial para um intelecto sóbrio e um humor equilibrado. Uma rotina de ejaculação semanal é o suficiente para evitar a acumulação tóxica de endoplasma — suficiente, mas não ideal. Idealmente, o homem de alto cargo estressado deve ejacular duas vezes por semana, e fazê-lo em circunstâncias de estimulação sexual máxima, de modo a maximizar a potência orgástica, a induzir a secreção de todos os potenciais vetores tóxicos da energia orgônica em seu fluido ejaculatório."

E assim se segue que, num jantar em Wall Street, o presidente encontra um velho colega da Marinha que o serviu por um tempo quando ele era senador e pede que ele vá trabalhar na Casa Branca. Só mais tarde o homem suspeita da precisa natureza de seus deveres, quando o presidente sugere que ele aborde uma bela jovem e pergunte a ela se gostaria de ser apresentada. Naturalmente, ela enrubesce com o pedido mas então arruma o vestido e atravessa a sala com o recém-designado Barba, que interrompe o colóquio do presidente com um tedioso investidor e apresenta a jovem dama. Eles conversam por alguns minutos, durante os quais o presidente descobre que ela provém de uma família rica de Wall Street — dificilmente ela estaria ali se não fosse — e que seu pai é um conhecido distante do presidente, um homem de negócios extremamente bem-sucedido só uns poucos anos mais velho do que ele.

No fim da noite, o presidente combina com o Barba que ele vai acompanhar a jovem dama até a Casa Branca na sexta à noite, quando a primeira-dama e as crianças terão partido para seu costumeiro fim de semana na Virgínia, com instruções estritas de que ela seja verificada e processada pelo Serviço Secreto como convidada dele, o Barba, e não do presidente, sendo que tudo, quando chega a sexta-feira em questão, se passa perfeitamente de acordo com o plano.

— EU SEI QUE VAI SER difícil você se divorciar de sua mulher.

Marilyn tem ligado para o telefone da Sra. Lincoln todos os dias faz uma semana, e no fim o presidente decide que a única maneira de fazê-la parar é atender a ligação. Ele se esquiva de suas sugestões de se encontrarem em Nova York ou Los Angeles, mas eventualmente ela o cansa, quando então ela interpreta o silêncio tenso dele não como um desejo de escapar *dela* mas de escapar *para* ela.

Ele contém uma risada chocada e diz:

— Mas eu não quero o divórcio.

— Claro que não, Jack. Não vai cair bem. É por isso que temos de esperar até depois de você ser reeleito.

— Nenhum de nós deve contar com galinhas antes dos ovos.

— Eu sei. Parece tão longe. Mas podemos nos ver discretamente. Você está vindo para Palm Springs, não?

— Minha agenda precisa manter-se fluida.

— Com certeza, Jack. Mas você vai me ligar, não vai, quando estiver vindo?

— Não sei. Pode não ser tão fácil.

— Tudo o que eu quero é que você ao menos tente.

— Tentarei.

— Isso é ótimo, Jack.

Ele se desculpa e desliga. Ele quer dormir de novo com ela, naturalmente, embora a bagagem emocional esteja começando a irritá-lo.

No entanto, nos meses seguintes, as cartas e ligações se tornam menos intrusivas, e ele volta a pensar nela com afeição, em particular numa noite de céu claro no fim do verão, em que ele está sentado na popa do iate presidencial velejando Potomac abaixo com alguns amigos, incluindo o Barba, que devidamente adicionou a herdeira de Wall Street à lista de recrutamento, e, embora o tempo do presidente com ela na cabine tenha sido prazeroso, enquanto ele está ali sentado contemplando o rio não pode deixar de refletir quão confortável e convenientemente essa nova concubina se encaixou no harém com, depois de algum eriçamento inicial, um surpreendente nível baixo de rancor da díade, as garotas até chegando a conversar amigavelmente entre elas em saídas presidenciais, embora haja realmente pouquíssimo mais para elas fazerem exceto esperar a convocação para um "*briefing*" privado com o presidente.

Em parte, ele credita a si mesmo o sucesso do esquema, por sua aberta ausência de favoritismo, convocando a nova garota não mais vezes do que suas contrapartes mesmo nas primeiras semanas, em que a novidade dela a tornava bem mais atraente. Agora que isso já passou, ele desenvolveu uma avaliação diferente do conforto e da conveniência do esquema, seu olhar atraído rio abaixo não pelas águas calmas, mas pelas ondas da baía de Chesapeake, um lembrete de que às vezes um homem precisa de um pouco de perigo. Marilyn o fisga com sua sexualidade problemática e sua psicologia ainda mais complicada, e, exposto a vento e água no convés do iate, parece ser uma questão simples jogar fora quaisquer preocupações com as pressuposições carentes dela e travar contato com a noite.

Mais tarde, quando ele vai a Palm Springs, seu cunhado faz o papel de Barba e acompanha Marilyn a uma festa na segunda noite, depois da qual os dois passam algum tempo se divertindo na casa de hóspedes. Lembra ao presidente a primeira vez os dois juntos no apartamento dela durante a convenção no verão passado, quando ele a acompanhou porta adentro enquanto o motorista esperava na rua. Ela lhe serviu um drinque, do qual ele tomou só um golinho enquanto a contemplava por cima do copo. Ela pôs um disco para tocar e dançou com a música. Esta noite ela faz o mesmo, e isso ajuda a encontrarem seu ritmo depois de meses sem se verem. Em Los Angeles, ela se moveu mais lentamente, e ele também, e os primeiros toques foram indecisos o bastante para serem descartados com risos. Mas esta noite ela está mais rápida e mais bêbada e derrama seu martíni. Ela põe o copo de lado e conduz seu par até a cama. Depois ela bebe demais e sai do banheiro com pó branco no nariz.

— Sabe de uma coisa, Jack? — ela diz —, eu vou ser uma ótima primeira-dama.

A ESTADA EM Palm Springs desagrada Frank por não ser na casa dele, o que foi uma decisão deliberada da parte do presidente. Ele sequer agradeceu quando finalmente obteve seu ingresso à Casa Branca, junto com o elenco de um filme de Hollywood que estava sendo rodado em Washington, em que o cunhado do presidente tinha um papel coadjuvante, como também sua antiga paixão, Gene. Frank agiu como se fosse a maior estrela no salão, o que ele até poderia ser, mas agir como tal é que foi o problema; ele chamou o presidente pelo primeiro nome uma ou duas vezes a mais que o aceitável, o que não seria problema se em particular, mas não em público, com pessoas que o presidente nunca vira antes, como as estrelas do filme, que era sobre os segredos indecorosos da política em Washington, se é que tal coisa existe. Conseguir que Frank fosse embora aquela noite foi como conseguir tirar os japoneses de Iwo Jima, as repetidas solicitações para um compromisso sério do presidente quanto a ficar em sua casa em Palm Springs por fim negadas e resultando em preocupações nebulosas quanto à segurança. O presidente detectou que seu comportamento exuberante e excessivo no jantar resultara de uma crença de que ele tinha um lugar especial à mesa. Mas o presidente não mais necessita do apoio dele, pois parece ter adquirido um considerável cacife próprio. Talvez Frank sinta que a ligação deles tenha sido forjada dentro dos muros de seu sibarítico castelo em Palm Springs, onde eles primeiro fizeram um par como reis do sexo, e o que continua a existir dessa conexão é tão inexprimivelmente íntimo que só pode ser insinuado pela paráfrase das pilhérias vulgares.

Naquela noite, deitado na cama — no plano e incapaz de se virar, como sempre —, a primeira-dama tendo mais uma vez execrado "aquele showman vulgar", o presidente poderia ter ficado tentado a defender seu antigo aliado não fosse pelo embaraço um pouco irritante de que, até a eleição, Frank podia dominar mais a atenção num salão do que ele e de que agora, fora do Beltway, ele continuava igualmente — se não mais — carismático, e de que apesar dos feitos do presidente na guerra, ele é mais durão, e com toda a probabilidade um amante melhor.

O assunto atingiu sua crise quando Frank sugeriu ao cunhado do presidente que transmitisse a ele suas próprias providências quanto a segurança, tendo instruído empreiteiros a instalarem aposentos inexpugnáveis em sua propriedade.

— Eu acho que não poderei ficar lá — o presidente disse a Peter.

— Jack, ele colocou homens para trabalhar 24 horas.

— Não há nada que eu possa fazer.

— Bem, eu acho que cabe a você dizer isso a ele.

Peter é um companheiro de fornicação, uma característica fácil de deduzir quando se faz a conta entre exposição habitual a starlets de Hollywood + longas estadas longe de casa quando se apresentando com Frank em Las Vegas ou participando de um filme numa locação. O adultério no que tange à sua vida pessoal é naturalmente um assunto delicado, dado seu casamento com a irmã mais nova do presidente, mas o sujeito acha melhor que ele seja capaz de expressar seus impulsos poligâmicos inatos a se tornar um marido amargo e ressentido, e em contrapartida o relacionamento é delicado no que tange às conquistas do presidente, que já se serviu muito dos contatos de Peter em Hollywood para conseguir mulheres, e ocasionalmente ele desempenhou o mesmo serviço ali em Washington, quando trabalhou em *Tempestade sobre Washington*, no qual fazia o papel coadjuvante de um senador dos Estados Unidos (com fanfarronice demais para ser convincente), acompanhando certa noite uma garota do estúdio e noutra uma recepcionista do governador para uma *soirée* particular na Casa Branca, na ausência da primeira-dama.

Ele traz as garotas como um favor, ou um tributo, e com frequência o presidente opta por seu serviço de acompanhantes porque reconhece que o charme, a boa aparência e a fama de seu cunhado invariavelmente resultarão na alta classe dos convidados para os jantares do clube, esse sendo o termo usado para tais noites em que um ou dois colegas próximos entretêm jovens mulheres com o presidente, muitas vezes completas desconhecidas que ele nunca verá de novo assim que tiverem voltado ao escritório ou departamento em que chamaram a atenção de seu cunhado, ou do Barba, ou de quem quer que tenha buscado entreter o comandante em chefe com o presente de uma companhia feminina.

Mais tarde elas são convidadas a se retirar para os aposentos privativos do presidente. Algumas dizem "não", claro, e é uma prerrogativa delas — o Barba solicitando um veículo da Casa Branca para levá-las até em casa, embora com uma cortesia um pouco mais forçada do que a concedida às jovens mais por dentro da transação tacitamente assumida —, mas a maioria aceita, já que compreenderam a natureza incomum do convite para jantar em companhia do presidente, e uma compreensão apenas levemente desconfiada com certeza ficará mais certa do óbvio à medida que avançar a noite.

Agora que ele está no cargo, o presidente tem consciência de que precisa agir com mais circunspeção do que no passado, apenas se relacionando com mulheres às quais ele foi apresentado por colegas próximos em quem pode confiar, porque, embora a mulher possa fazer confidências às amigas — quanto a isso nada pode ser feito —, elas são geralmente receptivas a demonstrar a necessária discrição. Fiddle, Faddle e a garota nova — que bem poderia ter sido batizada de Fuddle — compreendem sua responsabilidade em relação à segurança nacional, mas não se pode esperar isso de todas as participantes; a recepcionista do governador, por exemplo, depois de algum tempo que passaram juntos no Quarto de Lincoln, voltou-lhe um olhar perplexo e interrogativo quando, ao acompanhá-la até a porta, do outro lado da qual o Barba estava esperando para conduzi-la ao Portão Oeste, onde um carro da Casa Branca estava estacionado pronto para levá-la para casa, o presidente disse:

— E, hum, menina, tenho certeza de que você compreende que convêm considerações quanto à segurança nacional.

— Perdão, senhor presidente?

— A noite que passamos juntos. Da qual gostei muito. Há uma consideração pela segurança nacional que eu ficaria muito grato se você observasse. — Dessa vez, em reação ao seu olhar surpreso, o presidente desconversou: — Tenho certeza de que o Sr. Powers vai lhe explicar. — E largou-a com o Barba, que a elucidaria pacientemente antes de colocá-la no carro.

Como cidadã leal, uma patriota, ela precisa compreender quão prejudicial para os inimigos do Estado seria se ela se pusesse a discutir os hábitos pessoais do presidente, que não têm relevância alguma para a sua Liderança do Mundo Livre, mas, se discutidos levianamente, poderiam solapar sua autoridade, onde então o Barba se asseguraria de que a garota assentisse, idealmente engolindo um embargo de patriotismo (fazendo par com algum outro produto patriótico que ela possa ter engolido naquela ocasião), antes de desaparecer na noite, possivelmente para ir fazer sua melhor amiga jurar segredo, ou possivelmente para carregar o fardo até o dia de sua morte.

A questão de como essas garotas são administradas depois do evento preocupa mais o presidente do que a posição delas antes. Inicialmente ele se perguntou se elas aceitavam por dever, ou mesmo por medo de que rejeição fosse equivalente a traição, mas, antes de se acusar de estar exercendo o *droit de seigneur*, ele descartou a questão. Ele é um homem e o presidente, e as garotas se sentem atraídas por esses aspectos em separado ou juntos.

Atualmente, o Barba é talvez o assessor mais fiel do presidente. De seus dias servindo o senador ao papel de levar mulheres ao presidente, o Barba compreende que modular a energia orgônica do sujeito ajuda-o a desempenhar os deveres para os quais foi eleito, e o presidente comove-se por saber que o Barba considera seu serviço como um serviço para os Estados Unidos da América.

O cunhado serve a si mesmo. Em Cape Cod, no fim de semana, Peter e a irmã do presidente comparecem a uma festa de família, e, assim que as boas-vindas são dadas, ele acha o momento de abordar o presidente sozinho na areia, para revelar que seu agente entrou em pânico quanto a algum entrave no contrato para um papel coadjuvante no próximo filme de Frank, um projeto em que Peter dava como certa sua própria participação.

— Frank está puto comigo — Peter diz.

O presidente diz:

— Foi uma decisão política não ficar na casa dele.

— Eu nunca o vi assim. É pior do que quando Ava o deixou. Você vai ter de ligar para ele.

O presidente fita o mar.

— Vou providenciar para que alguém ligue.

— Não, você, Jack. Talvez se você pudesse compensar de alguma forma para ele...

— Algumas coisas importam mais do que filmes.

— Como o quê?

Assessores que estiveram envolvidos no planejamento da viagem à costa oeste repetidamente levantaram preocupações quanto às supostas conexões de Frank com o submundo, embora não soassem mais pantanosas do que a de um congressista médio. Quando o presidente telefona, Frank vem atender com um ar impassível, como se já tivessem lhe informado.

— Essa viagem... — o presidente diz. — Não consigo ver como fazê-la dar certo.

— Não se preocupe, meu chapa — ele diz, mas há um silêncio breve, no qual o presidente diz "Desculpe" e ele diz "Obrigado, Jack" e então desliga, em vez de seguir a etiqueta de esperar o homem mais graduado fazê-lo primeiro, esse pequeno gesto traindo seu ressentimento e desafio num diálogo que de resto foi conduzido com classe. O presidente fica segurando o fone por alguns segundos, o som de linha no ouvido, os olhos fixos no Gramado Sul, sentindo-se um lixo, mas então ouve passos de pessoas se juntando na porta ao lado, insistindo em que ele precisa passar ao próximo assunto do dia, Berlim.

Em Viena, quando encontrou o premier soviético, esse declarara sua intenção de assinar um tratado de paz com a Alemanha Oriental que em sua opinião iria superar a divisão pós-guerra de Berlim em Ocidental e Oriental, depois do quê, se as forças do Ocidente não se retirassem, ele iria ou bloquear ou invadir o último posto remanescente de democracia ocidental daquele lado da Cortina de Ferro. Em sua visão, Berlim Ocidental é uma anomalia que ameaça a paz mundial e precisa ser neutralizada. Um lado precisa ceder — e, conforme sua truculência verbal em Viena, o premier conta que será o presidente dos Estados Unidos —, ou então se dará a agressão militar direta, em que uma escalada para um confronto abertamente nuclear poderá ficar alarmantemente provável. O presidente pediu ao Departamento de Estado e ao Departamento de Defesa que preparassem planos de contingência para a defesa de Berlim, e está profundamente perturbado pelo fato de que todos esses planos envolvem no mínimo o uso de armas nucleares táticas, um prelúdio sem dúvida certeiro, se alguma vez houve um, para uma guerra termonuclear global.

Consequentemente, na reunião de hoje o presidente ordena que seus assessores explorem estratégias visando a uma solução política para a crise e que definam opções militares não nucleares mas suficientemente robustas para defender Berlim pelo tempo necessário para criar um período de esfriamento durante o qual ambos os lados possam retornar à mesa de negociações em vez de apelar para o uso de armas nucleares táticas. O presidente se dirige à nação com uma mensagem que o premier soviético lerá uma transcrição traduzida:

> "Nós não podemos e não iremos permitir que os comunistas nos expulsem de Berlim, mas não pretendemos abandonar nosso dever com a humanidade de buscar uma solução pacífica. Nós não queremos que considerações militares dominem o pensamento tanto do Leste quanto do Oeste. Numa era termonuclear, qualquer erro de julgamento de um lado quanto às intenções do outro pode causar mais devastação em algumas horas do que em todas as guerras da história humana. Armas nucleares poluiriam nosso planeta por toda a eternidade. As crianças que sobrevivessem amaldiçoariam nossa memória."

Durante todo o tempo em que ele fala, a Mala do Presidente está numa mesa na sala do lado de fora, hoje algemada ao punho de um capitão do Exército. Qualquer um que passasse, ignorando a natureza da Mala do Presidente, nem imaginaria o que ela significa e seguiria adiante, sem pensar mais no caso.

O PRESIDENTE VISITA Chicago para um jantar do Partido Democrata, recebendo um recado, via Sra. Lincoln, de Judy, que deve ter lido o itinerário no jornal, pois ela alega estar no Ambassador East na mesma noite. Após o jantar, a limusine o transfere discretamente para o hotel dela, embora ele possa ficar apenas alguns minutos no quarto de Judy por causa de uma reunião com o Departamento de Estado, mas o desempenho dela mesmo nesse curto período o convence a convidá-la para ir a Washington.

A primeira-dama leva as crianças para Capecod na tarde de quinta-feira, enquanto compromissos oficiais mantêm o presidente ocupado até sábado de manhã, quando então ele providencia um carro para trazer sua convidada do hotel para o Portão Oeste, de onde o Barba a levará pela Casa Branca até o segundo andar da Residência, enquanto o presidente nada para relaxar as costas, antes de os três compartilharem um almoço breve e então, conforme planejado, o Barba pedir licença para se retirar.

O presidente acompanha Judy até o quarto de dormir, põe um disco e prepara drinques.

— Como vai o Frank? — ele diz.

— Você sabe como ele é — ela diz.

— Ele está bem?

— Está muito bem.

— Ora, é bom saber disso.

Ela se despe no banheiro enquanto ele deita na cama, e quando ela o vê deitado imóvel com as costas no plano, percebe que ele não vai poder contribuir muito, como de hábito, mas oculta qualquer desapontamento que possa sentir e se coloca na posição.

Alguns dias mais tarde, o presidente é acordado pelo telefone, que toca ao lado da cama. Ele não pode se virar para alcançá-lo porque suas costas estão solidamente rígidas, de modo que toca até a primeira-dama acordar e encostar o fone no ouvido dele. Tropas e a polícia da Alemanha Oriental fecharam a maioria dos pontos de passagem entre o Leste e o Oeste. No dia seguinte, o presidente é informado de que fecharam todos os pontos e, durante a semana, construíram um muro de concreto e arame farpado para pôr um fim ao embaraçoso êxodo de refugiados que fugiam da austeridade comunista. Guardas de fronteira começaram a atirar em qualquer um que tentasse atravessar, algumas vítimas sendo deixadas sangrando até a morte na terra de ninguém que existe entre os dois lados. Os falcões do governo querem derrubar o muro e empregar tanques para reabrir os pontos de passagem. Para evitar o confronto direto, o presidente argumenta que esse é um assunto interno de Berlim Oriental, mas, para mostrar que o compromisso com o setor ocidental se mantém firme, ele envia uma divisão de infantaria para se posicionar em Berlim não comunista, a coluna passando necessariamente pela Alemanha Oriental.

O presidente senta com assessores no Salão Oval, suas costas entorpecidas por injeções de analgésicos e sua atenção inteiramente aguçada por alguns dos estimulantes do Dr. Bem-Estar, recebendo informes a cada meia hora sobre a condição da coluna. Qualquer ataque por forças da Alemanha Oriental ou da União Soviética constituirá um ato de guerra. Uma forte dor ataca sua barriga, e ele precisa sair da sala para ir ao banheiro, primeiro vomitando uma pequena quantidade do que havia em seu estômago com algum sangue e, então, sofrendo uma diarreia tão explosiva que é como se ogivas nucleares estivessem sendo expelidas de seu traseiro.

Mas a coluna chega a Berlim Ocidental incólume, embora a tensão se mantenha alta, e a próxima volta do parafuso acontece quando o Sr. Kruschev anuncia a retomada dos testes nucleares soviéticos, uma política que ele descartou em Viena após ambos os líderes concordarem que servia apenas para aquecer a Guerra Fria, e tal decisão leva o presidente a concluir que o russo não está exatamente testando armas nucleares, mas testando *ele*.

O desafio inflama suas entranhas e bexiga, mas ele pretende responder ao adversário, e responder na linha de frente da Guerra Fria.

O presidente vai até Berlim. Seus assessores temem por sua segurança, mas ele sobe no topo de uma torre de vigia e espia o horrendo muro de concreto, as ruas soturnamente desertas do outro lado, vendo pessoas em janelas de apartamentos olhando de volta, algumas até acenando, como se fossem prisioneiros em suas próprias casas. Na câmara alta do prédio da prefeitura ele examina o discurso cuidadosamente diplomático que seus assessores prepararam, e sente uma náusea ante a perspectiva de proferi-lo para as dezenas de milhares de cidadãos que estão reunindo-se na praça ali em frente. Ele chama de volta os redatores de discurso com urgência e diz a eles o que realmente quer dizer.

Eles rascunham as palavras a lápis, e então, agarrando um punhado de papéis com anotações, o presidente se aventura no ar gélido, que lhe morde com um vento férreo, os aplausos da multidão atingindo-o em ondas, quando então, graças ao efeito reconfortante dos analgésicos e relaxantes musculares, mais o ingrediente de um dos tônicos inspiradores do Dr. Bem-Estar, ele sobe num pódio alto, de onde contempla as massas em quarentena naquele bastião da liberdade dos mais precários.

O presidente diz:

"Há muita gente no mundo inteiro que realmente não percebe, ou diz não perceber, qual é o grande embate existente entre o Mundo Livre e o Mundo Comunista. Que venham a Berlim!"

A multidão ruge em delírio, o som o atingindo em ondas percussivas, e ele sabe que está mandando uma mensagem para o mundo e para seus inimigos. Ele olha na direção da partição de concreto cinza com seu cruel arame farpado, onde dúzias de alemães, jovens e velhos, foram atingidos por metralhadoras soviéticas, e, por um momento, ele ignora as anotações cruas que aperta com força na mão.

"A liberdade enfrenta muitas dificuldades e a democracia não é perfeita — mas nunca tivemos de erguer um muro para aprisionar a nossa população, impedindo-a de nos abandonar."

Outra onda de júbilo o atinge.

"A liberdade é indivisível, e quando um homem é escravizado, nenhum é livre. Vocês vivem numa ilha de liberdade defendida, mas a vida de vocês faz parte do todo. Por isso permitam-me pedir-lhes para erguer os olhos para além dos perigos de hoje, para o avanço da liberdade em toda parte, para além do muro até o dia da paz com justiça, para além de vocês e de nós, para toda humanidade. Quando esse dia finalmente chegar — e chegará —, o povo de Berlim Ocidental poderá mostrar uma satisfação tranquila de ter estado na linha de frente durante quase duas décadas.

Há 2 mil anos, o maior orgulho era poder dizer: 'Civis Romanus sum.' Hoje, no Mundo Livre, o maior orgulho é poder dizer: 'Ich bin ein Berliner.' Todos os homens livres, onde quer que vivam, são cidadãos de Berlim, e, por isso, como homem livre, tenho orgulho em dizer: Ich bin ein Berliner!"

Alguns dias depois, o premier soviético renuncia a sua intenção de concordar com um tratado com a Alemanha Oriental que indicaria um esforço comunista para tomar Berlim Ocidental pela força.

NA SEGUNDA-FEIRA DE MANHÃ, o presidente telefona para o primeiro-ministro britânico e eles voltam ao assunto das tensões nucleares entre Leste e Oeste, concordando com uma reunião de cúpula que, Londres e Washington estando igualmente no inverno, decidem que será nas Bermudas. O presidente vai até lá com um pequeno grupo de assessores próximos, conselheiros do Departamento de Estado e do Departamento de Defesa, junto com Fiddle, Faddle e Fuddle, um arranjo que pode agora ser feito sem constrangimento, já que fica por conta do Barba, que as apelida de "a bagagem de mão" do presidente, mas, devido à agenda de reuniões repleta durante o voo, o único tempo livre antes da cúpula que ele consegue é na limusine, indo da Kindley AFB para a primeira reunião na residência governamental. O presidente pede a Fuddle que vá no banco traseiro, comentando, enquanto eles passam pela exuberante paisagem tropical, que ele esteve ali algumas vezes quando jovem, uma delas quase morrendo ao cair da motoneta de um amigo, e ele depois confidencia que precisa ficar relaxado para a cúpula e fecha a cortina que os separa do motorista, enquanto ela desliza do banco e se ajoelha no chão do veículo.

Encontrar com o PM, todavia, é um dos poucos exemplos de contato com líderes estrangeiros em que o presidente não requer uma modulação estrita de sua energia orgônica; ainda bem aliás, pois a liberação mais profunda se dá por meio de sexo com uma parceira inteiramente nova, um fato confirmado pelo próprio Dr. Bem-Estar, e à noite o PM e o presidente relaxam na varanda da residência governamental, bebendo coquetéis enquanto os pios dos pássaros desaparecem com o sol se pondo e o ciciar dos grilos torna-se a música da noite.

— Como vai Lady Dorothy? — o presidente pergunta.

— Muito bem. Muito bem mesmo. — Ele muda de posição em sua cadeira de vime. Parece ser o único momento ligeiramente desconfortável da noite. — Sinto terrivelmente a falta dela quando viajo.

O presidente contempla o sol se pondo. Ele vem atentando aos sintomas de abstinência, que costumavam incomodá-lo depois de uma semana, mas que agora parecem mais agudos.

— Como é com você, Harold? — Pergunta ele. — Se eu não tenho uma mulher por três dias, fico com dores de cabeça terríveis.

O primeiro-ministro sorri maliciosamente e diz:

— Três dias com uma mulher? — O presidente dá uma gargalhada. — Se eu fizer isso, não será só na cabeça que terei dores terríveis.

Eles riem tão espalhafatosamente que um dos garçons se aventura a sair na varanda para verificar se os dois principais líderes da aliança ocidental perderam o juízo, mas eles apenas fazem um sinal para mais dois drinques e ele se retira, e assim que terminam com as brincadeiras eles começam a planejar uma proposta prática quanto aos testes nucleares para apresentar aos soviéticos, a convicção deles sendo que uma moratória no desenvolvimento de novas armas diminuirá o ritmo da corrida armamentista e lançará as bases para um desarmamento significativo.

De volta a Washington, as notícias do progresso com nosso aliado chave na negociação de um tratado com os soviéticos que proibia os testes é recebida com satisfação pelos assessores, mas alguns dias depois o secretário de Defesa solicita uma reunião urgente. Há boatos dentro do Pentágono de que o Comando Aéreo Estratégico tem enviado missões de treinamento em B-52 no espaço aéreo soviético, o último ocorrendo de modo a coincidir exatamente com a viagem do presidente para as Bermudas. O presidente exige uma reunião urgente com o chefe do Estado-Maior da Força Aérea, que defende sua política descaradamente.

— Essas missões de treinamento preparam minhas tripulações para a guerra — ele diz.

— Minha preocupação é que elas possam *começar* uma, general.

— Elas provam aos soviéticos que detemos a superioridade aérea estratégica.

— Elas encorajam a temeridade política, general. O senhor conhece *Os canhões de agosto?*

— Não, senhor.

— O caminho para a guerra é repleto de erros e equívocos evitáveis. Dados os riscos, eu espero que o senhor concorde que não devemos precipitar uma guerra nuclear com a União Soviética por causa de uma missão de treinamento perdida em território inimigo.

— E eu espero que o senhor concorde, senhor presidente, que a minha avaliação dos usos do poder aéreo estratégico provavelmente excede a de um tenente da Marinha.

O presidente diz:

— O senhor conhece, general, a história que Lucius Lamar relatou sobre o marinheiro Billy Summers?

— Não, senhor, creio que não.

— O senador Lamar estava a bordo de um navio confederado rumando para o porto de Savannah, os oficiais mais graduados insistindo que era seguro prosseguir, mas o capitão ordenou que o marinheiro Billy Summers subisse na gávea, e o marinheiro Billy Summers informou que havia dez navios de guerra da União no porto. Ainda assim os oficiais insistiram que sabiam exatamente onde a frota ianque estava e não podia ser no porto de Savannah, de modo que o barco deveria seguir adiante. A questão, general LeMay, não é quem tem a mais alta patente, mas quem ocupa o melhor ponto de observação para julgar o caminho à frente. E eu não tenho mais a patente de tenente. Agora sou o comandante em chefe. Essas missões cessarão.

O presidente se vira e aperta o interfone, pedindo à sua secretária para mandar entrar a próxima pessoa a ser recebida. Ela abre a porta e o general sai sem fazer continência.

O presidente passa a reunião seguinte com a barriga o incomodando seriamente até poder sentar na privada por dez minutos, com uma diarreia abrasiva. À noite, ele toma Lemotil e codeína, e, ao adormecer, sonha com bombardeiros americanos apontando como adagas para um enfurecido urso russo.

De café da manhã, ele come bacon e suco de frutas, mas seu estômago os rejeita violentamente, e ele precisa de uma injeção antiemética do almirante B. antes de poder enfrentar os assuntos do dia.

Por canais oficiais, o diretor do FBI solicitou uma reunião particular, que o presidente decide que seja na Sala do Gabinete, pois a enormidade da mesa criará uma barreira desejável, e quando o diretor chega, ele vê a sala e diz para o secretário encarregado da agenda ali presente:

— O presidente compreende que isso é uma reunião *particular*?

Ao que o secretário é poupado de dar uma resposta paciente quando o presidente entra via o escritório da Sra. Lincoln, convidando o diretor a sentar face a face com ele do outro lado da sala.

Sem preâmbulo, o presidente diz:

— O que senhor tem para me dizer, Sr. Hoover?

— Eu lamento, senhor presidente, ter o dever de informar uma delicada questão de segurança nacional envolvendo um alto funcionário do governo.

— A questão sendo...?

— Fornicação — diz o diretor.

— Entendo — diz o presidente.

— O homem vem conduzindo relacionamentos extraconjugais imorais.

O diretor chefia o FBI desde antes da guerra, contaminando as atividades da agência com suas próprias fobias e paranoia, e agora o sujeito começa a temer que ele descobriu a razão de nenhum de seus antecessores ter ousado demiti-lo, apesar de acusações de homossexualidade e travestismo. O consenso da opinião informada é que, se o diretor é homossexual, ele não é ativo. Solteiro toda a vida, é uma dessas criaturas trágicas vivendo em denegação de seus impulsos naturais, com a consequência de que sua face se transformou em algo que parece uma fruta desidratada. Ainda assim, ele vem explorando toda a capacidade do FBI para coletar informações delicadas sobre os líderes da nação.

— E quem seria esse homem? — o presidente diz.

— O senhor quer que eu diga?

— O senhor está me espionando?

— O Bureau limita-se a conduzir operações em defesa da segurança nacional, senhor presidente.

— O que eu faço na minha vida privada não é da conta nem do Bureau nem do senhor, senhor diretor.

— Exceto quando a conduta privada entra em choque com a segurança nacional, senhor presidente.

— Essa parece ser uma definição sobre a qual eu e o senhor podemos não concordar, senhor diretor.

O diretor diz:

— O referido alto funcionário do governo está envolvido com uma mulher com tendências antiamericanas, e com outra que tem conexões com elementos criminosos.

O presidente nada diz. Observa o diretor consultar arquivos que ele deve conhecer de cor; o lamber dos dedos ao virar as páginas, o ajuste dos óculos, todos são rituais concebidos para afligir, antes de afirmar:

— Sra. Marilyn Monroe, também conhecida como Srta. Norma Jeane Baker, também conhecida como Srta. Norma Jeane Mortensen. Uma ex-modelo pornográfica. A ex-esposa de um simpatizante comunista.

— Se Marilyn Monroe representa uma ameaça em potencial contra a segurança nacional, então o senhor deve investigá-la, senhor diretor.

— Fico satisfeito que o senhor concorde, senhor presidente.

— E seria de se esperar que a perícia em investigações do FBI pudesse eventualmente produzir provas mais plausíveis do que uma simples culpa por associação.

O diretor não está acostumado ao sarcasmo. Ele se mexe na cadeira.

— Senhor presidente?

— Na falta de provas efetivas, eu não reconheço nenhuma ameaça à segurança nacional.

O Sr. Hoover folheia seus papéis. Ele pigarreia.

— Sra. Judith Campbell. Reconhecida consorte sexual do Sr. Francis Albert Sinatra. Reconhecida consorte sexual do Sr. John Roselli. Reconhecida consorte sexual do Sr. Sam Giancana, também conhecido como Sr. Sam Flood. A Sra. Campbell tem viajado com esses cavalheiros e coabitado com eles em vários hotéis de luxo em Las Vegas, Nevada, e Miami, Flórida.

O presidente permanece impassível.

O Sr. Hoover afirma:

— Esses homens são gângsteres, vermes. Eles vão corromper nosso caráter nacional. A mulher não passa de uma prostituta comum.

O presidente diz:

— Se o senhor tem fotografias, terá visto que ela dificilmente pode ser chamada de "comum".

— Em todos os meus anos de serviço, senhor, eu nunca tive razão para repreender um presidente quanto à moralidade de sua conduta sexual.

— E nem terá para me repreender.

— Então, senhor presidente, posso respeitosamente ter a garantia de que providências apropriadas serão tomadas?

— Ouvi seus conselhos, senhor diretor. Isso é tudo, obrigado.

Depois que o diretor sai, o presidente relaxa sua expressão belicosa. O secretário encarregado da agenda entra, mas ele o dispensa. Fica sentado por um longo tempo, fitando seu próprio reflexo a flutuar no verniz da mesa.

Na vez seguinte que Judy liga, ele começa:

— Sinto muito, menina. Não posso vê-la de novo.

— Jack?

Após um breve silêncio, o presidente diz:

— Alguém andou falando alguma coisa sobre nós?

— Quem?

— Alguém disse alguma coisa sobre o fato de você se encontrar comigo?

— Algumas pessoas sabem. Obviamente.

O presidente mede outro tenso silêncio e então diz:

— Para quem ele tem falado sobre nós?

— Ele?

— Você sabe de quem estou falando.

O presidente olha fixamente o Gramado Sul, perguntando-se se alguém está ouvindo essa conversa, perguntando-se se Frank agora pensa nele da maneira que pensa sobre algum ator de cinema que perdeu seus favores e deixou de ser chamado para testes.

Do outro lado da linha, Judy está soluçando.

— Há um problema, Jack.

— Que tipo de problema?

— Um... problema médico.

Ele não hesita um instante.

— Você precisa solucioná-lo.

— Eu sei, Jack, eu sei... — Ela soluça.

— Você deveria ter tomado precauções.

— Eu sei, Jack, eu sei...

— Se precisar de dinheiro...

— Conheço um médico — ela diz.

— É a melhor solução.

Então Judy diz:

— Nunca mais poderei ligar para você?

— Sinto muito, menina. Cuide-se. E tenho certeza de que não preciso lembrar-lhe que são necessárias considerações de sua parte quanto à segurança nacional.

O momento o afeta menos do que a outros homens. Ele já deu o fora em inúmeras garotas. Um muro se ergue.

Os TACOS

O FIM DE UM CASO NÃO É ALGO que dê prazer ao sujeito, pois para uma mulher se tornar uma parceira sexual regular, deverá ser fisicamente atraente e socialmente hábil, enquanto com parcerias inadequadas ele termina logo, com frequência após o primeiro encontro, embora costume persistir numa sedução mesmo tendo a consciência de que a mulher é inadequada por sua atratividade física ou pelo apetite intensificado dele na época. Judy foi um desfrutável acréscimo a seu círculo, e perdê-la deixa uma lacuna a ser preenchida ou, mais precisamente, o deixa com uma lacuna a menos.

Como o sujeito está também começando a se cansar de Fiddle, Faddle e Fuddle, por mais encantadoras que sejam, suas tentações começam a se extrapolar para além dos limites seguros dos círculos políticos de Washington. Naturalmente ele precisa resistir a tais tentações, caso contrário há um perigo muito real de que ele caia de novo em seus velhos hábitos; qualquer mulher atraente que chame sua atenção é passível de ser abordada, com consequências potencialmente desastrosas para sua reputação política.

É desnecessário dizer que ele não está nem um pouco preocupado que algum tipo de escândalo vaze para a imprensa; seu medo é de que a própria mulher, ou seu marido, namorado ou pai possessivos, entregue confidências prejudiciais nas mãos de inimigos políticos. Embora seja verdade que a imprensa não tem jurisdição sobre a vida pessoal das figuras públicas, um oponente inescrupuloso sempre pode encontrar algum argumento com o qual convencer os jornais que um assunto pessoal pode ser de interesse público.

Ainda que o sujeito sinta falta de Judy, ao menos ele pode dormir tranquilo sabendo que ela não lhe causará problemas. Mas é imperativo que ele aja com cuidado, de modo que o presente esquema pelo qual o Barba leva e traz mulheres na Casa Branca como convidadas pessoais dele precisa ser ferozmente protegido, dentre as razões porque o outro cúmplice regular deles, o cunhado do presidente, mostra-se aborrecido e se recusa a cooperar.

O presidente está constantemente à espreita de novas conquistas. Sendo assim, fica deliciado quando uma jovem de aspecto sério aparece no escritório da Sra. Lincoln, tendo sofrido um cancelamento de um compromisso com a primeira-dama. À jovem, estudante do último ano na *alma mater* da primeira-dama, foi concedida a promessa de uma entrevista para o jornal da escola, entrevista essa que foi negada no último minuto porque a primeira-dama alega estar gripada, embora esteja no momento na quadra de tênis da Casa Branca jogando com seu agente do Serviço Secreto. O presidente entra casualmente no escritório de sua secretária sob o pretexto de agendar uma conferência telefônica com o secretário da Defesa, e então puxa conversa com a jovem, que enrubesce, expressando sua preocupação quanto à entrevista perdida, arranjando como compensação que um membro de sua equipe providencie para ela um estágio na Casa Branca assim que se formar. A garota cora de deleite, embora naturalmente o presidente a esqueça instantaneamente, já que levará alguns meses para ele voltar a vê-la, isso se de fato ela aceitar a proposta.

A salvação chega na forma de uma loura petulante de uma família rica e boêmia de Nova York, que ele reconhece no almoço como uma garota que fazia parte da periferia de seu círculo social vinte anos atrás, na época da faculdade, e também logo depois da guerra, quando o marido dela e ele trabalharam juntos brevemente. Ele não consegue lembrar o nome dela, é claro, mas ela diz:

— Senhor presidente, dançamos juntos uma noite séculos atrás.

O presidente estava na faculdade, ou ainda no colégio, e abordou-a quando dançava com outro, mas ela seguiu adiante alegremente, e ele ainda lembra do olhar dela para trás, o olhar de uma mulher que se divertia com o poder que tinha sobre os rapazes. Ela deve ter dez anos a mais que a primeira-dama, mas está conservada, e revela que compareceu ao almoço como convidada de sua irmã e seu cunhado, este um proeminente editor de um jornal.

O presidente diz:

— Onde está seu marido?

— Não faço ideia — ela diz. — Divorciamo-nos.

Ela já parou de se dirigir a ele como "senhor presidente". Eles conversam por alguns minutos sobre os velhos tempos até que um de seus assessores faz um sinal de que ele tem assuntos a tratar, mas não sem conseguir que um deles sub-repticiamente vá descobrir o nome dela.

A primeira-dama instituiu a prática de promover, periodicamente, jantares seguidos de dança na Casa Branca, ampliando o círculo dos convidados obrigatórios das administrações anteriores para incluir criaturas mais exóticas — artistas, músicos, escritores e afins — junto com a nata da sociedade de Washington e Nova York. Tanto Mary — a velha conhecida do presidente — quanto a irmã dela têm familiaridade com sua esposa como contemporâneas em Vassar, de modo que é necessário o mais sutil dos empurrões do presidente para garantir que elas apareçam no radar da esposa, recebendo convites para o jantar seguinte, no qual o primeiro-casal recebe os convidados com um coquetel no Salão Leste, seguido por um jantar na Sala de Jantar Oficial, em que ele localiza Mary, sentada numa mesa vizinha, sua face radiante ao rir, e finalmente para o Salão Azul, onde ressoa o contagiante ritmo da Lester Lanin Orchestra, embora, por causa de suas costas, o presidente evite dançar, em vez disso indo de um grupo a outro levando uma onipresente taça de champanhe que, em função de seu estômago, fica quente em sua mão. Por fim, ele parece encontrar casualmente com Mary, mas ao começar uma conversa ele logo se sente como o jovem que ela abandonou na pista de dança vinte anos atrás, pois a linguagem corporal dela é a de um peixe reluzente que sabe que vai escapar do anzol.

O presidente convida-a para ver uma pintura no Salão Vermelho, deixando sua mão escorregar para a cintura dela; ele deixa que fique ali um instante antes de se virar da pintura, uma taça de champanhe junto aos lábios quando ela lhe devolve um olhar com um ar interrogativo. Ela mantém o semblante um tanto etéreo, e, mesmo para um homem acostumado a secretárias engenhosas que traduzem um arregalar de olhos em um equivalente abrir-se de partes mais ao sul, ele a acha difícil de decifrar.

Ele diz:

— Não gostou da pintura?

E ela diz:

— Você é tão óbvio. — E antes da meia-noite ela desaparece num táxi.

Normalmente o sujeito não dá a mínima se uma mulher o recusa. Geralmente há uma desculpa plausível: ela é casada, ou muito próxima da esposa dele. Mas o fato de ele não conseguir descobrir uma única boa razão para Mary dizer "não" incomoda-o tanto que, em vez de explorar outras pastagens, ele decide tentar de novo na próxima oportunidade. Enquanto isso, ele volta às parceiras usuais da Casa Branca, incluindo, obviamente, de quando em quando, a primeira-dama, com uma variedade bem-vinda ocasionalmente fornecida por uma das impressionáveis jovens acompanhantes do Barba escolhidas a dedo nos escritórios de Washington D.C., algumas delas sendo agradáveis o bastante para mergulhar na piscina da Casa Branca com o presidente enquanto o Barba observa da beira descalço e com a barra da calça arregaçada até os joelhos, com um par de toalhas prontas para serem usadas.

Em seu exame médico semanal, o presidente atribui a esses interlúdios na piscina a melhora recente em suas costas, ainda que se referindo apenas à natação e ao alongamento. O presidente abotoa a camisa enquanto o almirante B. registra os dados no histórico médico, mas então o médico para a caneta no ar, acaricia o queixo como que em ponderação e diz:

— É meu dever como seu médico, senhor presidente, comentar quanto à conveniência de certas práticas que o senhor tem adotado.

O presidente hesita no botão seguinte, mas então rapidamente segue em frente.

— O que o senhor quer dizer, almirante?

— Visitas pessoais pela porta dos fundos, senhor presidente. Visitas secretas.

— Eu não considero isso clinicamente relevante.

— O visitante é um médico, não é, senhor presidente?

Aliviado, o presidente aperta a gravata inabalavelmente.

O almirante continua:

— E o senhor tem recebido uma variedade de tratamentos desse "médico", não?

— Uma variedade, sim.

— Esses tratamentos não são prescritos pela vasta maioria dos clínicos respeitáveis para um problema nas costas.

— Pouco me importa se ele estiver injetando em mim urina de cavalo, almirante; funciona.

No dia seguinte o presidente recebe uma carta assinada pelo almirante B., o Dr. T., o Dr. C. e o Dr. K., todos expressando sua desaprovação no que concerne aos métodos do Dr. Bem-Estar, preocupados em particular com a inclusão de anfetaminas na fórmula de seus tônicos e elixires, solicitando a atenção urgente do presidente para os inúmeros efeitos colaterais associados com essa classe de substância, embora naturalmente, em sua habitual pomposidade, eles não cheguem a fazer uma comparação com os esteroides medicinais que obliteraram as glândulas adrenais do sujeito, ulceraram seu estômago e erodiram sua coluna vertebral. Eles concluem com a observação de que agentes químicos imprevisíveis, prescritos irresponsavelmente, colocam em risco a eficiência mental do presidente, sendo o dever deles, como médicos, tomar quaisquer providências necessárias para prevenir uma afronta ao seu bem-estar: em suma, uma ameaça não muito velada de divulgar seus problemas médicos fora do círculo confidencial deles, reacendendo os boatos pré-eleição sobre suas enfermidades crônicas, uma ameaça que o presidente toma tão a sério que cancela sua próxima consulta com o Dr. Bem-Estar, em vez disso tramando um arranjo em que o bom doutor vai ver a primeira-dama e ela tomará posse de quaisquer tratamentos que possam ser contrabandeados a seu marido em momentos de crise.

O almirante naturalmente fica deliciado quando o presidente lhe informa que ele não mais utilizará os serviços do Dr. Bem-Estar, embora ele prossiga para atestar que, em seguida a discussões com os outros médicos do presidente. pequenas revisões em seu regime clínico são requeridas. A principal mudança, instigada pelas evidências de fraqueza muscular e perda de peso, é começar uma série de injeções de testosterona.

O presidente diz:

— Nunca me ocorreu que me faltasse testosterona.

— É para a fraqueza muscular e a perda de peso — o almirante repete, preparando a primeira injeção.

O presidente nega qualquer efeito imediato, embora no fim da tarde ele peça à Sra. Lincoln para localizar o número do telefone de Mary nos arquivos mantidos pelo Serviço Secreto dos convidados do último jantar. Ela faz a ligação e ele diz diretamente:

— Você não gosta de mim?

Ao que Mary responde:

— Eu abomino o que você fez em Cuba.

E pela primeira vez na vida ele não tem uma resposta imediata para encobrir a estática insistente que paira entre eles.

UMA FERIDA SUPURA neste nosso grandioso país, e seu nome é raça. Nossa economia foi construída com o sangue e os ossos do trabalho escravo, e, para uma república civilizada, demoramos muito a descartar tal prática, e ainda assim a emancipação não levou à liberdade universal, mas a um apartheid econômico e social que as democracias ocidentais aliadas nossas se esforçam para compreender, que solapa todo e qualquer pronunciamento sobre o valor da liberdade no globo, fazendo muitos entre os povos de pele escura do mundo considerarem os Estados Unidos como uma nação de hipócritas, o custo político sendo uma perda de influência entre essas nações mais suscetíveis à ideologia antiamericana.

Qualquer parlamentar sulista pontificará sobre os perigos políticos de conceder direitos civis iguais aos não brancos, uma ameaça tão grande quanto a que levou à secessão, mas chegou a hora de a União tratar todos os seus cidadãos com igualdade, e nessa causa o presidente precisa liderar, embora o curso à frente seja perigoso, e seu instinto é que o menor dano constitucional será obtido realizando a mudança por meio de políticas graduais. No entanto, ele tem consciência de que tal via resultará na impaciência furiosa daqueles cidadãos que sofrem esse abominável apartheid norte-americano, e eles irão, muito acertadamente, acusá-lo de fracassar em confrontar a questão em termos puramente morais. Todo pai ou mãe ficaria orgulhoso se seu filho se tornasse o presidente ao crescer, mas desconsolado se ele tivesse de virar um político no processo.

A verdade desagradável que o presidente tem de encarar é que uma lei concedendo direitos civis iguais nunca passará no Congresso, o resultado será a frustração e o ressentimento intensificados entre aqueles que lutam por esses direitos e um violento cisma entre o Norte e o Sul. Em sua opinião, o pior fruto desse fracasso em aprovar legislação efetiva será a confirmação, para observadores aqui e em toda parte, de que o governo dos Estados Unidos é conivente com a sistemática desumanização de um décimo de seus cidadãos, alguns deles tendo corajosamente combatido por seu país em oposição à ideologia venenosa da supremacia racial e, no entanto, tendo voltado para casa e passado a vivenciar uma subjugação similar. Seus antecessores há muito prometeram agir, mas a abordagem deles lembra ao sujeito um velho provérbio chinês: "Há muito barulho na escada, mas ninguém chega ao quarto."

O presidente poderia dar as costas a seus semelhantes, como incontáveis antecessores fizeram, recuando para trás de uma cortina de fumaça de gradualismo pragmático — ou pode comprar a briga. Apesar de uma vida de privilégios materiais, a intolerância não lhe é estranha. Seus ancestrais e sua religião lhe provocaram insultos ultrajantes. O primeiro católico a ser eleito para a presidência, o primeiro de origem imigrante, ele representa a prova de que o eleitorado pode ser persuadido a ignorar religião e classe, e isso o alimenta com a determinação de que algum dia eles poderão também não levar em consideração a cor.

Ele começa de uma maneira discreta, emitindo uma ordem executiva contra a discriminação racial na contratação para o serviço público federal, nomeando políticos negros talentosos para altos cargos, nomeando juízes negros e pedindo um censo étnico de todas as repartições do governo (o resultado sendo previsivelmente monocromático), e depois disso ele pessoalmente instrui os membros do Gabinete a diversifica-rem suas políticas de recrutamento. O presidente convida o filho de um funcionário negro do governo a frequentar a sala de aula da Casa Branca junto com seus próprios filhos.

Em seguida ele aborda o direito de votar. Em muitos estados sulistas, só uma fração dos possíveis eleitores não brancos tem permissão de se registrar, a prática escandalosa é negar a competência intelectual deles para votar, prática essa exemplificada pelo caso do eleitor negro que teve negado seu registro por conta de sua alegada incapacidade de interpretar o significado de certas passagens da Constituição de forma satisfatória para o funcionário eleitoral, o eleitor em questão doutorado em ciência política e o funcionário possuindo somente o diploma do ensino médio. Os presidentes anteriores faziam vista grossa, mas este ordena que o Departamento de Justiça processe qualquer município que siga políticas como essa, enquanto ao mesmo tempo encoraja um impulso de votar entre os sulistas negros, sabendo que assim que lhes for permitido votar em número suficiente, os políticos não terão alternativa a não ser levá-los em conta em suas atividades se quiserem ser reeleitos. A violência se deflagra quando o governo federal tenta acabar com a segregação em terminais rodoviários e aeroportos, mas a perspectiva de desordem civil não o detém. O presidente Lincoln estava preparado para perder metade do país pela causa de sua convicção moral, e, se o imperativo moral surgir, este atual presidente precisa agir à imagem de Abraham Lincoln ao convocar seu Gabinete em tempo de guerra para uma reunião sobre a proclamação da emancipação. "Eu os reuni", Lincoln disse, "para ouvir o que escrevi. Eu não desejo ouvir os seus conselhos quanto ao assunto principal. Isso eu já determinei." Mais tarde, quando ele foi assiná-la, após várias horas exaustivas de apertos de mãos que deixaram seu braço fraco, ele disse para os presentes: "Se meu nome ficar na História, será por este ato. Toda a minha alma está nisso. Se minha mão tremer ao assinar esta proclamação, todos que examinarem o documento depois dirão: 'Ele hesitou.'" Mas a mão dele não tremeu, nem tremerá a deste presidente.

O sujeito garante que o nome de Mary apareça na lista de convidados para o próximo evento social da Casa Branca, desta vez um almoço, e quando mais uma vez ele articula para estar com ela em particular, ele pergunta diretamente se ela gostaria de fazer uma visita à Residência numa noite em que a família dele esteja passando o fim de semana fora da cidade.

— Eu comecei a me encontrar com alguém — ela diz.

— É um chefe de Estado? — ele diz.

— Claro. — Ela ri.

— Ele tem um país grande como eu ou alguma república de bananas?

— Ele nem mesmo tem um país — ela diz.

— Então — ele diz —, o que ele tem que eu não tenho?

— Mistério.

A primeira-dama aparece no hall com uma expressão de quem veio chamar os convidados.

— Parece que eu posso ser lido como um livro aberto — ele diz.

— Qual livro? — sua esposa diz. — *A feira das vaidades?*

— Nada nem remotamente tão desafiador — Mary diz, e as duas mulheres riem.

Às vezes o sujeito precisa refletir se sua mulher tem alguma cumplicidade com suas conquistas. Ela nunca desaprova abertamente que ele se mostre sociável com mulheres atraentes — de fato, às vezes parece facilitar isso, por exemplo na designação dos lugares para o almoço de hoje, que é um assunto que ela insiste em decidir pessoalmente, e em que o presidente se vê sentado entre duas damas vivazes, as quais ele ficará amplamente motivado a encantar (ou a ao menos tentar), enquanto a primeira-dama saberia do esforço que ele teria de fazer se suas vizinhas imediatas fossem um par de velhas matronas.

Quando ele se delicia na companhia de mulheres atraentes, às vezes vislumbra sua esposa prestando atenção, digamos, na risada da mulher ou na dele, e a expressão que momentaneamente surge no semblante dela não é de ciúme, mas de orgulho, presumivelmente na observação de que ela possui um marido capaz de encantar outras mulheres, em vez de estar encalhada com um cretino aborrecido. Talvez ela o observe tentando uma conquista com a mesma alternância de orgulho e aversão que ela teria se ele estivesse ganhando uma luta livre.

Além disso, o sujeito se pergunta se ocasionalmente ela planeja a fornicação dele para garantir uma parceira de sua aprovação. Afinal, a estética é importante. Talvez, em parte, ele tenha sucesso em seus adultérios porque ela assim quer. Ela lhe cedeu porções consideráveis de tempo em que ele pode ir atrás de interesses privados, e, embora estes sejam quase majoritariamente esforços políticos, algumas horas aqui e ali na semana são dedicadas a mulheres. A fornicação seria infinitamente mais desafiadora de agendar não fosse pela disposição dela de deixá-lo por sua própria conta, o que, dadas as inclinações que dele se suspeitam, é um risco tão patente que se poderia concluir que ela está proporcionando essas oportunidades em vez de enfrentar a incontornável mágoa e conflito de pegá-lo em flagrante delito.

Essa é uma explicação possível da decisão dela de, por exemplo, não comparecer ao concerto de arrecadação de fundos no Madison Square Garden em comemoração do aniversário de 45 anos do presidente, no qual Marilyn irá cantar.

Marilyn arranca uma interjeição da plateia quando tira seu casaco de pele. Por um instante, ele também é levado a pensar que ela está nua, antes de a luz revelar seu vestido justíssimo cor de pele. Ela canta uma arfante versão de *Parabéns para você* que faz volume nas calças. A festa após o show acontece no Upper East Side, onde ela flerta com metade dos homens e tenta impressionar a outra metade com sua perspicácia política. Ela discretamente pergunta ao presidente como está se saindo no teste.

— Que teste? — ele diz.

— Para primeira-dama — ela diz.

Mais tarde ela fica bêbada e, num quarto do andar de cima, faz poses para os agentes posicionados no teto vizinho. Com a festa acabando, o presidente a convida para acompanhá-lo até seu duplex no topo do Carlyle. Ou é o vestido ou são as injeções de testosterona.

Como sempre, ele tem como objetivo evitar demonstrações na frente da equipe ou do Serviço Secreto, o plano é sua convidada seguir sozinha num carro pela Park Avenue, mas ela está um pouco exuberante, de modo que ele decide que o jeito mais seguro é mantê-la à vista. Na ausência do Barba, ele é forçado a escolher um dos assessores com quem ela flertou hoje mais cedo; ele fica com o olhar de um menino que nunca esteve em Coney Island antes. O presidente ordena que ele a acompanhe até o Carlyle num táxi, enquanto o presidente vai de limusine e pega o elevador para o 34º andar; o assessor a leva até o apartamento onde o presidente pretende agradecer a ele com um drinque, mas Marilyn se estende convidativamente numa *chaise longue*, derrubando vinho no vestido, e ambos os homens fitam momentaneamente a mancha úmida fazendo aparecer seu mamilo.

— Obrigado, Kenny, boa noite — o presidente diz, e o acompanha até a porta.

— Pobrezinho — Marilyn ri. — Acho que ele estava com a esperança de um *ménage à trois*.

— É um requisito federal que eles sejam capazes de contar pelo menos até três.

— Bela suíte, Jack.

Esse *pied-à-terre* pertence à família dele há anos. Ele se debruça na janela com vista para o Central Park. Os carros são formigas nas ruas lá embaixo, os fachos de seus faróis como antenas. Ele prefere que ela acredite que essa é apenas mais uma suíte presidencial *ad hoc* porque ele precisa do conforto de barreiras pessoais. Ele não a quer imaginando-o ali em outros encontros ao longo dos anos, ou jogando conversa fora com seu pai tomando um último trago. No fim, vai tratar da fantasia dela de usurpar sua mulher.

Sua cabeça lateja, possivelmente um efeito da testosterona, mas sua próstata parece inflamada. Já faz duas horas que ele vivencia um desejo singular de fazer sexo com Marilyn. Ela poderia ter a personalidade mais desagradável possível e ele ainda sentiria essa urgente compulsão física. Ele olha para ela deitada na *chaise longue*, seu vestido colado às pontas dos seios dela e definindo a curva da barriga, e se sente pronto para explodir.

— Esse é um vestido e tanto — ele diz.

Ela diz:

— Muito obrigada, senhor presidente. E talvez possa ser do interesse do presidente saber que eu precisei de muita ajuda para colocá-lo, e acho que vou precisar de ajuda também para tirá-lo.

ALGUMAS MULHERES reclamam por terminar tão rápido, enquanto outras devem ficar aliviadas. Às vezes ele se pergunta o que elas fazem depois que ele adormece. Talvez fiquem olhando para o teto, ou o xinguem, ou desfiem um monólogo absorto, sem perceber a narcose do sujeito ao lado até ouvirem a interjeição do primeiro ronco, que mais parece o grunhido de um porco.

O presidente é acordado pela campainha da porta. Marilyn refugia-se no banheiro enquanto ele lida com a interrupção, por parte do mesmo agente que mostrou sua desaprovação no primeiro encontro presidencial com ela em Beverly Hills.

O agente diz:

— Desculpe, senhor presidente, um problema de segurança está transcorrendo no hotel e recebi ordens para confirmar a sua locação e informar se o senhor está em segurança.

— Estou em segurança, obrigado — o presidente diz, sonolento.

— Muito bem, senhor presidente. — O agente aperta o microfone que carrega na lapela e transmite: — Lanceiro em segurança.

O presidente ouve uma risadinha ecoar no banheiro e suprime um sorriso quanto ao sugestivo codinome.

— Qual é o problema de segurança? — ele pergunta.

— É delicado, senhor presidente.

— Escandalize-me.

— Senhor presidente, um cavalheiro alega que sua esposa está sendo corrompida. Os agentes posicionados no lobby estão tentando acalmá-lo.

— Uma simples ligação telefônica teria dado a informação de que você necessitava.

— O capitão do lobby telefonou, senhor presidente. Ninguém atendeu.

— Eu devia estar dormindo.

O agente devolve o olhar do presidente inescrutavelmente.

— O cavalheiro no lobby...

— Sim, senhor presidente?

— ...ele por acaso seria o marido de minha convidada?

— Seria, senhor presidente.

— Não quero nenhuma queixa contra ele. Coloquem-no num táxi e garantam que chegue em segurança em casa.

— Sim, senhor presidente.

O agente adota uma expressão sóbria e se retira para o corredor enquanto o presidente fecha a porta. Marilyn emerge do banheiro usando um robe de toalha aberto do pescoço aos joelhos.

— Isso foi gentil, o que você fez.

Ela puxa as pontas soltas do cinto do robe, fazendo seu corpo se ondular. Subitamente o presidente está completamente acordado de novo e surfando na direção dela numa onda de hormônios.

Depois do sexo, ela riu.

— Você está me corrompendo... Lanceiro!

— Melhor nem pensar nisso.

— Sabe, Jack, Joe é inofensivo — ela diz. — Ele fica chateado, só isso. Ele ainda é muito protetor. É gentil, de certa forma.

— De certa forma — o presidente diz, e no entanto, assim que ele visualizou o ex-marido de Marilyn causando tumulto no lobby do hotel, seu instinto foi ser compassivo, se nada mais porque ex-atletas também sentem dor.

De volta a Washington, o presidente convoca o chefe do Serviço Secreto para uma breve reunião no fim do dia, na qual pergunta se ainda permanecem preocupações com a segurança.

— Não, senhor presidente — vem a resposta. — O cavalheiro não fez ameaças à sua pessoa e, nos seus informes, todos os meus agentes concordam que ele pareceu embaraçado com sua conduta quase que imediatamente na noite em questão. Ele se desculpou repetidamente.

— Seus agentes foram capazes de descobrir a razão de sua queixa?

— Parece que o Sr. DiMaggio tinha esperança de se encontrar com a dama para jantar depois do concerto no Madison Square Garden.

— Como ele poderia saber onde ela estava e com quem?

O chefe do Serviço Secreto se move desconfortavelmente.

— Com todo o respeito, senhor presidente, tenho uma preocupação quanto à confiabilidade de segurança da dama em questão.

— Ela contou a ele?

— Acredito que sim, senhor presidente. Minha suposição é que ela informou ao cavalheiro quando cancelou o encontro deles para acompanhar seu assessor ao hotel Carlyle.

— Entendo. Obrigado.

O presidente o dispensa, mas ele mantém-se na mesma posição.

— Com todo o respeito, senhor presidente, eu poderia continuar? Meus agentes de campo expressaram sua preocupação com o fato de as convidadas presidenciais terem tido permissão de não se submeterem aos protocolos de segurança padrão. Não preciso enfatizar o risco potencial para a sua pessoa, em particular a sua vulnerabilidade se adormecer na companhia delas.

O presidente diz:

— Eu agradeço a sua preocupação e farei o melhor possível para cooperar.

O chefe do Serviço Secreto trava o queixo da maneira que seus agentes fazem e então parte. O presidente então vai nadar, sozinho desta vez, para refletir sobre a estupidez desse seu último encontro com Marilyn, que, ele sabe, vai apenas alimentar as ilusões dela. Marilyn ligou para

166

ele na manhã seguinte ao encontro deles porque seu ex-marido estava com medo de passar a ser vigiado dali em diante.

— Está tudo bem — o presidente retorquiu. — Deixamos que ele ficasse livre em respeito a seus serviços ao beisebol. Há uma regra segundo a qual você não pode ser uma ameaça à segurança nacional se você venceu cinquenta jogos seguidos vinte anos atrás.

— Não tem graça, Jack — ela retorquiu.

— Não? — ele retorquiu de volta.

— Foram 56 jogos.

— Peço desculpas.

— Lanceiro, você está com ciúme?

Ela evita conflitos flertando, e ele já caiu nessa antes, mas não quando ele ligou para ela imediatamente após a reunião com o chefe do Serviço Secreto.

Ele disse abruptamente:

— Foi um erro você contar a ele sobre nós.

— Qual é o grande segredo, Jack? — ela disse. — Todo mundo sabe.

— Minha vida particular é um assunto delicado. Há considerações de segurança nacional.

— Você entendeu, Jack. Quero dizer que todo mundo que sabe, *sabe*. Nosso assunto é como o de Rock Hudson e Tab Hunter. Todo mundo sabe, mas ninguém *sabe*.

— Eles só sabem porque você conta para eles.

— Sua voz está calma, mas sinto que está bravo comigo.

— Não estou bravo.

— Fico muito contente que você não esteja bravo comigo.

— Ótimo.

Sem pausa, ela muda de assunto:

— Eu sei que há um problema com isso de eu fazer filmes — ela disse. — Não posso ser uma estrela de cinema e a primeira-dama. Veja Grace. Ela teve de parar.

— Você tem razão. Seria um problema.

— Eu pararia, por você, Jack.

— Mas você não iria sentir muita falta?

— Não sentiria muita falta de ser tratada como um pedaço de carne todo santo dia.

Enquanto ele está imerso na água quente, reflexos das luzes no teto refletem na superfície, lembrando-o das contas reluzentes que ela usava naquela noite em Nova York. Ele espera que Marilyn acabe percebendo a pouca consideração que tem por ela, entretanto no dia seguinte a Sra. Lincoln registra duas ligações dela (não retornadas) e mais três no dia seguinte (também não retornadas). O presidente imaginou que ela se acostumou tanto a ter atenção que sua indiferença iria funcionar, mas ele não levou em conta o dano psicológico da criação que ela teve, pois foi condicionada a ter como expectativa a rejeição de todo mundo. Ele imagina sua própria filha sendo jogada de um parente indiferente para outro, e isso o deixa tão perto de uma sensação de culpa que no dia seguinte ele retorna a segunda ligação dela.

Ele diz a ela:

— Não acho que seja uma boa ideia voltarmos a nos encontrar.

— Eu sei; temos de deixar a coisa quieta até depois da eleição. Daí poderemos ficar juntos.

— Não. Não vamos ficar juntos.

— Você ficou bravo. Desculpe, Jack...

— Isso precisa acabar. Espero que você compreenda por quê. E, por favor, não faça mais revelações sobre o nosso relacionamento.

Ele tem se sentido nauseado faz dias e, depois de falar com Marilyn, a náusea chega ao auge. Ele se agacha na privada, sofrendo com a dor que pulsa em suas entranhas enquanto se esforça por fazer os morcegos* saírem da caverna.

Na manhã seguinte, ele tem a consulta periódica para a qual mandou que todos os seus médicos oficiais estivessem presentes, e então pergunta:

— Vocês estão absolutamente certos quanto à necessidade das injeções de testosterona?

— Absolutamente, senhor presidente — diz o almirante B.

---

*No original, o título deste capítulo é "The Bats"; em inglês, a palavra "bat" tem, além da acepção "taco", a de "morcego", que será empregada de novo no fim do capítulo. (N.do T.)

— Absolutamente — diz o Dr. T.

— Definitivamente a mais efetiva opção terapêutica — diz o Dr. C.

— Concordo plenamente — diz o Dr. K.

O presidente diz:

— Fico nauseado a maior parte do tempo.

— É um efeito colateral comum — diz o almirante B.

— Podemos prescrever algo para controlar isso — diz o Dr. T.

E todos os quatro assentem em sincronia.

O presidente passa os quatro dias seguintes em reuniões e no telefone, resolvendo assuntos econômicos e formulando uma ordem executiva para proibir a discriminação em projetos habitacionais, o que por muitos anos vem sendo usado como um método não oficial de evitar a integração de famílias negras em bairros brancos.

Enquanto isso, numa reunião do Gabinete, alguns dos chefes do Estado-Maior estão batendo os tambores quanto ao Vietnã do Sul. O chefe do Estado-Maior da Força Aérea diz:

— Temos de mostrar a eles que temos colhões.

— Mostrar a quem, general LeMay?

— Aos comunistas. O mundo sem Deus. Mostrar que nós não vamos engolir a merda deles, senhor presidente. Bombardear as selvas, fazê-las voltar à idade da pedra, e manter os Vermelhos longe. Que diabo, invadir o Vietnã do Norte enquanto estamos lá, tomar o país inteiro.

— Perderíamos um monte de homens naquelas selvas — diz o presidente. — E pelo quê estaríamos lutando exatamente, general?

— Nossos colhões — ele diz.

Em sua consulta periódica na semana seguinte o almirante B. informa que os exames de sangue do presidente não demonstraram a melhora esperada, portanto todos os médicos concordam que a dose de testosterona precisa ser aumentada.

ASSESSORES DO GOVERNO estão preocupados com o fato de que o apoio do presidente aos direitos civis levou a uma queda em sua popularidade, uma indicação de certa perversidade nas sensibilidades do eleitorado, que se rejubilou com o fiasco imperialista no Golfo, que se encantou com a retórica no Muro de Berlim, mas que desaprova a demonstração de uma humanidade comum em relação a seus semelhantes.

— Estamos receosos de que isso faça o senhor perder votos — os assessores dizem.

O círculo mais próximo do presidente sugere que ele não insista nos programas de direitos civis até a sua popularidade voltar a subir.

O presidente diz:

— Eu me recuso a abandonar o princípio dos direitos iguais dos cidadãos... — Mas uma náusea súbita ataca seu estômago. Ele fica pálido e uma camada de suor rebrilha em sua face.

Mais tarde no mesmo dia, os médicos confirmam que a testosterona é responsável pela náusea.

— Vem em ondas — ele diz. — Não consigo controlar.

— Nós podemos — eles respondem. — Se os comprimidos não forem fortes o bastante, começaremos com injeções.

O almirante B. pede ao presidente que abaixe as calças e, com o presidente deitado de bruços no sofá junto à lareira, enfia nele a agulha da seringa. Quando ele está vestido de novo, a Sra. Lincoln informa o presidente que Marilyn ligou uma meia dúzia de vezes nos dois últimos dias. Ela não lhe deu o recado antes com a esperança de que as ligações cessassem. O presidente suspira e diz:

— Vamos simplesmente mudar o maldito número do telefone.

No dia seguinte, entre as reuniões da tarde e a sessão de nado ao anoitecer, ela entra com ar sombrio para dizer:

— Houve mais duas ligações hoje, senhor presidente. Ela tem ligado para o telefone da recepção e pedido à telefonista para passar a ligação para o seu escritório.

— Diga às telefonistas para não transferirem.

— Certo, senhor presidente — diz a Sra. L., mas no dia seguinte ela entra na sua hora costumeira, a janela flexível entre a última reunião vespertina e a natação terapêutica, e informa: — Infelizmente ela criou certo tumulto, senhor presidente. Levantou a voz para a telefonista.

Ameaçou fazê-la perder o emprego. A telefonista hesitou em dizer, mas ela parecia estar bêbada.

— Acho que estou formando uma imagem mental bem nítida — diz o presidente.

Bêbada e chapada, ela está insultando o PABX da Casa Branca com a pergunta: "Você sabe com quem está falando?", antes de fornecer a resposta: "Sou a deusa do cinema com quem o presidente tem trepado nos últimos dois anos." É a mesma fala que ela vem recitando por toda a Hollywood, até agora uma tantalizante fatia de fofoca servida na mesma travessa das operações plásticas notórias, dos abortos clandestinos, das lúbricas festas à beira da piscina só com homens, mas, se ela mantiver a revelação, o material poderá se tornar mais explosivo. A falácia dela engrandeceu a anedota anêmica da showgirl usada e descartada pelo príncipe num melodrama completo no qual ela alega que o presidente e a Loura estão prometidos um ao outro após a próxima eleição, dando-lhe o papel do canalha que vai para as eleições como um homem de família mas que pretende governar como um playboy. Normalmente o presidente não se preocuparia com isso, mas ela não é uma mulher comum, é alguém de uma profissão que respira o oxigênio da publicidade, de modo que o desenlace pode em última instância influir na descarada economia da trama, se ser amante presidencial dá mais lucro nas bilheterias do que aquele vislumbre de pernas e calcinhas ajudado pelo vento, o momento cinematográfico icônico servindo como prova de que ela valorizava sua carreira mais do que sua união com a pudica ex-lenda do beisebol, sendo então a demonstração singular de que sua busca do melhor partido poderia fazer a dissolução de um inconveniente casamento entre celebridades ser superada pela derrocada de um presidente.

O cunhado do presidente dá um tempo em sua birra para ligar.

— Ela está contando a todo mundo por aqui que é a sua amante — ele adverte. — A menos que façamos alguma coisa, vai acabar parando em alguma coluna de fofocas.

— Agradeço a sua preocupação, Peter — o presidente diz num tom impassível.

— Eu posso falar com ela, Jack, fazê-la recobrar o juízo.

— Seria muito gentil da sua parte fazer esse esforço, Peter — o presidente diz no mesmo tom neutro.

— Só estou pensando na eleição.

O presidente sabe que ele só está pensando em Frank, é claro, e no *quid pro quo* que o presidente ficaria lhe devendo por esse favorzinho. Assim, ele diz:

— Deixe-me pensar um pouco no caso, Peter.

O presidente está quase na metade de seu primeiro mandato no cargo; no entanto, as preocupações de sua equipe com sua popularidade, somadas à crença de Marilyn de que seu desinteresse por ela relaciona-se a receios quanto à eleição em vez de ao tédio sexual, fazem com que ele avalie o tempo limitado que tem para completar a obra da sua vida. A perspectiva de perder a eleição o aterroriza. Ele teme o vácuo mais do que a morte. Liga de novo para seu cunhado imediatamente.

Na manhã seguinte, Peter liga para a linha particular do presidente na Residência. Ele falou com Marilyn na noite anterior, conforme planejado, e ela pareceu compreender o que era necessário. "Diga adeus a Jack", ela disse. "Diga adeus também a você." Bem cedo esta manhã sua faxineira a encontrou no apartamento, nua na cama, frascos de comprimidos abertos e seu conteúdo espalhado por toda parte.

O suicídio não imbui o sujeito de culpa, nem deveria. Essa fraqueza em particular prova-se extremamente destrutiva para o conquistador. Ele decide considerar essa tragédia como um teste para a sua perícia de adúltero, um teste não no sentido tradicional que viria à mente do fornicador ingênuo ou do macho monógamo convencional — ambos imaginariam que os desafios tomam a forma apenas de conquistas difíceis ou de dissimulações intrincadas, quando o sujeito sabe por experiência própria que periodicamente o conquistador se vê na concha mais recôndita da compaixão, e o homem que até então complacentemente esquivou-se do sofrimento de uma amante rejeitada ou de uma esposa ciumenta chega à compreensão da exigência maior do caminho que escolheu. Ele precisa agir como um sociopata, a menos que tenha a sorte ou o azar — dependendo do ponto de vista — de já ser um.

O conquistador enfrenta testes de coragem regularmente, que tomam formas muito prosaicas, como a sua disposição para mentir para pessoas que confiam nele ou fazer uma proposta indecorosa à esposa de um colega; um homem que tem sucesso nesses pequenos esforços passa a se considerar uma máquina de sedução isenta de culpa. Mas ele está iludindo a si mesmo. O verdadeiro exame ocorre quando o homem compreende os limites para a sua capacidade de desumanidade, ou, mais propriamente: compreende que ela deve ser ilimitada. Não se passa uma noite sem que o sujeito reflita sobre o terrível sofrimento da Brigada Cubana, sem nenhuma compulsão de descartar esse sentimento; na verdade, ele persiste em atormentar o Departamento de Estado e o Departamento de Justiça para que obtenham a libertação dos homens. Porém, por mais relutante que ele se sinta em derramar mais sangue, ele ainda precisa, como comandante em chefe, estar preparado para fazer isso em defesa de seu país, ao qual jurou servir. E, sendo um sedutor, nunca deve deixar que reflexões culpadas o impeçam de satisfazer seus impulsos. A subjugação da culpa é a fundação do sucesso do sujeito como fornicador.

No dia de seu casamento, ele vivenciou uma transcendência perante os totens da continência. Os votos adquiriram um súbito poder sedutor, e ele pairou na serenidade do sexo sem culpa, a propaganda em prol da monogamia tendo temporariamente feito uma lavagem cerebral nele, o que precipitou o conflito moral de um mês depois, ao retornarem da lua de mel, quando sua inevitável ânsia de fazer sexo com outras mulheres tornou-se enlouquecedora. Ele optou por ceder, com uma antiga namorada cuja discrição era assegurada, e foi então que descobriu não ter problemas em superar a culpa de romper seus votos conjugais.

Durante um cruzeiro hedonista que ele fez pelo Mediterrâneo, sua esposa, em casa, deu à luz abruptamente um bebê natimorto, uma menina. Nessa ocasião, ele forçou a si mesmo a aproveitar a oportunidade como um exame de sua capacidade de suportar a culpa. Sobreviver ao limite era a chave da conquista. Seus companheiros ficaram inflexíveis quanto à opinião de que ele deveria retornar imediatamente aos Estados Unidos, enquanto ele exibiu uma determinação de prosseguir nas férias, com suas festas regulares no convés recebendo variadas jovens núbeis que se apresentavam deliciosamente dispostas a serem acompanhadas para os quartos. Afinal, ele se forçou a pensar, que diferença faria?

Sua dureza pareceu chocante, intrigando seus companheiros com o que eles interpretaram como uma extrema falta de compaixão com a situação de sua esposa, mas a verdadeira intenção dele era demonstrar uma impermeabilidade diante das distrações emocionais que acompanham a carreira de qualquer conquistador moderadamente bem-sucedido. Uma vez admitidos esses ânimos perturbadores, eles se acumularão em quantidade e com velocidade, em situações bem menos inquietantes do que a morte de uma criança. Logo ele se tornaria o refém do ciúme de sua mulher, ou de seu constrangimento, ou de sua solidão.

Então se recusou a tomar um avião para casa. Ele se entregou às festas. Na manhã seguinte, seu melhor amigo do grupo o advertiu que ele quase com certeza iria ter de enfrentar um divórcio se não fosse para o lado de sua esposa, e ante essa perspectiva ele cedeu, mas retornou sabendo que tinha adquirido o que poucos homens têm: a certeza da profundidade de sua vontade.

— Ela está morta — Peter informa pelo telefone, repetindo os detalhes do corpo nu e dos comprimidos espalhados. — Suicídio. — O presidente agradece e o aconselha a não voltar a falar diretamente por telefone sobre o assunto de novo.

Histórias de crueldade com negros podem às vezes levar o presidente quase às lágrimas, mas, após o informe de seu cunhado, o presidente tem uma reunião com o ministro da Fazenda para discutir um corte de impostos, e então, depois de nadar, lê uma história para Caroline na hora de dormir, dá um beijo de boa noite em John Jr., e vai jantar na Residência com a primeira-dama, uma noite comum exceto, talvez, por ele levar um minuto a mais para escolher o vinho.

NO DIA SEGUINTE, o presidente é informado sobre um estudante negro a quem foi negada a matrícula na Universidade de Mississippi apesar de estar academicamente qualificado, sua exclusão derivando de uma política local ilegal de segregação sancionada pelo próprio governador do estado, que se encarregou de visitar a universidade, acompanhado por policiais armados, e pessoalmente mandar o estudante embora em seu terceiro dia sucessivo de tentativa de matrícula.

Mais uma vez, seus assessores lembram ao presidente os efeitos contraproducentes de se envolver pessoalmente nos problemas de direitos civis. Ele poderia limitar-se a considerar esses eventos como assuntos internos do estado do Mississippi. Em vez disso, ele pede a sua secretária que ligue para o governador.

Na linha, o presidente diz:

— Governador, não há razão legal para negar o direito desse estudante a se matricular.

— Bem, senhor presidente, nunca houve um preto matriculado na Ole Miss antes, e eu não vejo razão para que isso mude.

— Precisa mudar, governador — o presidente diz.

— O estado do Mississippi não vai se render às forças ilegais e perversas da tirania.

O presidente respira fundo para se acalmar e diz:

— Eu fui informado de que esse jovem serviu na Força Aérea dos Estados Unidos por nove anos e agora deseja aprimorar-se por meio da educação universitária.

— Ele pode ir à faculdade, mas não na Ole Miss.

— Receio, governador, que estejamos num impasse, eu e você, já que me informaram que ele insiste particularmente nessa ideia.

— Senhor presidente, esta é uma intrusão intolerável nos assuntos internos do estado do Mississippi.

— Então ao menos concordamos sobre uma coisa, governador. É de fato intolerável.

Os assessores do presidente lhe mostram fotografias de jornais das multidões no Mississippi, policiais armados postados entre cidadãos que expressam seu compromisso cívico empunhando tacos de beisebol e canos de metal e grunhindo insultos contra a pequena multidão pacífica reunida em apoio ao estudante importuno. Uma fotografia nauseante de um cachorro da polícia avançando contra uma mulher negra é divulgada pelo mundo todo. Pela primeira vez na vida do presidente, ele está envergonhado de ser americano. Um de seus assessores observa:

— É só um estudante. Logo ele acabará desistindo e irá para casa. Então estaremos livres do assunto.

A expressão do presidente fica tensa. Parte dele quer pegar um avião para o Mississippi e acompanhar ele próprio o jovem ao balcão de matrículas. Ele quer ligar para ele e ouvi-lo expressar a incredulidade ao saber que alguém da presidência esteja telefonando para ele, para o presidente dizer: "Na realidade, Sr. Meredith, não é alguém da presidência, é o presidente", e então explicar o quanto admira sua coragem, e como os intolerantes precisam ser derrotados, mas o presidente sabe que haverá uma pausa no fim de sua retórica na qual o estudante vai querer ouvir uma promessa, e o presidente não poderá fazê-la, porque ele não pode garantir que não vai perder, e é por isso que ele não pode fazer essa ligação.

Mas o presidente manda seus assessores pararem de se preocupar com sua popularidade. Ele diz:

— Estamos enfrentando uma questão moral e precisamos respondê-la moralmente.

No Salão Oval, as câmeras de televisão focalizam sua mesa enquanto o presidente toma um último gole d'água antes de se instalar em sua cadeira. Um assistente traz um espelho para que ele possa confirmar a magnificência de seu cabelo, e então ele se dirige à nação:

"Esta nação foi fundada por homens de muitas nações e origens. Foi fundada sobre o princípio de que todos os homens nascem iguais, e de que os direitos de todos os homens são diminuídos quando os direitos de um homem são ameaçados. Deveria ser possível, portanto, que estudantes americanos de qualquer cor frequentassem qualquer instituição pública que escolhessem. Deveria ser possível que consumidores americanos de qualquer cor fossem atendidos com igualdade, e deveria ser possível que cidadãos americanos de qualquer cor se registrassem para votar. Deveria ser possível para todos os americanos desfrutar os privilégios de ser americano independente de sua raça ou cor. Todos os americanos deveriam ter o direito de serem tratados como gostariam de ser tratados, como gostariam que seus filhos fossem tratados. Mas não é isso o que acontece. A criança negra nascida nos Estados Unidos da América hoje tem cerca da metade das chances de completar o ensino médio que uma criança branca nascida no mesmo lugar e no mesmo dia, um terço das chances de terminar a universidade, um terço das chances de se tornar um profissional, o dobro das chances de ficar desempregada, uma expectativa de vida que é sete anos menor, e a perspectiva de ganhar a metade do que os brancos ganham."

O presidente ignora o zumbido insidioso da câmera. Na lente, ele vê refletido um ligeiro movimento da cortina atrás dele, causado pela brisa que vem por uma janela deixada aberta para manter a sala fresca apesar das luzes da TV, e nos espaços entre a equipe de filmagem ele vislumbra assessores se movimentando silenciosamente.

Ele dá um relance a suas notas, engole em seco e continua:

"Dificuldades devido a segregação e discriminação existem em todas as cidades, e é melhor resolver essas questões no tribunal e não nas ruas, mas a lei por si só não pode fazer com que os homens vejam o que é preciso. Estamos nos confrontando com o que é sobretudo uma questão moral. Tão antiga quanto as Escrituras e tão clara quanto a Constituição americana. O cerne da questão é se todos os americanos terão garantidos direitos iguais e oportunidades iguais, se iremos tratar nossos compatriotas americanos como queremos ser tratados. Se um americano, por sua pele ser escura, não pode almoçar num restaurante aberto ao público, se ele não pode mandar seus filhos para a melhor escola pública disponível, se ele não pode votar nas figuras públicas que vão representá-lo, se, em suma, ele não pode desfrutar da vida completa e livre que todos nós queremos, então quem de nós ficaria satisfeito com ter a cor de sua pele mudada e ficar no lugar dele? Quem de nós ficaria satisfeito com os conselhos de ter paciência e esperar?

Cem anos de espera se passaram desde que o presidente Lincoln libertou os escravos, e no entanto seus herdeiros, seus netos, não são completamente livres. Eles ainda não foram libertados dos grilhões da injustiça. Ainda não foram libertados da opressão social e econômica. E esta nação, com todas as suas esperanças, não será completamente livre até todos os seus cidadãos serem livres. Nós pregamos a liberdade mundo afora, e de fato a desejamos, mas teremos de dizer ao mundo — e, muito mais importante, dizer uns aos outros — que esta é a terra da liberdade, mas não para os pretos; que não temos cidadãos de segunda classe, exceto os pretos; que não temos sistema de classe ou castas, nada de guetos ou supremacia racial, exceto em relação aos pretos?

É chegado o momento de esta nação cumprir sua promessa. Enfrentamos uma crise moral como país e como povo. É o momento de agir no Congresso, em seu estado e corpo legislativo local e, sobretudo, em nossas vidas cotidianas. Aqueles que nada fazem estão acolhendo a vergonha, bem como a violência. Aqueles que agem ousadamente estão reconhecendo o certo, bem como a realidade. Nesse aspecto eu gostaria de prestar respeito àqueles cidadãos no Norte e no Sul que vêm trabalhando em suas comunidades para tornar a vida melhor para todos. Eles estão agindo não em função de um dever legal, mas de decência humana.

Este é um só país. Tornou-se um só país porque todos nós e todas as pessoas que vieram para cá tiveram oportunidades iguais de desenvolver seus talentos. Não podemos dizer a dez por cento da população que eles não têm esse direito. Eu creio que devemos a eles, e devemos a nós mesmos, um país melhor do que este."

Após o discurso do presidente, a equipe se reúne para receber notícias da repercussão pelo país. O presidente não se junta a eles. Em vez disso, ele se reúne com funcionários do Departamento de Justiça para esboçar a legislação a ser apresentada ao Congresso que vai incluir os direitos civis iguais na Constituição, e então na manhã seguinte ele federaliza a Guarda Nacional do Mississippi, que marcha para o campus da Ole Miss para garantir a matrícula de um jovem americano ambicioso que por acaso nasceu negro.

NASCE UMA ESTRELA, brevemente ela brilha, e então cai. Marilyn é enterrada num funeral discreto em Westwood, a cerimônia toda orquestrada por seu ex-marido, que proíbe a presença de seus amigos de

Hollywood, até mesmo de Frank, culpando-os de terem-na corrompido para seu estilo de vida libertino, e ordena que rosas vermelhas frescas sejam postas em seu túmulo três vezes por semana. Cada brandir de seu taco de beisebol jura vingança contra cada homem que ajudou a obscurecer a luz dela.

Com o crepúsculo, as barbatanas do cortejo motorizado presidencial tornam-se asas de morcegos arqueadas com a cor da morte. Sua limusine vai na direção do Potomac a caminho de um encontro com Mary, mas os eventos dos últimos dias semearam temores de que ele pode perder na próxima eleição, truncando cada um de seus planos e programas.

As vidas de outros homens são como maratonas, enquanto ele precisa encarar a sua como uma corrida de 100 metros rasos. Ele prometeu mudança, e embora oito anos possam não ser nem mesmo suficientes, quatro anos com certeza serão pouco demais. Seu legado precisa transcender a obra de um só homem e se tornar a obra de um povo inteiro — essa é a grandiosa escala da existência do sujeito —; e no entanto, sua própria vida é equivalente a bem menos do que já estar no meio do segundo tempo, e em vez disso precisa ser medida pelos anos que ainda tem na Casa Branca, pois um presidente é capaz de conseguir mais num único dia no cargo que em todas as subsequentes décadas que venha a ter na terra.

As esperanças e oportunidades que ele prometeu para todos, esse novo espírito de realização ilimitada que ele proclamou, tudo isso não passa de grãos de areia descendo na ampulheta.

Ao oeste, do outro lado do rio em Arlington, as lápides se tornam cinza-cadáver sob o sol poente.

O presidente olha para dentro do carro e diz ao motorista:

— Dê meia-volta. — E retorna ao trabalho.

O VERGALHÃO

APROVAÇÃO DO PRESIDENTE despencou para a taxa mais baixa até então, de modo que evidentemente a inação de seus antecessores resultou de eles terem percebido que não se pode nunca subestimar o quanto o povo americano odeia negros, mas Mary é uma eleitora esclarecida que veio a apreciar a tomada de posição do presidente quanto aos direitos humanos, e, embora ele fique desapontado com o fato de que não há mais cidadãos que compartilhem da opinião dela, fica gratificado com a conversão dela.

Além disso, ela demonstra um aspecto com frequência ignorado dos hábitos de fornicação do indivíduo, a saber que um bom número de suas cantadas tem como alvo senhoras casadas ou senhoras divorciadas com idade próxima à dele; quando jovem, ele com frequência considerava que levar para a cama mulheres na década imediatamente acima da idade dele era um emblema de honra, já que uma mulher assim precisa ter um escrupuloso bom gosto em sua escolha de amante para o caso de as matronas do country clube ficarem sabendo de seu segredo.

Mas agora que o sujeito é um homem de meia-idade que, é preciso dizer, adquiriu certo status, a questão do bom gosto se aplica a suas amantes e, embora a beleza seja uma condição *sine qua non*, é preciso admitir que alguma vulgaridade acompanha um cortejo uniforme de garotas cuja idade é de um número menor que o do seu sutiã. De certo modo, ele tem bastante orgulho de seu epicurismo, porque a única característica comum para todas as mulheres que ele escolheu é que elas o interessam em algum plano intelectual ou psicológico, sua esposa (quem mais?) sendo a epítome disso.

O sujeito desfrutou de seu primeiro sucesso num jantar duas noites depois do discurso à nação sobre os direitos civis, quando Mary se distinguiu da vasta maioria presente por parecer ocupar um espaço mais próximo dele do que no passado, em contraste àqueles que cercaram o personagem presidencial naquela semana; assim, naquela sexta-feira, quando a esposa e os filhos estavam fora para o fim de semana na Virgínia, ela finalmente o visitou na Casa Branca como uma convidada do Barba.

— Considerando a sua posição quanto aos direitos humanos, senhor presidente — ela disse —, posso pressupor que o senhor também é a favor do Movimento Feminista?

— Com certeza — ele disse. — Detesto quando elas não fazem nada.

Depois de um jantar leve e uma garrafa de Côtes du Rhône, o Barba se retirou e o presidente acendeu um Upmann.

— Você tem maconha, Jack? — ela disse.

Ele balançou a cabeça, sorrindo.

— Nada de maconha na Casa Branca — ela disse. — Desse jeito, onde o mundo vai parar?

Quando ela o visita na semana seguinte, ele a recompensa com um baseado, providenciado e enrolado pelo Barba de um traficante sobre o qual o presidente pergunta e o Barba não conta nada, e quando ela o passa de volta para ele e se reclina na cama de Lincoln, ele fuma mas, em respeito a seu cargo, não traga.

Antes de ir embora, ela diz:

— O que sua mulher iria pensar do que estamos fazendo?

— A questão pertinente é: o que você acha do que estamos fazendo.

— Acho que sou uma prostituta.

— Eu realmente espero que não. Não teria dinheiro para pagar seu preço.

O sorriso dela é delicado; sua pele, pálida. Ela diz:

— Como que ela o aguenta, Jack?

— Acho que ela deve me amar.

Nas últimas semanas, a primeira-dama tem passado por uma de suas fases misteriosas, cuja causa ele parece não conseguir decifrar. Alguns dias atrás, sua secretária interrompeu o presidente entre duas reuniões.

— Desculpe, senhor presidente, mas achei que o senhor devia ser informado de que a primeira-dama caiu doente.

Pelo tom dela, o presidente compreendeu imediatamente o tipo de doença que afeta a primeira-dama, aquela enfermidade peculiarmente evanescente que a deixa prostrada na hora de um compromisso oficial mas da qual meia hora depois ela se recupera, indo direto para a quadra de tênis ou uma prova de vestidos. Seu cenho franziu-se mais quando a Sra. Lincoln acrescentou:

— São as crianças deficientes mentais.

Essa atividade filantrópica é de importância pessoal por conta da irmã dele, e uma causa na qual ele faz pressão para que a primeira-dama se envolva.

— Quando chegarão? — ele disse.

— Já estão no Salão Verde, senhor presidente.

— Atrase meu compromisso das 11h30 para o meio-dia.

— E quanto à agenda da tarde?

— Não a mude. Não vou nadar na hora do almoço.

Ele abriu as portas do Salão Oval para a Colunata Oeste, colocando os agentes em alerta. Eles o seguiram a uma distância respeitosa enquanto o presidente caminhava entre as colunas de mármore branco para o Pórtico Sul, onde então ele prosseguiu sozinho pelo Salão Azul, entrando finalmente no Salão Verde, onde um grupo de cerca de uma dúzia de jovens estava sentado com suas professoras.

O presidente disse:

— Infelizmente a primeira-dama ficou doente, mas espero que eu seja um substituto à altura.

As professoras formaram uma fila e o fotógrafo oficial perguntou se o presidente não se importaria que fotos fossem tiradas, e então ele conheceu as crianças, que iam dos 6 aos 16 anos, embora muitas vezes seja difícil saber a idade quando elas têm problemas graves, e em seguida o diretor perguntou, nervoso, se o presidente gostaria de assistir à apresentação que eles prepararam. O presidente sentou-se. O primeiro a se apresentar deu um breve recital de violino, que arrancou aplausos entusiásticos do presidente.

O segundo era um menininho que teve de ser convencido a ficar de pé, mas estava tão nervoso que sua voz estava inaudível quando ele tentou recitar um trecho de poesia. O presidente pediu ao fotógrafo para parar com os flashes, já que achou que podiam estar perturbando o garoto, e então o presidente agachou-se junto a ele para ouvir o poema.

O presidente disse:

— Vamos ler juntos? — Ele enunciou as primeiras palavras, o menino posseguindo, até que a voz do menino ficou alta o bastante para conduzir, e, quando eles chegaram ao fim, para o maravilhoso aplauso dos professores e uns poucos membros da equipe da Casa Branca, o presidente apertou a mão do menino daquela maneira enfática que se usa com crianças. O presidente saiu dali sentindo, como sempre, que, apesar da incessante dor em suas costas, que apenas se intensificou naquela tarde pois ele foi forçado a se abster de sua natação, que não se deve lamentar a própria situação quando há infortúnios bem, bem maiores no mundo.

Naquela noite, no jantar, o presidente decidiu questionar sua mulher quanto à razão de não ter comparecido ao compromisso — pois ficou sabendo pela assistente dela (após considerável pressão) que a primeira-dama passara o dia em provas de vestidos, seguidas por um almoço com uma amiga, seguido, então, por uma visita a portas fechadas a uma butique —, e obteve como resposta:

— Eu estava me sentindo mal.

— De quê?

— Do estômago.

— Você sabe o quanto significava para mim.

— Eu sei, Jack — ela disse, e acendeu outro L&M, encarando-o desafiadoramente através da nuvem de fumaça que soprou na direção dele.

DEPOIS QUE MARY vai embora, ele serve-se de um copo d'água, engole um par de analgésicos e vai até a varanda que dá vista para o lado sul da propriedade. A essa hora, de cada duas luzes de carros na Constitution, uma é um táxi.

A secretária da primeira-dama veio vê-lo com certa ansiedade antes, em consequência de contas não pagas de vários estilistas e joalheiros, os credores da primeira-dama estando no limiar de constranger a Casa Branca com providências legais, em meio ao quê a pobre Pamela se vê envolvida no escândalo em potencial. Essa manhã ela abriu uma pasta para mostrar ao presidente um maço de contas não pagas que totalizavam quase 100 mil dólares.

Esses episódios ocorrem periodicamente no casamento do sujeito, quando sua esposa se torna um gato que enterra sua merda. Normalmente o sujeito só percebe uma tensão esotérica nas relações deles, até o dia em que ele escava a coprópolis dela. Ele então preenche um cheque na segunda-feira, e sua mulher não expressa nem uma palavra sequer de agradecimento; o equilíbrio dela é restaurado, e ela retorna a suas obrigações de primeira-dama.

Mas a fúria do presidente ficou requentando o dia todo, e agora ele bate na balaustrada de mármore com a mão aberta. Não é o dinheiro dela que ela está gastando, nem dele exatamente, mas da família deles, dinheiro que proverá a educação das crianças, seu futuro, suas casas e férias, e, além de bravo, ele está magoado, pois a falta de valores dela faz troça de qualquer presente que ele lhe dê, seja um vestido ou uma égua, porque ela não valoriza nada material se torrar 100 mil é algo que faz sem compunção.

Sem conseguir dormir, o presidente passa horas fazendo ligações de trabalho, acordando assessores em suas camas, até o almirante B. chegar de madrugada, após ter sido informado de que o presidente está insone e agitado, mas antes de administrar um sedativo ele trata de garantir que o presidente tome todos os seus remédios, em particular a testosterona, que ele esqueceu hoje mais cedo por conta das incessantes reuniões.

— Eu me sinto confinado — o presidente diz.

— O senhor vai ficar bem, senhor presidente — o almirante diz.

— Acho que são as injeções.

— O senhor vai ficar bem, senhor presidente — ele repete e vai embora.

O presidente não dorme. Ainda está bravo com sua esposa. Desde a leitura do poema com o menino mentalmente retardado, ele tem pensado muito em sua irmã. Normalmente quase nunca pensa nela. Em sua família, é melhor que ela não seja mencionada, pois faz surgir a questão desconfortável da culpa. Ele se pergunta como ela dorme. Ele se pergunta se seu olhar inexpressivo continua dia e noite e se as enfermeiras dela ficam tão incomodadas por esses olhos fixos que a drogam apenas para fazê-los se fecharem.

No fim, ele liga para Fuddle — pois ela é a que mora mais perto —, que pega o carro e vem, embora a contragosto, sendo recebida pelo Barba, que ele também acordou, e quando ela entra no quarto de dormir ele se descobre e diz a ela que não conseguirá dormir a menos que ela dê uma ajudinha com seu problema.

Ele se levanta mal clareia o dia e trabalha sozinho no Salão Oval, lendo relatórios e ditando memorandos numa máquina, embora, quando quer sair para o Jardim das Rosas para um pouco de ar fresco, descobre que as portas do pátio estão trancadas. Ele bate no vidro para chamar os agentes, mas eles não reagem. Talvez não o reconheçam de suéter e calça esporte. Bate de novo. Ele se volta perguntando-se se eles realmente não ouviram ou se foram instruídos a não deixá-lo sair, mas quando ele pede o Marine One, ele vem sem demora, transportando-o rapidamente para fora de Washington D.C. para o rancho na Virgínia rural.

A primeira-família almoça ao ar livre, e o presidente faz uma algazarra com as crianças. John engatinha em volta da mesa sempre com uma das mãos numa das pernas, embora, quando ele chega ao pai, fique tão tomado de emoção que cai de bunda e prorrompe em pranto. O presidente não pode levantá-lo estando sentado, de modo que a primeira-dama precisa dar a volta na mesa mastigando presunto e colocá-lo no joelho do pai, tirando a poeira do macacão dele. O presidente lhe dá uma fatia de presunto, mas os ovos apenas produzem no menino uma expressão de desgosto. Caroline tagarela sobre seus passeios de pônei, e sua mãe intercala ocasionais correções ou esclarecimentos, mas o presidente nota que ela está mais lacônica do que o habitual e evitando contato visual.

Não demora muito para os olhos do sujeito coçarem e ele começar a espirrar. É o pólen da grama, os pelos de cavalo e os pelos de cachorro. Mesmo o cavalo de balanço de seu filho, com sua crina autêntica, provoca uma reação alérgica. Quando eles põem as crianças na cama, há um chiado leve na respiração do sujeito. Seu peito se congestiona e seus sínus entopem. Sua esposa ignora os sintomas até que a provocação dela o faz explodir em raiva anafilática.

— Cem mil dólares — ele diz abruptamente. — Mas que droga! Não sou feito de dinheiro.

— Você pode gastar isso — ela diz.

— Não é esse o problema!

— Diga qual é o problema, Jack.

— Você não pode tomar a liberdade de gastar meu dinheiro assim.

— Eu não posso "tomar a liberdade". Mas você pode.

— Eu o quê, Jackie?

— "Tomar a liberdade", Jack.

— Eles iam fazer um escândalo com as contas não pagas.

— Claro que iam, Jack. Eles supõem que seja bom para o negócio se todos os clientes ficarem sabendo quão indiscretos podem ser quando se propõem a isso.

Ela acende um cigarro, sabendo que só vai fazer a respiração dele ficar mais difícil.

O sujeito recua para a porta. Ele vislumbra um vulto se movendo no hall e supõe que seja a babá. Quando ela se vai, ele diz:

— Preciso que você pare de gastar tanto assim, Jacqueline, só isso, caramba, pelo amor de Deus.

Ela diz:

— Você sabe por que eu gasto, Jack — e então se vira para fumar junto à janela.

DE NOITE, O VENTO FAZ farfalhar as árvores escuras que cercam o rancho. Sua mulher traz as crianças quase todos os fins de semana, dependendo da estação, e quase sempre ele se reúne a elas em algum momento do sábado, ficando até depois do almoço do dia seguinte, antes de voltar para o trabalho, e usualmente um encontro, na noite de domingo. Ele observa as árvores balançando, sua escuridão se abrindo e fechando. O ex de Marilyn poderia se esconder ali, brandindo seu taco entre as folhas, como também alguns dos capangas de Frank, empunhando Berettas.

Frank mandou um presente generoso para o aniversário do presidente, uma cadeira de balanço notavelmente colorida, que a primeira-dama decidiu que era de mau gosto, de acordo com sua execração em geral de Frank como um "cafajeste tedioso", de modo que, apesar de achá-la confortável e até atraentemente ousada, o presidente foi forçado, como sempre, a ceder em assuntos de decoração, donde a doação da cadeira com desabalada pressa para um hospital infantil, embora na verdade fosse conveniente que uma intervenção conubial desse cobertura caso Frank citasse o presente.

A verdade é que ele poderia tratar sua entourage abominavelmente, mas sempre tinha sido generoso com o sujeito, e com frequência, particularmente quando o presidente reflete sobre aquele jantar na Casa Branca em que o vulgar excesso de familiaridade de Frank ofendeu muitos convidados, em especial a primeira-dama e sua coterie de damas da sociedade, ele conclui que muito provavelmente estivessem apenas testemunhando os efeitos do álcool em combinação com o entusiasmo de um menino do cortiço que cresceu para se tornar o melhor amigo do presidente dos Estados Unidos, e essa era a razão pela qual ele ficou chamando o presidente pelo primeiro nome enquanto todos os outros convidados seguiam a convenção geral, pela qual só a esposa dele o chama de "Jack" em público.

E no entanto, nesta noite em particular, espiando lá fora as árvores escuras se acumulando na distância, o sujeito se lembra de uma ocasião anterior em que Frank se dirigiu a ele como "senhor presidente" e o presidente disse "Jack". Ele se pergunta se essa lembrança pode ser real. A volubilidade de Frank podia ser por ele estar intimidado pelo status do sujeito ou por se sentir confortavelmente em igualdade, mas o sujeito escolhera pressupor que era o último caso, e sentir-se insultado. Mas quando ele pensa em Frank, como está fazendo esta noite, sente falta dele.

Na sala de estar, um telefone preto está no gancho enquanto por perto um agente lê uma biografia de Northumberland com uma lanterna — um livro que o presidente tirou da estante e recomendou para ele. Após pedir um pouco de privacidade, o presidente liga para Santa Mônica.

— Quem está falando? — Peter diz, sonolento.

— É Jack.

— Porra, Jack, que horas são?

— Peter, preciso que você ligue para nosso amigo.

— Agora?

— Claro; agora.

— Está tarde.

— Ele vai estar acordado.

O presidente lê documentos azuis até seu cunhado ligar de volta, meia hora depois.

— Não me deixaram falar com ele. Sou *persona non grata*, persona não-na-lista.

— Ele sabia que era da minha parte?

— Deixei um recado.

— Ótimo. Bem, boa noite.

O presidente termina os documentos azuis e começa a ler os vermelhos. Seu filho faz barulho, e ele vai até ele antes que acorde a primeira-dama ou a babá. O presidente ouve da porta, sem acender a luz, o garoto balbuciar para si mesmo semiconscientemente, emitindo ruídos urgentes mas incompreensíveis. Ele o levanta do berço e verifica se não está molhado ou fedido, depois do quê o menino se aninha nos braços do pai por alguns minutos e volta a dormir. Então o presidente o deita no colchão e puxa os cobertores até o queixo dele.

O presidente põe a mão no peito do filho e se inclina para beijar a cabeça dele. Se o sujeito perder a eleição, seu filho não se lembrará nada desses anos; suas lembranças de seu pai na Casa Branca vão desaparecer por trás da névoa que oblitera nossa consciência infantil. Seu pai, o presidente, se tornará um fantasma.

O telefone não toca, de modo que o presidente tenta ele mesmo ligar para Frank, primeiro Los Angeles e depois Palm Springs, de onde alguém da entourage dele ri e pergunta se é Vaughn Meader passando um trote, ao que o presidente responde:

— Meader está ocupado esta noite, de modo que resolvi ligar eu mesmo.

Depois disso há uma breve pausa, e então o assecla muito respeitosamente informa ao presidente que seu patrão está jogando em Vegas, conectando-o para a linha particular dele no Sands.

Uma garota atende:

— Quem quer falar com ele?

O presidente hesita.

— Quem fala? — ela diz.

— Jack — ele diz.

— Lemmon? — ela diz.

— Kennedy — ele diz

— Oh, meu Deus! — ela diz e insiste para que Frank atenda.

— Está meio tarde, Jack — ele diz inabalável, saboreando a ambiguidade.

— Que eu lembre, é só por volta dessa hora que a sua ressaca da noite anterior está passando.

— Eu tenho uma cura para a ressaca agora.

— Qual?

— Continuar bêbado.

O presidente ri.

— Sinto falta de você, Frank — ele diz.

— Eu também, Jack — diz Frank.

Mas então um silêncio constrangido se segue. O presidente diz:

— Obrigado pelo presente de aniversário.

— Não há de quê, meu chapa — Frank diz.

E agora o presidente fica irritado de novo. Ele lembra a primeira vez que Frank o chamou de "meu chapa" — na propriedade de Palm Springs, numa ocasião em que havia duas prostitutas grandiosas na piscina (*grandioso* não sendo um elogio a seu esplendor ou dignidade, mas ao custo de cada uma), as garotas desafiando os homens a se juntar a elas, levando Frank e o senador a tirarem suas camisas polo e seus sapatos, quando então Frank encolheu cerca de 8 centímetros na altura, criando um momento embaraçoso entre eles, pois até aquele dia o sujeito nunca tivera prova definitiva de que ele usava artifícios para parecer mais alto, e o sujeito ousou se sentir o mais desejável quando ambos olharam para as garotas, que davam risinhos e apontavam para os peitos reluzentes dos homens, e ousou se coroar o alfa alfa, até Frank baixar as calças e libertar um vergalhão descomunal, piscar sombriamente e dizer: "Isso me faz ser o primeiro, meu chapa", antes de mergulhar na piscina.

O presidente espera Frank perceber o insulto e dizer algo conciliatório, talvez convidá-lo a voltar para Palm Springs alguma hora, mas há apenas um silêncio tenso nos dois lados da linha. Por uma abertura nas cortinas, o presidente vê o agente com a lanterna apagada e seus olhos esquadrinhando as árvores. Sua respiração se condensa no ar da noite. O Serviço Secreto fecha um círculo em volta da casa de fazenda, e o presidente vê um vulto escuro levando uma garrafa térmica de café quente para o outro agente que patrulha o caminho de terra que leva para a estrada. Mas o presidente não consegue pensar em nada para dizer no telefone para Frank, em vez disso irradiando a hesitação de sentimentos informes.

— Você não parece muito bem, Jack — ele diz.

— *Senhor presidente?*

O presidente acorda na cadeira de balanço com documentos vermelhos abertos no colo. Ele se dá conta de que deve ter adormecido. Nenhum dos dois homens vai engolir seu orgulho em relação ao outro, apesar do desejo de Frank de se misturar ao poder ou do presidente de mais uma vez transcender os muros de 7 metros de Palm Springs, para ter ali à sua escolha belezas se banhando e se divertindo na piscina, seus corpos vistosos e complacentes, suas bocas se abrindo e fechando de acordo com as ordens.

— Senhor presidente? — o agente repete. Ele está de pé junto ao presidente, o livro fechado na mão com a página marcada pelo indicador. — Desculpe acordá-lo, senhor presidente, mas tenho ordens para nunca deixá-lo dormir assim por causa de suas costas.

— Obrigado... — o presidente diz em tom etéreo, mas logo a dor é tão excruciante que são necessários cinco minutos, com a ajuda do agente, para ele se levantar da cadeira.

Ele precisa de muletas para chegar ao quarto. Os olhos de sua esposa se abrem no escuro, mas ela se mantém imóvel enquanto ele transfere o peso das costas apoiando-se nas muletas. Ele receia que ela vire para o outro lado e finja estar dormindo.

Ele murmura:

— Você sabe que eu não posso fazer isso sozinho.

Ela sai da cama sem dizer uma palavra, desamarra o colete e continua sem dizer nada enquanto o ajuda a se deitar no colchão.

De manhã, as árvores se afastam de seus pés enquanto o helicóptero alça voo, e as crianças acenam da varanda. Imediatamente ele sente saudades delas. Gostaria de poder enfiá-las nos bolsos e levá-las para o trabalho.

Além da estrada, a paisagem se torna uma planície, sobre a qual o helicóptero segue a leste para Washington. Na capital, o presidente recebe uma ligação urgente do Pentágono, na qual o secretário da Defesa informa que a Força Aérea soviética entrou em estado de alerta total e que parece haver um aumento de atividade do tráfego naval, em particular com a frota nuclear deles. O presidente ordena que ele utilize todos os meios à disposição para determinar a causa da ação soviética. Ligações ricocheteiam o dia todo entre a Casa Branca, o Departamento de Defesa e o Pentágono. O presidente não sai do Salão Oval, seja em conferência ou ao telefone, cada minuto do dia, sem poder escapar para dar uma nadada na piscina, de modo que ele precisa fazer seus exercícios de alongamento o melhor que consegue nos breves intervalos entre ligações e reuniões, e ele hesita em ir ao banheiro, mesmo seu estômago estando péssimo, e sofre um doloroso episódio de diarreia no meio da tarde.

Os chefes do Estado-Maior se reúnem para um informe ao presidente e ao secretário da Defesa por volta das 18 horas, e todos negam qualquer conhecimento da motivação do alerta inimigo.

O presidente diz:

— Podemos achar que eles estão armando uma ação ofensiva?

— Não sabemos por enquanto — ele dizem.

— A movimentação deles se dirige para Berlim?

— Há uma divisão blindada avançando na direção da cidade.

— Há submarinos em rota para Murmansk.

O presidente permanece extremamente tenso a noite toda. Ele anda para lá e para cá na Residência. Suas costas estão rígidas e ele defeca sangue. Se o telefone não toca por meia hora, ele liga para o Pentágono e o Departamento de Estado pedindo informes da situação. Fica tentado a chamar o Dr. Bem-Estar, mas quem vem é o almirante B., para garantir que ele tome todos os seus remédios.

Então, à meia-noite, o secretário da Defesa liga.

— Éramos nós — ele diz.

Depois de uma noite sem dormir, de tanta raiva, de manhã o presidente convoca o chefe do Estado-Maior da Força Aérea para explicar por que um dos seus (do presidente) bombardeiros nucleares lançou uma missão de bombardeio dentro do espaço aéreo soviético duas noites atrás.

— A missão foi bem-sucedida, senhor presidente — o general diz.

— Nossos estrategistas extrapolaram uma chance de 75 por cento de um ataque preventivo efetivo.

— Eu não quero fazer um ataque preventivo — o presidente diz.

— A capacidade de realizar um ataque preventivo precisa fazer parte de nosso planejamento de defesa estratégico, e agora o senhor sabe que a Força Aérea pode fornecer um caso seja necessário, senhor.

— E agora os soviéticos acham que *está* nos nossos planos. Eles chegaram a DEFCON 3.

— Exatamente, senhor. É por isso que não houve protesto diplomático. Eles não querem que o mundo saiba que podemos fazer nossos bombardeiros entrarem. *Eles ficaram com medo.*

— Deus do céu, general... *eu é que estou com medo*. Faça o favor de desistir desse seu exibicionismo, tanto com os soviéticos quanto com o seu comandante em chefe.

O general hesita. Ele parece perplexo com o tom do presidente. Por fim, ele diz:

— Sim, senhor presidente. — E se despede.

Mais tarde o presidente testa a porta do Jardim das Rosas, mas dessa vez ele usa o interfone para chamar sua secretária e pedir que ela mande alguém trazer a chave. Após um tempo, um agente que ele nunca viu antes chega para abrir a porta com uma ou duas palavras deferenciais, libertando o presidente para ir até o Jardim das Rosas, onde ele inala sofregamente o ar de verão. As relações de trabalho humanas são complicadas pela nossa natureza animal, e é evidente que o chefe do Estado-Maior da Força Aérea é um homem que não se deixa impressionar pelo status ou intelecto do presidente, ou pelos atributos físicos que o qualificam como um legítimo macho alfa.

Quando Frank tirou aqueles sapatos feitos sob encomenda, no pódio olímpico ele desceu do ouro para a prata, mas sua retaliação penetrou no coração da vulnerabilidade psicológica de um homem, e, embora alguém de sua disposição grosseira levasse o assunto literalmente — muitas vezes, em festas, iniciando uma disputa de pintos em que os machos são desafiados a abrirem suas braguilhas, um desfile que ele invariavelmente acha que vai ganhar —, antigamente esse não era um assunto ao qual o sujeito desse muita atenção, e no entanto agora ele se vê numa competição risível. O penetrante efeito psicológico do exibicionismo à beira da piscina de Frank ainda o embaraça, embaraça um macho adulto educado para o qual tal atavismo deveria ser insignificante, e no entanto não é, claro, porque os machos são naturalmente competitivos, e o símbolo primal apunhala todos eles. Frank sabe que não importa quantas mulheres o sujeito teve: o sujeito sempre continua menor, e essa coisa que não deveria importar, importa — e muito. Talvez esse seja o poder secreto que o general sente que ostenta, que os mísseis são esplêndidos e reluzentes falos, e que são dele, não do presidente.

Por sorte o tempo está bom hoje, pois o presidente comanda uma cerimônia de entrega de medalha no Pórtico Sul, onde o convidado de honra será o nosso atual Último Homem no Espaço. Esse astronauta é o oposto diametral de Nosso Primeiro Homem no Espaço, não perdendo uma oportunidade de proclamar sua devoção a Deus, à pátria, à mamãe e à torta de maçã. Há algo em Nosso Último Homem no Espaço que o sujeito acha perturbador, embora ele seja charmoso e cortês com a primeira-dama, e é só depois, quando o sujeito relembra seus olhos vidrados quando ele olhou para trás, que conclui tratar-se de outro homem que se considera melhor, não só porque a cada missão ele voou mais longe e mais tempo no espaço que qualquer um de seus predecessores, mas porque ele exerce tanto controle sobre seus desejos e ambições quanto sobre os interruptores e alavancas de sua cápsula espacial. Aparentemente os homens espaciais lá na Flórida farreiam com carros velozes e mulheres ainda mais velozes, e o presidente convidou alguns para visitá-lo em Palm Beach para um churrasco informal, em que fica evidente que cada homem presente tem olhos não só para caudas de jatos inimigos, mas para rabos de saia, exceto Nosso Último Homem no Espaço, que está preparado para arriscar sua vida num foguete, mas não para derrapar nos sóbrios liames da monogamia.

Por fim, na consulta médica habitual do presidente com o Dr. T., ele fica surpreso ao receber não só o Dr. T, mas o almirante B., o Dr. C. e o Dr. K., também.

— Como está a náusea? — o almirante quer saber.

— Acho que eu não tenho tido mais tanta quanto antes.

— Que boa notícia, senhor — ele diz.

— Boa notícia — diz o Dr. T.

— Porque, verificando os números — diz o Dr. K. —, vimos que temos de aumentar a testosterona.

— Não um aumento muito grande — diz o almirante.

— Cinquenta por cento, só — diz o Dr. C.

— Têm certeza? — o presidente pergunta, e todos assentem num movimento único.

Sua última reunião no dia seguinte envolve alguns conselheiros do Departamento de Estado. Ele sugere que Fuddle passe lá depois, aproveitando-se que a primeira-dama adiou seu retorno da Virgínia, e a convida para jantar na Residência.

Ela diz:

— Infelizmente já tenho um compromisso, senhor presidente.

— Você não precisa ficar muito tempo — ele diz.

— Se o senhor insiste — ela diz —, então obviamente eu preciso fazer algumas mudanças bastante inconvenientes em minha programação para esta noite.

— Eu preferiria que não fosse apenas por eu insistir — ele diz.

Ela se mexe com desconforto na cadeira.

Ele se levanta da cadeira de balanço, ao que ela também se põe de pé em respeito a seu cargo, até ele dizer:

— Então é isso, acabou, não?

— Eu fiquei noiva — ela diz.

— Parabéns, hã... — ele diz.

— *Diana* — ela diz, perplexa.

Ele volta à mesa de trabalho. Ela permanece pouco à vontade no outro lado salão junto à lareira, sem saber se é uma indicação para ela sentar de novo. Seria de se esperar que a situação fosse algo como um lugar-comum para uma jovem amante vivenciar uma epifania, mas na realidade essas garotas desenvolvem a percepção com menos frequência do que se possa imaginar. Os sinais da implacável exploração sexual são evidentes, de modo que muitas delas têm de manter-se em denegação, ou talvez sintam-se impotentes para alterar a natureza fundamentalmente unilateral do arranjo.

Por um momento o sujeito considera a possibilidade de se desculpar por ter ligado para ela abruptamente no meio da noite, apenas como um esforço para reter sua servidão sexual, mas ele se dá conta de que em essência ele nem gosta muito dela, particularmente quando se calcula quantas do tipo dela são produzidas a cada ano pelas escolas e faculdades exclusivas.

Ele diz:

— Você compreende que é preciso considerações de segurança nacional.

Lágrimas afloram nos olhos dela.

— Obrigado — ele diz. — Adeus.

Ela enxuga o nariz e parece momentaneamente capaz de retomar o controle de si mesma, mas não é, e sai correndo com a mão cobrindo o rosto.

Depois de algumas ligações de trabalho, ele lê relatórios sobre a situação no Sudeste Asiático, todos tendendo à intervenção militar. As mentes estratégicas soam convencidas de que uma guerra americana no Vietnã será breve e vitoriosa, mas isso foi o que disseram sobre Cuba. Ele digere todos os relatórios em tempo suficiente para se permitir nadar.

O Barba o acompanha até a piscina, ajudando a desamarrar o colete, e então fica sentado na beira enquanto o presidente se exercita, depois do quê ele indaga se o presidente gostaria que ele trouxesse uma das secretárias para se juntar a eles. O presidente teme que o Barba esteja se tornando temerário em seu zelo de servir o país. A liberação da energia orgônica assegura o bem-estar do presidente, e talvez o Barba tenha extrapolado ao pensar que encontros mais frequentes farão dele um líder ainda mais capaz. O presidente aplaude o desejo de atendê-lo, mas quer evitar o embaraço de importunar uma mulher não interessada ou (pior ainda) indiscreta, de modo que ele recusa a proposta, lembrando ao Barba que a primeira-dama volta para a cidade à noite.

Na Residência, ele a encontra num estado de ânimo muito melhor do que o do fim de semana anterior. Sem dúvida alguma foi informada de que suas dívidas foram acertadas pelo tesoureiro do presidente. As crianças chegaram semi-inconscientes da viagem de carro, e os três — o presidente, a primeira-dama e a babá — tentam transferi-las para a cama com o mesmo cuidado com que se manuseariam bombas prestes a detonar. Ele se curva para beijar as testas delas. John franze o nariz e se vira para dormir. Eles dispensam a babá com um sussurro e passam um momento em contemplação silenciosa de sua prole adormecida.

Ele estende a mão na direção da dela e fica grato que ela o deixe pegá-la, e então ele a traz para perto e a beija no rosto, sentindo o perfume e roçando o cabelo escuro dela, e em seguida eles passam pelo Salão Oval para a sala de estar privativa, onde se beijam.

— Senti saudades — ele diz.

— Eu também — ela diz.

Naquela noite eles fazem amor, e dois meses depois, para a alegria de ambos, descobrem que ela está grávida.

O GOLFO (2)

A GRAVIDEZ DA PRIMEIRA-DAMA traz à vida sexual conjugal do sujeito outro hiato abrupto. Como sempre, a orientação médica que receberam foi prejudicialmente equívoca, mas ambos sofrem de um medo agudo de precipitar as chances de cinquenta por cento de perder o bebê, com base no histórico obstétrico da primeira-dama, que inclui um aborto espontâneo e um natimorto em quatro gestações. O sujeito fica grato pelos serviços continuados de Mary e, ocasionalmente, de Fiddle-Faddle — embora ele esteja cansando das duas e acharia bem-vinda a mudança delas para outro escritório e outro chefe conquistador (há muitos entre os quais escolher na cidade) — e de mais outras jovens impressionáveis de Washington propiciadas pelos serviços de cafetão do Barba. Esses encontros são menos frequentes do que ele gostaria devido aos níveis de circunspeção em que ele insiste, mesmo quando complementados pelos encontros periódicos que ele consegue providenciar em suas viagens, geralmente na forma de antigas namoradas cuja discrição é garantida, de modo que é com algum interesse que ele percebe a chegada para seu estágio da garota de Farmington — Marion ou Monica — que veio entrevistar a primeira-dama para a revista de sua escola, mas seu entusiasmo com os planos de uma sedução são atropelados pelos eventos, quando seu café da manhã na Residência é interrompido por um conselheiro de Defesa, que começa com a frase:

— Aquela *coisa* com a qual estávamos preocupados, senhor presidente... parece que realmente temos de ficar preocupados com ela.

O conselheiro repassa análises de especialistas do National Photographic Intelligence Center de um recente reconhecimento de Cuba feito por um avião espião U-2 que revela a presença de mísseis balísticos de médio alcance soviéticos do tipo SS-4, capazes de carregar ogivas nucleares por mais de 1.500 quilômetros, algo um tanto preocupante já que Cuba está a meros 140 de nossa costa sudeste, de modo que o presidente imediatamente ordena uma reunião completa do que ele batiza de Comitê Executivo para assim que os membros-chave possam estar presentes.

Naturalmente, a questão dos mísseis preocupa o presidente durante os afazeres de sua agenda matutina — um encontro com Nosso Último Homem no Espaço e sua família, seguido por uma breve caminhada pelo hall até a Sala dos Peixes, onde ele se encontra com membros do Painel sobre Retardamento Mental, e então um almoço na Residência com o príncipe-herdeiro da Líbia —, e ele permanece preocupado mesmo enquanto brinca por alguns momentos com Caroline, que lhe mostra desenhos seus e depois se senta no colo do pai para perguntar quando o novo bebê vai estar pronto para nascer, se vai ser um menino ou uma menina, se ele vai ser bonzinho, como o irmãozinho dela, ou mau, como o irmãozinho dela, até que os assessores e conselheiros começam a se reunir na Sala do Gabinete. Ele dá um beijo de despedida nela, relutantemente a entregando para um assessor, que a acompanha de volta à Residência, e então o comitê inicia a reunião, todos os membros recebendo o mesmo informe sobre a presença dos mísseis, que foram instalados por ordem do premier soviético, em conluio com sua contraparte cubana, não apenas para a defesa da ilha, mas para criar uma devastadora ameaça ofensiva contra os Estados Unidos. Enquanto o presidente interroga os assessores de inteligência em cada aspecto do que eles dizem concernente à identificação dos mísseis e sua prontidão para ação, ele não consegue deixar de imaginar que o premier soviético mais uma vez o está testando, que ele já sabe faz algumas semanas que chegaria o dia em que o presidente americano iria despertar para o monstro que há no seu quintal e daí em diante nunca mais dormiria tranquilo.

Quando a primeira reunião chega ao fim, o presidente deixa claro que não receberá nenhuma informação ou conselho sem submetê-los à mais exaustiva interrogação e que insiste em que todos os aspectos da política sejam discutidos num ambiente de colegiado. Um claro consenso se estabelece no comitê do presidente de que os mísseis poderão estar prontos para lançamento em alguns dias, provavelmente dez, esse prazo limitando as opções a um ataque aéreo de surpresa para destruir as armas, ou invasão completa, ou confrontação direta com a União Soviética, enquanto demorados esforços diplomáticos poderão inadvertidamente fornecer tempo para as armas se tornarem operacionais e possivelmente ser usadas como defesa contra um ataque aéreo ou uma invasão.

O presidente dá ordens iniciais para que se prossiga o reconhecimento dos mísseis e dos sistemas de defesa aérea de Cuba e para que comece o planejamento para ataques aéreos e invasões, ainda que, para evitar que a imprensa e os russos fiquem alertas a essas deliberações, a aparência de uma vida política normal precise ser preservada, com as reuniões e compromissos agendados continuando sem interrupção. Assim, o presidente vai de carro para o auditório do Departamento de Estado para fazer um discurso e então retorna para a Casa Branca para um encontro com o príncipe herdeiro antes de convocar de novo o Com-Ex para mais umas duas horas de reunião à tarde, depois do quê, ainda tenso, ele se vê anfitrião de um jantar na Residência, juntamente com a primeira-dama.

Enquanto conversa trivialidades com dignitários, consumindo uma comida insossa e evitando o vinho por medo de reacender uma úlcera péptica, uma pista de sua mente considera as desastrosas consequências de um ataque aéreo malsucedido: uma ação assim talvez precipitasse o emprego desses mísseis nucleares, que de outra forma poderiam ter ficado apenas dormentes em seus silos, e, enquanto os soviéticos se veriam compelidos a usar armas de destruição em massa nessa região em função de nossa avassaladora superioridade em forças militares convencionais, precisamente a situação inversa ocorre em Berlim, onde só se poderia resistir a uma retaliação soviética, com suas vastamente mais poderosas forças convencionais, apelando para o uso das armas nucleares.

Esses continuam sendo os seus pensamentos quando os convidados vão embora, desconhecendo totalmente a perigosa situação do outro lado do golfo, e então o presidente e a primeira-dama vão para o quarto de dormir, onde ele toma seus remédios e mais um sedativo para debelar sua febril atividade mental, e, ao tentar dormir, finalmente, ele pensa em Mary, e na estagiária, mas na manhã seguinte esta última não aparece em nenhum momento na Ala Oeste, mesmo ele se mantendo atento para tentar vê-la durante a chegada do ministro das Relações Exteriores da Alemanha Ocidental.

Como alternativa, o presidente convida Mary para se juntar a ele para o "almoço" na piscina, de onde ele volta para a sessão seguinte do comitê num estado de ânimo tão reequilibrado que alguns membros que usualmente não o veem mais do que uma vez no mesmo dia elogiam as propriedades revigorantes para sua pessoa de seu mergulho no meio do dia.

MAIS TARDE, no Salão Oval, enquanto o presidente se prepara para ir ao aeroporto a fim de embarcar em uma viagem de campanha agendada, ele vislumbra a estagiária voejando entre o escritório da Sra. Lincoln e os escritórios da assessoria de imprensa, mas, antes que ele possa maquinar um pretexto para interceptá-la, o almirante B. entra para verificar suas condições físicas.

— O estresse agudo pode ter um efeito perigosamente desestabilizador em sua situação endócrina — o almirante diz.

Ele toma o pulso e ausculta o coração presidencial.

— Precisamos aumentar a dose de corticoesteroides — ele diz, depois do quê pressiona a barriga presidencial, e então verifica a medicação ingerida hoje, administrando ele mesmo a injeção de testosterona, e antes de sair ele diz: — Não podemos deixar que o senhor quebre sob a pressão, certo, senhor presidente?

Então os assessores do presidente chegam para acompanhá-lo na limusine. O presidente vê rapidamente um par de militares uniformizados entrando no veículo atrás, a Mala do Presidente em suas mãos, e então os vê de novo no avião, e a Mala o aguarda dentro dos prédios do aeroporto enquanto ele faz um breve discurso para a imprensa na pista de avião, em Bridgeport, Connecticut, e o segue nas duas próximas escalas, que ele retorna a Washington mais tarde, à noite, indo direto de volta à Sala do Gabinete porque o NPIC analisou o último lote de fotografias aéreas.

O presidente é informado que os analistas detectaram 42 mísseis nucleares de médio alcance no processo de serem tornados operacionais por uma força de trabalho em ação dia e noite, bem como locações adicionais projetadas para mísseis nucleares de alcance intermediário capazes de atingir todas as maiores cidades dos Estados Unidos exceto Seattle. O secretário da Defesa não mede palavras ao afirmar:

— Esses mísseis podem atingir Washington D.C. 45 minutos após uma ordem de Moscou. Os cubanos obtiveram armas de destruição em massa que são uma ameaça para a segurança dos Estados Unidos.

O chefe do Estado-Maior da Força Aérea diz:

— Meu conselho, senhor presidente, é que não podemos ficar à espera e deixar que esses mísseis se tornem operacionais. A ameaça precisa ser eliminada, não apenas agora, mas permanentemente, destruindo as forças militares cubanas e invadindo a ilha. O senhor não estaria nessa encrenca dos infernos se Cuba Um tivesse prosseguido até o final.

O presidente fica afogueado de raiva mas diz calmamente:

— O senhor está nesta encrenca comigo, general, caso não tenha notado. — E os risos que ecoam em volta da mesa à custa do general são o suficiente para salvar a situação.

Após mais discussões, o presidente pede que aqueles a favor dos ataques aéreos levantem as mãos. Sem hesitação, todos os homens de uniforme erguem os braços no ar. O presidente diz:

— Deus nos guarde se todos os mísseis soviéticos subirem rápido assim.

Seguem-se risadas baixas, o que dá ao presidente um segundo para esquadrinhar as faces daqueles homens que envergam saladas de frutas nos peitos, e ele vê olhos ávidos pelo combate. Outras mãos se erguem, dando uma maioria a favor de uma ofensiva militar.

Mas o presidente diz:

— Constituiria um ataque-surpresa contra uma potência menor, o que vai contra tudo aquilo em que acredito que este país deve apoiar. Nós tínhamos a superioridade moral quando sofremos o ataque em Pearl Harbor, e a teríamos de novo se uma tragédia desse porte alguma vez for infligida a esta nação no futuro. Eu gostaria de explorar outro método de evitar que aqueles mísseis se tornem operacionais. Com o nosso domínio do ar e mar nesta região, não poderíamos cortar o suprimento de equipamento militar para a ilha?

— Um bloqueio — diz o secretário da Defesa.

QUANDO O PRESIDENTE volta à Residência, a primeira-dama já está deitada. Ele cambaleia até o quarto do filho, e o encontra dormindo. Caroline, no quarto ao lado, amontoou seus cobertores numa pilha, suas pernas saindo por baixo e seu peito por cima; ele estende as cobertas de novo, ao que ela se vira fungando e enterra o rosto no travesseiro. Ele passa a mão pelos cabelos dela e lhe beija a bochecha. Ela dá um sorriso semiconsciente.

— Eu te amo — ele sussurra, e ela sussurra de volta:

— Eu também te amo, papai. — E continua a dormir.

O criado o ajuda a tirar o colete para as costas para que a primeira-dama não seja acordada. O criado confere a quantidade enquanto o presidente conta as fileiras de comprimidos e acrescenta mais uma de minúsculos comprimidos brancos de cortisona conforme a dose maior prescrita pelos seus médicos, que ele engole com tragos d'água, e, depois que o criado se retira, dobra a dose dos remédios contra indigestão e contra diarreia porque seu sistema digestivo está em desordem faz umas 48 horas, desde que viu as fotografias dos mísseis, e quando deita na cama ele sente o ácido gástrico subir pelo esôfago, ardendo tão intensamente que o faz engasgar.

Ele observa a silhueta da sua mulher subir e descer de acordo com sua lenta respiração, e então estende a mão para pousá-la no volume da criança ainda não nascida, que aparece sob os cobertores. Ele precisa de um sedativo extra para conseguir dormir, até que seus olhos se fecham contra visões do bebê deles nascendo num mundo de cinzas e radiação.

NA MANHÃ SEGUINTE o presidente pega um avião para o Centro-Oeste para mais campanha em favor do partido, começando em Ohio e seguindo para Illinois, onde ele encontra um tempo para depositar uma coroa no túmulo de Lincoln.

O outono despiu o verde das árvores, tornando-as esqueletos reunidos em volta da sepultura. Dizem que o presidente Lincoln previu a própria morte dez dias antes, num sonho que começava com um som de choro emanando de algum lugar na Casa Branca, que ele seguiu até o Salão Leste, onde encontrou um cadafalso, no qual jazia um cadáver envolto em trajes funerários, e em volta dele havia soldados posicionados e um punhado de pessoas olhando em luto para o cadáver, cuja face estava coberta. "Quem é este morto na Casa Branca?", Lincoln perguntou a um dos soldados. "O presidente", foi a resposta, "morto por um assassino."

Na cripta do cemitério de Oak Ridge, o presidente pensa em sua contraparte de um século antes, ignorando totalmente o que viria a lhe acontecer no Ford's Theatre, momentos antes de a bala explodir a parte de trás de sua cabeça, tanto quanto as faces sorridentes e diferentes aqui hoje. Enquanto isso, por todo o mundo, gatilhos nucleares se preparam.

O presidente permanece em contato constante com seus assessores, a caminho de Chicago, recebendo boletins de hora em hora sobre os preparativos para o bloqueio, a mobilização de tropas e informes de reconhecimento, que ele se esforça para deixar fora de sua mente durante seu discurso esta noite para o Partido Democrata de Cook County, depois do quê ele corre para o telefone mais uma vez, falando com seu circuito mais próximo um a um, garantindo que cada um deles está examinando a situação criticamente e lhe dando opiniões sinceras, porque, embora sejamos uma democracia, em períodos de conflito internacional o líder de nossa nação se torna um ditador *de facto*, sempre ávido a colocar em risco as vidas de nossos soldados.

Quando o presidente volta ao Blackstone, o Dr. T. e o almirante B. estão à espera, temerosos de que a agenda do dia possa ter afetado o delicado equilíbrio da medicação do comandante em chefe, de modo que prescrevem relaxantes musculares para as costas dele, injetam-lhe analgésicos no sacroilíaco e administram uma combinação de comprimidos e emulsões para combater a náusea, a dispepsia e a diarreia.

Em complemento, o sujeito está de novo tomando antibióticos, em função de uma exacerbação da prostatite, que se inflamou devido à falta de drenagem que acompanha a gravidez de sua mulher, e ele precisa engolir dois comprimidos para dor de cabeça, porque já se passaram dois dias desde seu banho de chuveiro após a piscina com Mary e ele teme ter uma dor de cabeça terrível no dia seguinte, o que é inevitável, dada a sua toxemia.

A estagiária foi convidada a acompanhar a viagem presidencial, ostensivamente para propiciar a ela experiência nas tarefas de campanha do cargo do sujeito como líder do partido, e assim ocorre a ele agora, uma hora antes da meia-noite, convidar a equipe para um último drinque de modo a posicionar a estagiária onde possa arquitetar um encontro em particular. No fim das contas, o assunto acaba sendo da máxima simplicidade, já que o Signal Corps trouxe uma pasta de informes fotográficos de Washington para que ele veja, e ele faz com que seja a estagiária a trazer para a suíte, e que ela aguarde lá, enquanto ele termina uma rápida reunião com seu secretário de Imprensa, depois do quê ele pega o elevador com um agente do Serviço Secreto para o 21º andar, encontrando a estagiária com a pasta do NPIC.

Ele a convida a preparar um daiquiri enquanto ele faz uma leitura dinâmica dos relatórios, mais uma vez sendo deixado na mão pelo currículo de Farmington, pois ela requer instruções quanto à receita e combina os ingredientes tão tremulamente que ele receia que há mais rum no tapete do que no copo, então ele a convida a sentar e esperar com um bloco de notas e, ao completar a leitura, dita: "POTUS examinou material ponto nenhuma mudança no curso ponto", e então ele sorri, trabalho terminado, e oferece a ela um drinque, que ela polidamente recusa. A pele dela é clara e sem manchas, e seu cabelo, grosso e liso, mas ela está bastante nervosa.

— Tem certeza? — ele diz. — Talvez nós dois precisemos descontrair após um dia como o de hoje.

— Não sei, senhor presidente — ela diz.

— Bom, eu com certeza preciso relaxar — ele diz.

Ela o fita por alguns segundos, incerta quanto ao que ele quer dizer. Ele pensa que ela deve estar com medo de que ele lhe peça para preparar outro drinque.

— O senhor deve estar cansado, senhor presidente — é a resposta que ela acaba dando.

Os dedos dele tamborilam o braço da poltrona. Ele decide dizer:

— Você acha que poderia fazer alguma coisa para me ajudar a relaxar?

Ela está se sacudindo toda de nervoso.

— Vou ver o que posso fazer, senhor presidente. — Ela diz, e sai.

Ele espera o retorno dela, um pouco perplexo, mas enormemente excitado. O foguete presidencial começa sua contagem regressiva.

O telefone toca. Serviço de quarto: uma de suas assessoras pediu a eles para mandar um massagista. Ele declina, invocando o cansaço, e liga para Fiddle (ou Faddle), que o Barba teve a consideração de reservar como estepe, para ser retirada de seu embrulho para casos de emergência.

A CAMPANHA NO CENTRO-OESTE está prevista para continuar durante o fim de semana, mas o presidente fica ansioso quanto a estar longe de Washington em meio à crise, de modo que seu secretário de imprensa emite uma declaração de que ele pegou uma gripe — não a rinite ou sinusite ou uretrite ou prostatite ou qualquer das infecções que ele de fato tem neste momento em particular — para facilitar a diminuição da viagem sem levantar suspeitas.

De manhã ele é levado de carro para o O'Hare, pega um avião para Andreas, embarca no helicóptero para voltar à Casa Branca e então percorre o Gramado Sul mancando até o Salão Oval, e prossegue pelo escritório de sua secretária, dizendo "bom dia" para a Sra. Lincoln, e entrando na Sala do Gabinete, onde o Comitê Executivo está em posição de sentido esperando o presidente sentar-se antes deles, e, em volta da mesa, eles começam a trabalhar diretamente nos detalhes de estratégia.

A sessão continua intermitentemente por todo o fim de semana e durante a segunda-feira, com pausas para almoço e jantar e mais quaisquer compromissos há muito agendados, que o presidente precisa manter, tais como conversações com o presidente de Uganda, para manter o ar de normalidade. Uma vez de volta à discussão, ele enfrenta fortes demandas por ataques aéreos e invasão. O chefe do Estado-Maior da Força Aérea sugere que seja planejado um ataque nuclear estratégico preventivo contra a União Soviética.

Em reuniões com os senadores mais importantes de ambos os partidos, o presidente delineia a descoberta das bases de mísseis e a reação que ele propõe. Unânimes, eles insistem que ele abandone o comedimento e ordene que nossas forças entrem em ação em Cuba e em Berlim.

Enquanto isso, em seu tempo longe do Com-Ex, o presidente corre para ficar com sua esposa e seus filhos. Ele os vislumbra no parquinho, e atravessa o Gramado Sul para se juntar a eles, assim como incontáveis pais devem estar fazendo no país todo neste domingo de outubro aparentemente sem nada de notável.

O presidente gostou de ter sua família por perto nesse período de tensão, mas ficou acostumado com o encontro habitual dos domingos à noite. Tornou-se rotina ele tomar um lanche com o Barba e a garota, depois usá-la rapidamente no Quarto de Lincoln, garantindo que o Barba a tenha despachado por volta das 19 horas, quando sua mulher e filhos retornam à cidade. Nessa noite a cama com dossel permanece vazia, e a toxemia do presidente se acumula.

Na noite seguinte, ele entra no ar. As trevas se abateram nas janelas do Salão Oval; ele está instalado atrás de sua mesa, esvaziada de todos os documentos exceto as notas para o discurso. Até mesmo as fotografias da primeira-dama e de seus filhos foram colocadas numa caixa. Ele fixa os olhos na câmera do meio — são três — e diz:

"Boa noite, compatriotas cidadãos. Este governo, conforme prometido, tem mantido vigilância estrita do aumento do poderio militar soviético na ilha de Cuba. Durante a semana passada, provas irrefutáveis estabeleceram o fato de que uma série de plataformas de mísseis ofensivos está agora sendo preparada naquela ilha encarcerada..."

O presidente delineia as provas, a ameaça estratégica que os mísseis representam, e o bloqueio naval proposto. Ele toma fôlego. Seu estômago dói. Se ele fosse capaz de produzir adrenalina, haveria agora suor frio escorrendo em sua testa. Seu bronzeado está impecável e seu cabelo, esplêndido.

"Compatriotas cidadãos: que ninguém duvide que é um esforço difícil e perigoso esse que iniciamos. Mas o maior perigo seria não fazer nada. Nossa meta não é a vitória da força, mas a restituição do que é certo — não a paz às expensas da liberdade, mas tanto a paz quanto a liberdade, aqui neste hemisfério e, esperamos, no mundo todo."

Quando as câmeras são desligadas, o presidente agradece a alguns membros da equipe de televisão e escapa para o toalete a fim de expelir o veneno de suas entranhas tumultuadas. O almirante B. e o Dr. C. estão esperando na sala de estar quando ele sai.

— Excelente discurso, senhor presidente — diz o almirante B.

— Muito bom mesmo, senhor — diz o Dr. C.

— Obrigado — ele diz, fazendo-os entrar no Salão Oval

— Como o senhor está esta noite? — diz o almirante.

— Minha barriga não para de arder — ele diz.

— Isso deve ser devido aos corticoesteroides — diz o almirante.

— A dose aumentada vai perturbar o metabolismo dos intestinos — diz o Dr. C.

— Então vocês não deveriam reduzir a dose? — o presidente diz.

Eles balançam as cabeças simultaneamente.

— Agora que a aumentamos — dizem —, seria catastrófico reduzi-la.

Os médicos instituíram um regime ainda mais estrito de comida insossa e passaram suas ordens para o chef, de modo que, enquanto a primeira-dama desfruta de uma refeição apetitosa essa noite na Residência, os pratos do presidente trazem oferendas pálidas que mal se distinguem da porcelana.

Essa noite eles jantam sozinhos, pouco se referindo ao discurso ou à situação, porque ele já contou a ela a maior parte. E em vez disso, eles conversam sobre as crianças e compromissos futuros. Mas as ansiedades do presidente continuam não ditas, e ela o reconforta com a mão na dele ou roçando o rosto do marido.

Depois da sobremesa (para ela; para ele, nenhuma, ordens dos médicos), ela recusa um café, porque quer dormir cedo. Ao se levantar da cadeira, ela segura a barriga crescida, e então eles cruzam a sala de estar para o quarto de dormir.

O presidente enviou ao premier soviético, por intermédio da embaixada, uma cópia do discurso proferido na televisão. A resposta do Sr. Kruschev foi transmitida por telex no dia seguinte, e o presidente examina a tradução no Salão Oval com seus assessores.

"Caro presidente Kennedy,

Apenas imagine, senhor presidente, que nós apresentamos ao senhor as condições de um ultimato como as que nos foram apresentadas pela sua ação. Como o senhor teria reagido a isso? Creio que teria ficado indignado com tal passo de nossa parte. O senhor está ameaçando que, se não cedermos a suas exigências, o senhor usará a força. Não, senhor presidente, não posso concordar com isso, imagino que em seu próprio íntimo o senhor reconhece que tenho razão. Estou convencido de que no meu lugar o senhor agiria da mesma forma.

O governo soviético considera que a violação da liberdade de usar as águas e o espaço aéreo internacionais é um ato de agressão que empurra a humanidade na direção do abismo de uma guerra mundial com mísseis nucleares. Sendo assim, o governo soviético não pode instruir os capitães dos navios soviéticos que se dirigem a Cuba a obedecer às ordens das forças navais americanas que bloqueiam aquela ilha. Nossas instruções para os marinheiros soviéticos são para que observem estritamente as normas universalmente aceitas de navegação em águas internacionais e não recuem nem um passo delas. E se o lado americano violar essas regras, ele deve compreender qual responsabilidade pesará sobre ele nesse caso. Naturalmente nós não seremos simplesmente observadores no que concerne a atos de pirataria por navios americanos em alto-mar. Seremos então forçados a tomar as medidas que considerarmos necessárias para proteger nossos direitos. Temos tudo o que é necessário para tanto.

Nikita S. Kruschev"

O presidente, em sua cadeira de balanço, levanta os olhos e vê todos os seus assessores ainda de cabeça baixa, lendo. A maioria deles leu apenas um parágrafo durante o tempo que ele levou para absorver a essência do que está escrito na carta. Ele tamborila os dedos no braço da cadeira, esperando, e a cada minuto que se passa os técnicos soviéticos estarão trabalhando nos mísseis cubanos, aproximando-se do momento em que os tornarão prontos para fazer irem aos ares as cidades americanas.

Naturalmente, a resposta do premier soviético não faz com que o presidente recue, e a Marinha prossegue, como ordenada, no estabelecimento de uma zona de quarentena em volta de Cuba, com instruções para interceptar e inspecionar qualquer tráfego que queira aportar e fazer com que retornem aqueles carregando armas ofensivas. Em Washington, o presidente aguarda o primeiro encontro entre um de nossos navios de guerra e uma nau soviética, situação já antecipada sinistramente pelo Com-Ex. Todos compartilham o medo de os soviéticos resistirem e que disso resulte uma troca de tiros entre os dois navios envolvidos, o que qualquer um dos lados poderá considerar um ato de guerra, e em seguida as duas grandes potências do planeta entrarão num curso de escalada apocalíptica.

Enquanto nada, ao meio-dia, ele considera os milhões que irão perecer, e aqueles que nunca irão crescer — entre eles, seus próprios filhos.

211

O secretário da Defesa providenciou uma reunião na Sala dos Peixes entre o líder dos chefes do Estado-Maior e do chefe do Estado-Maior da Força Aérea, à qual o presidente comparece à tarde. Entre os dois generais está sentado um homem de uns 20 e tantos anos cujo olhar nunca cruza com o do presidente, nem quando se apertam as mãos. O chefe do Estado-Maior da Força Aérea diz:

— Este nosso rapaz, John, é o melhor cérebro que temos sobre confronto nuclear.

— Teoria dos jogos — diz o *chairman*.

— Explique para o presidente, John — diz o chefe do Estado-Maior da Força Aérea, e John diz:

— Senhor presidente, a teoria dos jogos procura explicar o comportamento em situações estratégicas, em que o desempenho de um indivíduo na tomada de decisões depende das ações dos outros, tal como uma guerra nuclear entre os Estados Unidos e a União Soviética, evento em que a teoria dos jogos pode ajudar a decidir a validade de um primeiro ataque, um segundo ataque e assim por diante. Para o propósito da minha análise, senhor presidente, eu tomei como premissa que a guerra nuclear é um jogo de soma 0.

— E isso quer dizer o quê, exatamente?

— Quer dizer, senhor presidente, que nosso sucesso tem de ser à custa de nosso inimigo, ou vice-versa, já que os dois lados não podem ambos ganhar uma guerra nuclear.

— Podemos ambos perder — o presidente diz.

— Não desta forma, senhor presidente — diz o chefe do Estado-Maior da Força Aérea. — Diga a ele, John.

— Com certeza, senhor presidente, em tempos de paz, a estratégia mais bem-sucedida mutuamente é a cooperação, em que nenhum dos lados lança um ataque e ambos sobrevivem. Todavia, na guerra, o mais eficiente modelo que temos disponível na teoria dos jogos é o Falcão-Pombo, o jogo informalmente conhecido como Chicken, e nesse caso o mais mutuamente benéfico curso de ação é uma matriz de anticoordenação em que os jogadores escolhem diferentes estratégias. Em jogos de anticoordenação, o recurso, nesse caso o mundo, é rival mas não excludente, e compartilhar implica um custo, ou externalidade negativa. No Chicken, o custo de desviar é perder o jogo, mas parece preferível à colisão que ocorre se nenhum dos dois lados desvia; todavia, na guerra nuclear, o custo de desviar pode ser a extinção nacional, uma consequência aproximadamente igual à troca completa mutuamente destrutiva. Uma situação instável existe com mais de um equilíbrio. A estratégia evolucionária estável para o Chicken é uma estratégia mista, ou seja, uma polarização ao acaso entre jogar Falcão ou Pombo; em suma, a imprevisibilidade. O roteiro da guerra nuclear se assemelha ao Chicken num nível de teoria dos jogos porque pareceria que uma pessoa racional iria desviar para evitar a colisão, mas uma estratégia mista precisa necessariamente incluir a opção de não desviar, ou seja, de colidir, caso contrário o oponente sempre ganha. Todavia, embora o roteiro evolucionário estável para Chicken seja essa estratégia mista, eu calculei uma estratégia superior que chamo de Ousando com a Probabilidade. Se um lado estiver preparado para lançar um ataque preventivo, a probabilidade é a de que o inimigo sofrerá perdas enormes para a sua capacidade de retaliação, em consequência de perda de população, destruição de infraestrutura, pulso eletromagnético e outros fatores mais. Eu calculei que a probabilidade de vitória para o lado que executar um ataque preventivo fica entre 85 e 90 por cento.

— Aí está, senhor presidente! — diz o chefe do Estado-Maior da Força Aérea.

— Aí está o quê, general?

— Ora, o que mais poderia ser, senhor presidente? O argumento para atacar primeiro, antes que os soviéticos o façam.

— A minha preocupação, senhor presidente — diz o secretário da Defesa —, é que os soviéticos podem já estar pensando do mesmo modo.

— Eles não têm a matemática que nós temos! — diz o chefe do Estado-Maior da Força Aérea, dando tapas nas costas de John.

— Cavalheiros — diz o presidente —, nosso esporte nacional é o beisebol. Creio que o deles seja o xadrez.

— Mas este é o argumento definitivo, senhor presidente — diz o chefe do Estado-Maior da Força Aérea.

— E o que seria este "argumento definitivo" general?

— Ora, senhor presidente, a prova matemática, é claro!

O presidente agradece e os dispensa. No dia seguinte, seus assessores anunciam que os mísseis cubanos parecem ter se tornado operacionais. O presidente passa meia hora no toalete, tendo exagerado na dose de Lomotil para controlar sua diarreia, o que precipita constipação como efeito. Ele sente-se tão entupido que poderia explodir.

Fica sentado no vaso estudando os cálculos feitos pelo Teórico dos Jogos sobre o fim do mundo baseado em algumas regras obscuras de probabilidade. Em seguida o presidente lê outro relatório para o qual físicos foram entrevistados e previram as armas que serão usadas na Terceira Guerra Mundial, ao que um deles responde que não sabe, mas que tem certeza de que na Quarta usaremos pedras.

À noite, sua mulher e seus filhos dormem, mas ele não. Fica acordado no Salão Oval discutindo estratégia. Ao amanhecer ele sente uma incômoda dor de cabeça e é só então, tendo estado tão absorto na crise de Cuba Dois, que ele conta os dias.

O presidente toma duas aspirinas para acabar com a dor de cabeça, mas o remédio não alcança a dor e tem o efeito colateral de inflamar tanto sua úlcera péptica que, quando ele por fim consegue movimentar os intestinos, depois do café da manhã, é preto com sangue digerido.

Em desespero, o presidente ordena ao Barba que pegue emprestado um dos trajes de banho das secretárias para que a estagiária possa se juntar a ele na piscina.

Ela está nervosa quando o Barba a faz sair do vestiário, mas o presidente, da água, lhe faz um sinal, e ela desce a escada.

— Está tão quente, senhor presidente — ela diz.

— Alguns gostam quente — ele diz.

— Não, senhor, está... agradável. Só que eu imaginei que fosse fria.

— É um bom jeito de começar o dia, não acha?

— Sim, senhor, obrigada, senhor presidente.

— Vamos nadar — ele diz, acenando para o Barba, que estende algumas toalhas e desaparece discretamente.

O presidente e a estagiária dão algumas braçadas e então, ao chegar à borda, ela fica de pé na piscina para tirar o cabelo molhado do rosto.

— Então, o que está achando da Casa Branca? — ele diz.

— É uma oportunidade maravilhosa para mim. Fico profundamente grata, senhor presidente.

Ele sente o sangue pulsando na cabeça e um latejar nas têmporas, e olha para aquela garota que outro homem poderia ficar nervoso ao pensar em corromper, mas um conquistador deve tomar mulheres como impérios tomam países. Ele se aproxima numa rota de interceptação, e é quando o Barba volta todo apressado.

— Sinto muitíssimo, senhor presidente, mas houve uma ligação urgente do Departamento de Defesa.

Ele diz "Reúna o Com-Ex" e sai imediatamente. A estagiária permanece na piscina, desconcertada, mas o Barba vai providenciar para que ela volte à ala Oeste, enquanto o presidente se enxuga rapidamente e se veste, ajudado com o colete para as costas pelo criado, e então ele vai às pressas para a Sala do Gabinete, onde o informam que tropas soviéticas estão se movendo para Berlim.

— Eles estão em pé de guerra — diz o secretário de Defesa. — Se atacarmos Cuba, eles tomarão Berlim.

Mais tarde o presidente descobre que, assim que ficou sabendo da notícia, o chefe do Estado-Maior da Força Aérea colocou a Força Aérea em DEFCON 2 pela primeira vez na história da instituição. Mísseis e bombardeiros foram colocados em estado de alto alerta sem o conhecimento do presidente, por uma decisão tomada por generais num bunker subterrâneo em Omaha. Num fluxo de medo e fúria, o presidente telefona para o secretário da Defesa e ordena que ele deixe bem claro para os comandantes militares que só o presidente tem o direito de declarar guerra, não importando quão ávidos eles estejam por começar uma, mas ele sabe que agiram por suas costas porque alguns deles acham que lhe faltam colhões para esse serviço; acreditam que é preciso coragem para ordenar morte e destruição.

Durante a última reunião do dia, o almirante B. está do lado de fora com os homens que carregam a Mala do Presidente, e quando os assessores do presidente se dispersam na madrugada o almirante faz um breve exame médico para avaliar o coração, a pressão arterial etc. do paciente, durante o qual o presidente expõe seus variados sintomas dispépticos, e então o almirante administra alguns analgésicos e relaxantes musculares e repositores de hormônio.

— Precisamos do senhor em forma para a guerra, senhor presidente — ele diz.

O presidente vai até sua mulher e seus filhos, que estão em seus aposentos dormindo profundamente. Ele os beija e então se retira para o Quarto de Lincoln, onde o Barba preparou uma ceia de sanduíches de queijo, que o presidente come com uma dose extra de aspirina para combater a dor de cabeça. Mary está de volta à cidade essa noite, enfim, e o presidente, praticamente cegado por uma enxaqueca, ordenou que o Barba a acompanhe até a Casa Branca.

— A primeira-dama e as crianças estão saindo da cidade mais cedo esta semana? — o Barba perguntou.

— Não, elas estão aqui.

— Mas...

— Eu sei, Dave.

— O senhor quer que eu traga a Sra. Meyer para a Residência?

— Quero, Dave — o presidente disse.

— Sim senhor, capitão — disse o Barba, e foi cumprir sua tarefa com diligência, apreciando o fato de que o destino do mundo depende de que seja drenado o veneno do presidente.

Apesar de sua crise, o presidente ainda está pensando com a claridade do adúltero experiente. Ele não fala com sua mulher pelo interfone interno nem informa que vai tirar uma soneca no Quarto de Lincoln antes da próxima sessão do Com-Ex. Em vez disso, ele atravessa a Sala de Estar Leste com a calma de quem sabe que os quartos onde dorme sua família ficam no outro lado da Residência, interconectados com a Sala Oeste, e, se sua mulher por acaso o vir, ele acenará e dirá "oi" e desaparecerá pela porta sem mais explicações.

Um agente fica na entrada, com ordens de que o presidente não deve ser incomodado. O Barba aparece alguns minutos depois e, tendo confirmado que a barra está limpa, faz Mary entrar no quarto.

— Meu Deus, Jack — ela diz, vendo o presidente prostrado na cama, mas ele não quer explicar o problema, só quer que ela o cure.

Depois do ato ela fuma, e eles conversam. Ele deveria se preocupar com o fato de sua esposa estar no fim do corredor, com a possibilidade de que ela venha procurá-lo, mas ele está em tal estado de torpor extático que nem vai precisar do remédio para dormir esta noite.

— Foi um risco infernal — ela diz.

Ele diz:

— Sexo inclui rivalidade, mas é não excludente.

Ela se veste junto à janela, contemplando a capital.

— Eu fico sempre com medo de ver foguetes — ela diz.

— Eu espero que meu telefone toque antes — ele diz.

— É inevitável, algum dia? — ela diz.

— Tudo termina — ele diz.

— Bom — ela diz —, se o mundo vai acabar, esse é o jeito de se ir.

Ela sorri o sorriso etéreo dela, mas sabe que ele não estará com ela então; ele estará com a mulher do outro lado do corredor, ambos abraçados aos filhos.

Quando ela vai embora, ele se deixa tomar pelo sono. Uma das condições do alerta de defesa é que quase duzentos bombardeiros ficam no ar constantemente, voando num curso para a União Soviética carregados com bombas termonucleares — para permitir a nossas forças a capacidade do segundo ataque, de modo que possamos infligir um apocalíptico golpe de retaliação mesmo se nossa terra natal tiver sido obliterada —, e esses bombardeiros ficam voando até receberem uma ordem para voltar para casa, caso contrário eles seguem avante e produzem seu holocausto nas cidades soviéticas. Mas quando o secretário da Defesa perguntou se ele queria que os bombardeiros pousassem, ele ordenou que ficassem no ar, para que sua contraparte soviética soubesse, qualquer que fosse a matemática do ataque preventivo, que ela vai queimar no inferno do mesmo jeito, embora, à medida que o quarto vai ficando escuro, o presidente se pergunta se ele também vê esses bombardeiros cruzando o céu como um milhar de cruzes de metal na sepultura de cada milhão de mortos.

Uma batida forte na porta acorda o presidente. Inicialmente desorientado, ele não consegue lembrar se Mary ainda está lá. "Eu quero falar com o meu marido", ele ouve a primeira-dama exigindo, e as portas se abrem. O Barba espia temeroso enquanto o agente adota um olhar neutro quanto ao destino do presidente se sua esposa o pegar traindo-a.

— Jack, eu estava preocupada — ela diz, seus olhos esquadrinhando o quarto.

— Eu precisava de uma soneca — ele diz, rapidamente ficando desperto, vendo que sua amante desapareceu sem deixar vestígios.

— Eu estava preocupada — sua mulher repete, e ele força um sorriso, por sorte a cor nunca se esvaindo de seu rosto patologicamente bronzeado.

AS CARTAS

NAVIOS SOVIÉTICOS SE APROXIMAM de nossas naus de guerra. O momento de colisão vai inevitavelmente chegar, a menos que um ou o outro decida se desviar. As esotéricas especulações da teoria dos jogos giram na cabeça do presidente enquanto ele desce para o porão que há sob a Ala Oeste da Casa Branca, onde a equipe de inteligência e os militares se reuniram no Situation Room, um cômodo revestido de madeira, para coordenar a ação naval. Eles se levantam quando o presidente chega e ele ordena que continuem em seus postos, e, enquanto ele se senta, imagina sua contraparte em algum bunker sob o Kremlin confrontando o mesmo terror. O presidente precisa imaginá-lo para ficar são, para que ao menos ele possa tomar decisões sãs, pois se o premier agir como um louco, então estaremos todos perdidos.

Pela manhã, o presidente leu mais relatórios recomendando a vantagem de um ataque nuclear preventivo contra Cuba e a União Soviética simultaneamente, e ele se pergunta se o Sr. Kruschev está recebendo conselhos idênticos de seus generais, homens no outono da vida que não mais temem a morte.

O chefe das operações navais informa:

— Parte do tráfego soviético diminuiu a velocidade ou mudou de curso, senhor presidente, mas alguns navios continuam indo na direção da quarentena, e, conforme nossas regras de combate, o *Essex* e o *Gearing* estão agora com ordens de interceptação.

O presidente mantém-se em silêncio enquanto observa o encontro se desenrolando através do R/T dos comandantes navais, em que a cada minuto eles informam a aproximação, até o ponto em que o *Gearing* e o *Essex* se posicionam para abrir fogo contra o navio soviético. Ele se levanta para esticar as costas, andando de um lado a outro da sala. Dessa vez, nenhum dos oficiais se levanta em deferência.

O chefe das operações navais diz:

— Talvez o senhor ficasse mais confortável lá em cima, senhor presidente. — Mas o presidente balança a cabeça e volta à sua cadeira, para a evidente decepção do CON.

Alguns momentos depois, o presidente ouve um oficial naval informando que nossos navios estão em contato visual com o soviético e esperando ordens para inspecioná-lo. O chefe de operações navais está a ponto de dá-la.

— Espere, por favor, almirante da frota — diz o presidente.

— Senhor presidente?

— Espere.

O chefe das operações navais o fuzila com o olhar.

— Peça ao navio soviético para se identificar — o presidente diz.

— Senhor....

— Peça, almirante.

— Sim, senhor presidente.

A mensagem passa para os navios, que por sua vez interpelam o navio soviético. O premier soviético, se não for um louco, se for um homem que valoriza a vida como o presidente, terá se assegurado de que seus capitães estejam sob ordens de respeitar a quarentena ao menos quanto à convenção do alto-mar. Enquanto interceptar e abordar são um assunto diferente, não há perda de prestígio nacional envolvida em um navio identificar-se.

Os dedos do presidente tamborilam no braço da cadeira. Ele range os dentes e sente uma reviravolta em suas entranhas que normalmente o faria correr para o banheiro, mas agora, na crise, ele suporta o espasmo que produz linhas franzidas em seu semblante. Ele vem enfrentando dias de dores estomacais e refeições espartanas e sente que vai desmaiar mas melhora, e um dos oficiais repassa a mensagem:

— É o Bucharest.

— Um petroleiro — diz o chefe das operações navais. — Senhor presidente, devemos agir com força decisiva. Vou dar ordens para que nossos navios abordem e deem uma busca no Bucharest e, se encontrarem resistência, para que reajam de acordo.

Tais eventualidades foram repetidamente discutidas nas sessões do Comitê Executivo, e ainda não existe um consenso quanto ao que constitui força razoável na tentativa de abordar um navio de uma potência soberana, ou que perda de vidas, de qualquer um dos lados, passará do limiar para ser considerado um ataque de guerra, ou se navios americanos devem tentar danificar ou afundar uma nau soviética que não obedeça à quarentena, e em que ponto um encontro sinedóquico centenas de quilômetros em alto-mar pode moralmente ser permitido a detonar hostilidades que irão consumir as nações deste planeta.

O presidente pergunta:

— Quem está em posição de abrir fogo, almirante da frota Anderson: o Essex ou o Gearing?

— O Gearing, senhor presidente.

— Deixe-me falar com o capitão.

— Sinto muito, senhor presidente, mas isso não é possível.

O presidente diz:

— É perfeitamente possível, almirante, e o senhor vai fazer isso agora.

Um dos painéis de madeira na parede é aberto por um oficial da Marinha, um telefone é trazido para o lugar do presidente e, numa questão de segundos, ligado ao circuito de radiotelefonia do Situation Room.

O presidente diz:

— Capitão, quem fala é o presidente dos Estados Unidos, direto do Situation Room da Casa Branca. Está me ouvindo?

Um breve retardo intervém enquanto a mensagem atravessa a rede de comunicações, e então o presidente ouve uma voz distante através dos alto-falantes instalados nos painéis de uma das posições de comunicação:

— Estou ouvindo-o alto e claro, senhor presidente.

— Capitão, por favor, peça ao Bucharest para declarar qual é a sua carga.

— Sim, senhor presidente.

Enquanto o Situation Room aguarda a resposta soviética através do oficial de comunicação do Gearing, o presidente diz:

— Capitão, em seu julgamento, há algo de suspeito quanto ao Bucharest?

— Por favor, seja mais específico, senhor presidente.

— Somos homens do mar, capitão. O navio parece um petroleiro normal e sua tripulação parece ser uma tripulação normal?

O chefe das operações navais solta uma interjeição de pasmo, mas o presidente o ignora.

— O senhor me entende agora, capitão? — o presidente diz.

— Sim, senhor presidente. Parece ser um petroleiro normal, senhor.

— Obrigado, capitão. O senhor é um homem de família, capitão?

— Sim, senhor presidente, sou.

— Eu espero que quando isso terminar o senhor e sua família venham nos visitar aqui na Casa Branca.

— Seria uma honra, senhor presidente.

Agora eles esperam, mas o presidente sabe que o capitão do Gearing, se ainda não o fez, está imaginando sua mulher no seu melhor vestido e as crianças em suas roupas de domingo num gramado da Casa Branca banhado por um sol perfeito da costa leste, e está se perguntando o que acontecerá com eles se o mundo explodir. A voz dele é mais suave quando volta a falar:

— Eu tenho uma resposta do Bucharest.

O chefe das operações navais intervém e diz no rádio:

— Aqui quem fala é o CON Anderson. Qual é a resposta dele, capitão?

— Ele declara que sua carga é petróleo, senhor. Nada além de petróleo.

O chefe das operações navais olha furioso para o presidente, mas ele não pode escapar à lógica. Por fim, ele diz:

— Deixe-o passar, capitão.

— Sim, senhor.

O presidente sai do Situation Room, juntando-se a um agente que esperava junto à porta, e então eles voltam ao primeiro andar pelo elevador, onde o presidente convoca uma reunião com o seu círculo mais próximo no Salão Oval, na qual ele ordena que a partir daquele momento todo o comando militar estratégico ocorrerá no Situation Room.

Navios americanos e russos se desviam e sensatamente evitam confrontar-se entre si, mas a cada hora que passa os mísseis cubanos ficam mais próximos de estarem prontos, e parece que o único meio de removê-los será uma invasão, provocando a retaliação soviética local ou global. É assim que o inferno se incendiará.

O presidente atravessa as salas da Casa Branca, visitando funcionários que estão trabalhando até tarde, para que eles saibam que ele também está trabalhando até tarde, enfrentando o que parece ser um impasse.

Os membros do Comitê Executivo se dividiram em pequenas alianças. O presidente vê o chefe do Estado-Maior do Exército em sussurros intensos com o vice-presidente sobre as perspectivas de a democracia cubana pós-invasão ser reconstruída por corporações americanas.

Ele volta brevemente à Residência, onde a primeira-dama o aguarda.

— A Sra. Lincoln disse que você estava a caminho — ela diz num tom vivo, mas ele encara isso como um alerta de que está sendo vigiado. Desde a sua irrupção no Quarto de Lincoln depois do encontro dele com Mary, ela tem acompanhado os movimentos dele e mostrado maior interesse do que o habitual quanto a com quem ele se encontra e o que está fazendo.

— O Com-Ex dispersou-se por algumas horas — ele diz a título de explicação para a sua presença.

— Você é um rapaz muito ocupado — ela diz.

POR VOLTA DA MEIA-NOITE, o presidente recebe uma resposta à sua sugestão protocolar na forma de uma carta ao chefe do Estado-Maior da Força Aérea, que declina o "convite gentil" do presidente para o Situation Room como se estivesse atendendo ao RSVP do convite do casamento de um primo distante, declarando que sua própria missão é mais bem servida por sua equipe no bunker subterrâneo em Nebraska, com um parágrafo que diz:

"Nesta crise, senhor presidente, eu gostaria de pedir que o senhor considerasse o humilde conselho de alguém que contemplou o Apocalipse durante a maior parte de sua vida profissional e que resiste à pressuposição de que é infinitamente mais maligno matar seres humanos com bombas nucleares do que arrebentando suas cabeças com pedras."

À noite, o presidente não dorme. Ele toma sedativos, mas não consegue fechar os olhos para o abismo que se abre aos seus pés.

De manhã, na Sala do Gabinete, o líder dos chefes do Estado-Maior diz:

— Se formos atacar, só o poderemos fazer antes que esses mísseis possam ser lançados. Se atacarmos depois, então precipitaremos a própria situação que a ação procura evitar: mísseis balísticos fazendo chover bombas nucleares em cidades americanas. Senhor presidente, eu recomendo urgentemente a invasão.

Durante o demorado sumário da situação pelo secretário de Defesa, o presidente atravessa a sala em frente à janela até as estantes de livros no outro lado, e, quando o secretário de Defesa termina, o líder diz:

— Se a guerra nuclear é inevitável, então devemos atirar antes, em Cuba e na União Soviética.

— A guerra nuclear *não* é inevitável! — o presidente exclama. Pela primeira vez ele ergueu a voz. — Não é, senhores, e eu rejeito a ideia não só intelectual como moralmente. Essas armas não podem ser nossos senhores.

Mais tarde o presidente recebe uma ligação urgente do Departamento de Estado. Uma carta do premier soviético foi enviada via malote aéreo. Com seus assessores mais próximos, o presidente fica junto ao teletipo e lê a tradução enquanto ela vai sendo impressa.

"Caro presidente Kennedy,

Creio que o senhor me compreenderá corretamente se realmente se preocupa com o bem-estar do mundo. A guerra é nossa inimiga e uma calamidade para todos os povos.

Eu vejo, senhor presidente, que o senhor também não deixa de ter uma preocupação quanto ao destino do mundo, e que não deixa de compreender o que a guerra implica. Eu participei de duas guerras e sei que o conflito termina quando já passou por diversas cidades e aldeias, em toda parte semeando morte e destruição. Vocês estão nos ameaçando com a guerra. Mas vocês bem sabem que o mínimo que receberão em resposta será experimentar as mesmas consequências que as que tiverem enviado para nós. Minha conversa com o senhor em Viena me dá o direito de lhe falar desta maneira.

Eu não sei se o senhor pode me compreender e acreditar em mim. Mas eu gostaria que acreditasse em si mesmo e concordasse que não se pode dar vazão às paixões; é necessário controlá-las.

O senhor agora proclamou medidas de pirataria que eram empregadas na Idade Média, quando navios em águas internacionais eram atacados, e chamou isso de uma "quarentena" em torno de Cuba. Eu lhe asseguro que naqueles navios, em curso para Cuba, não há arma alguma. As armas que eram necessárias para a defesa de Cuba já estão lá.

O senhor perguntou o que aconteceu, o que provocou a entrega de armas para Cuba. O senhor falou sobre isso com o nosso ministro das Relações Exteriores. Eu lhe direi francamente, senhor presidente, o que provocou isso. Estávamos muito aborrecidos com o fato — eu falei sobre isso em Viena — de que um ataque contra Cuba foi cometido, tendo como resultado a perda da vida de muitos cubanos. O senhor mesmo disse a mim então que isso tinha sido um erro. Eu respeitei essa explicação. O senhor a repetiu para mim várias vezes, assinalando que não é qualquer ocupante de um alto cargo que reconheceria seus erros como o senhor fez. Eu valorizo tal franqueza. Tampouco é um segredo para todo mundo que a ameaça de um ataque ou agressão armada tem constantemente pairado, e continua a pairar, sobre Cuba. Foi apenas isso que nos impeliu a responder ao pedido do governo cubano de fornecer ajuda para reforçar a capacidade defensiva daquele país.

Se garantias forem dadas pelo presidente e pelo governo dos Estados Unidos de que os EUA não participarão de um ataque a Cuba e impedirão que outros realizem ações dessa espécie, se o senhor chamar de volta a sua frota, isso mudará tudo imediatamente. Então, também, a questão dos armamentos desaparecerá. Assim como a questão da destruição dos armamentos que o senhor chama de ofensivos será algo diferente.

Senhor presidente, apelo ao senhor que pese bem ao que as ações agressivas e piratas que o senhor declarou que os EUA pretendem conduzir em águas internacionais levarão. Nós e vocês não devemos puxar as pontas da corda em que vocês amarraram o nó da guerra, porque quanto mais ambos os lados puxarem, mais firme esse nó ficará. E chegará um momento em que esse nó ficará tão apertado que mesmo quem o amarrou não terá força para desfazê-lo, e então será necessário cortar esse nó, e o que isso significará não cabe a mim explicar ao senhor, porque o senhor compreende perfeitamente de que forças terríveis nossos países dispõem.

Nikita S. Kruschev"

O presidente espera que todo mundo ficará enormemente encorajado com a proposta de remoção dos mísseis em troca de um pacto de não agressão a Cuba, mas nenhum dos chefes do Estado-Maior leva a sério o que a carta diz, insistindo em que é um estratagema para ganhar tempo para os soviéticos armarem os mísseis cubanos na preparação de um ataque preventivo, de modo que os Estados Unidos devem invadir mesmo assim e, enquanto isso, preparar-se para usar instrumentos nucleares.

É, provavelmente, só então que ocorre ao presidente que talvez o premier soviético esteja perambulando pelas salas do Kremlin também, do mesmo modo que o presidente ficou após a invasão de Cuba, perguntando-se a si mesmo como ele pôde ser tão completamente estúpido de deixar os generais lhe convencerem a basear mísseis nucleares em Cuba.

A ESTAGIÁRIA, o sujeito percebe, evoluiu drasticamente para uma aparência mais elegante durante a tensão atual; usa vestidos mais chiques e encontrou tempo para ir ao cabeleireiro, o efeito geral sendo o de uma aparência mais madura, e, desnecessário dizer, o sujeito interpreta esse progresso como um esforço para atrair sua atenção, baseado na suspeita de que até este ponto ela se manteve ingenuamente incrédula de seu interesse por ela, dada sua (correta) autoavaliação de que é uma jovem de família sólida mas dificilmente nobre, com uma aparência atraente mas que não chega a ser estonteante. Ou talvez ela não esteja nem um pouco diferente, e o sujeito apenas vivencie o equivalente em tensão da alteração da visão que a bebida dá, mas permanece o fato de que sua mais atraente característica seja sua proximidade, primeiro porque seu desejo é repetidamente reforçado por rápidas visões dela nos corredores ou entrando e saindo do escritório da Sra. Lincoln com os braços cruzados ao redor de uma pasta de documentos contra o peito, e segundo porque ele acha que pode contar com um certo grau de lealdade da equipe da Ala Oeste, poupando a tentação de especulações temerárias mais amplas.

Seja como for, o sujeito percebeu que ela enfim se deu conta de que atraiu a atenção presidencial — o fato de que ela não tenha chegado a essa conclusão no instante que lhe ofereceram pessoalmente um estágio apesar de não ter quaisquer habilidades secretariais é testemunho de sua ingenuidade —, e, embora ela mesma possa não ser deslumbrante, o sujeito imagina que, por ser quem ele é, ela pelo menos se encontra, sim, um pouco deslumbrada. Agora que ele determinou, para a própria satisfação, que ela está interessada e disponível, resta apenas uma questão de fácil estratégia até ele enfim tê-la.

Embora a primeira-dama pareça ter entrado em DEFCON 2, ele mantém-se confiante de que mesmo assim vai conseguir escapar do cerco, como fez outras vezes em seu casamento quando as suspeitas dela estavam despertadas. Seus planos variam entre a piscina ou um convite para coquetéis, até que o ânimo atrevido do presidente é esvaziado pela notificação de um novo despacho do premier soviético, a tradução chegando apenas poucos minutos depois na forma de cópias deixadas pela estagiária em cada lugar da mesa da Sala do Gabinete. Ela exibe um sorriso para o presidente enquanto põe as páginas presas com clipes na frente dele, um sorriso que ele ignora em favor de se concentrar nessa questão urgente, e ele nem mesmo a admira por trás em sua saída humilde.

"Caro presidente Kennedy,

Eu compreendo a sua preocupação com a segurança dos Estados Unidos, senhor presidente, porque esse é o dever fundamental de um presidente. Mas nós também estamos perturbados pelas mesmas questões; eu tenho essas mesmas obrigações como chefe do Conselho de Ministros da U.R.S.S. O senhor ficou alarmado com o fato de termos ajudado Cuba com armas, com o objetivo de reforçar a capacidade de defesa deles — porque, não importando que armas possua, Cuba não pode ser igualada a vocês, pois a diferença de magnitude é muito grande, particularmente em vista dos modernos meios de destruição. Nosso objetivo foi, e é, ajudar Cuba, e ninguém pode negar a humanidade de nossos motivos, orientados para possibilitar que Cuba viva em paz e se desenvolva do modo que seu povo deseja.

O senhor quer garantir a segurança de seu país, e isso é compreensível. Mas Cuba quer também a mesma coisa: todos os países querem manter sua segurança. Mas como devemos nós, a União Soviética, nosso governo, avaliar as ações de vocês que se expressam no fato de que vocês cercaram a União Soviética com bases militares; cercaram nossos aliados com bases militares; colocaram bases militares literalmente em torno de nosso país; e posicionaram nelas seus mísseis? Isso não é nenhum segredo. Figuras americanas responsáveis declaram isso abertamente. Seus mísseis estão localizados na Inglaterra, na Itália, e estão apontados contra nós. Seus mísseis estão localizados na Turquia. E no entanto vocês estão preocupados com Cuba. Vocês dizem que isso os preocupa porque fica a apenas 140 quilômetros por mar da costa dos Estados Unidos da América. Mas a Turquia é adjacente a nós; nossos sentinelas patrulham a fronteira e podem ver uns aos outros.

Creio que seria possível encerrar a controvérsia rapidamente e normalizar a situação, e então o povo poderia respirar mais calmamente, considerando que homens de Estado encarregados de responsabilidade têm uma mente sóbria e uma consciência de sua responsabilidade combinadas com a capacidade de resolver questões complexas sem levar as coisas a uma catástrofe militar.

Eu, portanto, faço a seguinte proposta: estamos dispostos a remover de Cuba os meios que vocês acham ofensivos. Seus representantes farão uma declaração afirmando que os Estados Unidos removerão da Turquia seus meios análogos.

Nikita S. Kruschev"

Subitamente a situação piorou. Por alguma razão que o presidente não consegue imediatamente adivinhar, sua contraparte soviética relacionou uma solução pacífica com a traição de um compromisso defensivo duradouro com um dos aliados da América na linha de frente, opção que teria sido insuportável mesmo se não fosse sob pressão. Ele sente o sangue se esvair de seu rosto, seguido por um espasmo agonizante nas entranhas, mas em volta da mesa tudo o que vê são faces esquivas.

O presidente cambaleia através do Gramado Sul para o parquinho. Caroline pede para empurrá-la no balanço, e ele assume a posição da babá, que vai colocar John Jr. na gangorra. Caroline balança para a frente e para trás, seu casaco abotoado até o queixo para resistir ao frio. Ela diz:

— A gente pode ir para a casa onde tem sol esse fim de semana, papai? Está muito frio aqui.

A casa onde tem sol é a propriedade deles em Palm Beach, Flórida, distante não mais que 480 quilômetros dos mísseis de Cuba. Ele diz:

— Lá não é um bom lugar agora, querida.

— Vamos para o rancho, então? Posso andar no meu pônei!

— Não sei bem onde você e sua mamãe e seu irmão vão este fim de semana. Talvez para um lugar novo desta vez.

— Aonde, papai?

— Algum lugar seguro — ele murmura.

— Onde é seguro? — ela diz.

Existem planos para evacuar a primeira-família para o bunker presidencial em Camp David, mas essa não é a resposta que ele dá. Não há uma resposta verdadeira para ela. Mas ele diz:

— Eu vou achar algum lugar seguro.

E então todos voltam pelo gramado para a Residência, antes que fique escuro.

A SESSÃO DO COM-EX avança até tarde da noite, mas o presidente deixa brevemente a Sala do Gabinete e ingere um copo de emulsão leitosa para conter as chamas de suas úlceras vulcânicas, e então ele volta, dessa vez para dar a ordem expressa para as forças militares ascenderem para Defense Condition 2 no mundo todo, em todas as bases de todos os continentes, em todo os navios, com o conhecimento de que está agora a apenas um passo a intensificação para o DEFCON 1: guerra nuclear global.

Quando dá ao Comitê meia hora de intervalo para o jantar, ele tem vontade de ir para a Residência caminhando pela Colunata Oeste, mas encontra a porta para fora trancada e todo mundo por perto alega desconhecer o paradeiro da chave. É obrigado, portanto, a respirar o ar parado e cheio de poeira e partículas que faz seus olhos coçarem e bloqueia seus sínus. Ele cambaleia para o segundo andar, encontrando seus filhos dormindo mas sua mulher o esperando na Sala de Jantar da Família. Assim que ele senta, os dois recebem sopa de peixe como entrada. Ele espirra e assoa o nariz com um lenço, a primeira-dama já tão acostumada a sua miríade de alergias que agora mal diz um "saúde", mas ela está intensamente atenta a seu desânimo e estende a mão por sobre a mesa para pegar a dele.

— Você quer que eu leve as crianças daqui? — ela pergunta.

— Ouvi dizer que Nebraska é ótimo esta época do ano — ele diz.

Ela diz:

— Você acha que vai acontecer?

Ele diz:

— Eu deveria ser aquele que saberia dizer, não? Mas, sinceramente, não sei.

Ela fica pálida. Eles terminam a sopa em silêncio, e os pratos vazios dão lugar imediatamente ao prato principal, já que a equipe foi informada do curto intervalo do presidente.

Os olhos dela se concentram nos dele e em volta; está observando as linhas tensas em sua testa e em torno dos olhos.

— Você está sentindo dores? — ela pergunta.

— Sempre — ele diz. — Você sabe.

— Eu sei — ela diz.

Ela sabe que ele nunca pode ceder e se tornar de novo o menininho que fica de cama sozinho com seus livros de história enquanto todas as outras crianças se divertem no gramado. Ela estende a mão por sobre a mesa e pega a dele de novo. Ele sorri para ela, e antes de voltar à Sala do Gabinete ele a abraça e a beija na boca, no rosto e nos cabelos.

— Você precisa de mim — ela diz. Você sempre precisará de mim, Jack. — E se afasta, sem olhar para trás.

Os generais que consideram a guerra nuclear um auto de fé inevitável estão bem enterrados em seus bunkers subterrâneos ou voando sobre as Grandes Planícies em aviões de transporte reformados que servem como plataforma para um posto de comando permanente no ar, não só planejando mas aspirando ao dia em que a raça civil será vaporizada e eles assumirão o controle do país, ou melhor: do que restar dele, talvez até mesmo o chefe do Estado-Maior da Força Aérea, pois será ele quem se declarará o presidente dos Estados Incinerados da América, formando um gabinete constituído de um secretário do entulho, um secretário das cinzas e um secretário da radiação, e a guerra terá sido o dilúvio deles, e as Grandes Planícies, o seu Ararat.

Quando o presidente relê as cartas do premier soviético, ele suspeita que tem a mão dos generais do Kremlin na segunda, pois revela o mesmo tom que ele ouve nas recomendações de seus próprios linha-dura.

Depois de nadar, o presidente volta ao escritório para examinar os documentos restantes. A Sra. Lincoln deixou uma carta em sua mesa, de uma menina de 10 anos de Indiana.

"Caro presidente Kennedy,

Claro que o senhor é um homem ocupado, mas eu só queria mandar esta carta para animá-lo um pouco. Estamos rezando para que todas as suas decisões sejam as certas. Todo mundo está esperando que tenhamos paz. Sabemos que a situação é crítica, mas temos confiança no senhor. Deus o abençoe todos os dias.

Uma jovem cidadã,
Betsy Pieters"

Ele subitamente para e respira fundo. Mais tarde, a Sra. Lincoln faz uma cópia e manda a resposta padrão, enquanto ele dobra o original e o coloca no bolso de dentro de seu paletó.

Sua filha não dormiu bem nas últimas quatro noites. Caroline vem acordando a cada poucas horas se queixando de pesadelos, e é a babá que tem estado com ela, mas esta noite, quando ele faz a sua visita às crianças por volta da meia-noite, embora seu filho durma profundamente, Caroline de fato parece perturbada. Ele decide carregá-la até a grande cama de dossel do quarto que há no fim do corredor para que ela possa dormir com ele. Está semiconsciente e inquieta enquanto ele a coloca sob as cobertas e então deita discretamente ao lado dela.

Dentro de poucos minutos ela está ansiosa. Ele sente que ela capta um temor avassalador, o medo terrível que todos os adultos que ela conhece enfrentam tendo tomado a forma, em sua imaginação infantil, de um bicho-papão escondido nas sombras, e não é uma visão muito diferente que o assombra, a de um monstro infernal esperando para atacar quando vier o sono dos homens racionais.

Ele sussurra:

— Papai está aqui. Nada vai acontecer com você. Papai vai protegê-la.

Ele a abraça e ela adormece. De manhã, ele a encontra encolhida na posição fetal com seu cabelo louro desgrenhado sobre o rosto e seu braço fino ao redor de seu ombro. Deixá-la parte o coração dele.

No café da manhã, que ocorre na Sala do Gabinete, o Comitê Executivo recebe um informe da CIA. Eles interceptaram um comunicado do ditador cubano ao premier soviético. O diretor da CIA lê a mensagem:

"Camarada Kruschev,

Se os imperialistas invadirem Cuba, o perigo que essa política agressiva constitui para a humanidade é tão grande que em seguida a esse evento a União Soviética não deve jamais permitir as circunstâncias nas quais os imperialistas possam lançar o primeiro ataque nuclear. Esse será o momento de eliminar tal perigo através de um ato de legítima e clara defesa, por mais dura e terrível que a solução possa ser, pois não há outra.

Fidel Castro"

O diretor da CIA repete:

— ...*pois não há outra...*

— Aí está, senhor presidente — diz o líder dos chefes de Estado-Maior. — Eles estão planejando um primeiro ataque. Precisamos decidir logo.

O presidente olha em volta na mesa, e todos o observam.

O presidente volta para o Salão Oval com uma necessidade urgente de uma caminhada no Jardim das Rosas para clarear a cabeça e seus sínus, mas a porta está trancada e ele acaba andando de lá para cá como uma fera enjaulada, e então lhe ocorre num clarão que a solução para esse impasse ainda está em suas mãos. Ele agarra caneta e papel de sua mesa e começa a rascunhar um conjunto de propostas a serem analisadas pelo premier soviético, mas ignorando a segunda carta, que foi contaminada pela postura agressiva da velha guarda, e se concentrando no terreno comum pessoal da primeira.

— Danem-se os generais — ele murmura.

Então ele chama sua secretária, para datilografar o que escreveu com sua letra terrível, que apenas ela e a primeira-dama parecem ser capazes de entender, com a porta fechada, sem interrupções, e sem nenhuma informação sobre o que estão fazendo.

— As pessoas vão comentar, senhor presidente — ela diz com ar maroto.

— Que a imaginação deles corra à solta — ele diz.

Ela datilografa rápido e ele revisa tão rápido quanto, e então a carta é despachada como ordem urgente dele para o Departamento de Estado, para ser traduzida e transmitida para o Kremlin.

— Caro Kruschev,

Eu li sua carta de 26 de outubro com muita atenção e considerei bem-vinda a afirmação de seu desejo de buscar uma solução imediata para o problema. Os elementos essenciais de sua proposta — que parecem em geral aceitáveis do modo como os compreendo — são os seguintes:

1) Vocês concordarão em remover os sistemas de mísseis balísticos de Cuba e providenciar para que não mais aconteça a introdução de tais sistemas naquela ilha;

2) Nós, de nossa parte, concordaremos em (a) remover imediatamente as medidas de quarentena agora em efeito e (b) dar garantias de não invadir Cuba.

Se vocês derem a seu representante instruções similares, não há razão para não completarmos esses arranjos e anunciá-los para o mundo em alguns dias. O efeito de tal acordo em reduzir as tensões mundiais nos permitirá trabalhar em prol de um arranjo mais geral quanto a outros armamentos. Eu gostaria de dizer novamente que os Estados Unidos estão muito interessados em reduzir as tensões e deter a corrida armamentista; e se sua carta significa que vocês estão preparados para discutir uma détente que vem afetando a Otan e o Pacto de Varsóvia, nós estamos inteiramente preparados para considerar com nossos aliados quaisquer propostas úteis.

Mas o primeiro ingrediente, permita-me enfatizar, é que cesse o trabalho nos mísseis em Cuba e que medidas sejam tomadas para tornar tais armas não operantes. A permanência dessa ameaça, ou um prolongamento dessa discussão relativa a Cuba ao associar esses problemas a questões mais amplas de segurança europeia e mundial, levará com certeza a uma intensificação da crise cubana e a um grave risco para a paz mundial. Por esta razão eu espero que nós possamos concordar rapidamente com o que foi estabelecido nesta carta e na sua de 26 de outubro.

John F. Kennedy"

A escuridão se abate sobre a parte sul do jardim. O gramado se torna um lago negro. Ele vai até a Residência, sai à varanda e contempla a penúltima noite do mundo. De manhã, se não houver um acordo, ou mesmo uma resposta, o presidente precisará ordenar a invasão e sua contraparte precisará ordenar a retaliação. Os dois precisam agir e colocar em movimento os eventos que levarão o mundo à escuridão permanente porque não há escape do poder, e poder dessa magnitude cria compulsões obsidiantes.

Esta noite sua filha dorme com a mãe, para evitar os pesadelos, as duas abraçadas sob as cobertas, a filha curvada em volta da forma da mãe. Ele ergue John do berço e carrega o peso frágil e leve para o quarto, onde se senta na cadeira de balanço. Segurando o menino adormecido no peito, a face aninhada no pescoço do pai, ele observa suas garotas, à espera.

Até o amanhecer, nenhuma palavra veio de Moscou, e o presidente se pergunta se já houve um golpe militar. Ele convoca o Comitê Executivo, e eles se reúnem no café da manhã para planejar a guerra. O presidente emite seu inventário do apocalipse e, de tarde, enquanto o Com-Ex põe o plano de guerra em operação, o presidente se reúne na Sala dos Peixes com o comitê executivo responsável pela defesa civil e discute a perspectiva da evacuação em massa das cidades e a disponibilidade de bunkers subterrâneos protegidos capazes de abrigar o pessoal essencial.

Ao cair da noite, o clima na Ala Oeste é fúnebre. O presidente passa no Salão Oval para mandar sua secretária para casa; no hall do lado de fora, as garotas se demoram — Fidddle, Faddle e a estagiária —, perguntando-se qual será a escolhida, mas ele nem olha na direção delas, em vez disso se arrastando na direção oposta, rumo à Residência.

Esta noite as crianças jantam com a mãe e o pai, que depois leem as histórias para eles, lado a lado, antes de se retirarem para o Salão Oval Amarelo, onde o presidente senta no sofá com sua mulher — o que é raro —, com as cortinas abertas para que possam olhar as luzes da cidade pela última vez, porque amanhã elas estarão em blecaute para esconder a cidade dos bombardeiros, ou estarão derretidas pelo fogo.

Mais tarde sua mulher o ajuda a se levantar do sofá, e leva comprimidos para dormir para a cama. Ela sabe que ele não vai conseguir dormir esta noite. Ela o beija, e a mão dela se demora na dele, até que se vira.

Num paletó pendurado no armário, ele descobre a carta da menina de Indiana, e usa um papel timbrado da Casa Branca para escrever uma resposta a mão. Ele dobra a carta ao meio e a coloca num envelope que ele mesmo endereça, e então vai para o hall, homens uniformizados que carregam a Mala do Presidente dando um salto para a posição de sentido e o seguindo enquanto ele atravessa a Ala Oeste, onde encontra uma secretária ainda trabalhando e dá a ela a carta para selar e despachar esta noite.

— Esta noite, senhor presidente? — ela diz. — O senhor quer um portador, ou ela pode esperar na sala do correio até de manhã?

Ele diz:

— Você poderia fazer a gentileza de colocá-la numa caixa de correio a caminho de sua casa?

— Sim, hã... é claro, senhor presidente. Se é o que o senhor quer.

Ele vai de escritório em escritório dando boa noite ao pessoal e apressando aqueles que ainda estão lá a irem para casa, para suas famílias. Logo as salas estão vazias exceto por assessores próximos e assistentes administrativos.

O presidente se certifica da presença dos dois homens sentados no lobby guardando a Mala. A Mala do Presidente é um estojo preto de vinil contendo os códigos de lançamento do arsenal nuclear que só o presidente tem autoridade para empregar. Eles o seguirão como fazem toda noite, esperando em corredores ou halls, os fantasmas nas festas dele, só que esta noite ficarão um pouquinho mais próximos.

Nesse clima, a conduta do sujeito prova ser racional e natural. Em tempos de estresse, o impulso sexual aumenta. A explicação teleológica é que um perigo que possa substancialmente reduzir a população precisa ser respondido por abundante reprodução para assegurar a sobrevivência da espécie. A estagiária deve ter começado a abandonar suas incertezas quanto às possíveis futuras repercussões de um encontro amoroso com o presidente porque em seu íntimo ela se pergunta se sobrará alguém para se importar com o que os dois aprontaram. Assim como os bombardeiros nucleares que se encontram perpetuamente a caminho da Rússia, algumas secretárias da Ala Oeste se mantêm em modo de espera desde o DEFCON3, como parte do plano do Barba para o caso de um golpe antecipado contra a tranquilidade presidencial. Mas, ao notar o interesse do presidente, o Barba deixa de lado as secretárias e diz à estagiária:

— O presidente precisa de você.

E, com uma solicitude patriótica, leva-a até o Salão Oval.

— Entre, por favor, hum... — diz o presidente, se instalando atrás da mesa.

O Barba sai de cena discretamente, fecha a porta que dá para o escritório da secretária, e enquanto isso a Sra. L., abençoada seja, mantém o olhar firmemente fixo na folha de papel que emerge de sua máquina de escrever.

— É um período tenso para todos — diz o presidente.

As pressões do cargo do sujeito levam a jovem a crer que ela não está simplesmente sendo a presa de um poderoso fornicador de meia-idade, mas, em vez disso, está sendo caridosamente solidária com o combate solitário dele contra as forças sombrias do planeta, propiciando um momentâneo alívio da tensão da mesma forma que uma enfermeira administraria um analgésico. Com esse fundamento, ele construiu um viaduto moral para passar por cima da castidade da garota.

— Muito tenso — ele diz. — Vá para debaixo da mesa, sim?

Por um momento, ela age como se ele não pudesse ter dito o que ele de fato acabou de dizer, ou então ela hesita.

— Não é preciso ficar tímida — ele diz.

Ela gagueja:

— Eu não, eu... não sei bem o que dizer, senhor presidente.

— Considere isso um serviço ao seu país, embora não seja uma questão de serviço obrigatório.

Ela leva alguns momentos para refletir, durante os quais ele olha para ela com bastante neutralidade. Ele imaginava que a estagiária estaria mais ansiosa para ceder, tendo em vista a pressuposição de que ela está siderada por ele. Dada a praticamente total ausência de habilidades secretariais dela, ninguém ficará surpreso ou desconfiado se ele dispensar essa estagiária e arranjar uma melhor. Ele faz uma anotação mental para fazer exatamente isso se Cuba Dois de fato chegar ao fim, quando então ela poupa o trabalho aos dois ao ir para baixo de sua mesa.

— Agora sim — ele diz.

ANTES DO AMANHECER, um assessor chama o presidente para o Escritório de Comunicações, onde ele encontra muitos da equipe que achava que tinham ido para casa. Uma carta de Moscou foi enviada à embaixada e está agora sendo traduzida.

O Com-Ex reagrupa-se na Sala do Gabinete, onde, como pais à espera do nascimento, eles aguardam o teletipo dar à luz a primeira página. O presidente a agarra e a lê precipitadamente.

"Caro presidente Kennedy,

Com o objetivo de eliminar o mais rápido possível o conflito que põe em risco a causa da paz, para dar uma garantia a todos os povos que anseiam pela paz e para tranquilizar o povo americano, que, eu tenho certeza, também quer a paz, assim como o povo da União Soviética, o governo soviético, em complemento à instrução anterior da descontinuação do trabalho nos locais de construção de armas, deu uma nova ordem para desmontar as armas que vocês descreveram como ofensivas e para embalá-las e enviá-las de volta à União Soviética.

Eu considero com respeito e confiança a afirmação que o senhor fez em sua mensagem de que não haverá ataque, nem invasão de Cuba, e por essa razão instruímos nossos oficiais a parar a construção das instalações acima mencionadas, desmontá-las e retorná-las à União Soviética. Assim, em vista da garantia que vocês deram e de nossas instruções para desmontagem, todas as condições estão cumpridas para eliminar o presente conflito.

Nikita S. Kruschev"

Ele rapidamente chega ao fim e vê que o tradutor observou que o original é assinado pelo próprio premier soviético.

As potências nucleares recuaram do abismo. Enquanto alguns dos homens em volta da mesa têm emoções conflitantes, a maioria está extasiada com o final. Eles trocam apertos de mão, mas o presidente sussurra para aqueles em quem confia:

— Liguem para cada um dos chefes do Estado-Maior. Eu quero que eles confirmem pessoalmente que compreenderam que não vamos entrar em guerra.

Ele espera no Salão Oval cada ligação ser completada, e só vai relaxar quando todos os seus generais prometerem, sem dúvida cerrando os dentes, que não vão começar a guerra mesmo assim.

O último ao qual ligar, sem nenhuma surpresa, é o chefe do Estado-Maior da Força Aérea, por um minúsculo fone de seu buraco de coelho em Nebraska, e que fica perplexo não só pela ausência do apocalipse nuclear como ainda pela notícia de que o seu menino, o Teórico dos Jogos, foi internado por esquizofrenia paranoide.

O presidente sente um súbito júbilo na certeza de que verá seus filhos crescerem, mas, antes de ir acordar sua mulher e lhe dar a notícia, ele pretende deflorar uma estagiária de 19 anos.

Ele a encontra no pequeno escritório privativo adjacente ao Salão Oval. Fecha a porta que dá para o hall e mantém a mão segurando-a, e nessa posição fica atento para a porta interna que leva ao escritório da Sra. Lincoln, também com a porta fechada. Depois do ato, quando ele volta casualmente para o Salão Oval, ela esfrega os joelhos doloridos e lava a boca na pequena pia de serviço.

A porta da Sra. Lincoln se escancara e a primeira-dama adentra o Salão Oval.

— Você conseguiu, Jack! — ela diz, e o abraça.

— Eu consegui — ele diz, momentaneamente olhando por cima do ombro dela para o pequeno escritório, mas não consegue ver se a estagiária ainda continua lá.

— Todo mundo estava doido de preocupação — ela tagarela, andando pela sala, perigosamente próxima ao escritório.

— Nós conseguimos — ele diz.

— Sim! — Ela diz. E o abraça de novo.

Eles se beijam por alguns segundos, e então ele pergunta:

— As crianças estão dormindo?

— Como anjos — ela diz.

— Você deveria voltar para a cama, descansar.

— Estou indo — ela diz.

— Eu estarei lá em alguns minutos. Só tenho umas coisas para...

— Claro, claro — ela diz, e sorri, e então vai embora.

O presidente vai até o pequeno escritório privativo. A estagiária está agachada no chão, contra a porta.

— Vá agora — ele diz.

O presidente se apoia em sua mesa. A primeira luz do dia entra pelas janelas que dão para o sul e se espalha em volta dele, e detrás deve parecer um homem sozinho com o peso do mundo sobre os ombros. Ele baixa a cabeça e contempla quão perto chegou do limiar da destruição.

A SOBREMESA

Como um político, o sujeito se acostumou com certa definição estreita de popularidade, diretamente relacionada à sua aprovação pelo eleitorado e estendida a outros membros do governo. Após a bem-sucedida solução da crise, ele se descobre numa posição de autoridade sem precedentes em virtude do respeito que ganha dos eleitores e colegas.

Existe uma pequena facção no governo e no meio militar que prefere concluir que a única realização do presidente foi provar o que eles já sabiam o tempo todo: que a única maneira de este país lidar com o mundo exterior é agindo com rigidez, mas o presidente se reconforta com o fato de que essa cabala de falcões é pequena e, espera, desencorajada pela solução construtiva da situação.

Na maior parte de sua vida, o sujeito considerou a popularidade puramente do ponto de vista de atratividade social, e a crise também serviu para reforçar esse importante atributo, já que, tendo recebido elogios generalizados por sua atuação de estadista, em eventos sociais — em que o presidente e a primeira-dama sempre projetaram considerável cacife — ele obtém uma nova e profunda deferência por sua autoridade, uma opinião comum de que o sujeito amadureceu como presidente — a esta altura, já além da metade de seu primeiro mandato — e que pode contar tranquilamente com a reeleição.

O resultado nas conquistas do sujeito, com a gravidez da primeira-dama avançada como está, foi uma bem-vinda potenciação dos seus poderes de sedução. A mulher que ele deseja que faça o papel de enfermeira, drenando os abcessos inchados com a tensão mundial, teve agora uma recente ilustração do grave prognóstico para a humanidade da infecção não tratada, e oferece sua atenção com uma noção ainda maior de que está servindo o interesse nacional (e global), enquanto a mulher que entra no tradicional contrato de pagar tributo sexual a um homem de poder e realização se vê encontrando uma figura que no momento é possivelmente insuperável em relação a esses atributos gêmeos, o que com certeza serve para lubrificar prazerosamente a transação.

Seguindo em frente com o serviço cotidiano de Liderar o Mundo Livre com autoridade, confiança e brio, o presidente se descobre um pouco frustrado com as possibilidades dos vários andares da Casa Branca. Parece que ele consumiu os frutos mais suculentos dos ramos da árvore do governo, e agora acredita que merece se deliciar com as maçãs, peras e tomates que esta e outras cidades oferecem. Essas gratificações estão em toda parte, andando por aí, de pé, sentadas, agachadas e deitadas, oferecendo seus tributos a homens que não fizeram nada pela sua proteção e segurança, e parece-lhe injusto estar no zênite de sua carreira política sem desfrutar de uma ascensão proporcional em sua carreira de fornicador.

O sujeito nunca explorou o seu cargo para dividendos à família ou a partidários, nem nunca favoreceu lobistas para incrementar seu ganho pessoal, tampouco se esforçou para acumular poderes maiores que aqueles concedidos pela Constituição para conduzir empreendimentos questionáveis no país ou no exterior; contudo, ele pretende se valer das modestas gratificações sexuais que sua posição atrai. Inicialmente a presidência teve um efeito calamitoso nas conquistas do sujeito, mas ele aceitou o sacrifício para servir a seu país; agora o país lhe deve um sacrifício em troca.

Enquanto o presidente está atravessando a braçadas a piscina da Casa Branca, o Barba aparece, com as calças arregaçadas e a gravata frouxa, e divaga sobre um amigo chamado Bill, que tem um conhecido chamado Bob, que é especialista em encontrar garotas que correspondam às discretas exigências de eminentes políticos e homens de negócio.

— O que acha, capitão? — diz o Barba.

O uso de prostitutas por parte do sujeito tem sido ocasional e não habitual, embora tenha sido o método pelo qual ele perdeu sua virgindade, quando era um aluno de 17 anos de colégio interno. Foi numa viagem a Nova York com um colega de escola, uma experiência que ele não descreveria como agradável, em vez disso um rito de passagem depois do qual ele sentiu uma nova confiança com as garotas derivada da consciência de que não haveria nada na roupa íntima delas que o deixaria embaraçado. Desde então, o sujeito endossou a opinião de que os homens não pagam às prostitutas por sexo; elas são pagas para ir embora e não falarem nada depois.

O presidente diz:

— Imagino que não custa nada ver o que ele consegue.

O Barba diz:

— Vou tratar imediatamente disso, senhor presidente. — E sorri seu sorriso de gratificação vicária.

Esta noite a primeira-dama está fora da cidade com as crianças. A família retornou à sua rotina normal, com o presidente indo encontrá-los para com eles passar parte do sábado e/ou do domingo, retornando a tempo para um encontro na noite de domingo antes que sua mulher e filhos retornem. As suspeitas da primeira-dama parecem ter diminuído, ou talvez ela esteja mostrando gratidão pela sua bravura em lidar com a Crise dos Mísseis.

Todavia, é também demais esperar que Bill, Bob e o Barba forneçam alguém em tempo tão curto, de modo que o presidente se vê numa espécie de espreita enquanto conduz os compromissos do dia, a maioria a série normal de reuniões *on-* e *off-the-record* com senadores e deputados, em que não há nenhuma oportunidade de encontrar um alvo feminino, mas para seu deleite esse certamente não é o caso da cerimônia de condecoração que ocorre no Salão Leste de tarde, na qual ele dá a comenda de folhas de carvalho a um de seus generais (que parece estar do nosso lado, notavelmente), onde ele logo vislumbra duas ou três jovens distintas acompanhadas por seus pais ou irmãos distintos.

Na breve recepção que se segue à cerimônia, o presidente vai em direção às mulheres com a mesma graciosa discrição com que se persegue uma bandeja de canapés, vendo-se numa conversa com uma atraente loura de uns 27 anos, convidada do pai coronel, com o qual ele troca breves amenidades.

Ao se virar em direção ao próximo convidado distinto, o presidente deixa escorregar de leve sua mão na parte de baixo das costas dela e diz:

— Não vá embora.

A recepção termina alguns minutos depois, mas, à saída, ele percebe a filha do coronel demorando-se para ir embora, e ele envia o Barba para convidá-la para uma recepção particular na Residência. Alguns minutos depois, o Barba traz a garota ao Quarto de Lincoln, oferece bebidas ao presidente e sua convidada, e se retira.

O presidente diz:

— Fico muito contente que você tenha vindo me ver.

— Obrigada, senhor presidente. Acho que meu pai está um pouco perplexo com o que aconteceu comigo. Acho que eu também.

— Você está?

Ele se move na direção da cama.

Ela diz:

— Acho que não.

ESSA NOITE, ELE FICA com Mary também. Suas entranhas e suas costas doem e ele tem fome permanentemente devido à dieta insossa que os médicos lhe prescreveram, mas ao menos uma parte do corpo ainda funciona normalmente.

Depois do ato, Mary fuma um baseado e diz:

— Há outras mulheres também, não há?

— Algumas — ele diz.

— Muitas?

— Algumas.

— Conte-me sobre uma delas — ela diz.

— Nenhuma me vem à mente — ele diz.

— Não tumultua sua agenda?

— Menos que o trânsito na Beltway.

Ela ri.

— Como você as seduz?

— Em geral eu só peço.

— Você conhece uma garota e simplesmente propõe sexo a ela?

— Algumas parece que gostariam.

— Todas elas dizem "sim"?

— Nem todas.

— A maioria?

— O bastante.

Ela traga profundamente e passa a ele o baseado. Dessa vez ele traga também.

— Mas elas *não* são o bastante — ela diz.

Ele não responde porque, embora ele goste muito de Mary, como de muitas das mulheres com quem dorme, a única mulher com cujo terreno emocional ele está preparado para lidar é sua esposa. É comum que as amantes do sujeito tenham um pouco de piedade de si mesmas às vezes e o acusem de usá-las, mas não há nada de pernicioso em sua exploração, já que ele sempre deixa claro que ama a esposa e que não deseja se divorciar dela. Além disso, a constância do compromisso do sujeito com sua família poupa à amante qualquer culpa em relação ao seu potencial de separar os filhos dos pais, e ele nunca espera que suas amantes sejam fiéis a ele. Entretanto, ele descobre que esses argumentos nunca têm um efeito apaziguador.

Ele devolve o baseado. Ela diz:

— Ninguém é o bastante para o grande herói.

Ela deu para chamá-lo de "o grande herói".

— Você é o grande herói agora e ninguém mais dá a mínima para a sua primeira "aventura" cubana.

— Alguns dão — ele disse.

— Você?

— Eu sou um deles.

Ela o olhou com aqueles olhos claros, distantes.

— Alguma coisa o está incomodando, Jack? — perguntou.

Em seguida à bem-sucedida solução de Cuba Dois, não demorou muito para seus pensamentos voltarem à Brigada, os sobreviventes entre aqueles homens explodidos em pedaços na praia, desde então encarcerados em Havana, e cuja libertação ele repetidamente tentou obter por intermédio do Departamento de Estado e do Departamento de Justiça. Tendo se comprometido a não tentar outra invasão, o presidente viu nisso uma oportunidade de retomar as negociações tendo como base que o Departamento de Estado podia prometer que os prisioneiros libertados não mais teriam apoio em outros esforços militares de recapturar sua terra natal, mas agora os homens estão com julgamento marcado, acusados de traição, a expectativa sendo de que muitos deles serão sentenciados à morte ou à prisão perpétua. O presidente fez apelos através do Departamento de Estado e da ONU para que os homens fossem tratados de uma maneira mais próxima dos prisioneiros de guerra de acordo com a Convenção de Genebra, enquanto as autoridades cubanas insistiram em que a invasão foi um ato criminoso e que os homens sejam considerados "combatentes inimigos", tendo negados os direitos de prisioneiros de guerra, provando que só uma ditadura estúpida ignoraria a lei internacional para infligir punições desumanas a militares que lutam por sua causa nacionalista.

Contudo, o regime não é ideologicamente inflexível (por sorte compartilhando do relativismo moral do qual nos orgulhamos nas democracias ocidentais), pois parecem bem empolgados com a ideia de um resgate pelos prisioneiros, embora os assessores do presidente estejam ficando com medo de que qualquer fracasso em assegurar a liberdade da Brigada seja percebido como um desastroso golpe ao seu prestígio tão logo após o triunfo de Cuba Dois — portanto, acham que não vale o risco.

O presidente diz:

— Aqueles homens estão apodrecendo na prisão por uma missão em que eu os enviei.

— É por isso que estamos defendendo uma forma discreta de abordar a questão — diz o secretário de Imprensa. — A consideração que dermos ao destino da Brigada apenas atrairá atenção...

O presidente tamborila os dedos com impaciência no braço da cadeira de balanço, e seu secretário de Imprensa cala a boca.

— Senhor presidente — diz o secretário de Estado —, um esforço de salvamento lembrará à opinião pública um fracasso que a administração deixou para trás...

— Eu não vou abandoná-los à própria sorte só porque não conseguir tirá-los de lá me fará parecer fraco. Eu quero esses homens em casa para o Natal, droga!

Um silêncio embaraçado se segue, truncado por alguns murmúrios de "sim, senhor presidente", e então ele dispensa todos com um gesto de mão, depois do quê senta na privada e espalha um Niágara de efluente malcheiroso.

Embora a crise tenha terminado há semanas, ele permanece com as mesmas altas doses de esteroides, que seus vários médicos se recusam a reduzir.

O almirante B. diz:

— Uma interrupção abrupta do tratamento provocará uma crise da doença de Addison.

— A administração vai de crise em crise.

— Muito bem, senhor presidente, mantenha o ânimo elevado.

— Não está elevado, almirante. Longe disso.

— Acho que podemos reduzir a dose para 5 miligramas por semana.

O Dr. C. diz:

— Nós também precisamos monitorar o seu colesterol, senhor presidente.

— Que história é essa agora de colesterol?

— Nossos exames de sangue demonstraram uma hipercolesterolemia mórbida.

O presidente suspira.

— Imagino que precisem fazer mais exames para diagnosticar a causa.

— Oh, não, nós sabemos a causa, senhor. Deve ser essa testosterona toda que prescrevemos.

MAIS TARDE, o presidente vai de helicóptero para a Filadélfia a fim de assistir ao jogo de futebol americano Exército X Marinha, sentando no lado da Marinha do estádio para o primeiro e segundo quartos, quando então fazem com que marche através do campo até o comandante de West Point, que o coloca sentado entre os oficiais do Exército para o terceiro e o quarto. Quando a multidão silencia para o hino nacional, ele acha que consegue ouvir o som de suas artérias se endurecendo e o barulho do seu sangue tentando passar entre os acúmulos de colesterol.

O presidente decidiu recompensar alguns de seus assessores próximos com lugares nesta viagem, mas no voo de volta ele percebe uma expressão infeliz em um conselheiro especial que acabou de se separar da mulher. Houve, até agora, três casos de casamentos terminados nesta administração, todos por causa da infidelidade do marido, um deles tendo ido tão longe a ponto de deixar a secretária grávida.

Ocasionalmente o presidente se pergunta se serviu de modelo de comportamento para seu círculo, que tem sido testemunha, ainda que distante, de suas aventuras extraconjugais, e que talvez tenha tido uma epifania em relação à sensaboria da monogamia, tentando então imitar suas práticas mas coletivamente fracassando em atingir seu sucesso.

O sujeito lamenta muito ao ouvir os infortúnios de seus assessores, mas não chega a ficar solidário. Um conquistador cujo casamento se desintegra, cujos filhos se afastam e de quem os colegas sentem pena é de fato uma figura infeliz, não importando de quantas conquistas sua cama é testemunha: ele é o impulsivo que se acidenta na primeira curva enquanto o campeão segue em frente e ganha a corrida. Sem dúvida cada um desses assessores contribuiu para a própria queda a sua maneira, embora o fracasso na dissimulação seja apenas uma parte do que leva à queda, havendo a não antecipada prova psicológica da culpa que às vezes provoca uma confissão, com frequência seguida de uma fútil súplica por perdão, ou, pior ainda, a ilusão de que a amante é mais afetuosa ou bonita do que a própria esposa. Embora ele expresse condolências pelas vidas pessoais abaladas desses homens, na verdade ele sente que trataram o assunto da fornicação com leviandade demais e tiveram o que mereciam.

Pode parecer que o sujeito seja o veículo impetuoso de impulsos priápicos, mas isso seria se equivocar quanto ao grau de cálculo inerente a seus casos, o que não significa que o empreendimento não seja precipitado pela excitação, um bom exemplo sendo o recente encontro com a filha do coronel. A consumação levou apenas alguns minutos, mas anos de aprendizagem contribuíram para a impecável escolha, como alvo, de uma jovem mulher acostumada aos hábitos dos homens poderosos, alguém com suficiente classe e discrição para compreender os limites da transação, e que desempenhará convincentemente seu papel quando voltar ao pai com um relato de ter sido convidada para a Residência para uma rápida contemplação das obras de arte nas quais demonstrou interesse durante a breve conversa que teve com o presidente na recepção que se seguiu à entrega da medalha. Nos anos que virão, ela poderá confidenciar sua história para uma ou duas amigas próximas, com o quê ele não terá o menor problema, em contraste com uma sirene tal como Marilyn, cuja patética obsessão pela celebridade a compeliu a alardear suas confidências por toda Hollywood, e, sem dúvida, se tivesse havido a oportunidade de embaraçar seu presidente, ela teria posto a autopromoção acima da responsabilidade cívica.

O sujeito vai orientar os três lamentáveis membros de sua administração de que um completo abandono da continência vicia a arte da fornicação, mas ele nunca discute seus encontros amorosos. Seu método é agir como se eles não existissem: ele não saiu do Quarto de Lincoln após a visita da filha do coronel exibindo no rosto o sorriso do Gato de Cheshire (nem ela agiu como a gata que conseguiu o creme); entretanto, seus assessores adúlteros não conseguiam resistir a exibir o butim do sexo, voltando a seus colegas e, em última instância e para a perda deles, a suas esposas, ostentando a presunção de uma proeza misteriosa.

Esta noite, depois de pegar um avião para o Terminal Marítimo em La Guardia, o presidente segue para a cidade de Nova York e ordena que sua limusine pare para uma jovem que ele vê tentando conseguir um táxi na Madison Avenue. Ele abre o vidro e diz: "Você aceitaria uma carona?" A chuva respinga no para-brisa enquanto o presidente conversa amenidades espirituosamente com a jovem, uma secretária novata numa agência de propaganda, e depois ele coloca a mão sob a saia dela. Os olhos da moça se esbugalham. Seus joelhos travam. Ela fica abruptamente quieta, e ele ouve a respiração dela se acelerar. Ele ordena um desvio para o Carlyle para um interlúdio não agendado, durante o qual a garota permanece quieta mas nunca diz a palavra Não. Ele supera a sua decepção com a frigidez dela, e então segue, conforme planejado, para um banquete beneficente em prol da pesquisa do câncer, depois do qual ele retorna ao 34º andar do Carlyle para encontrar a esposa de um corretor de ações que atraiu sua atenção (a esposa, não o corretor) e que indicou sua disponibilidade para uma proposta ao elogiar o belo castanho dos cabelos do presidente, os dois escapando ousadamente para o toalete sem o governo cair ou o marido corneado atirando a dez passos ao amanhecer.

De manhã, o presidente retorna para Washington. Sua primeira reunião no Salão Oval é uma atualização de como está a convoluta barganha entre os Departamentos de Estado e da Justiça e o governo cubano sobre um pacote de resgate de bens essencialmente humanitá-rios tais como produtos farmacêuticos e alimentos para bebês em troca da libertação dos prisioneiros da Brigada, cujo custo parece subir 10 milhões de dólares a cada semana.

— Eu não me importo com o dinheiro — ele diz. — Apenas tratem de libertar esses homens.

— Se vazar quanto gastamos — diz o secretário de Estado —, vamos parecer bem desesperados.

— Esses homens estão doentes e morrendo de fome — diz o presi-dente. — Também parecem bastante desesperados.

No fim da manhã a primeira-dama e as crianças retornam da Virgí-nia; ele almoça com eles na Residência; ao meio-dia vai nadar, depois completa a agenda da tarde e à noite desfruta do ritual de ler para as crianças ao colocá-las na cama. Depois janta a sós com a esposa e alguns amigos próximos. Na cama depois disso, o presidente e a primeira-dama trocam notícias de suas vidas, embora obviamente ele omita suas excelentes vitórias sexuais.

Eles se beijam, e então ela se vira para o lado para dormir, deixando-o inteiramente acordado e se perguntando se sua esposa não se aproveita, com fingida relutância, do álibi da gravidez. Ela bufa ao ajeitar o peso de sua barriga de grávida, mas fora isso não há distinção física da lista costumeira de rejeições familiar a tantos encarregados do leito conjugal, embora em certas ocasiões a manobra possa derivar mais da indiferença do que da rejeição expressa. No entanto, ele não consegue deixar de pensar que foi só uma questão de semanas do início das relações sexuais para que a regularidade caísse de diária para semanalmente, não com nenhuma renegociação aberta do contrato entre eles, mas por meio do insidioso processo de alegar cansaço ou desconforto, até que um casal que mal podia esperar para ficarem juntos a sós passou a fazer sexo uma vez a cada semana ou duas, e certos períodos do casamento eles, por várias razões, já chegaram a ficar até dois ou três meses sem relação. Certo, nem todos os casamentos são iguais, mas no deles ele sente que o ímpeto de reduzir a frequência do coito veio de sua mulher e que ela persistiu com isso até o novo padrão estar firmemente estabelecido. Desde então, nenhum dos dois fez qualquer coisa para mudá-lo.

O equilíbrio prevalece porque ela o rejeita com regularidade o suficiente para evitar a insistência todas as noites, mas não tantas vezes que ele fique desencorajado de às vezes tentar. No entanto, pouco é reconhecido no que concerne ao seu constante esforço de resistir à rejeição, embora o tempo todo, através do processo natural do envelhecimento e da familiaridade, sua mulher se torne aos poucos menos excitante. Às vezes ele acha que ela deveria ficar mais agradecida por ele ainda se dar ao trabalho de tentar.

Na cama, ainda sem conseguir dormir, ele se lembra de sua natação ao meio-dia, quando o Barba anunciou que conseguira falar com Bill, que por sua vez dissera que Bob ficaria honrado de suprir certas gratificações que discretamente atendam às necessidades presidenciais. O sujeito desfrutou suas recentes aventuras fora do círculo seguro de namoradas habituais e secretárias da Casa Branca e, na verdade, esses casos estão começando a adotar a textura da poligamia estável — que soa excitante mas na realidade não é muito melhor do que a monogamia exceto por demorar um pouco mais para seguir a lei dos retornos diminuídos. Como somente uma nova adição ao harém pode reavivar a excitação, parece que convidar prostitutas para a Casa Branca seria um método inofensivo de modular a energia orgônica do sujeito.

O Barba marca a primeira festa para sexta-feira à noite, quando a primeira-dama e as crianças estarão saindo da cidade para o fim de semana, e, depois de bebidas e alguma coisa para comer, o presidente e os convidados acabam todos nus na piscina, oito garotas e quatro homens: o presidente dos Estados Unidos e o Barba, além de Bill e Bob.

As garotas são extremamente profissionais, de modo que os homens podem contar que elas fornecerão seus serviços com total discrição. Mais tarde, o Barba diz ao presidente que Bill e Bob ofereceram a cortesia de as garotas não serem pagas, mas ele manda o Barba insistir no pagamento delas. "Para evitar qualquer acusação de impropriedade", o presidente explica.

De manhã o presidente pega o avião para Palm Beach para encontrar sua família. Ele leva as crianças para velejar, enquanto a primeira-dama, reticente por conta de sua gravidez, permanece em terra com revistas e cigarros.

Durante o fim de semana, o presidente fica sabendo de um desenlace com os cubanos, o governo tendo aceitado o pagamento do resgate em forma de bens humanitários, e na semana seguinte ele retorna à Flórida para dar boas-vindas à Brigada que volta para casa, um grupo esfarrapado, doente, emaciado mas orgulhoso por ter mantido sua bandeira escondida durante o encarceramento, com a qual eles presenteiam o presidente durante a missa no Orange Bowl.

Quando ele agradece pelo retorno do grupo, um deles deixa para trás as fileiras para lhe dar um abraço.

O PRESIDENTE PRETENDE engendrar um sentimento nacional de ter atravessado uma crise e se tornado não só mais forte como mais justo, de modo que dessa plataforma ele retorna aos ideais estabelecidos durante o seu mandato, instituindo programas para ajudar os pobres e propiciar oportunidades a todos independentemente de classe ou cor, e ao mesmo tempo avançando na direção de um encaminhamento legítimo nas negociações sobre a proibição de testes e desarmamento nuclear com os soviéticos.

Com esse último objetivo em vista, ele vai até as Bahamas para uma conferência com o primeiro-ministro britânico, em que eles rapidamente concordam numa proposta anglo-americana concernindo o estabelecimento de uma moratória no teste de armas nucleares. O PM está em boa forma como sempre, mandando seus votos de bem-estar à primeira-dama pela gravidez, embora, quando o presidente retribua com votos recíprocos em relação à boa saúde de sua esposa, o PM seja cortês mas distante. No entanto o clima mantém-se informal, em particular porque o PM inclui seu encantador secretário de Estado para a Guerra, um Velho Harrovian que serviu com distinção na guerra e que compartilha o prenome com o presidente.

No segundo dia da cúpula o primeiro-ministro, em particular, diz:

— Naturalmente, Jack, você terá de viver com as consequências econômicas.

O presidente diz:

— Prefiro que o país pegue todo esse dinheiro que gastamos com a morte e o gaste com a vida.

— É preciso coragem para remodelar o complexo industrial-militar, senhor presidente — diz o PM.

Na partida do presidente, o PM o acompanha até a limusine e vê a estagiária no banco de trás. Mas o primeiro-ministro acena em despedida com um sorriso, e só quando ele dá um relance para trás o presidente vê a face dele mergulhar numa expressão de preocupação.

Quando o presidente retorna à Casa Branca, ele encontra tempo para passar no escritório de sua secretária.

— Bom dia, senhor presidente — ela diz.

— Bom dia, Sra. Lincoln — ele diz. — A senhora poderia fazer a gentileza de me fornecer uma transcrição do discurso de despedida do presidente Eisenhower?

— Certamente, senhor presidente — ela diz.

O presidente vai para o Jardim das Rosas para um encontro com a Boys' Nation, onde ele cumprimenta uma fileira de estudantes do ensino médio que estão aprendendo as práticas do governo federal; ele aperta a mão de um jovem notavelmente confiante de Arkansas chamado Bill.

Quando ele volta ao Salão Oval, a estagiária entrega a transcrição pedida.

— Obrigada por ter me incluído na comitiva oficial para Nassau, senhor presidente — ela diz.

Ele procura algo na transcrição.

— O primeiro-ministro Macmillan é um perfeito cavalheiro — ela diz.

O presidente encontra a frase que o incomoda desde que a ouviu:

"Até o último de nossos conflitos mundiais, os Estados Unidos não tinham uma indústria de armamentos. Agora nós anualmente gastamos só com a segurança militar mais do que o faturamento bruto de todas as corporações dos Estados Unidos. Essa conjunção de um imenso estabelecimento militar e uma vasta indústria de armas é nova na história americana. A influência total — econômica, política, até espiritual — é sentida em cada cidade, cada assembleia legislativa, cada escritório do governo federal. Nós reconhecemos a necessidade imperativa desse desenvolvimento. No entanto, não podemos nos equivocar na compreensão de suas graves implicações. Nos conselhos do governo, temos de mantermo-nos em guarda contra a aquisição de influência indevida, seja procurada ou não, do complexo militar-industrial. O potencial para a ascensão desastrosa do poder fora do lugar existe e irá persistir. Não podemos jamais deixar que o peso dessa combinação ponha em risco nossas liberdades ou processos democráticos. Só uma cidadania alerta e bem-informada pode compelir a uma mescla apropriada do enorme maquinário industrial e militar da defesa com nossos métodos e objetivos pacíficos, de modo que a segurança e a liberdade possam prosperar juntas."

Quando o presidente ergue os olhos de novo, vê que a estagiária não saiu do lugar. Nas Bahamas ele a usou menos do que o esperado, porque o Barba disse que Bill disse que Bob disse que conhecia algumas garotas fantásticas por lá.

Ela diz:

— Desculpe, senhor presidente. Eu não sabia se o senhor queria que eu ficasse.

Ela está com uma expressão ligeiramente carente. A porta está fechada, e, olhando para o relógio, ele conta que dispõe de cinco minutos antes do próximo compromisso.

— Seja breve — ele diz, apressadamente abrindo espaço para ela sob a mesa.

QUANDO O SOLDADO da Brigada 2506 saiu das fileiras naquele dia no Orange Bowl, o presidente reagiu inicialmente do mesmo modo que os agentes do Serviço Secreto, instantaneamente pondo a mão em seus coldres, e o presidente ficou tenso, sentindo-se subitamente aterrorizado e vulnerável, mas o homem não tinha intenções de socá-lo ou esfaqueá-lo ou qualquer especulação violenta que passou pela mente de todo mundo. Em vez disso, ele abraçou o presidente e murmurou um agradecimento. A momentânea paralisação do presidente deve ter parecido o resultado do medo físico, quando sua verdadeira condição era a de confusão emocional. Aquele homem passara quase dois anos numa masmorra cubana por causa de uma operação fracassada. Os esforços do presidente para assegurar a libertação dele e de seus companheiros foram meramente uma compensação pelo terrível ato que o presidente cometera contra eles.

No entanto, os lábios daquele homem tremiam e seus olhos se encheram de lágrimas, causando a confusão do presidente ante tão abjeta gratidão para o que tinha sido, na própria avaliação do presidente, o ato mínimo de decência humana de que um líder nacional era capaz: o de reconhecer o sofrimento gerado pela guerra. Quando os generais falam sonhadoramente do próximo campo de batalha, o presidente vê aquelas selvas apenas como os futuros matadouros da juventude americana. Eles listam a projeção das tropas requeridas e oferecem relatórios do Pentágono que predizem baixas chegando aos milhares mas concluem que os riscos são aceitáveis para conter a disseminação da ideologia antiamericana.

Na guerra, depois de perder seu barco — dois homens mortos e 11 sobrevivendo a duras penas —, o presidente suportou as proclamações de almirantes com tendências a falcões. Quando eles disseram que lutariam por anos e sacrificariam centenas de milhares de vidas se fosse necessário, ele sempre procurava saber de onde eles estavam falando. Raramente estavam no Pacífico. Eles faziam das mortes de milhares de homens gotas no oceano, mas se essas dezenas de milhares quisessem viver tanto quanto aqueles 11 quiseram, os almirantes teriam engolido as palavras deles.

Na privacidade do Salão Oval, o presidente está sentado junto ao fogo com o vice-presidente.

— Você viu os relatórios pedindo um envolvimento consideravelmente maior dos Estados Unidos no Vietnã.

—Sim, senhor presidente — o vice diz.

— Qual é a sua conclusão, Lyndon?

O vice-presidente contemporiza.

— Qual é a do senhor?

— Sou contra — o presidente diz.

O vice assente sabiamente.

— Concordo com o senhor, senhor presidente — ele diz.

O PRESIDENTE E O primeiro-ministro britânico finalizam sua proposta de um tratado de proibição dos testes nucleares, mas os soviéticos ficaram desconfiados de novo. O presidente vai fazer um discurso inaugural na American University, onde lhe concederão um doutorado honorário (o que é algo bem mais fácil de se obter do que estudando), e ele escolhe a ocasião para transmitir uma mensagem para o país e para o exterior.

Há um pódio no gramado da universidade, banhado com a luz do sol. Graças às injeções de analgésicos, ele sobe os degraus da plataforma com a usual exibição de vigor e contempla as fileiras de estudantes, acadêmicos e oficiais, percebendo uniformes militares em posições proeminentes — os dois que levam a Mala do Presidente e o Serviço Secreto se esforçam para serem mais discretos —, e então ele começa:

"'Há poucas coisas terrenas mais belas do que uma universidade', escreveu John Masefield em seu tributo às universidades inglesas — e suas palavras são tão verdadeiras hoje quanto em sua época. Ele não se referia a torres e campanários, ao verde do *campus* ou às paredes cobertas de hera. Ele admirava a esplêndida beleza da universidade, explicou, porque era 'um lugar onde aqueles que odeiam a ignorância podem se empenhar para saber, onde aqueles que percebem a verdade podem se empenhar para fazer com que outros a vejam'. Eu escolhi, portanto, este momento e este lugar para discutir um tópico em que é comum haver demasiada ignorância e cuja verdade é percebida muito raramente — no entanto, é o tópico mais importante da terra: a paz mundial.

A que tipo de paz me refiro? Que tipo de paz buscamos? Não uma Pax Americana imposta ao mundo pelas armas de guerra americanas. Não a paz da sepultura ou da segurança do escravo. Estou falando sobre a paz genuína, o tipo de paz que faz a vida na terra valer a pena, o tipo de paz que possibilita aos homens e às nações crescerem e terem esperança e construírem uma vida melhor para seus filhos — não meramente uma paz para americanos, mas paz para todos os homens e mulheres —, não meramente paz em nossa época, mas paz para todas as eras.

Eu falo de paz por causa da nova face da guerra. A guerra total não faz sentido numa época em que grandes potências podem manter forças nucleares consideráveis e relativamente invulneráveis e se recusar a se render sem recorrer a essas forças. Não faz sentido numa época em que uma única arma nuclear contém quase dez vezes a força explosiva despejada por todas as forças aéreas aliadas na Segunda Guerra Mundial. Não faz sentido numa época em que a poluição mortal produzida por uma troca nuclear será carregada pelo vento, água, solo e sementes para os confins mais remotos do globo e para gerações que ainda não nasceram.

Alguns dizem que é inútil falar em paz mundial ou lei mundial ou desarmamento mundial. Mas essa é uma crença perigosa, derrotista. Leva à conclusão de que a guerra é inevitável — de que a humanidade está condenada —, de que estamos presos por forças que não podemos controlar. Nossos problemas foram criados pelo homem — portanto, eles podem ser resolvidos pelo homem."

O presidente vê nos rostos alinhados a sua frente olhares de surpresa se formarem, com a direção que ele está tomando. Ele prossegue:

"Nenhum problema do destino da humanidade está além dos seres humanos. A razão e o espírito do homem muitas vezes solucionaram o insolúvel — e eu acredito que podemos fazer isso de novo.

Não estou me referindo ao conceito absoluto e infinito de paz e boa vontade com que algumas fantasias e alguns fanáticos sonham. A paz mundial, assim como a paz da comunidade, não requer que cada homem ame seu vizinho — ela requer apenas que eles vivam juntos em tolerância mútua, submetendo suas disputas a uma solução justa e pacífica.

É um fato irônico mas correto que as duas potências mais fortes são as duas que correm o maior risco de devastação. Tudo o que construímos, tudo pelo que trabalhamos, seria destruído nas primeiras 24 horas. E mesmo na Guerra Fria, nossos dois países suportam os fardos mais pesados, pois estamos ambos dedicando somas enormes de dinheiro para armas que poderiam ter um fim melhor combatendo a ignorância, a pobreza e as doenças. Todos precisamos ter um interesse mutuamente profundo em deter a corrida armamentista, porque, em última análise, nosso mais básico liame comum é que todos habitamos este pequeno planeta. Nós todos respiramos o mesmo ar. Nós todos acalentamos o futuro de nossos filhos. E somos todos mortais.

Para deixar clara a nossa boa-fé e convicção solene quanto a essa questão, eu declaro agora que os Estados Unidos propõem-se a não mais conduzir testes nucleares na atmosfera desde que outros Estados não o façam. Tal declaração não substitui um tratado formal, mas eu espero que nos ajude a chegar a um. Tampouco um tratado assim será uma substituição para o desarmamento, mas eu espero que nos ajude a chegar lá. Nossas esperanças precisam ser temperadas com a caução da história — mas com nossas esperanças seguem as esperanças de toda a humanidade.

Esta geração de americanos já teve o bastante — mais do que o bastante — de guerra e ódio e opressão. Devemos estar preparados se outros quiserem isso. Devemos estar alertas para tentar impedir isso. Mas também devemos fazer a nossa parte em construir um mundo de paz, onde os fracos estejam seguros e os fortes sejam justos. Não somos impotentes perante essa tarefa ou sem esperanças de seu sucesso. Confiantes e sem temor, nós prosseguimos trabalhando — não para uma estratégia de aniquilação, mas para uma estratégia de paz."

Parte do público se levanta para aplaudir, mas ele vê alguns trocando olhares curiosos, e os oficiais militares parecem indistinguíveis do Serviço Secreto, completamente sem expressão enquanto sussurram em seus microfones ocultos.

O SUJEITO USOU OS serviços de prostitutas em vários períodos de sua vida, quando lhe era conveniente pela previsibilidade do arranjo e por sua natureza finita, não só por ele ser poupado dos desafios da sedução como também sobretudo liberado da administração do pós-coito: não se precisa dizer a uma puta que não se pretende vê-la de novo, nem é necessário que ela ouça uma explicação de que, embora o encontro possivelmente prometesse mais aos olhos dela, era na verdade só uma trepada, nem mesmo exige-se suportar o tédio de ter de dar conta moralmente de si mesmo por ser um adúltero, que é de longe a mais enervante discussão pós-coito, quase o bastante para fazer alguém desistir de vez do sexo. Tais questões são tão inúteis quanto um barman perguntar por que seu cliente quer pedir uma bebida. E assim, na atual posição e estado de ânimo do sujeito, ele decide frequentar um certo estilo de bar, onde as bebidas já vêm servidas — e descem muito fácil.

Sua favorita atual é uma garota alemã, Ellen, uma recém-chegada como *hostess* no clube de cavalheiros de Bob — Bob recomendou-a para Bill, que a recomendou para o Barba —, uma morena notavelmente bonita, boa para festas na piscina e jantares privativos, que se tornou a *party girl* mais quente da cidade. Ela impressionou o presidente pela primeira vez na piscina, depois do quê ele ordenou ao Barba para pedir a Bill para pedir a Bob para não deixar de mandá-la de novo, o que ocorreu devidamente na semana seguinte, quando Ellen e o presidente compartilharam drinques e *hors d'oeuvres* na Residência, antes de se retirarem. Embora no jantar ele tenha sido forçado a se abster do bom vinho e da comida muito temperada, no Quarto de Lincoln ele se serviu de uma generosa porção de sobremesa.

Alguns homens, ao lidar com prostitutas, se esforçam em descobrir algo de sórdido na prática, e acabam conseguindo. Eles vivenciam a usual vergonha ou a culpa associada ao adultério, mas nessa forma específica de fornicação descobrem uma maior abundância desses fatores devido aos arranjos pecuniários. A puta servirá qualquer cliente que lhe pagar, de modo que o homem não sente o costumeiro estímulo a sua autoestima e possivelmente acaba se comparando àqueles solitários com halitose que a empregam por pura necessidade. A análise do sujeito desafia vigorosamente todos esses argumentos, primeiro com base no fato de que certamente há espaço na relação entre um homem e uma prostituta para que ele acredite que ela está provendo um serviço especial devido à aparência, ao charme ou ao status dele, mas, sobretudo, um homem ilude a si mesmo se encara toda conquista como uma idealizada conjunção de sua beleza/espirituosidade/colônia com o requintado gosto da dama, quando muitos homens vivenciam a boa fortuna da sedução bem-sucedida como um resultado da vulnerabilidade emocional da dama, ou simplesmente do fato de ela estar bêbada. O fornicador inveterado não deve cismar com essas verdades, e tampouco o homem que desfruta do serviço de prostitutas.

Exigências indiscutíveis se aplicam à situação dele. As obrigações do cargo — as quais o sujeito cumpre assiduamente — limitam o tempo e a oportunidade para as conquistas, mas não o desejo. Como na sólida administração da economia pelo presidente, ele considera isso simplesmente uma questão de oferta e demanda, e *party girls* como Ellen são importações essenciais para alimentar sua exuberante libido.

Mesmo assim, como Rabelais notou, embora seja de se duvidar que tenha sido o primeiro, o apetite vem no ato de comer, de modo que com certeza não é o caso de que os serviços confiáveis de Ellen *et al.* desviem o sujeito de manter seus casos com a estagiária, com outras mulheres que ele encontra em ocasião de seus compromissos presidenciais e com Mary. Mary continua a atraí-lo porque ela permanece misteriosa, como sua mulher. A monogamia engendra o tédio porque solapa o mistério com a repetição, mas o charme de mulheres como a primeira-dama e Mary reside no fato de que elas não podem ser precisamente decodificadas.

No entanto, é Mary quem diz:

— Você me surpreende.

— De que jeito? — ele diz.

— Pensei que fosse um babaca.

Claro, ele ri.

Ela diz:

— Achei que você era um peão como todos os outros. Foi o que você pareceu ser quando concordou em invadir Cuba da primeira vez. Agora você está provando que não conseguem controlá-lo.

— Sou cheio de surpresas, não?

— Se ao menos as pessoas soubessem.

— Os eleitores?

— Entre outros.

Ele tira o cigarro dos lábios dela e o apaga no cinzeiro descartável, que o criado cautelosamente joga fora para evitar que as pontas manchadas de batom sejam descobertas pela primeira-dama.

Ela diz:

— Falando sério, Jack, você nunca acha que deveria ser mais cuidadoso?

Ele pega a mão dela e a move para baixo, aonde ele quer que vá.

— Eu *sou* cuidadoso — ele diz.

O EMPURRÃO

COM A GRAVIDEZ CHEGANDO ao final, a primeira-dama retira-se da vida em Washington para assumir a posição da leitora-de-revistas e fumante-em-residência de Cape Cod, onde ela pode manter a pressão arterial baixa e os tornozelos inchados para o alto, retornando cerca de uma vez por semana para comparecer aos eventos sociais mais glamourosos da agenda da Casa Branca, o que causa algum constrangimento quando ela cita ordens médicas como sua razão para declinar os compromissos menos atraentes. Numa variedade de ocasiões, o presidente é obrigado a escrever cartas de desculpa com a esperança de que o destinatário compreenda que a primeira-dama está diversamente ocupada em sua própria contribuição pessoal ao produto nacional bruto. Todavia, o almejado nascimento de um futuro contribuinte de alta renda é contrabalançado pelo considerável déficit na balança de pagamentos conjugal. O presidente se pergunta se o ininterrupto gasto em itens de moda e decoração de interiores reflete os costumes correntes em sua vida particular, com a primeira-dama especulando sobre seus métodos de liberação em seguida à interrupção de seu congresso conubial. No entanto, como ele tem sido, como sempre, extremamente escrupuloso em ocultar provas e fofocas, ele espera que as especulações dela a levem apenas de volta à conclusão de que ele meramente se restringiu ao mais próximo método a mão.

As suspeitas dela são um desvio passageiro, embora um desvio que, até agora, já chegou às dezenas de milhares de dólares. Naturalmente, a fragilidade da condição dela impede que o presidente a confronte em relação ao assunto antes de o bebê nascer, e talvez ela esteja observando um armistício igual, já que ele não sofre objeção nenhuma a seguir adiante com o que é forçosamente uma vida de solteiro por dias a fio entre as visitas dela. Quando possível, ele viaja para ficar com a família, e às vezes fica com as crianças em Washington sob os cuidados da babá, tomando o café da manhã e almoçando com elas, ocasionalmente levando-as para nadar ou ao parquinho quando sua agenda permite e se esforçando para estar presente em todas as horas de dormir para ler as histórias e dar os beijos de boa noite. Não importando quão felizes eles sejam como uma família, a percepção do sujeito de suas próprias necessidades fisiológicas é imutável, de modo que, naturalmente, quando a oportunidade aparece, ele escolhe uma garota ou dá uma grande festa com as garotas — cortesia da conexão Bob-via-Bill do Barba. Em outras ocasiões, o presidente leva amigos para velejar no iate presidencial, ou joga golfe; eles se reúnem em Palm Beach, jogam cartas e aprontam na piscina com garotas, sem a exigência de concursos de pinto para determinar quem dá o primeiro mergulho.

O presidente tornou-se um rei. Se ele quer velejar, um séquito de amigos e garotas o segue para o porto; se ele quer assistir a um jogo de futebol americano, todos eles se juntam em frente à TV, trazendo bebidas e cachorros-quentes. Quando dá vontade, eles vão caminhar na chuva, ou ele os desafia a torneios de mergulho, enquanto, como o juiz, ele se reclina com seu colete e fica saboreando um daiquiri. Só quando algum dos amigos joga uma revista nele que se dá conta de quem é o estilo que está imitando.

Frank refestela-se num sofá com a gravata afrouxada, acalentando um *scotch* e um cigarro, enquanto sua nova garota, uma dançarina loura de pernas compridas, arqueia as costas para enfatizar seu decote. Ela conta timidamente ao repórter que é muito cedo para falar em casamento. As fotos da revista capturam Frank sorrindo suavemente, mas há um brilho implacável em seus olhos, proveniente de ele saber que quando cansar desse número ele pode jogar uma rede no Strip e pescar mais seis iguaizinhas. A cada dois ou três meses, o presidente vê fotografias dele com uma garota ou outra, starlets de Hollywood com carinhas de boneca e corpos que poderiam lançar ICBMs. Ele tenta convencer a si mesmo que são todas tão carentes e obcecadas por si mesmas quanto Marilyn, mas subitamente uma estagiária da Casa Branca nunca pareceu tão banal.

Ela está no corredor, achando desculpas para ficar até tarde como forma de tentá-lo a convidá-la para ir até o Salão Oval, mas ele faz um sinal para o Barba bater a porta na cara dela, e mesmo sendo tarde diz a ele para ligar para Bill para ligar para Bob porque ele quer Ellen esta noite.

As perspectivas para o mundo, para o país e para o presidente nunca pareceram melhores, e no entanto por trás deste belo momento se esconde um espectro negro. Às vezes ele o reconhece como um fenômeno exterior, um ensombrecer das expressões dos militares e agentes que acolheram a esperança e o idealismo de seu primeiro ano no cargo com sorrisos calorosos e olhos admiradores, mas que agora fitam fixamente sem expressão, aparentemente para as paredes, ou para o espaço vazio; e às vezes, quando ele entra no corredor ou no jardim, vê de relance portas ou cortinas sendo fechadas e pessoas que recuam apressadamente.

O almirante B., o Dr. C. e o Dr. K. chegam juntos no fim do dia para examinar o presidente na Residência. Eles perguntam:

— Como tem estado o seu ânimo ultimamente, senhor presidente?

— Bem — ele diz.

— O senhor tem se sentido desanimado ou desalentado de alguma forma?

— Não.

— Tem tido dificuldade para dormir?

— Não.

— Perda de apetite ou libido?

— Não.

— Tem ouvido vozes?

— Não.

— Visto coisas que não existem?

— Não — ele retruca com impaciência.

— Desculpe, senhor presidente — diz o almirante B. —, mas temos certo receio quanto a reduzir mais suas doses de corticoesteroides.

— Elas foram reduzidas em 5 miligramas por semana no último mês — diz o Dr. T..

— ...e com frequência os pacientes reclamam de astenia ou disforia — completa o Dr. C.

— Meu estômago e minhas costas têm estado melhores desde que passei para doses menores — o presidente protesta.

— Talvez seja o caso de aumentá-las de novo — diz o almirante B. —, como uma precaução contra sintomas de abstinência — diz o Dr. C.

O presidente segue as ordens deles, ao que sua energia volta e seu ânimo melhora um pouco, e agora, quando tem relances da presença espectral dos militares e do Serviço Secreto, ele a reconhece como a atividade discreta daqueles indivíduos que servem o país tão fielmente, e por fim se dá conta de que a causa de sua angústia deve ser a ausência da primeira-dama.

Nos últimos dois anos e meio, eles ficaram mais próximos do que nunca em seu casamento, o que ele atribui aos filhos. Olhando em retrospecto para sua conduta egoísta quando eles perderam o primeiro bebê, ele se sente mal com sua insensibilidade. Agora que são uma família, os amassados entre o sujeito e sua esposa foram tacitamente passados a ferro, e a sua responsabilidade como pai criou um centro emocional de gravidade que nunca antes existiu.

Sua atitude otimista ainda é incrementada quando o Departamento de Estado recebe uma resposta positiva dos soviéticos quanto à proposta de proibição de testes de armas nucleares, de modo que o presidente e o primeiro-ministro britânico enviam suas respectivas delegações para Moscou. Logo todas as partes chegam a um acordo e o tratado é assinado.

Na noite seguinte, o presidente vai ao ar na TV dirigindo-se à nação:

"Desde o advento das armas nucleares, toda a humanidade tem se esforçado para escapar da sombria perspectiva da devastação. Ontem um raio de luz cortou a treva. Negociações foram concluídas em Moscou para um tratado que proíbe todos os testes nucleares na atmosfera, no espaço cósmico e sob a água. Alcançar essa meta não é uma vitória para apenas um dos lados — é uma vitória para a humanidade. Aprendemos no passado que o espírito de um momento ou lugar pode ter se esvaído no seguinte. Mas agora, pela primeira vez em muitos anos, o caminho para a paz pode estar aberto. Segundo o antigo provérbio chinês, 'uma jornada de mil milhas precisa começar com um só passo'. E se essa jornada é de mil milhas, ou até mais, que a história registre que nós, nesta terra, neste momento, demos o primeiro passo."

A proibição dos testes é mais um triunfo da linha ponderada da política externa, e a delegação volta de Moscou com otimismo genuíno quanto à receptividade dos soviéticos para o início das negociações sobre o desarmamento nuclear. Pela primeira vez na Guerra Fria, o mundo pode esperar um relaxar das tensões, um planeta mais seguro para todos, onde os vastos recursos gastos em armas de guerra podem ser desviados para melhorar os problemas de fome, doenças e ignorância.

O presidente manda para cada um dos chefes do Estado-Maior um memorando em que delineia seus planos para uma détente, mas tem como resposta apenas breves notas de confirmação de recebimento, enquanto o chefe do Estado-Maior da Força Aérea escreve uma missiva convoluta sobre os perigos do apaziguamento. Seu menino, o Teórico dos Jogos, permanece medicado demais para conseguir usar uma régua de cálculo, de modo que o Pentágono designou um substituto para configurar a expediência matemática da tentativa de obliterar boa parte do nosso planeta a leste do Cáucaso.

Nossos aliados britânicos ficam igualmente encantados com o tratado, embora a mais recente conversa do presidente por telefone com o PM tenha evoluído para um tom mais melancólico.

— Realmente receio que nuvens de tempestade estejam se acumulando — o PM disse.

— Em relação a quê, Harold?

— Em relação às aventuras sexuais de Jack.

O presidente engole em seco, momentaneamente desconcertado, até que ele se dá conta de que o PM está se referindo ao secretário de Estado para a Guerra britânico, que ele conheceu nas Bahamas. Alega-se que Jack Profumo teve um breve caso com uma prostituta, e o presidente instruiu o embaixador em Londres para mantê-lo informado. Na Câmara dos Comuns, Profumo negou qualquer impropriedade, mas a imprensa britânica continua a investigar o assunto, embora a palavra de um cavalheiro devesse ter sido o bastante.

— É tudo muito inacreditável — o PM continua, alguns dias depois, quando instigado a mais fofocas. O presidente não consegue evitar ficar curioso. — É preciso manter privados os assuntos privados. Nós dois com certeza conseguimos.

O presidente detecta uma nota de rancor na voz do PM, e diz, gentilmente:

— Eu não estava sabendo, Harold.

— Minha esposa e eu resolvemos o assunto; é de se esperar que esteja encerrado.

— Sim, claro. Desculpe a minha indiscrição.

— Jack tem sido um completo imbecil — o PM continua, e mais uma vez o presidente não soube bem a quem ele se referia.

Tantas fofocas foram geradas em tão alto nível pelo escândalo britânico que a CIA deu a ele o codinome Bowtie. O embaixador enviou um relatório confidencial detalhando todas as acusações nos jornais britânicos e uma fotografia da garota, uma morena muito bonita. O secretário de Guerra teve um caso de apenas poucas semanas, que se tornou conhecido nos altos círculos no ano passado, mas naturalmente a imprensa não ficou interessada, já que a fornicação de um político não é relevante para a vida pública. As coisas mudaram quando jornalistas descobriram que a garota também andara dormindo com um *attaché* naval soviético, e Profumo foi forçado a dar satisfações de sua conduta na Câmara dos Comuns. O que se presume é que a imprensa e o Parlamento estavam com medo de que o *attaché* soviético estivesse passando a ela perguntas para serem feitas em conversas na cama, mas é ridículo imaginar que o secretário não suspeitaria e não fecharia a boca se fosse interrogado sobre configurações nucleares estratégicas da OTAN por uma *party girl* de cabeça oca, quanto mais que responderia.

Ao falar com o embaixador no telefone, o presidente diz:

— Cá entre nós, David, vai aparecer alguma coisa sobre Harold Macmillan?

— Como assim, senhor presidente?

— Algum caso — ele diz.

Há uma pausa, e então o embaixador diz:

— Trata-se da esposa dele, senhor. Ela estava dormindo com outro político fazia anos. Deus sabe como ele tolerou isso, ou por quê

O DIRETOR DO Federal Bureau of Investigations solicita uma reunião, e, quando chega o momento agendado, as entranhas e as costas do presidente estão piores do que nunca, uma situação exacerbada pelo retorno das doses elevadas de esteroides. Ele passa uma meia hora no banheiro expelindo sangue de ambas as extremidades antes de cruzar o corredor para a Sala dos Peixes, onde o diretor se levanta com sua costumeira deferência afetada para um aperto de mãos antes de apresentar um colega a seu lado, um advogado careca de óculos.

— Eu designei meu investigador especial para descobrir quaisquer funcionários americanos que possam ser incriminados pela Bowtie — diz o diretor —, e fico satisfeito em informá-lo senhor presidente, que até o presente momento desta investigação nenhum funcionário americano apareceu nos relatórios.

O presidente diz:

— Eu não sabia que vocês estavam investigando a Bowtie.

— Eu investigo toda e qualquer coisa que possa ser uma ameaça para a segurança dos Estados Unidos, senhor presidente.

— É muito reconfortante, Hoover.

— É o caso de ficar alarmado, senhor presidente — ele diz, ignorando o sarcasmo —, quando se fica sabendo que o funcionário de mais alto escalão da defesa de nosso principal aliado está tendo segredos nucleares sugados.

— Pode ter havido isso, mas duvido que ela tenha obtido algum segredo.

O presidente olha de relance para o investigador especial para ver se os lábios finos dele formam algum sorriso, mas ele permanece tão sem expressão quanto seu chefe.

— Nesse sentido, senhor presidente, eu encarreguei meu investigador especial de identificar quaisquer quebras de segurança similares dentro de nosso próprio governo. Kenneth.

— Obrigado, senhor diretor.

O investigador especial ajusta os óculos e então olha um maço de páginas de linhas cerradas de datilografia em sua pasta. O presidente interrompe:

— Há canais adequados, senhor diretor. Não vejo por que isso possa ser um assunto para a atenção presidencial.

— O senhor verá, senhor presidente — ele diz, e dessa vez a boca se contorce num sorrisinho doentio.

O investigador especial diz:

— Eu detectei um risco para a segurança nacional envolvendo uma cidadã da Alemanha Oriental e um político ocupando um cargo executivo do mais alto escalão. A cidadã da Alemanha Oriental aparenta ser durante o dia a respeitável esposa de um sargento da Alemanha Ocidental designado para a embaixada deles aqui em Washington D.C., mas de noite ela desempenha uma atividade lucrativa como uma glamourosa "hostess" de um clube, cobrando 200 dólares ou mais por favores sexuais. Temos boas razões para presumir que esta prostituta está na verdade trabalhando como espiã comunista.

O diretor pega uma fotografia da pasta e a gira na mesa. Os cabelos pretos da mulher estão presos num coque elegante e ela usa um vestido frente-única de estampa floral escura. Seus lábios carnudos dão a entrever um sorriso dissimulado.

— Ellen Romertsch — diz o investigador especial.

— E o funcionário do mais alto escalão, Kenneth? — o Sr. Hoover diz como quem já sabe a resposta.

— Seria o presidente dos Estados Unidos, senhor diretor.

— O senhor reconhece a mulher, senhor presidente? — o diretor indaga.

O presidente ergue os olhos calmamente e diz:

— Se ela é uma espiã, não ficou sabendo de muita coisa.

O diretor diz:

— Inferimos que a missão da mulher é adquirir informações embaraçosas para este governo e esta nação, uma missão que parece ter produzido abundantes frutos.

Os olhos do presidente se fixam na pasta. Há documentos presos por clipes em vários lotes, a fotografia de uma mulher diferente em cada um deles, superpondo-se de forma que ele não pode ver mais do que seções ou fatias dos rostos, mas o bastante para distinguir feições preocupantemente familiares.

O diretor diz:

— Senhor presidente, o senhor teve relações sexuais com essa mulher?

— JACK VAI ter de renunciar.

Toda vez que o presidente ouve alguém mencionando seu nome, se sobressalta, achando que a pessoa está se referindo a ele.

O presidente está preso ao telefone argumentando com um deputado sobre a ansiedade de seus eleitores quanto ao fechamento de uma fábrica local, porque fabrica a fuselagem para um dos modelos de míssil balístico intercontinental, uma de uma lista crescente de ligações assim com as quais tem de lidar desde a assinatura do tratado que proíbe os testes nucleares. Com os muitos anos de lobby, não há um único estado na União que não abrigue comunidades dependentes da indústria da defesa para sua sobrevivência. Os políticos e as corporações fatiaram a torta de uma maneira que significa que, se for retirada da mesa, todo mundo ficará com fome.

A porta para o escritório de sua secretária está entreaberta, e ele vê a estagiária chegando com um conjunto de documentos e depois coletando um maço de cartas datilografadas para arquivar. O presidente está começando a se sentir em relação a ela da mesma maneira que acabou se sentindo em relação a Fiddle-Faddle-Fuddle. Ele ainda a leva para a piscina ou para o escritório, é claro, mas o resto do tempo ele preferiria que ela se mantivesse invisível. Quando de fato aparece, ela nunca tem certeza de como deve se comportar, às vezes tentando lançar um olhar sedutor ao presidente — uma vez até deixando-o ver de relance sua calcinha — e outras vezes se esforçando para se mostrar distante e indiferente. Em todo caso, neste momento, quando ela olha brevemente na direção dele, ele não se detém para interpretá-la, por estar muito envolvido com a conversa no telefone para cruzar os olhos com os dela.

Alguém da equipe passa pelo corredor, dizendo:

— Jack é uma vergonha para seu cargo.

Mais tarde o presidente faz uma ligação para um filantropo de festas beneficentes cuja companhia faz as arruelas para os pistões das bombas hidráulicas das portas das escotilhas de bombas em nossos bombardeiros nucleares, e ele ouve uma voz ao seu lado dizendo "Jack envergonhou seu partido."

No fim, Jack renuncia. Historicamente o presidente teria escolhido inúmeras razões para repudiar seu xará, pois o mundo parece estar cheio de paqueradores inábeis, enquanto os melhores prosperam discretamente. Sem dúvida o presidente teria notado uma distinção cruel entre os dois no que concerne aos fatos de ele ser careca e não particularmente alto, com o efeito de ele ter ficado tão orgulhoso de ter conseguido essa bela jovenzinha que fez muito pouco para ocultar o caso, mas esse distanciamento não é mais completamente possível quando ele lê seus relatórios e assiste aos noticiários.

A Sra. Profumo se mantém grudada a seu marido enquanto ele entra e sai de limusines e no vai e volta de compromissos — ou talvez ele esteja grudado a *ela* —, com uma multidão de repórteres gritando perguntas impertinentes e fileiras de fotógrafos explodindo flashes na cara deles. A cabeça careca dele está sempre ligeiramente curvada e penitente, enquanto a esposa tenta manter a sua erguida. Ela era uma atriz antes de eles se casarem, uma socialite glamourosa se unindo a uma estrela em ascensão do establishment britânico. Agora, longe dos repórteres e dos flashes fotográficos, uma porta se fecha e o clamor é abruptamente interrompido, deixando os dois parados ali sozinhos num hall vazio e silencioso, a vituperação silenciada como que por uma escotilha a prova de ar, substituída pela vergonha, sendo esta como a prisão deles e o "crime" dele a sentença perpétua de ambos.

E isso é o que o presidente devia estar pensando enquanto permanecia ali sentado na Sala dos Peixes com o investigador especial mostrando fotografias uma após outra enquanto o diretor lista os nomes delas, das quais algumas ele reconhece mas não sabe de onde, e outras ele sabe de onde mas não sabe o nome.

Na sua visita seguinte à Europa, o presidente se encontra não oficialmente com o primeiro-ministro britânico em Birch Grove, sua casa de campo particular. À noite, eles tomam uísque e fumam enquanto o presidente se balança em sua cadeira. O PM parece subitamente velho e cansado. Ele diz:

— As coisas mudaram, Jack, quase que do dia para a noite. Eles pegaram gosto pela coisa.

— Que coisa? — o presidente diz.

— Escândalo — ele diz.

Não vai parar. As pessoas compreenderam que Profumo não pode ser o único político com segredos lúridos ocultos em sua vida particular, e querem saber mais, e, para justificar a curiosidade, a imprensa argumenta que agora é de interesse público satisfazê-las. Os imperadores da Roma Antiga sabiam que o contentamento público requeria não só pão, mas também circo. Sendo culpado de ter também demonstrado um interesse lascivo no escândalo, o presidente é mais um a se deixar seduzir pelo divertimento proporcionado pelos baixos instintos na alta sociedade. Para os menos informados e menos observadores, a descoberta de que os ricos e poderosos estão igualmente à mercê de seus instintos animais deve ser uma diversão similar à da multidão que em Hans Christian Andersen recebe o presente da nudez incongruente do imperador. Um escândalo não seria notícia se as notícias não tivessem cruzado a fronteira entre informação e entretenimento, e a imprensa na Inglaterra descobriu uma nova e poderosa força no mercado, e o resultado é que nunca antes se gastou tanto papel-jornal.

— Escândalos vendem — o presidente diz, mas tarde demais.

Logo o primeiro-ministro também renuncia, alegando problemas de saúde, mas a aparência que dava era como se a doença fosse induzida pelo desaparecimento dos velhos valores que separavam as realizações de um homem de suas proezas no *boudoir*. Seu secretário de Guerra foi imprudente, mas sua culpabilidade reside apenas na aparência das coisas: ele enganou o Parlamento e, no entanto, as negações pragmáticas de um conquistador são apenas de se esperar em tais circunstâncias, para proteger os sentimentos de sua esposa e filho e preservar o decoro da sociedade. O primeiro-ministro tem todas as razões para ficar nauseado por essa flagrante quebra das regras da etiqueta pública, como também o presidente. Talvez ele até tenha ficado preocupado que, já que os casos de todo mundo são agora assuntos legítimos, colunistas de fofocas podem começar a se referir obliquamente às ocasiões em que ele pula a cerca. Em todo caso, ele optou por deixar a vida pública em vez de permanecer sob esse novo — embora, espera-se, passageiro — regime, o qual ordena que o que importa não é mais apenas se um homem desempenha seu cargo com competência; ele precisa também suportar uma vida de continência sexual impecável.

Naquela melancólica noite em Birch Grove, o PM disse incisivamente:

— Um homem fica nu na janela de seu quarto porque não vê ninguém olhando para dentro. Ele acha que é invisível. — Ele espiou através de seu copo de uísque o presidente com sua primeira e última expressão de desaprovação. — Mas as pessoas *estão* olhando, Jack.

O DIRETOR DISSE:

"Senhor presidente, o senhor teve relações sexuais com essa mulher?", e naquela tarde o presidente disse ao Barba para dizer a Bill para dizer a Bob que não mande mais garotas. À noite, o presidente foi o anfitrião de uma pequena recepção para o ministro das Relações Exteriores italiano, na qual sua irmã mais nova ficou no lugar da primeira-dama, cuja política continua sendo só interromper sua convalescença em Cape Cod para a realeza ou os franceses.

Mary estava na lista de convidados, junto com umas duas outras mulheres que ele acrescentara com o objetivo de seduzi-las. Ele apenas estabeleceu com as duas possíveis um colóquio agradável, mas manteve suas opções em aberto para o futuro ao sugerir que ele poderia voltar a convidá-las mais adiante na temporada.

Mary visitou o Quarto de Lincoln para uma atividade rápida, depois do quê, quando ela estava para acender um cigarro, ele rompeu com ela. Pensando bem, ela poderia ter recebido a notícia melhor se ele tivesse dado indicações de sua intenção antes, mas essas situações desenvolvem uma dinâmica própria.

— Vou pedir a alguém que lhe arranje um carro — ele disse.

— Eu não quero um maldito carro, Jack — ela disse.

Mais tarde, o Barba lhe informou que o Serviço Secreto a encontrou perambulando pela Elipse com um vestido ensopado de chuva grudado à pele, carregando um sapato e tendo perdido o outro. Por sorte, um dos agentes a reconheceu apesar da maquiagem borrada e dos cabelos encharcados, e eles lhe arranjaram um cobertor e a tiraram da chuva, caso contrário ela poderia ter vagado tanto que chegaria à Constitution Avenue e seria atropelada por um carro ou interpelada pela polícia. Ela estava chorosa demais para dizer algo que fizesse sentido, mas quando os agentes perguntaram qual era o problema, ela respondeu: "Não posso contar a vocês, não posso contar a ninguém. Tudo o que posso fazer é enlouquecer em silêncio."

O sujeito muitas vezes fica surpreso com o quanto algumas namoradas são afetadas pelo rompimento. Usualmente ele conclui que o sofrimento da parte delas resulta de terem sucumbido a um caso com um homem feliz em seu casamento, e, assim que a futilidade da situação delas torna-se óbvia, o orgulho exige que deem um ultimato para ele abandonar a esposa ou então elas param de fornecer-lhe seus serviços, mas o seu rompimento preventivo dá o *coup de grace* à autoestima delas.

275

Claro, a perda do afeto tem certa parte nisso. Embora ele às vezes goste bastante da garota, trata essa emoção como faz com a outra inimiga do conquistador; assim como a culpa, ela só pode aumentar o risco de descoberta. Ele prefere uma política de não empatia com a tristeza ostensiva da garota. Segundo seu cunhado, tanto Marilyn quanto Judy manifestaram sua angústia para Frank, que aproveitou a oportunidade para oferecer que as pernas de Peter fossem quebradas, sendo isso o melhor que ele pôde arranjar dados os numerosos obstáculos de segurança que o impediam de submeter o presidente dos Estados Unidos a uma punição corporal, embora ele tenha prometido ao ex de Marilyn que discutiria o assunto com elementos do submundo que poderiam ter ideias melhores.

O presidente dá pouca atenção a rumores assim, pois, assim como na presente situação, ele não tem nem a oportunidade nem a inclinação de se demorar com as consequências emocionais de se livrar dos ossos escondidos no armário presidencial.

Então, no Salão Oval, ele encontra entre seus papéis um envelope lacrado como pessoal com um selo interno. A carta ali contida foi escrita à mão, com passagens riscadas e reescritas.

Bonitão,

Eu realmente preciso discutir minha situação com você. Não tivemos nenhum contato por semanas. <u>Por favor não faça isso comigo</u>. Sinto-me descartável, usada e insignificante. Compreendo que você tem as mãos atadas, mas ~~apenas~~ quero falar com você e discutir algumas opções. Estou implorando a você por <u>uma</u> última vez ~~do fundo do coração~~ para por favor me deixar ~~vir vê-lo~~Visitar Brevemente na noite de terça-feira. Perguntarei à Sra. L. terça à tarde se será possível.

M.

Ele rasga a carta e a joga no lixo, incomodado com o estilo transtornado da autora e com o fato de que ela deve ser parte da equipe da Ala Oeste que tem credencial de acesso para poder enfiar a carta em sua correspondência, pois sua secretária a teria com certeza interceptado. O assunto continua a preocupar o presidente quando ele pega o helicóptero para a Andreas AFB, e só no voo de conexão para Cape Cod a fim de encontrar sua família para o fim de semana é que ele se dá conta de que "M" deve ser a inicial da estagiária.

Em momentos íntimos ela deu para chamá-lo de "Bonitão", mas ele nunca tinha percebido que a intenção era criar um apelido carinhoso. Agora ele claramente lembra-se dela o usando uma vez, no Salão Oval, depois de emergir de sob a escrivaninha. Quando ele aterrissa na Otis AFB, já descartou a carta como símbolo da fragilidade emocional de uma universitária mimada, concluindo, portanto, que o melhor a fazer é ignorar.

Quando ele desce a escada, Caroline e John correm pela pista. Por um momento ele sente um impulso avassalador de pegá-los nos braços e balançá-los no ar, mas então lhe vem a triste lembrança de que não tem a bênção de ter as costas normais, como os pais normais, de modo que ele simplesmente os abraça e os beija, e caminha de mãos dadas com eles até alcançar sua bela esposa, que está esperando junto à limusine, que por sua vez os leva para a casa de praia.

A primeira-dama, a apenas poucas semanas do parto, tem adotado uma atitude tão protetora em relação ao bebê a nascer que não vai velejar com as crianças. Na cama, ela deita de lado, com calor e desconfortável, tentando ajustar o peso, enquanto ele está similarmente imóvel, por conta de suas costas.

Eles discutem nomes. Ele sugere, se for um menino, Joseph, em homenagem a seu irmão falecido, e, se for menina, Kathleen, sua irmã falecida, mas nomes que lembram a morte acabam estragando as coisas. Ela chora e ele a abraça até ela adormecer.

Durante o fim de semana, ele atende apenas um pequeno número de ligações de trabalho, conseguindo tempo para levar as crianças para a praia e construir castelos de areia, enquanto a primeira-dama fica em casa. Como o oceano está liso de tão calmo, ela concorda com um almoço a bordo do iate presidencial, depois do qual os quatro desfrutam sorvetes em casquinha.

O sorvete alivia a dor de suas úlceras estomacais, que se reacenderam com a alta dose de esteroides, mas depois tem diarreia. A primeira-dama o ajuda a contar os comprimidos e os confere na lista receitada, notando que os médicos dele acrescentaram outro analgésico (costas), um antibiótico (abscessos na pele) e um antiácido mais forte (úlceras); os abscessos são um quadro desconfortável e visualmente desagradável que o almirante B. atribui aos efeitos dos esteroides sobre seu sistema imunológico.

Embora não tenham se visto por mais de uma semana, eles retomam facilmente a proximidade física de seu casamento, tocando-se, abraçando-se e beijando-se frequentemente durante o fim de semana. Inevitavelmente, ele anseia por sexo, mas sua mulher fica deitada de lado como uma foca encalhada na praia e logo emite uma música retumbante.

Antes de os sedativos fazerem efeito, ele se pergunta como os Profumo estão dormindo esta noite, se é que eles ainda dividem a cama agora. Aparentemente, a Sra. Profumo apoia seu marido. Nenhuma esposa deve suportar a infidelidade do marido contra a vontade, mas ela tampouco deve ser forçada a não suportá-la.

O embaixador britânico informou que o xará do presidente renunciou a todos os privilégios do cargo e agora cumpre penitência no East End londrino lavando banheiros para uma instituição de caridade para indigentes. É de se imaginar ele voltando para casa de macacão para que até em seu próprio lar ninguém tenha dúvida da imundície de onde ele caiu. A preocupação do presidente consigo mesmo não é tanto que o FBI queira cobrir de opróbrio o cargo do presidente, mas o escândalo britânico vai instigar oponentes políticos a inocularem o corpo político americano com o mesmo germe.

"Você teve relações sexuais com aquela mulher?", a primeira-dama perguntará.

Sob o luar, ele a contempla. Para refrescar, ela abriu a janela e afastou os cobertores, e agora, enquanto as cortinas se movem com a brisa, ele observa o constante subir e descer de sua silhueta com a respiração. Ele roça o rosto dela de leve com os lábios e cheira o cabelo dela, mas o tempo todo sabendo, também para o bem dela, que *nunca* pode se deixar destruir pela culpa.

A SEMANA SUBSEQUENTE, na Casa Branca, lembra ao presidente que ele foi obrigado a retornar à frustração mórbida de seu período inicial no cargo, como se tivesse escorregado pela serpente mais longa num jogo de cobras e escadas. Ele prossegue com seu trabalho cotidiano sem poder desfrutar de um momentâneo escape das pressões da liderança convidando uma jovem secretária para seu escritório ou uma socialite bêbada para seu quarto.

A estagiária demora-se nos corredores da Ala Oeste para que ele a note, mas o presidente finge não associá-la à carta sentida que implorava sua atenção. Uma vez ele até a ouve na porta ao lado chorando no ombro da Sra. Lincoln. Ele espera que sua secretária tenha dito à garota que pare de fazer papel de boba, mas nenhuma das partes — o presidente ou a Sra. L. — considera uma conversa assim dentro do escopo de sua relação profissional.

Sempre solícito, o Barba se preocupa com a saúde do presidente. O efeito é tão perigoso, o Barba admoesta, quanto a abstinência abrupta de uma droga viciante. As festas na piscina foram interrompidas desde que o FBI presunçosamente revelou que uma das garotas trabalhava para o Pacto de Varsóvia.

— Que provas vocês obtiveram de que ela é uma espiã? — o presidente inquiriu.

— Essa investigação permanece em progresso, senhor presidente — o diretor respondeu.

O presidente disse:

— É apenas uma tênue suposição, não é, Sr. Hoover? — e em seu silêncio inicial ele viu uma confirmação.

Então o diretor continuou:

— Com todo o respeito, senhor presidente, Bowtie demonstrou que o potencial para uma quebra de segurança é tão prejudicial quanto uma quebra efetiva.

O presidente retrucou:

— Se ela é uma ameaça à segurança nacional, façam com que seja deportada.

O diretor devolveu seu olhar inescrutavelmente, enquanto o investigador especial mordeu os lábios e limpou os óculos, tenso.

O presidente disse:

— Descubram quem ela tentou comprometer, se é que houve alguém. Descubram o que ela ficou sabendo, se é que houve algo. Então mandem-na de volta para o outro lado do maldito Muro.

— Isso é uma ordem executiva, senhor presidente? — disse o diretor.

— Sim, senhor diretor.

Então o presidente disse ao Barba para dizer a Bill para dizer a Bob para oferecer à garota algum dinheiro para ficar de boca fechada. Embora por um lado muitos eleitores ficariam incrédulos (abençoados sejam) que um homem de família satisfeito com sua bela e jovem mulher sucumba à tentação de pular a cerca, ainda mais com uma prostituta, por outro lado a virulência do escândalo é quase impossível de se prever no presente miasma.

Eles discutiram valores, e, enquanto o Barba gravemente informou que Bill gravemente informara que Bob gravemente informara que esse serviço específico não sairia barato, o presidente não hesitou em gastar o que ainda assim era consideravelmente menos que as contas em aberto de sua mulher em várias butiques de Nova York.

O fornicador bem-sucedido tem de estar preparado para fazer o que for necessário sem remorsos, e os fatos desse caso em particular não são de natureza diferente dos atos normais de dissimulação, embora possivelmente de um grau diferente. O conquistador opta por sexo com uma prostituta pois isso simplifica as dificuldades potenciais relacionadas à tentação feminina de fofocar ou demorar a ir embora depois do sexo.*

---

*O Barba e o presidente fazem piadas sobre este último aspecto o tempo todo, em especial ultimamente, quando a estagiária vinha desesperadamente se esforçando para estender a relação após o coito. "É melhor você voltar logo para o escritório", o presidente dizia, boiando na piscina com a cabeça ainda apoiada na borda. "Devem ter dado por sua falta, garota."

"Eles sabem que vou demorar um pouco", ela dizia em troca, acariciando os pelos do peito dele. "Não posso ficar, Bonitão, e nadar um pouco?"

Depois que ele se livrou dela, disse ao Barba: "Dave, sabe qual é a diferença entre uma estagiária e um cocô?"

"Não, senhor presidente", o outro respondeu.

"Ao menos quando você faz um cocô ele não o segue o dia todo."

Ao presidente parece que pagar a essa mulher um múltiplo de seu preço normal estende a transação mutuamente acertada de modo a incluir não fofocar para o júri e não demorar a ir embora do país.

Num voo para o Texas, o presidente lê os relatórios do FBI que finalmente chegaram a sua mesa. Nenhuma prova foi encontrada de que Ellen é ou era uma espiã da Alemanha Oriental, e a própria mulher negou ter se encontrado com quaisquer funcionários proeminentes do governo dos Estados Unidos, com base em quê um juiz foi rapidamente persuadido de sua situação como uma prostituta comum e a sujeitou à deportação.

Antigamente, homens em sua posição nunca tinham de pensar em como se comportavam atrás de portas fechadas, pois sabiam que seriam julgados pelo que tinham feito pelo povo. A única exceção seriam atos de depravação criminosa, e, pelo que ele saiba, fornicar com mulheres adultas com o consentimento delas não constitui depravação. Ele precisa corresponder ao imperativo moral mais elevado do cargo. E acredita que ainda há muito por fazer, que tem muito mais a contribuir, em termos de encerrar a Guerra Fria e dedicar os recursos desta grande nação para ajudar famílias a saírem da pobreza e proporcionar uma ampla gama de oportunidades para todos e não só para uns poucos privilegiados.

A comissária que lhe serve um suco de laranja é uma das atraentes, e o presidente tem certeza de que já a teve, embora obviamente não consiga lembrar quantas vezes ou qual é o nome dela.

— Obrigado, querida — ele diz.

Ela responde:

— Não há de quê, senhor presidente. — E sorri, olhando para trás ao se afastar rebolando.

O presidente engole dois comprimidos para dor de cabeça para lidar com a crise crescente dentro de seu crânio desde que o FBI declarou que o estava vigiando. Quando ele assumiu o cargo, jamais teria previsto que iria funcionar como um fabuloso afrodisíaco. Embora seu sistema digestivo e suas costas estejam passando por excruciantes recaídas, a doença de Addison nunca esteve tão bem controlada: ele exibe a boa forma de um atleta: carne firme e rija onde antes havia flacidez; seu bronzeado está menos amarelado; e seu cabelo, ainda mais esplêndido que o habitual. A comissária entra ostensivamente à direita, numa cabine privativa, e então do limiar olha para trás enquanto abre o botão de cima de sua veste. O presidente está quase para fechar suas pastas e aceitar o serviço de bordo dela quando se pergunta se ela não está na folha de pagamento do FBI.

O Boeing aterrissa em El Paso, onde o vice-presidente e o governador do estado recebem o presidente. Eles então cumprem uma série de compromissos oficiais antes de se retirarem para o Cortez para jantar, durante o qual discutem a campanha eleitoral do próximo ano. O VP parece estar em ótima forma, sob o sol fora da sombra que o presidente projeta em Washington, repetidamente reforçando suas credenciais para atrair o voto sulista. Os sulistas brancos estão desencantados com o presidente por conta de sua posição em relação aos direitos civis, e, embora ele despreze seus preconceitos de caipiras, talvez venha a precisar de seus votos, de modo que o VP está ansioso para que os três concordem com um retorno ao Texas em novembro para visitar algumas das cidades maiores, tais como Austin, Houston, Dallas e Fort Worth.

Quando o governador vai embora, o presidente e seu vice se retiram para a suíte presidencial para uma discussão particular. Mas quando o telefone toca e ele atende, um dos agentes informa ao presidente que seu próximo compromisso chegou ao lobby do hotel.

— Mande-a subir — ele ordena.

Músculos se contraem no rosto do VP, mas ele obedientemente pega seu chapéu no porta-chapéus.

— Desculpe, Lyndon — o presidente diz. — Com certeza trataremos disso amanhã.

— Estarei aguardando, senhor presidente — o VP diz, saindo pela porta. No corredor, ele faz um esforço para endireitar os ombros antes de ir até o elevador.

Alguns minutos depois, um agente do Serviço Secreto bate à porta, e o criado faz a convidada do presidente entrar.

Após resistir à comissária, o presidente encontrou mais outros flertes e insinuações enquanto cumpria os compromissos do dia, na forma de apertos de mão demorados e olhares sugestivos. Agora que suas inclinações são conhecidas em certos círculos, ele atrai a nata das assessoras governamentais ou da aristocracia local, das quais ele fugiu, engolindo mais analgésicos para entorpecer as dores do celibato, que estavam acabando com sua cabeça.

Sua convidada trabalha para o governador como uma de suas gerentes de campanha, e é especializada nas estratégias voltadas para as grandes áreas urbanas. Eles conversaram brevemente num dos compromissos dele hoje mais cedo, quando deduziu que ela não era uma armadilha por conta de sua completa ausência de flerte. Por intermédio de um assessor, ele sugeriu que ela fosse até a suíte após o jantar para continuar a discussão. Embora seja uma loura voluptuosa de quadris largos e de 30 e tanto anos, parece ter tomado o convite do presidente ao pé da letra, chegando com as mesmas roupas sóbrias de antes e trazendo uma pilha de gráficos.

Ela senta-se no sofá, em frente à cadeira de balanço do presidente, enquanto o criado aguarda ordens discretamente.

O presidente diz:

— Você gostaria de uma bebida, hã... querida?

— Não, obrigada, senhor presidente — ela diz.

— Foi um longo dia. Eu vou tomar uma.

— Por favor, não deixe de fazê-lo por minha causa, senhor presidente.

— Tem certeza de que não quer me acompanhar?

— Tenho certeza, obrigada, senhor presidente.

— Você vai me deixar pouco à vontade.

Ela pigarreia nervosamente.

— Não é a minha vontade, senhor presidente.

— Ótimo — ele diz. — Uma taça de vinho?

— Uma pequena, senhor presidente — ela diz com relutância. — Branco, por favor, senhor presidente.

— Saindo. Um daiquiri para mim, George. Deixe a garrafa de vinho; podemos nos servir nós mesmos, se quisermos mais.

O criado faz as bebidas e então se retira, enquanto a pressão dentro da cabeça do presidente aumenta um grau.

Ela espera, toda tensa, ele demonstrar interesse pelos gráficos, e então se lança num discurso ensaiado:

— O senhor é mais popular nas áreas urbanas do que nas rurais no Sul, portanto é importante dirigir-se às duas comunidades de maneira diferente, num esforço para consolidar o apoio nas cidades e obter a mudança de votos no interior.

O presidente diz:

— Você sabe que é uma mulher muito atraente.

Ela enrubesce.

— Obrigada, senhor presidente.

Com o nervosismo, ela já bebeu quase todo o vinho de sua taça.

Ele diz:

— Deixe-me encher seu copo.

— É sério, senhor presidente, é melhor não.

Ele pega a garrafa do balde de gelo e serve mesmo assim, e então toma um lugar perto dela no sofá.

Ela se afasta para lhe dar espaço.

Ele toca o joelho dela.

Ela se mexe de novo e diz, agitada:

— O senhor teve um bom jantar com o governador e o vice-presidente?

Ele diz:

— Eu comi todo o meu jantar. — E, descendo o olhar para baixo do rosto dela, acrescenta: — E agora mereço duas grandes porções de sobremesa.

Subitamente o presidente se vê caído no chão com dores lancinantes percorrendo suas costas e pernas. Ela está de pé na frente dele, gritando:

— Sou uma mulher respeitável, casada. — Mas ele mal pode ouvi-la em meio às correntes de agonia que eletrocutam a parte inferior de seu corpo. — Vim aqui de uma forma respeitosa, profissional. O senhor faz ideia de como é para as mulheres? — Ela continua a despejar seu ultraje até se recompor e dizer: — Não está conseguindo se levantar?

— Chame George — ele diz, sem fôlego. — Rápido.

Ela vai até o quarto adjacente e calmamente chama o criado, que vem correndo.

— Devo ter tropeçado e caído — o presidente alega.

Ela olha para baixo, e ele se pergunta se ela está se deliciando com seu desconforto. Embora não altere a desculpa dele, ela certamente não parece nem remotamente disposta a se desculpar.

— Preciso apenas de um minuto... são as minhas costas...

— Melhor eu ir agora, senhor presidente — ela diz com frieza. — Não quero que meu marido fique preocupado.

O criado rapidamente a acompanha até a porta e então chama dois agentes para que os três juntos consigam instalar travesseiros e assim apoiar o pescoço, as costas e as pernas do presidente, enquanto um médico é chamado.

O presidente não sabe o que exatamente aconteceu, mas ele acha que depois que pôs a mão no joelho dela pode ter tentado alcançar outro lugar e ela o empurrou ou o derrubou do sofá. Quando atingiu o chão, o impacto lhe abalou as costas, e as placas metálicas devem ter saído dos parafusos que as fixam em sua espinha. Mas sua lembrança mais clara daquele momento é a expressão no rosto dela, de pé sobre ele, uma expressão de ultraje enquanto perguntava: "O senhor faz alguma ideia de como é para as mulheres?", e ele só pode supor que não teve resposta convincente.

A CÂMARA

— O SENHOR TEVE RELAÇÕES SEXUAIS com essa mulher? — pergunta o investigador especial. Seus olhos pálidos nadam atrás das lentes de seus óculos, e atrás dele nadam os habitantes do aquário da Sala dos Peixes.

— Senhor presidente? — ele insiste.

O presidente diz:

— Em que termos esse caso é um assunto de segurança nacional?

— Senhor presidente, o senhor mesmo criou o caso. Afinal, não é verdade que, ao exigir o silêncio de amantes, namoradas e parceiras sexuais casuais, o senhor alega "considerações de segurança nacional"?

O presidente se dá conta de que o FBI grampeou seu telefone. Ele lança um olhar furioso para o diretor, do outro lado da mesa, que, de cabeça baixa, toma notas em folhas de papel pautado em linhas estreitas.

— Senhor presidente — diz o investigador especial —, este é um depoimento voluntário realizado no âmbito da investigação interna do Bureau sobre Bowtie. Para os propósitos deste depoimento, uma pessoa tem "relações sexuais" quando a pessoa com pleno conhecimento se envolve ou causa toques intencionais, seja diretamente ou sobre as roupas, com a genitália, ânus, virilha, peito, interior da coxa ou nádegas de qualquer pessoa, com a intenção de despertar ou gratificar o desejo sexual de qualquer pessoa.

O dedo do investigador especial está no gravador, documentando a conversa. No silêncio da Sala dos Peixes, o gravador apenas registra o ruído da caneta do diretor enquanto ele toma mais notas, até que finalmente ergue os olhos na expectativa da resposta do presidente. O investigador especial insiste:

— Senhor presidente, o senhor teve relações sexuais com essa mulher?

O presidente diz:

— Se esse depoimento é voluntário, então tenho direito a me recusar a responder.

EM CONSEQUÊNCIA do ferimento sofrido em El Paso, o sujeito está usando um colete rígido que imobiliza suas costas das omoplatas até a virilha. Ele explicou ao Dr. T. que tropeçou na ponta de um tapete em sua suíte no Cortez e perdeu o equilíbrio, e o exame subsequente dele revelou uma entorse na virilha, quase com certeza porque suas costas entraram num espasmo rígido quando ele caiu, e o movimento de girar ou assentar causado pelo contato com o chão desferiu um agonizante repuxo no músculo paralisado.

Para se levantar de sua cadeira na Sala dos Peixes, o presidente precisa agarrar a borda da mesa e se pôr de pé, para depois sair mancando com as costas e a pélvis rígidas. Cada passo doloroso pelo corredor lembra aquele encontro funesto, e, no Salão Oval, ele dedica alguns minutos para refletir sobre os eventos dos dias que se seguiram ao retorno do Texas, começando com a notícia de que a mulher não só se ofendeu com o avanço como também queria registrar uma queixa formal. O inquérito Bowtie começou investigando os funcionários do governo dos EUA envolvidos no escândalo britânico, mas sua abrangência parece ter se expandido potencialmente.

A secretária do presidente veio ao Salão Oval no fim do dia e disse:

— Senhor presidente, acho que o senhor precisa saber que o FBI está entrevistando todas as mulheres e perguntando se o senhor alguma vez fez avanços sexuais contra elas.

— Quero crer que a senhora disse que sempre resistiu — ele disse, mas nenhum dos dois conseguiu nem mesmo sorrir, e o presidente se esforça por compreender como esse processo pode servir aos interesses nacionais.

A Sra. Lincoln deixa com ele um registro manuscrito dos recados telefônicos de mulheres da Casa Branca avisando que foram intimadas pelo investigador especial. Ele não manda resposta nenhuma. Amassa a lista e a arremessa no lixo.

Na manhã seguinte, aparece uma matéria num jornal chamado The Star com a manchete "Assessor de alto escalão dos EUA envolvido no escândalo britânico", na qual uma das prostitutas ligadas à queda de Profumo sugere que uma das outras garotas é uma "ex-amante" de um político que exerce "um cargo eletivo muito elevado" no governo dos Estados Unidos, a garota na fotografia parecendo preocupantemente familiar, e depois, à tarde, o secretário de Imprensa da Casa Branca vem com uma pergunta do jornalista que escreveu a matéria, relativa à alegação da garota de que o presidente levou-a para jantar no "21", em Nova York, antes da eleição: "É verdade?", o homem do Star quer saber.

O Star é um jornal republicano dedicado a criticar o presidente e seu partido. O primeiro-ministro britânico parece ter sido presciente em suas advertências, e o presidente reage com o mesmo desgosto que tomou conta do PM. A imprensa está preparada para fornecer uma plataforma para que prostitutas e outras garotas de vida fácil desfiram acusações contra homens de visão que servem seu país, acusações que não envolvem competência ou corrupção ou mesmo depravação. O secretário de Imprensa informa:

— Ele insiste em que a opinião pública tem o direito de conhecer o caráter de um político, já que um homem que trai a esposa pode ser desonesto no cargo. Ao ocultar casos amorosos sórdidos, o presidente é culpado de enganar o povo americano sobre o seu verdadeiro caráter.

O presidente retruca, irritado:

— Diga ao canalha *"Altiora peto"*. — Mas então, quando o secretário de Imprensa franze o cenho e se vira para sair, ele diz:

— Desculpe, Pierre; espere.

O presidente relembra seu interrogatório na Sala dos Peixes, no qual o investigador especial do FBI percorreu uma lista de mulheres da Casa Branca — Fiddle, Faddle, Fuddle, a estagiária, várias secretárias e administradoras de menor porte, alguns dos nomes delas muito além da lembrança do presidente, e mesmo alguns de seus rostos — que ele já havia interrogado em relação a supostos encontros com o presidente dos Estados Unidos.

— Nada a comentar — o presidente disse, constrangido, em resposta à pergunta do investigador especial.

— Vamos deixar bem claro, senhor presidente — ele disse —, que o senhor não nega ter tido relações sexuais com esta mulher, como definido nos termos de sua declaração. — Ele brandiu uma fotografia da estagiária.

— Sim — disse o presidente.

— E esta mulher...? — Ele brandiu uma fotografia de outra das mulheres da Casa Branca, Fiddle (ou Faddle).

— Nada a comentar — disse o presidente.

— O senhor não nega ter tido relações sexuais com esta mulher, como definido nos termos de sua declaração?

O presidente estava irritado e ressentido, porém, mais que tudo, constrangido. Ele murmurou:

— Nada a comentar.

O diretor parou de tomar notas, e o investigador especial ajustou os óculos. O diretor disse:

— Obrigado por sua cooperação, senhor presidente.

— Posso perguntar, Sr. Hoover — o presidente disse —, para quem vocês estão tomando esses depoimentos?

— Para nossos arquivos, senhor presidente — ele replicou sinistramente. — Para nossos arquivos.

O presidente saiu mancando da Sala dos Peixes e voltou ao Salão Oval, onde ele agora se encontra em companhia do secretário de Imprensa da Casa Branca, que está esperando a resposta do presidente para o homem do *Star*.

O secretário de Imprensa diz:

— Não vai demorar muito, senhor, para começarem a perguntar se é verdade que o FBI está procurando as funcionárias da Casa Branca que o senhor seduziu.

O presidente diz:

— Eu responderei a perguntas sobre meu desempenho no cargo, pelo que sou responsável. Mas me recuso a responder perguntas sobre minha vida particular. São perguntas que nenhum americano jamais iria querer responder, nem jamais deveria ter de responder. Eu invoco o mesmo direito.

COMO SEMPRE, o presidente toma o café da manhã na Residência, esta manhã com um assessor que o informa sobre os desenvolvimentos recentes na busca da *détente*, depois ele pega o elevador — evitando as escadas — e segue mancando pelo corredor até a Ala Oeste. Suas costas não ficavam ruins assim desde o Pacífico.

Naquela época, o treinamento naval, seguido pelos dias sem fim no mar, agravava sua lesão de tal forma que ele não podia nem mesmo dormir num beliche, em vez disso tendo de se deitar numa tábua de compensado, e essa situação se tornou gravemente pior quando um destróier japonês abalroou seu barco e o impacto o arremessou contra um duro anteparo metálico, antes de o barco partir-se em dois e a tripulação ser jogada na água. Seis deles se agarraram a uma metade do casco virado. O presidente conduziu dois dos nadadores mais fortes para o oceano escuro, onde podiam ouvir as vozes dos outros tripulantes gritando por socorro, trazendo de volta primeiro o homem mais seriamente ferido, o engenheiro, que sofrera queimaduras extensas e não conseguia nadar, de modo que o presidente teve de rebocá-lo, e então ele mergulhou de novo para trazer mais dois, e assim entre eles salvaram cinco, dois nunca tendo sido encontrados, presumindo-se que tenham se afogado.

Os homens ficaram agarrados ao casco até amanhecer, quando puderam ver uma distante faixa de terra, para a qual nadaram, com o presidente segurando com os dentes as amarras do colete salva-vidas do engenheiro, para puxá-lo. Levaram cinco horas contra correntes fortes até atingirem terra, e assim que seus homens estavam seguros na ilha, o presidente nadou mais uma hora até um estreito através do qual passavam regularmente os barcos deles, na esperança de sinalizar para algum, mas nenhum veio, ao que ele foi forçado a nadar de volta para a ilha, às vezes quase perdendo a consciência por causa da dor e por ter passado duas noites sem dormir.

Assim que ele se deitou para descansar, os músculos de suas costas travaram, num espasmo, mas no dia seguinte ele nadou de novo, dessa vez para outra ilha, onde encontrou água e uma canoa, que levou para os outros pois estavam sedentos, e logo depois eles foram descobertos por nativos, que levaram uma mensagem entalhada num coco, o que conduziu ao resgate deles depois de sete dias como náufragos, e a essa altura era impossível ele mover as costas. É assim que ele está se sentindo hoje, ao mancar para o Salão Oval e levar quase um minuto para se instalar em sua cadeira de balanço, antes de uma reunião de uma hora com um deputado que ficou sabendo da relutância do presidente de envolver nossas forças no Vietnã e deseja expressar sua preocupação porque a maior fábrica em seu distrito produz munição para a metralhadora fornecida pelo nosso governo.

A reunião seguinte, com um comitê receoso de que a Proibição de Testes vá limitar o desenvolvimento de armas nucleares mais letais, é interrompida pela secretária dele, que surge com uma mensagem urgente de Cape Cod. A primeira-dama entrou prematuramente em trabalho de parto e está indo de helicóptero para o hospital da Otis Air Force Base; ele cancela todos os seus compromissos e pega o helicóptero no Gramado Sul para Andreas, donde embarca no Boeing SAM para uma hora de voo até Otis.

Ele se senta à direita e observa, pela janela, a Filadélfia passando sob a asa, e então, quando o avião sobe mais, fica com os olhos fixos nas águas planas e cinzentas do Atlântico. A comissária lhe traz um copo d'água, e ele nem mesmo ergue os olhos para ver se é uma das atraentes.

As eternas torres da cidade de Nova York deslizam sob a asa e o SAM começa o procedimento de aterrissagem na direção de Massachusetts.

O presidente mal consegue descer os degraus porque suas costas estão tensas demais dentro do novo colete, mas ele não vai esperar uma empilhadeira, portanto deixa que doam; doem tanto que há lágrimas em seus olhos quando entra no carro que espera para levá-lo imediatamente da pista para o hospital da base, e o motorista provavelmente pensa que o presidente já está chorando por apreensão quanto ao destino de sua mulher e seu filho.

A chegada dele cria o habitual caos deferencial, o que significa que o comandante da base está esperando no hospital, bem como o médico-chefe, mas o presidente não assimila o que eles estão dizendo, embora suponha que simplesmente estejam oferecendo seus serviços para fazer a estada da primeira-dama mais confortável.

— A primeira-dama está em cirurgia, senhor presidente — o médico-chefe diz. — Ela está passando por uma cesariana, senhor.

— Como ela está?

— Parece que não há complicações, mas o obstetra mandará alguém para informar o senhor assim que houver notícias mais definitivas.

— Você sabe algo sobre o bebê?

— Sim, senhor presidente. Parabéns. A primeira-dama deu à luz um menino.

Nem o médico-chefe nem o comandante estão sorrindo.

— Qual é o problema? Como ele está? — o presidente quer saber.

O médico-chefe diz:

— Seu filho nasceu prematuro de quase quatro semanas, senhor presidente. Ele pesa menos de 2 quilos e os pediatras o instalaram imediatamente numa incubadora.

— Mas ele está bem?

— Gostaria de saber mais nesse estágio inicial, senhor presidente, mas o pediatra vai informá-lo assim que puder.

— Quero vê-lo.

Por um momento, o médico-chefe quer tratá-lo como qualquer pai comum, mas a expressão nos olhos do presidente indica que não o deve.

— Sim, senhor presidente — ele diz.

O médico-chefe leva o presidente por uma porta e ao longo de um corredor. Um agente segue o presidente. Algumas pessoas do hospital reconhecem o presidente e não sabem como reagir. Ficam rigidamente em posição de sentido, e algumas batem continência, outras não, nenhuma das facções tendo certeza quanto ao protocolo. O presidente segue adiante com ar sombrio, a cabeça baixa, o chão duro enviando dolorosas ondas de choque para sua pélvis e suas costas.

Num vestiário, o médico-chefe informa ao presidente que ele precisa colocar trajes cirúrgicos. Ele está extremamente constrangido de ter de fazer o presidente se despir, e a situação fica ainda pior quando ele vê sua dificuldade em tirar o paletó.

O presidente diz para o agente:

— Ficaria muito agradecido se você me ajudasse.

— Sim, senhor presidente — ele diz, e o ajuda a tirar o paletó e a camisa, revelando o colete rígido que suporta o torso do presidente.

O médico-chefe enrubesce profundamente, constrangido por ter forçado seu jovem e supostamente vigoroso comandante em chefe a demonstrar uma enfermidade tão óbvia, e então eles têm de suportar o desconforto social ainda maior de ajudá-lo a remover sapatos e calças.

O FILHO RECÉM-NASCIDO do presidente é o mais minúsculo fiapo de vida que ele já viu. A pele dele é translúcida, perfurada por mínimos tubos médicos, e seu peito é um minúsculo balão inflando-se e desinflando-se no ritmo da máquina que leva oxigênio a seus pulmões, através de um horripilante tubo que lhe desce pela garganta. Os médicos e enfermeiras, que devem ser pediatras, ficam em posição de sentido em torno da incubadora, sem ousar falar.

— Posso? — o presidente diz com voz trêmula, estendendo o braço na direção da incubadora.

Um deles dá um passo à frente para responder, mas não sabe o que dizer.

— Posso tocar o vidro? — o presidente esclarece.

— Sim, senhor presidente, a superfície exterior da incubadora não é estéril.

O presidente encosta as pontas dos dedos no vidro, a poucos centímetros de seu filho. Ele quer chorar ante a fragilidade do bebê, mas consegue dizer:

— Como ele está, por favor?

— Senhor presidente, bebês prematuros correm o risco de ter problemas respiratórios devido à imaturidade de seus pulmões.

Quem respondeu foi aquele que deu um passo à frente antes. O presidente não olha para ele.

— Meu filho tem esse problema? — ele quer saber.

O pediatra diz:

— Sim, senhor presidente, infelizmente sim. Pusemos o seu filho num ventilador para ajudá-lo a respirar mas este não é mais do que um hospital comum da Força Aérea.

— A sua opinião é de que meu filho deveria ser transferido para outro estabelecimento?

— Sim, senhor presidente, acredito que seu filho receberá tratamento mais especializado se ele for transferido; esse é o meu conselho sincero, senhor.

— Viajar não vai prejudicá-lo?

— Podemos transferir seu filho na incubadora, senhor presidente. Não, ele não será prejudicado.

— Você acha que os benefícios superam os riscos?

— Sim, senhor presidente, é precisamente desse modo que eu caracterizaria a situação.

— Tome as providências necessárias, doutor.

— Sim, senhor presidente.

— Como está minha esposa?

O médico-chefe desloca-se para o lado do presidente.

— Se o senhor vier comigo agora, senhor presidente, podemos verificar se é possível ver a primeira-dama.

Antes de o presidente sair dali, ele diz aos médicos e enfermeiras:

— Obrigado por tudo o que estão fazendo pelo meu filho.

Eles dizem:

— Obrigado, senhor presidente.

Mas ele percebe que quase todos os olhos estão baixos e suas vozes, incertas.

O presidente e o médico-chefe caminham penosamente de volta pelo corredor, seguidos pelo agente.

— Quais são as chances de meu filho, em sua opinião, doutor? — o presidente pergunta.

— É uma área muito específica, senhor presidente; eu realmente não gostaria de fazer nenhuma especulação.

Daí em diante eles caminham em silêncio.

UM CIRURGIÃO OBSTETRA emerge da sala de operações e o presidente nota grandes manchas de suor marcando seus trajes cirúrgicos.

— Boas notícias, senhor presidente — o obstetra diz. — A primeira-dama passa bem após a operação.

— Não houve complicações?

— Houve um pouco de sangramento, senhor presidente, requerendo que a primeira-dama recebesse 1 litro de transfusão de sangue, mas a pressão arterial está muito boa agora e o senhor poderá falar com ela, senhor, assim que ela despertar da anestesia.

— Nosso filho vai ser transferido. O mesmo é aconselhável para minha esposa?

— Não acho que isso seja conveniente, senhor presidente — ele diz, embora o presidente note que ele está tremendo ante o rigoroso interrogatório do chefe de seu Estado, por mais competente que possa ser sob pressões normais. — As condições de sua mulher... desculpe, senhor presidente... da primeira-dama são estáveis agora, mas movê-la poderá pôr em risco sua recuperação.

O presidente se volta para o médico-chefe:

— Quero que minha esposa veja nosso filho antes que ele seja transferido.

— Ela não estará bem o bastante para andar por pelo menos 72 horas — o obstetra adverte o médico-chefe.

— Então levem meu filho até ela! — o presidente retruca.

Os dois médicos se entreolham.

— Sim, claro, senhor presidente — eles dizem.

A PRIMEIRA-DAMA está pálida por causa da hemorragia e zonza pelos efeitos da anestesia e dão a ela não mais do que alguns segundos para ter um vislumbre de seu filho em sua pequena caixa de vidro e lhe é negado até tocá-lo ou segurá-lo antes de ele ser levado para a ambulância. Sua agonia é tão primal que o presidente quase não reconhece a esposa nesse momento, seu rosto contorcido pelo tormento e sua voz rouca num grito de angústia mais cru do que ele jamais testemunhou nessa mulher em geral impecavelmente reservada, e cada uma de suas exclamações embargadas, engasgadas, é o golpe de um machado que rapidamente rompe a armadura dele.

Ele pega a mão débil e pálida dela e soluça; ambos soluçam, e lágrimas turvam os olhos dele, mas não as enxuga ou pisca para que escorram, de modo que, em vez de encarar as impiedosas máquinas que alimentam o corpo fragilizado da mulher que ele ama, o presidente se rende a uma indistinção de luz e trevas.

À tarde, ela adormece. O cirurgião continua preocupado, embora confiante de que a condição dela é estável. O presidente não quer deixá-la, mas um helicóptero o leva até a pista onde o Boeing presidencial espera para decolar. Assessores contritos têm assuntos de trabalho para discutir, mas ele se fecha e se recusa a atendê-los o voo inteiro, ansiando desesperadamente que quando aterrissar em Boston os médicos tenham notícias melhores sobre seu filho.

Ele até reza. Por cinco horas, ele arrastou um homem ferido através do oceano até deixá-lo num lugar seguro. Com certeza aquela vida salva vale uma dádiva igual para seu menininho.

Mas no Children's Hospital as notícias não são boas. O filho do presidente precisa de uma traqueostomia para que seu tubo respiratório seja removido da boca e inserido diretamente na traqueia, para melhor manter a ventilação dos pulmões.

O Serviço Secreto retirou os visitantes do quarto andar, de modo que o presidente caminha por corredores longos e desertos, como que num sonho. A equipe médica o evita tanto pelo nervosismo diante do presidente quanto pelo que devem saber sobre o prognóstico do bebê.

Uma sala de espera é convertida numa suíte presidencial improvisada, rapidamente mobiliada com um catre duro para as costas dele, uma cadeira de balanço, uma escrivaninha e linhas de telefone diretas para receber e fazer ligações. Pela janela do lado norte, ele contempla o anoitecer caindo sobre a cidade, de Longwood até as pontes sobre o Charles, e sua *alma mater*, do outro lado rio, desaparecendo na escuridão.

Ele não consegue ficar naquela sala esperando. O agente que guarda a porta o acompanha ao longo do corredor. Ele encontra um médico que diz a ele que a traqueotomia foi bem-sucedida mas que só o tempo dirá se será o suficiente para manter os pulmões do bebê funcionando nos dias críticos que se seguirão.

— Se os pulmões dele conseguirem amadurecer, senhor presidente — o médico diz —, ele conseguirá viver.

O presidente não pergunta o que vai acontecer se não amadurecerem.

O pai fica junto ao filho quando ele sai da cirurgia. O tubo brutal que entrava em sua boca agora desaparece num curativo feito em seu pescoço. Mesmo jovem assim, um pequeno fragmento de ser humano que é, ele luta para se agarrar à vida. O presidente o imagina se esforçando para respirar e o sofrimento do filho o faz voltar a chorar. Ele pressiona a mão contra o vidro da incubadora desejando que pudesse respirar por seu filho.

Em seu nome, a equipe do presidente reservou a suíte presidencial do Ritz-Carlton, e os médicos sugerem que ele vá para lá comer alguma coisa e descansar. Eles o querem fora de sua cola, e um deles diz:

— Não há nada que o senhor possa fazer por ora, senhor presidente.

— Eu posso *ficar com ele* — ele diz com uma rispidez que é mais dor do que raiva, mas o pobre médico se encolhe e recua um passo, balbuciando:

— Só quis dizer... E-e-eu sinceramente peço desculpas, senhor presidente.

— Sei que vocês estão fazendo o melhor que podem — o presidente murmura, e na verdade ele suspeita que a equipe médica está cometendo menos trapalhadas e confusão do que o habitual na profissão deles.

Mais tarde ele pega, sim, a limusine para o Ritz-Carlton, onde toma banho, come e troca de roupa, mas fica irrequieto e sem conseguir dormir, de modo que chama de novo a limusine e volta para o hospital. No caminho, ordena que o Serviço Secreto demonstre mais compaixão dessa vez e não remova por causa dele pais que estejam visitando seus filhos doentes, e quando ele manca pelos corredores, vê rostos envergonhados da própria curiosidade espiando de janelas e portas.

Houve uma mudança no estado do bebê. A traqueotomia não lhe melhorou a respiração, mas os médicos querem esperar mais. O presidente deita no catre rígido da sala de espera, suas costas tão mal quanto antes. Ele toma mais analgésicos, mas eles apenas pioram suas úlceras, de modo que ele fica grato que o Dr. T. esteja vindo de Nova York para aplicar uma imensa série de injeções anestésicas na região de sua lombar.

Mais cedo, ele perguntou aos médicos se seu filho estaria sentindo dor.

— Não acreditamos que bebês tenham consciência do próprio sofrimento do mesmo modo que nós — o pediatra disse.

— Mas, as agulhas e os tubos o machucam? — o presidente insistiu.

O pediatra hesitou gravemente.

— Sim, senhor presidente — ele disse. — Acreditamos que os bebês sentem dor.

O presidente está deitado no colchão duro enquanto as agulhas espetam suas costas. Seus olhos se enchem de lágrimas. Para pai e filho, cada minuto de vida é uma agonia.

Depois da meia-noite, ele manca de volta ao longo do corredor com um agente para encontrar um médico ou uma enfermeira porque quer ficar com seu filho de novo antes de tentar dormir. Por uma porta aberta, ele vê um quarto escuro onde uma criança de uns 10 anos está deitada apoiada em travesseiros, com um cateter inserido na lateral do pescoço, a criança tendo uma cabeça enorme e pernas esquálidas. Ela fixa um olhar ausente no presidente, sem reconhecê-lo, de modo que só o que ele pode fazer é sorrir para a criança e seguir adiante.

Quando volta mais tarde, o menino hidrocefálico não está mais lá, e ele quer perguntar para onde ele foi, porque pensa em sua irmã internada em Wisconsin faz vinte anos, que foi lobotomizada e trancafiada, enquanto ele apenas ficava mais rico, feliz e bem-sucedido, mas em vez disso ele retorna à sala improvisada, deita no catre duro e fica olhando para a parede até a aurora iluminar a janela leste.

De manhã, os médicos anunciam que querem tentar colocar o filho do presidente numa câmara hiperbárica.

— É possível que a alta pressão force oxigênio para dentro de seus pulmões — eles explicam.

— Há outras opções de tratamento? — o presidente pergunta.

Eles balançam as cabeças.

— Não, senhor presidente.

Ele observa o frágil fragmento de vida se aferrando à existência e sente orgulho por sua luta. Seu filho mostra, em suas poucas horas de vida, o que todo ser humano deveria. Ele conquista cada respiração. Assim como seu pai, sofre com uma vida de dor, mas jamais se rende.

O presidente volta a Otis para ficar algumas horas com a primeira-dama. Ela continua fraca, mas parece estar fora de perigo.

— Devíamos dar um nome a ele — ela diz.

— Patrick? — ele sugere.

— Patrick — ela diz.

— Ele é um guerreiro — ele diz. — E é o mais belo dos menininhos, com o mais belo cabelo castanho...

A voz dele falha. Ele põe o braço em volta dela e ambos choram em silêncio.

QUANDO ELE VOLTA a Boston, Patrick foi transferido para a câmara hiperbárica localizada no porão do hospital. Dessa vez o presidente não consegue sair de lá nem mesmo para tomar banho e se trocar. A cada hora ele aguarda notícias, e a cada hora um médico mais experiente vem até a sala de espera no quarto andar para dar um informe do progresso, sendo que as únicas palavras que ficam registradas em sua mente são "sério", "grave" e "crítico", até que na madrugada de outra noite sem dormir o médico-chefe entra na sala e diz:

— Senhor presidente, acho que o senhor devia descer e ficar com o seu filho agora.

Ele explica a situação enquanto vão até o elevador e começam a descida. O presidente tenta ser forte, mas ele não dorme há duas noites e suas costas desferem choques de dor em suas pernas, e a cada andar por que o elevador passa parece que são arrancados pedaços do futuro de Patrick. O presidente vê jogos de futebol e de beisebol; ele vê férias na praia e passeios de veleiro; e de cada uma das imagens a parte que ocupa o belo menino de cabelos castanhos está sendo rasgada.

Seu filho está azul e sua respiração, lenta; e o médico diz:

— Sinto muitíssimo, senhor presidente, mas o estamos perdendo.

O presidente não consegue nem mesmo falar, a tristeza afoga suas palavras, e ele se deixa cair numa cadeira enquanto os médicos desconectam os tubos, tiram o bebê da câmara, envolvem-no num cobertor e o carregam para fora. Eles o colocam nos braços do pai, que o embala suavemente enquanto a respiração do bebê se torna cada vez mais lenta. O presidente procura a mão do filho e oferece o dedo a ele. A mão está azul e fria e mal aperta a dele, e ele sabe que a criança está se rendendo. Ele se pergunta, quando o fim dele próprio chegar, por quanto tempo ele lutará, e se desistirá, e se mostrará a coragem que o menino mostrou, esse filho tão, tão belo.

Há uma história que o presidente tem lido para seus filhos ultimamente, um conto simples que John adora, e ele tenta sussurrá-lo agora:

— Era uma vez, Patrick, uma galinha chamada Galinha Tolinha, e um dia algo caiu, bump, na cabeça dela. "Minha nossa", disse a Galinha Tolinha, "o céu está caindo..."

O presidente conta ao filho todas as histórias que consegue lembrar, até a criança ceder ao sono final. Lágrimas escorrem pelo rosto do presidente e caem em seu filho, quando ele o beija e tenta dar boa noite, mas ele não consegue falar, apenas se engasgar, e então não quer mais que vejam o presidente chorando, de modo que se recompõe, volta para o quarto andar e fecha a porta.

ANTES DE AMANHECER, ele pega o avião de volta para Otis para estar com sua esposa quando ela acordar. A terra parece indistinta e indiferente lá embaixo. Ele tenta compreender por que algo que ele amou tão profundamente precisa ser levado embora. Então, com os primeiros raios do nascer do sol, ele se lembra dos bebês perdidos nos quais não pensou nem sequer um instante. Uma vida inteira de fornicação, enquanto ele dava por garantidos aqueles que o amam, está finalmente sendo punida.

O COLETE

EMBORA AS RESPONSABILIDADES do cargo impliquem que seu horário de trabalho tenha de voltar imediatamente ao normal, o presidente visita a esposa em todas as oportunidades que tem durante sua recuperação no hospital, e então em sua convalescença em Cape Cod. Todas as vezes que vai, leva para ela um presente, às vezes apenas flores, noutras joias delicadas, e logo a rotina normal da família mudou sutilmente, pois eles não mais passam parte dos fins de semana separados, em vez disso se apegam à companhia um do outro todas as horas disponíveis, até sua mulher estar se sentindo bem o bastante para voltar a Washington, e a partir de então eles ficam juntos também todas as noites.

As crianças estavam tão entusiasmadas quanto a ganhar um novo irmão que o presidente comprou para elas outro cachorro e outro cavalo, que elas amam, embora ele precise dobrar sua dose de anti-histamínicos. Não é apenas a tristeza da perda que os uniu, mas também o fato de que ele não mais precisa agendar intervalos regulares para ficar separado desde que decidiu se abster da fornicação.

Seu filho foi levado e sua mulher, se algumas poucas circunstâncias tivessem sido ligeiramente diferentes, também poderia ter ido embora. No voo urgente que ele tomou depois que recebeu a notícia do parto prematuro, teve medo de perdê-la, e os pensamentos se tornaram insistentes, até ele se dar conta de que todos esses anos viveu negando o que significaria perdê-la, não pela morte, mas pelo divórcio.

Quando ela está forte o bastante, ele a leva para visitar o túmulo de Patrick, que fica na encosta de uma fria e solitária colina nos arredores de Boston, e lá os dois choram, como ele fez sozinho no dia do enterro, agarrando-se ao pequenino caixão como se jamais fosse deixá-lo descer à terra.

O verão terminou em morte e, embora a morte visite as árvores, tornando suas folhas secas e marrons e despindo-lhes de galhos, eles compreendem que é o ciclo da natureza; a vida nascerá de novo, um processo que começa desajeitada mas ternamente no quarto deles algumas noites depois.

O luto o leva para o oeste. Em companhia da esposa, ele vai de avião para Wisconsin e dali de carro para uma construção isolada numa pradaria não muito diferente da encosta em que o bebê deles jaz. As enfermeiras em seus uniformes engomados ficam em posição de sentido na varanda, onde o primeiro-casal cumprimenta uma de cada vez, antes de a madre superiora conduzir o presidente e a primeira-dama através de longos corredores até um grande quarto com o aroma de flores frescas no qual uma mulher de meia-idade está sentada numa poltrona junto à janela que dá vista para a pradaria.

— Sou eu, Jack — ele diz —, e esta dama aqui é minha esposa, Jacqueline.

— Olá, Rosemary — diz a primeira-dama. — É tão bom enfim conhecê-la. — E dá um passo à frente para oferecer a mão.

A irmã do presidente os encara sem curiosidade, e então fita o chão. Ele se lembra dela quando menina, rindo e correndo no gramado. Da janela de seu quarto, ele viu a ambulância chegar e ir embora, seguindo o caminho sinuoso até a autoestrada. Ele sabia, mas nada disse.

Mais tarde ela fala, mas é uma algaravia demente. Mesmo assim, eles ficam por uma hora e ele fala com ela sobre a família deles e por fim observa que ele agora é o presidente dos Estados Unidos, embora ela não reaja.

— Mas ainda sou o mesmo Jack de sempre — ele diz.

As enfermeiras ficam em posição de sentido e acenam quando a limusine presidencial volta pela pradaria até o aeroporto.

— Eu não sou — ele sussurra.

— Não é o quê? — sua mulher sussurra de volta.

— O mesmo Jack de sempre — ele diz.

Pela janela eles olham, lá fora, o capim alto curvando-se com a brisa; a mão dele desliza pelo banco para achar a dela, e a sua mulher aperta a dele em resposta enquanto eles viajam, gratos em voltar para casa da pradaria erma.

EM WASHINGTON, no dia seguinte, Jack preside uma reunião do Gabinete em que logo fica aparente que durante sua licença as atividades do governo continuaram sem interrupções, embora não necessariamente de uma maneira fiel às suas políticas. Os chefes do Estado-Maior anunciam que existe agora um plano para conduzir uma invasão do Vietnã do Norte liderada pelos Estados Unidos, a começar assim que a próxima eleição seja ganha.

— Em um ano poderá haver até meio milhão de combatentes americanos no Vietnã — o chefe do Estado-Maior do Exército diz, e o presidente vê cada um dos outros chefes do Estado-Maior assentir belicosamente.

Mais tarde o secretário de Imprensa solicita uma reunião particular no Salão Oval, e, enquanto se balança em sua cadeira junto ao fogo, o presidente ouve o secretário dizer que o homem do *Star* não vai parar com suas investigações. Ele ainda não tem uma matéria, mas está à caça de uma.

— Eles viram o que aconteceu na Inglaterra — o secretário de Imprensa diz —, e estão farejando sangue. Ele sabe sobre as entrevistas com as funcionárias da Casa Branca.

O presidente se balança, tamborilando com as unhas no braço da cadeira, até enfim dizer:

— Como ele sabe?

— Não sei, senhor presidente — vem a resposta.

O presidente se lembra da advertência de seu predecessor de que somente os cidadãos da nação informados poderiam impedir a ascensão do complexo militar-industrial, mas que o eleitorado não seria capaz de refletir sobre as questões importantes de nossa época se uma imprensa tendenciosa desviasse sua atenção para a vida sexual das figuras públicas. Ele não pode vacilar diante do escândalo, pois fazer isso apenas dará força a essas influências em nossa sociedade que buscam empregar esse estratagema sórdido: se eles tiverem sucesso, a própria democracia estará em perigo.

À noite, depois que ele lê para as crianças as suas histórias, o presidente e a primeira-dama jantam com amigos próximos na sala de jantar particular da Residência, embora, como sempre, ele seja forçado a comer peixe e batatas cozidas enquanto os outros desfrutam *carré d'agneau* ao molho de borgonha. No quarto, a primeira-dama tira o colete dele, e quando sai, há vergões onde se comprimiu sua pele. Então ele deita no carpete enquanto sua mulher põe para tocar na velha Victrola deles canções de Camelot enquanto massageia com óleo as regiões macias das costas.

Um escândalo derrubou um primeiro-ministro do outro lado do Atlântico, e agora parece óbvio que os opositores políticos do presidente, tanto dentro quanto fora do governo, se inspiraram nisso, não só vazando acusações para a imprensa mas também se empenhando em mudar o clima predominante em favor de colocar na mira a vida privada das figuras públicas. A imprensa vai declarar que sua inquisição é feita em nome do interesse público, enquanto na verdade serve apenas aos objetivos de facções políticas.

Na manhã seguinte, sua secretária informa ao presidente que o diretor do FBI solicitou uma reunião no almoço. Os dois homens comem num silêncio tenso interrompido por amenidades forçadas até o Sr. Hoover terminar seu prato, quando então diz:

— Eu demonstrei respeito pelo seu cargo, senhor presidente, ao não me fazer acompanhar pelo meu investigador especial.

— Seus respeitos são sempre bem recebidos, Sr. Hoover — o presidente diz, tomando um gole d'água. Com um gesto da cabeça, ele dispensa a equipe da Sala de Jantar Presidencial, e os dois homens se encaram na mesa.

O Sr. Hoover diz:

— Senhor presidente, uma assessora do governo estadual do Texas o acusa de tê-la molestado; o FBI descobriu uma funcionária da Casa Branca disposta a testemunhar que o senhor e ela conduziram uma ligação sexual inapropriada.

— Quem é a garota? — o presidente pergunta.

O Sr. Hoover diz:

— O nome dela não é importante, senhor presidente. Ela é uma integrante de muito baixo escalão da equipe da Ala Oeste que se sente extremamente amargurada por ter sido explorada sexualmente. Mas, do ponto de vista legal, é só a palavra dela; e uma história difícil de acreditar.

O presidente se mexe com certo desconforto. Ele toma outro gole d'água.

— Prossiga, Sr. Hoover.

— Essas mulheres, senhor presidente... essas acusações... elas não só infligem irreparável dano ao cargo do presidente, como também à reputação dos Estados Unidos. Que elas se tornem públicas, não é do interesse nacional.

O Sr. Hoover brinca com os talheres e faz seu garfo tilintar no prato. Um membro da equipe aparece, tomando o som como um chamado, mas o presidente o dispensa instantaneamente com um aceno de mão.

O Sr. Hoover diz:

— Senhor, seria prestar um serviço ao seu país se o senhor renunciasse antes da eleição. O senhor pode considerar a hipótese de alegar problemas de saúde. A sua reputação apenas crescerá se a sensação que ficar for a de ter saído cedo demais.

O presidente não dá resposta.

O Sr. Hoover acrescenta:

— No caso de o outro lado ficar sabendo disso.

— O "outro lado"? — o presidente repete. — Quem é o "outro lado"?

O diretor limpa os lábios com um lenço.

— Senhor presidente, se os fatos relacionados à sua vida pessoal se tornarem em algum momento públicos...

307

— Minha vida pessoal não é da conta de ninguém, a não ser de mim mesmo.

O diretor do FBI diz:

— Senhor presidente, o senhor é um homem imoral, e tem de renunciar.

O presidente diz:

— Não, eu tenho uma visão da América como líder moral do mundo, e não vou renunciar, irei até o fim.

O presidente fica de pé.

O diretor fica de pé.

— Entendo, senhor presidente — ele diz. — Sem dúvida, voltaremos a discutir esse assunto.

— O senhor me perdoará, senhor diretor, se eu sinceramente esperar que não.

O presidente observa o diretor se afastando no corredor, e então se retira para o Salão Oval, onde fica olhando o Gramado Sul na direção do Monumento a Washington, que projeta uma sombra longa no baixo sol do outono. Antigamente, dizia-se que só um bom homem podia fazer um bom rei; o presidente vê com escárnio a suposição de que um adúltero não consegue evitar tratar sua administração com a mesma indiferença com que trata suas amantes.

O conquistador deve dizer o máximo de verdade possível para poder praticar a sua arte, o que se aplica igualmente ao político. Quando interrogado pelo investigador especial, as respostas do presidente atenderam ao mesmo critério, tenha ele respondido como um político disposto a manter seu cargo ou como um marido amoroso desesperado para esconder segredos dolorosos de sua mulher. As respostas do presidente podem ter sido evasivas, mas o bem que ele pode realizar no cargo supera seus pecadilhos privados, e a integridade de seu casamento vem antes das campanhas político-partidárias. Ele se viu constrangido ao ter de considerar se seus encontros íntimos constituíram relações sexuais.

Sua memória voltou para aquele encontro com Marilyn na cobertura do Carlyle na noite em que ela cantou "Parabéns pra você" usando um resplandecente vestido justíssimo. Ela disse: "Pode ser do interesse do presidente saber que precisei de muita ajuda para colocá-lo, e acho que vou precisar também para tirá-lo." Ele abriu o zíper e o vestido se soltou como pele de cobra; ela se reclinou no sofá como a apoteose viva de um nu de Rubens. "É o seu aniversário, senhor presidente", ela disse. Qualquer homem na terra teria feito qualquer coisa por uma chance como essa. "Faça comigo tudo o que quiser", ela disse.

Mas não havia nada que ele pudesse ter feito com ela. Uma lamentável consequência do problema em suas costas é que os encontros íntimos do sujeito estão restritos a atos sexuais limitados desempenhados sobre sua pessoa.

O PRESIDENTE MANCA entre os pilares da Colunata Oeste, vislumbrando figuras sombrias espiando das janelas de cima. Todas as manhãs, ele acorda ao lado de sua bela esposa, e todo dia ao meio-dia nada sozinho ou em companhia de assessores do sexo masculino, e toda noite ele coloca os filhos na cama e janta com a esposa, seja um jantar com outros convidados ou particular, e então eles se retiram para o quarto deles e dormem lado a lado. Eles nunca estiveram mais próximos, ou mais apaixonados, e ele nunca esteve mais infeliz.

Ele deseja a nova estagiária que substitui a antiga. Ele deseja a nova secretária do Signal Corps. Ele quer a esposa do embaixador que sentou ao lado dele no almoço. Ele quer a socialite que conheceu numa recepção. Ele quer se livrar dos venenos que poluem seu sangue, inflamam seus vasos e fazem sua cabeça doer. Se a realização dos desejos é a condição essencial do contentamento, então ele não é, nem nunca poderá ser, um homem feliz. Uma única mulher, nem mesmo a que ele ama, não pode salvá-lo. Ela pressupõe que ele sofre com a perda de seu filho, ou que a visita à sua irmã demente o assombra, mas a tristeza dele não é por nenhuma dessas vidas perdidas, só pela dele mesmo.

Todas as suas enfermidades pioram. Apesar de doses estupendamente altas de esteroides, a doença de Addison não é contida, deixando o presidente permanentemente apático e nauseado. Em seguida sua tiroide falha: ele fica letárgico, constipado e rouco. Sua pele fica áspera e racha. Mesmo seu cabelo magnificente fica sem vida. E o tempo todo suas úlceras esbravejam, seus intestinos se inflamam, seus vasos ardem e suas costas zunem.

Todos os seus médicos se reúnem numa junta, em que discutem intervenções drásticas e conflitantes. Num esforço para resgatar o funcionamento de sua tiroide, receitam ao presidente doses tão grandes de hormônio que suas mãos tremem: ele mal consegue segurar as folhas com notas para um discurso.

Uma semana depois, os médicos se reúnem de novo. Os indicadores do presidente estão ainda piores.

— Eu acho — diz o almirante B., sem poder crer no que diz —, que ele está morrendo.

O presidente não mais vê a sua condição com o fatalismo indiferente da juventude. Há tanto trabalho ainda por fazer, e tantos que serão abandonados. Caroline vai fazer 6 anos em novembro, e John tem só 3. Caroline se lembrará dele, mas John não.

No escritório do Salão Oval, uma noite, ele começa uma carta para seu filho, para ser aberta apenas após sua morte:

Você está lendo esta carta porque não estou mais aqui. A cada dia que passa, sua jovem memória vai se apagar mais um pouco, até eu ter desaparecido dela. Você vai querer saber sobre o seu pai. Sua irmã se lembrará um pouco de mim, mas ouça a sua mãe: ela saberá melhor. Outros terão muitas histórias a contar sobre mim, algumas verdadeiras, outras não, mas o que estou escrevendo aqui vem de meu coração.

Eu o amei mais do que qualquer outra coisa no mundo. Eu brinquei com você todos os dias que pude, mesmo quando o destino do mundo estava em minhas mãos.

Li histórias para você e você me encarou com olhos curiosos, sem acreditar numa só palavra. Você sente cócegas. Eu faço cócegas em você e você ri. Eu digo: "Se você não rir, eu não faço cócegas", mas você só ri mais.

Às vezes de noite nós vemos TV. Você se aperta contra mim no sofá e fica bebendo seu leite com a bochecha no meu braço. Você põe sua mãozinha aberta no meu colo para que eu a segure. Eu a seguro, e você segura o seu leite na outra.

Eu o levo para velejar. Nós ficamos sentados no barco ao sol tomando sorvete. Não importa qual sabor eu ofereça para você, você sempre diz que quer o meu, e eu sempre deixo você ficar com ele.

Tem dias que nós andamos de mãos dadas para o meu escritório. Brincamos de esconde-esconde entre as colunas.

Às vezes você quer que eu o jogue para cima, no ar. Sua mãe não deixa que eu faça isso, porque minhas costas são muito fracas, mas, quando ela não está por perto, eu às vezes o jogo mesmo assim, ainda que doa em mim um pouquinho, só porque isso faz você rir até não poder mais.

Às vezes, quando você tem um pesadelo, eu deito na cama ao seu lado. Eu fico com você até que você durma.

Ele para nesse ponto, seus olhos turvos de lágrimas, prometendo continuar a mensagem um outro dia. Sua cabeça lateja. Se ele não tiver uma mulher logo, ela vai explodir.

EXTERIORMENTE, O presidente se esforça por parecer o mesmo de sempre. Em eventos ele assume o centro do palco em meio a uma entourage de admiradores, de ambos os sexos, que se rejubilam com as brincadeiras de seu líder carismático. Despercebido, seu vice fica embaraçadamente na periferia, descorado pela sombra que projeta o presidente. Nesta noite em particular, o VP diz:

— Vejo o senhor no Texas, senhor presidente.

Ele se despede tropegamente e se afasta sozinho, todos os olhares permanecendo voltados para o presidente; uma gargalhada que o vice-presidente ouve ecoa pelo corredor. Seus ombros afundam e ele desaparece de vista.

Alguns minutos depois, o presidente rejeita uma ruiva de beicinho que sugere, bêbada, um encontro num banheiro guardado por um agente do Serviço Secreto sem expressão.

Na Residência, sua esposa o ajuda a tirar o colete, e eles se deitam juntos ouvindo música. Amanhã bem cedo eles têm um voo marcado.

Ele se esforça por dormir. Ele podia ter feito o Barba ligar para a ruiva, e ela seria trazida sorrateiramente para a Casa Branca em uma hora. Fazer sexo com ela não é apenas uma questão de desejo. Esta pode ser a noite em que a Bomba explodirá o mundo, ou amanhã de manhã pode ser o momento em que suas costas finalmente capitularão, obrigando-o a passar o resto da vida numa cadeira de rodas, inváli- do. Mas ele precisa fazer esse sacrifício não só por sua família, como também por seu país. Na esteira de um escândalo, quem poderá saber que figura de proa os monogamistas morais serão capazes de escolher? Ele imagina as fileiras de oportunistas de olhos estreitos que pregam a Criação mas praticam a destruição, que professam a santidade da vida mas desencadeiam a morte.

O presidente se levanta com a mesma dor de cabeça. Ele toma aspirina para diminuir a dor, mas a pressão não cede, e então a primeira-dama o sela na carapaça que o imobiliza do pescoço aos quadris.

Eles tomam café da manhã com as crianças, e então um helicóp- tero os transporta para a Andreas, onde eles embarcam no SAM, indo para o aeroporto Love Field, em Dallas, e então seguindo num cortejo automobilístico até um centro comercial. Multidões enchem as ruas, com mais do que algumas poucas bandeiras ondulando a desaprova- ção pelo apoio do presidente aos direitos civis, embora seus assessores receiem que ele vá enfrentar hostilidade cada vez maior à medida que prosseguir a viagem.

Contra o sol forte, a primeira-dama põe seus óculos escuros, mas ele lhe pede para tirá-los, para que a multidão possa ver o rosto dela. Ela ri.

— De quem foi a ideia de desfilar em carro aberto? Está arruinando nossos cabelos.

— O povo precisa nos ver — ele diz.

O sujeito passa a vida em ambientes fechados. Ele se delicia com o ar livre.

O presidente pede ao motorista para diminuir a velocidade para que ele possa cumprimentar um grupo de freiras, e alguns minutos depois ele pede outra parada, para desejar boa sorte a um grupo de crianças em idade escolar.

Quando o cortejo entra na Main Street, um jovem agitando uma bandeira se precipita na direção do carro, mas os agentes do Serviço Secreto o interceptam e o derrubam. O presidente tira o cabelo dos olhos e continua a encantar as fileiras de gente que se aglomera nas calçadas. Ele distingue na multidão uma bandeira que tem o seu retrato de campanha ampliado com a palavra TRAIDOR escrita por cima.

O cortejo presidencial faz uma curva fechada para a direita, seguida logo depois de uma para a esquerda, e eles passam por uma praça aberta e gramada na direção de uma passagem subterrânea. O dia está mais quente do que o previsto, e sua pele está coçando e ficando suada sob o colete, mas ele continua sorrindo e acenando.

Subitamente explode dor nas costas e na garganta do presidente e ele começa a engasgar. Ele se sente como seu bebê deve ter se sentido ao lutar para respirar, e vem-lhe um pensamento uma última vez sobre a coragem dele, que ainda deixa o pai tão orgulhoso. Sangue se derrama em seu peito e a primeira-dama grita:

— Jack! Jack!

Ele tenta se abaixar. Ele se contorce e se retrai em pânico; a borda dura do colete se crava em sua pele, mas foi construído para mantê-lo ereto. Nunca cederá.

Este homem arruinou suas costas salvando um companheiro ferido, mas isso é apenas parte da história; o problema foi exacerbado por sua tentativa de conquista num quarto de hotel em El Paso, e, por essas duas razões inseparáveis ele está usando um colete que mantém sua cabeça erguida, e se não fosse por isso, ele poderia ter se abaixado e, assim, se protegido do disparo seguinte.

Sua mulher grita de novo, mas a segunda bala lobotomiza o presidente, aliviando enfim sua dor de cabeça. O último som que ele ouve não é o do tiro, ou os vivas da multidão tornando-se gritos de pânico, mas a voz de sua esposa, gritando seu nome. Esse é o único consolo dela, que ele morreu nos braços da única mulher que ele amou.

Notas

John Fitzgerald Kennedy nasceu em 29 de maio de 1917 no seio de uma família rica envolvida na política. Ele superou problemas de saúde crônicos para servir na Segunda Guerra Mundial, o que fez com distinção, e no Senado norte-americano. Eleito presidente em 1960, suas realizações incluem ter desarmado a Crise dos Mísseis de Cuba, defendido direitos civis iguais para os afro-americanos, obtido uma proibição dos testes de armas nucleares e definido a meta do pouso tripulado na Lua. Foi assassinado em Dallas em 22 de novembro de 1963, deixando a esposa, Jacqueline Bouvier Kennedy, e os dois filhos, Caroline e John Jr.

Fontes confiáveis afirmam que o presidente Kennedy teve numerosos casos extraconjugais enquanto exercia o cargo, embora muitos deles estejam fora do alcance de confirmação. Além disso, alguns dos confidentes do presidente informaram que ele sofria sintomas de abstinência do sexo, dentre eles destacando-se o primeiro-ministro britânico, Harold Macmillan, para quem o presidente confidenciou:

"Se eu passo três dias sem ter uma mulher, fico com dores de cabeça terríveis." É fascinante especular como um escândalo sexual contemporâneo teria afetado a administração Kennedy, e qual epitáfio teria sido inscrito para o seu governo.

A promiscuidade do presidente Kennedy só foi amplamente sabida mais de uma década após sua morte, quando resultou num enfraquecimento inicial de sua reputação política. Todavia, nos últimos anos, historiadores reconheceram sua extraordinária visão durante a presidência, o otimismo singular que ele imbuiu à nação, sua força de caráter pessoal — particularmente em relação a suas enfermidades crônicas —, além da eloquência, erudição e inspiração de seus discursos. Em consequência disso, o presidente é visto, perdendo apenas para Franklin D. Roosevelt, como o presidente dos Estados Unidos tido em mais alta consideração nos tempos modernos, reputação que só cresce à medida que seus sucessores continuam falhando em equipará-lo.

JACQUELINE KENNEDY ONASSIS foi aluna da Miss Porter's School, em Farmington, do Vassar College e da George Washington University; desfrutou de uma educação privilegiada antes de se casar com o senador John F. Kennedy, em 1953. A Sra. Kennedy tinha apenas 31 anos quando se tornou a primeira-dama, rapidamente se transformando em um ícone global de elegância. Apesar de afirmações de funcionários da Casa Branca de que ela podia ser voluntariosa, mimada e distante, continua sendo a mais admirada primeira-dama dos tempos modernos. Cinco anos após o assassinato de seu marido, a primeira-dama casou-se com Aristóteles Onassis, o homem mais rico do mundo, mas ficou viúva de novo em 1975.

Fontes próximas à ex-primeira-dama revelaram que ela sempre soube da infidelidade promíscua de seu marido, mas nunca veio a público nenhum comentário registrado sobre o assunto por parte da própria Sra. Kennedy Onassis. Quando de sua morte, em 1994, ela foi sepultada junto ao presidente, como era de sua vontade.

NUMEROSOS EXEMPLOS de liberdade artística se aplicam aos detalhes e à cronologia dos eventos narrados neste romance. Os leitores interessados encontrarão a íntegra dos discursos do presidente no site da John F. Kennedy Presidential Library, www.jfklibrary.org, onde também é possível consultar o dia a dia do presidente na agenda da Casa Branca. O texto completo da correspondência trocada entre o presidente Kennedy e o premier Kruschev pode ser lido num volume on-line de *Foreign Relations of the United States*, em www.state.gov, acessível por um link na JFK Library.

BIBLIOGRAFIA

AOS LEITORES INTERESSADOS na história autêntica dos personagens e eventos que inspiram este livro, recomenda-se que consultem as seguintes excelentes obras que se mostraram inestimáveis em minha própria pesquisa para o romance:

Adler, Bill (org.). *The Eloquent Jacqueline Kennedy Onassis: A Portrait in her Own Words.* Nova York: Harper Collins, 2004.

Dallek, Robert. *An Unfinished Life: John F. Kennedy, 1917-1963.* Nova York: Little, Brown, 2003.

Dallek, Robert, e Terry Golway. (orgs.). *Uma visão de paz: os melhores discursos de John F. Kennedy.* Rio de Janeiro: Jorge Zahar, 2007.

Exner, Judith, com Ovid Demaris. *My Story.* Nova York: Grove Press, 1977.

Giglio, James N. *The Presidency of John F. Kennedy.* 2ª ed., rev. Lawrence: University Press of Kansas, 2006.

Harris, John F. *The Survivor: Bill Clinton in the White House.* Random House, 2005.

Hersh, Seymour. *O lado negro de Camelot.* Porto Alegre: L&PM, 1998.

Kennedy, John F. *Profiles in Courage.* Nova York: Harper & Brothers, 1956.

Klein, Joe. *The Natural: The Misunderstood Presidency of Bill Clinton.* Nova York: Broadway Books, 2002.

May, Ernest R., e Philip D. Zelikow, (orgs.). *The Kennedy Tapes: Inside the White House During the Cuban Missile Crisis.* Nova York: W. W. Norton & Co., 2001.

Schlesinger, Arthur M. Jr. *A Thousand Days: John F. Kennedy in the White House*. Edição ilustrada e condensada. Nova York: Black Dog & Leventhal Publishers, 2005.

Smith, Sally Bedell. *Grace & Power: The Private World of the Kennedy White House*. Nova York: Random House, 2004.

Smith, Sally Bedell. *For Love of Politics: Bill and Hillary Clinton: The White House Years*. Nova York: Random House, 2007.

Sorensen, Ted. *Counselor: A Life at the Edge of History*. Nova York: HarperCollins, 2008.

Vidal, Gore. "Thirteen Green Pages with Hindsight Added". In *Palimpsest: A Memoir*. Londres: André Deutsch, 1995.

Este livro foi composto na tipologia Joanna MT
Std, em corpo 12/15,5, e impresso em papel off-
white no Sistema Cameron da Divisão
Gráfica da Distribuidora Record.